KB265539

사랑보다 더

사랑보다 더

초판 1쇄 찍은 날 § 2007년 2월 13일
초판 1쇄 펴낸 날 § 2007년 2월 23일

지은이 § 채현
펴낸이 § 서경석

편집장 § 문혜영
편집책임 § 이종민
편집 § 한지윤

펴낸곳 § 도서출판 청어람
등록번호 § 제1081-1-89호
등록일자 § 1999. 5. 31
어람번호 § 제5-0129호

주소 § 경기도 부천시 원미구 심곡1동 350-1 남성B/D 3F (우) 420-011
전화 § 032-656-4452 팩스 § 032-656-4453
http://www.chungeoram.com
E-mail § eoram99@chollian.net

ⓒ 채현, 2007

ISBN 978-89-251-0549-9 03810

사랑보다 더

채현 지음

도서출판 청어람

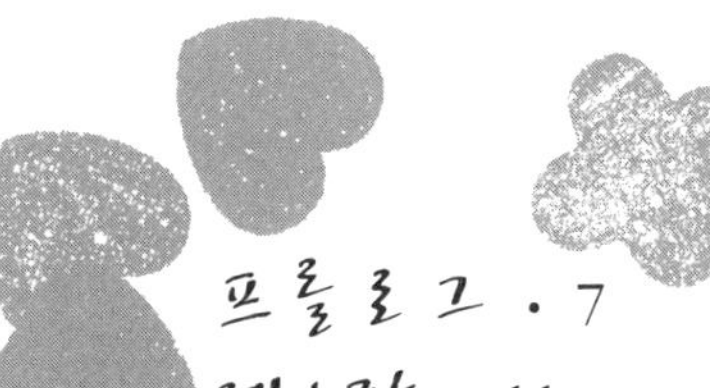

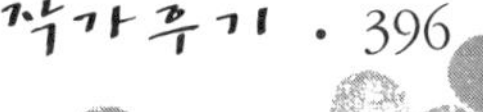
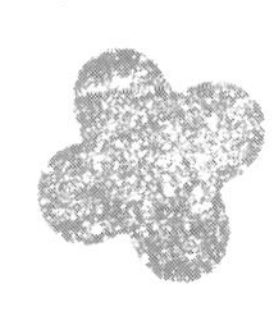
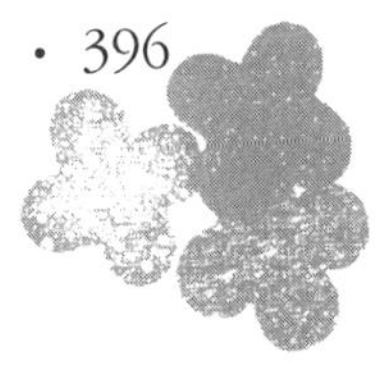

프롤로그

"신랑 오재준은 신부 장효은을 맞아 검은머리 파뿌리 되
도록……."

효은은 눈을 내리깔고 멍하니 있다 옆에 서 있는 재준을 곁눈
질로 내려다보았다. 새벽부터 일어나 미용실에 실려가서 화장
을 당하고 드레스 갈아입고 식장으로 들어왔더니만 정신이 하
나도 없었다. 지금이 꿈인지 생시인지도 잘 모를 정도였다. 다
만 옆 자리의 휠체어에 앉아 있는 재준만이 묘한 존재감이 있달
까. 아무래도 힐을 신어 평소보다 큰 키인 효은보다 훨씬 아래
에 재준의 얼굴이 있었다.

효은 자신이 굉장히 긴장한 것에 반해 재준은 굉장히 평온해

보였다. 평소와 다름없이 침착해 보이는 그의 모습을 보면서 효은은 침을 꿀꺽 삼켰다. 곧 재준이 덤덤하게 주례를 하는 은사님께 대답했다.

"네."

재준의 답이 끝나자마자 주례가 효은에게 물었다.

"신부 장효은은 신랑 오재준을⋯⋯."

효은은 그 질문의 무게를 온몸으로 느끼며 잠시 눈을 감았다 떴다. 이 대답을 하면 더 무르기도 힘들어질 것 같은 압박감에 온몸에 전율이 일었다. 대학 때 호랑이로 유명했던 교수가 왜 대답 안 하냐고 힐난하는 듯한 눈으로 자신을 바라보며 대답을 재촉하고 있었다.

"⋯⋯네."

효은은 잠시 뜸을 들였다 조용히 대답했다. 여기까지 와서 도망갈 거라면 절대 이 자리에 서지도 않았을 터였다. 이미 던져진 주사위를 놓고 고민하는 건 어리석은 일이었다.

여기까지 오는 데 딱 한 달 걸렸다. 6월 10일에 선을 보고 6월 11일에 재준이 정식으로 청혼하고 14일에 상견례하고 7월 10일에 결혼식. 어떻게 왔는지도 모르게 여기까지 와버렸다.

이래도 되는 걸까 진지하게 고민하고 자시고 할 시간도 없이 바쁜 행보였다. 낮에는 회사 일과 결혼 준비로 바쁘고 밤에는 과연 최선의 선택이었는지에 대한 고민으로 잠 못 이룬 지친 나날들이었다.

이젠 돌이킬 수 없다. 이게 최악의 선택이었어도 최선의 선택으로 만들어야 했다. 효은이 한 달 만에 여기까지 온 것은 재준에 대한 신뢰 때문이었다. 과연 재준은 자신의 신뢰에 얼마나 부응해 줄까? 기대치가 너무 높은 건 아닐까? 이런 의문 속에 효은은 잠시 넋 놓은 사람처럼 멍하니 서 있었다.

그때 재준이 반지를 들고 효은의 손을 잡으면서 작은 목소리로 말했다.

"무슨 생각 해? 다른 남자 생각하는 거면 반지 안 준다."

'이 상황에서 오빠는 그런 농담이 나와?'

효은이 눈을 부릅뜨고 가볍게 흘겨보았지만 재준은 뭐가 좋은지 마냥 웃을 뿐이었다. 자리가 자리인지라 꾹 참고 손을 내밀었다. 분명 같이 고른 반지인데도 무척 낯설었다. 온몸에 와 닿는 낯선 무게감은 당혹스러운 게 아닌 이미 예감하던 것이었다. 지금은 뒤를 돌아보기보단 앞을 바라보고 싶었다. 미래에 대해 새신부답게 설레고 싶었고, 오래전부터 좋아했던 남자에게서 사랑도 받고 싶었다.

재준이 반지를 끼워주자 주례가 정식으로 부부임을 선언하고 퇴장이 이어졌다. 현악 4중주가 바그너의 결혼행진곡을 연주하기 시작했다. 바그너의 오페라 '로엔그린'에서 엘자 공주는 백조의 기사 로엔그린과 결혼하나 금기를 깨고 그를 잃고 죽게 된다. 효은은 결혼할 때 왜 이 곡을 연주하는지 항상 궁금했다. 축하받아야 하는 결혼식에 파국을 예고하는 음악이라는 게 참 아이러니했다.

효은은 눈을 내리깔아 그녀 옆에서 묵묵히 휠체어를 끌면서 나가는 재준을 슬쩍 보았다. 지는 도중 아는 사람들이 있는지 손을 흔들어 간단하게 인사까지 하는 여유를 보였다. 효은은 손에 낀 장갑이 축축하게 젖을 정도로 긴장돼 죽겠는데. 그런 그가 조금 얄밉기까지 했다.

그렇게 회오리바람처럼 결혼식은 끝이 나버렸다.

29살 노처녀 후보생 장효은과 35살 노총각 오재준의 초스피드 결혼식이었다. 물론 뒷말은 엄청나게 무성한.

제1장

효은은 기분이 몹시 나빴다. 정말 힘들게 평일에 낸 월차였다. 그것도 월요일에! 평일 월차 낸 회사원이 오전 잠을 방해받았으니 기분이 좋을 리가 없었다. 아니나 다를까, 동생과 엄마가 무슨 일인지 소란을 피우고 있었다. 옆에 있는 시계를 쳐다보니 이제 겨우 오전 열 시 반.

주말 내내 회사에 출근해서 겨우 제 시간에 보고서 작업 끝내고 나니 휴일이 다 갔다. 그거 넘기고 나서 퇴근한 게 새벽 다섯 시였다. 오늘 하루는 월차로 처리하기로 해서 그나마 간만에 마음 편히 자보겠구나 싶었는데 이게 웬 생난리인지. 짜증이 안 날래야 안 날 수가 없었다.

비몽사몽간에 깨서 무슨 일이기에 저 난리인가 하는 호기심에 바깥 얘기에 귀를 기울여 보았다. 엄마와 미은의 높은 목소리와 함께 낯선 목소리가 들렸다. 집에 손님이 온 모양이었다.

간간이 밖에서 들리는 얘기를 종합해 본 결과, 돌아가신 할아버지의 친구 분이신 오 영감님께서 이 집의 어려운 형편이 안됐기도 하고, 한편으로 그 집 장손 며느리가 필요하기도 해서 동생 미은에게 선을 보지 않겠냐는 게 주된 얘기인 듯싶었다.

"네? 미은이를 보고 선을 보러 나오라니요?"

"저희 아버님이 어릴 적부터 장 교수님 따님들을 예뻐하셨잖아요. 그래서 장 교수님도 돌아가시고 아직 미은이 효은이가 시집 안 갔다고 하시니 우리 재준이 신부로 어떨지 싶어서 저한테 선을 놓고 오라고 하시네요."

"아니, 재준이는 사 년 전에……."

낯익은 이름 하나에 갑자기 잠이 저 멀리 달아나는 것 같았다. 자기도 모르게 귀를 쫑긋 세웠다.

"그래도 전보단 많이 나아져서 이제 휠체어 끌고 외출도 하고 한국에서 사업도 자그마하게 하고 있어서 먹고 사는 건 전혀 문제없어요. 아시잖아요. 재준이 물려받을 유산……."

"하지만…… 저기 미은아, 어떻게 할래? 오 영감님이 너더러 선에 나오라는 것 같은데."

"미은이 사귀는 사람 없는 것 같은데 재준이 한번 만나봐. 어릴 때 친했잖아."

아줌마가 나름대로 분위기를 돋우려고 미은에게 말을 건넸
다.

"저기, 그래도……."

아주머니의 한마디에 마음 약한 미은은 뭐라 거절할지 몰라
당혹해하는 분위기였다.

낯선 목소리이긴 해도 과거에 몇 번 들어본 게 오 영감님의
딸인 듯했다. 효은과 미은은 그 아줌마를 대치동 아줌마라고 불
렀다. 할아버지 살아 계실 적에는 왕래가 잦아서 종종 봤지만
할아버지와 아버지가 돌아가시고 난 뒤엔 처음이었다. 저런 잘
난 분께서 아마 평소라면 절대 이런 서민 아파트 근처에도 오지
않았을 것이다. 오 영감이 가서 선을 놓고 오라고 시키지 않았
다면 절대 근처에서 보기 어려울 사람이었다.

오 영감은 돌아가신 할아버지의 고등학교 동창이라고 했다.
오 영감이 이북에서 월남해서 힘들 때 효은의 할아버지가 도와
주신 적이 있었다. 오 영감이 그 도움을 절대 잊지 못해서 아버
지 공부하실 때 도와줬단 얘길 들은 적이 있었다.

오 영감은 슬하에 1남 1녀를 두었는데 외아들 부부가 손자인
재준이 어릴 때 교통사고로 죽은 탓에 재준은 오 영감이 직접
키웠다. 재준은 효은과 미은의 어린 시절 소꿉친구나 마찬가지
였다. 어릴 때 할아버지 따라서 오 영감 댁에 놀러가면 재준이
그들 자매랑 놀아주곤 했다. 그때도 새침한 미은이나 활달한 효
은 둘 다 재준을 굉장히 좋아했다. 나이 차가 있어서 좀 자란 뒤

부터는 잘 못 보긴 했지만 그들 아버지가 돌아가셨을 때도 재준이 오 영감과 같이 왔던 기억이 났다. 게다가 그는 효은의 대학선배이기까지 해서 학교 다닐 때도 그의 얘기를 종종 접할 수 있었다. 잘생기고, 키 크고, 머리까지 좋아서 여자에 관련된 얘기도 꽤 있었던 기억이다.

그런 그였지만 몇 년 전에 효은과 미은이 재준 오빠라고 부르던 재준이 교통사고로 크게 다쳐서 하반신 불구가 됐다는 소문을 엄마로부터 전해들을 수 있었다. 그때 효은은 해외에 장기 출장 가 있다 막 돌아온 때라 병원에 가는 건 이미 늦기도 했거니와 집에 찾아가기도 머쓱해서 그냥 지나갔다. 그 정도 다친 게 다행일 정도로 큰 사고였다는 얘기에 한숨을 좀 돌리긴 했지만 그날 밤에 잠을 설칠 정도였다. 어릴 때부터 동경하던 오빠가 큰 사고를 당해 하반신을 못 쓰게 됐다는 말이 굉장히 충격적이고 가슴 아팠다. 남들에 비해 덤덤한 성격임에도 그 일은 충격이 이만저만 큰 게 아니었다.

그렇게 잘나가던 재준이 교통사고를 당하고 하반신 불구가 되어 휠체어 신세가 되었다는 정도까지가 효은이 들은 최근 재준 소식' 전부였다. 분명 동문회에 뭔가 얘기가 나오는 듯싶었지만 일부러 효은은 귀를 막고 있었다. 생각하면 또 가슴이 심란해져서. 안 그래도 집안의 복잡한 일이 많은데 옛날 짝사랑 갖고서 가슴에 짐을 더 얹고 싶지 않았다.

"저기, 저 아직은 결혼 생각이 그렇게 많은 게 아니라……."

미은이 아무래도 소극적으로 별로 나갈 의사가 없다고 말을 흐리려 했다. 하지만 아주머님이 가만있을 리가 없었다. 오 영 감이 무슨 말이라도 했는지 굉장히 적극적이었다.

"미은이도 이제 적은 나이 아니잖아. 알 거 다 아는 나이에 왜 그래. 재준이가 몸은 불편해도 능력은 있으니까 넌 아무 걱정 안 해도 돼."

대치동 아줌마는 미적지근한 미은과 엄마의 반응이 불쾌했는 지 미은의 나이를 갖고서 시비를 걸었다. 한마디로 봐줄 것 없 는 미은에게 비록 몸이 좀 불편하긴 해도 재준 같은 신랑이 어 디냐 이런 듯했다.

"제 나이가 뭐가 어때서요?"

요즘 들어 나이에 스트레스 받는 기색이 역력했던 미은이 발 끈했다. 그 말에 대치동 아줌마는 뭔가 말을 더 꺼내려고 하는 데 엄마가 조심스레 끼어들었다.

"우리 미은이가 아직 결혼할 준비가 안 된 거 같네요. 아무래 도 재준이한테 시집갈 아가씨는 우리 미은이 같은 아가씨보다 는 좀 더 야물딱진 아가씨가 좋을 것 같은데 얘가 좀 맹물이라."

동생은 그런 혼담이 들어왔다는 것 자체가 불쾌하고 서러워 서 자연 톤이 높아졌고, 엄마도 역시 고이고이 키운 예쁜 딸을 그렇게 보낸다는 게 사뭇 억울하신 듯했다. 모녀가 난리치는 소 리를 잠결에 듣고 있노라니 효은은 순간 짜증이 났다. 어릴 때 부터 '캔니, 캔디' 만화책에 나오는 동산 위의 왕자님 하면 생각나는 게 재준이었고, '빨간 머리 앤'에 나오는 길버트를 볼 때마다 재준이 매치되었다. 이건 하늘이 주신 기회!

눈을 비비며 갑작스레 나타난 이 집 큰딸을 보며 대치동 아줌마나 엄마, 미은 모두 놀란 기색이었다. 심지어 엄마와 미은도 효은이 출근한 줄 알고 있던지라 더욱 놀랐다.

"아니, 너 집에 언제 들어왔니?"

엄마가 깜짝 놀라 물었다. 토요일 밤늦게 들어와서 일요일에 출근하면서, 월요일 오전에 보내야 할 게 있어서 회사에서 밤새고 근처 사우나에서 출근하겠다는 말을 해뒀기 때문이다.

"오늘 월차 냈어요. 오늘 새벽에 겨우 보고서 내고 들어왔어요."

효은은 새벽까지 일했다는 걸 강하게 어필했다. 잠 좀 자게 해달란 애절한 몸짓이랄까.

"어머, 효은이 잘나간다더니 바빠서 연애할 시간도 없겠구나?"

대치동 아줌마가 갑작스레 나타난 효은에게 비아냥거렸다. 예전부터 샘이 많은 이 아줌마는 좋은 소리를 한 적이 별로 없는지라 효은은 그냥 그러려니 했다. 생각해 보면 동갑인 효은과 아줌마네 아들을 곧잘 비교하던 오 영감 때문에 아줌마도 속 좀 상했으리라.

"그래서 미은이가 별로 나갈 맘 없으면 그 선, 제가 보면 어떨까 싶어요."

효은이 아직 잠도 덜 깬 주제에 생글거리며 말하자 순간 엄마
와 대치동 아줌마, 동생까지 효은을 뚫어져라 쳐다보았다.

"정말 언니가 나갈 거야?"

"응, 나도 아직 사귀는 남자 없고…… 그리고 내가 먼저 가야
너도 맘 편하게 시집갈 수 있을 거 아니야."

효은의 말에 다들 얼이 빠져 있는 상태에서 효은은 마지막 인
사를 하고 방으로 들어가 버렸다.

"제가 주말에 못 쉬었더니 너무 피곤해서요. 인사도 제대로
못 드리고 다시 자러 들어가야 할 것 같네요. 그럼 즐겁게 노시
다 가세요."

그리고 효은는 들어가 도로 꿈나라로 직행해 버렸다. 뭔가 개
운해진 기분으로 이불에 도로 누우니 꿈나라에서 둥둥 떠가는
듯한 기분도 드는 게 아주 상쾌했다.

바야흐로 사건은 그렇게 시작되었던 것이니…….

효은과 미은은 전혀 닮지 않은 쌍둥이 자매였다. 동생 미은이
작고 하얀 얼굴과 크고 시원한 눈과 작은 체구로 소문난 미인이
라면, 효은은 일단 키가 크고 동생처럼 인상적으로 예쁜 얼굴
대신 공부를 잘해서 소문난 아이였다.

미은이 여대를 나와서 집에서 신부 수업을 핑계로 선을 보고
다닐 때, 효은은 직장에 취직해서 회사를 다녔다. 학교 다닐 때
는 교환학생으로 일본에 다녀왔고 학교 다닐 때도 새벽마다 일

어나 영어학원에 다녔다. 그렇게 악착같은 데가 있는 효은이었다.

아버지가 살아 계셨더라면 원하던 대로 유학도 갈 수 있었지만 미국에 있는 대학원에서 장학금까지 받고 나가기로 한 직후에 아버지가 갑자기 쓰러져서 그대로 돌아가셨다. 그 후에 아직 어린 남동생과 생활 능력 없는 엄마와 여동생을 위해 한국에 남아 공부를 더 하는 대신 취업을 선택했다.

효은 자신이 생각해도 이제 서른 살을 바라보는 스물아홉 살 된 여자치고는 그럭저럭 성공한 삶인 것도 같았다. 외국계 증권 회사, 꽤 높은 연봉, 제법 긴 휴가에, 회사에서 인정받아서 해외 다른 지사나 미국 본사로 가란 제의도 있었다. 어떻게 보면 그럭저럭 만족할 만한 삶 같아 보이기도 했다. 다만, 이놈의 지겨운 집구석에서 아직 못 벗어났다는 게 문제이긴 해도.

아버지가 돌아가시고 난 뒤, 아직 학교를 다니는 남동생 형은과 병약하다고 주장하는 어머니와 동생 미은의 생활비를 효은이 대어왔다. 아버지 연금이 나오긴 하나 그걸로는 예전의 생활—예전에는 백화점에서 옷을 산다면 이젠 세일 때 옷을 사야 하는 차이 정도였지만 그것마저도 불만이 많았다—에 익숙한 어머니나 미은에게는 부족했다. 사실 그 정도면 효은이 어떻게든 식구들 벌어 먹이는 건 일도 아니었을 것이다.

문제는 엄마가 능력 밖의 욕심을 부리기 시작했다는 점이었다. 엄격했던 아버지 밑에서 주식이나 부동산에 손 한 번 대본 적 없는 엄마가 말도 없이 부동산에 손을 댔다가 사기를 당했다. 효은은 이미 일이 터진 뒤에 알았는데 하필 그때가 회사 막 들어가서 한창 바쁠 때였던 것이다. 잠시 경계가 소홀해진 틈을 타서 엄마가 사고를 친 것이었다.

동창회에서 만난 동창의 감언이설에 속아 경기도 어딘가에 개발될 거라고 하는 그린벨트의 땅을 싸게 살 수 있다는 말에 겁도 없이 집을 담보로 은행에서 돈을 빌려 버렸다. 물론 동창은 그 돈을 갖고 날아버렸고. 효은이 모든 것을 알았을 때는 이미 늦은 뒤였다. 집을 담보로 은행에서 빌린 돈이 억 단위라는 걸 알았을 때 하늘이 노랗게 변하는 듯했지만 여기서 자기가 정신을 잃으면 더 큰일 날 것 같아 일단 엄마를 다독거려야 했다.

"난 걔 믿었지. 걔 예전에 괜찮은 애였거든. 걔가 좋은 재테크라잖아. 걔네 남편이 공무원이라서 이런 일은 무지 잘 안다고."

울먹거리면서 앓아누운 엄마를 달래는 것도 효은의 몫이었다.

아버지 연금으로 나오는 돈은 백오십만 원 남짓, 이제 겨우 회사 신입사원인 효은의 월급은 같은 또래 중엔 꽤 받는 편이지만 그 빚을 갚기에는 당연히 부족했다. 그렇게 해서 졸지에 일억의 빚을 지게 되자, 그 이자만 해도 상당했다.

막내는 이제 겨우 대학에 들어갔고 그나마 쌍둥이 여동생 미은이 취직할 생각을 하냐면 그것도 아니었다. 미은은 대학 졸업한 해에 자기는 남의 밑에서 월급 받으면서 살기엔 너무 섬세한 사람이라고 집에 눌러앉아 살림을 배우겠다고 선언해 버렸던 것이다.

그날로 모든 통장을 압수했다. 효은은 울고 있는 엄마를 바라보며 한숨만 쉬고 앞으로 이 집의 모든 수입은 자신이 관리하겠다고 선언해 버렸다. 엄마 빚은 아파트 담보로 해서 빌린 것이었다. 앞으로 백만 원 정도가 원금과 이자로 나갈 걸 예상하자 앞날이 캄캄했다. 거기까진 어떻게든 할 수 있을 것 같았다.

거기서 미은이 더 사고만 안 쳤더라면 얼마나 좋았을까. 그저 순진하고 착하기만 한 이 순둥이는 간혹 엉뚱하게 남의 말을 잘 믿는 게 걱정되기도 했지만 그렇게 큰 사고를 칠 줄 몰랐다. 친한 선배 언니 남편이 사업이 조금 어려운데 잠시만 미은 이름으로 카드를 발급받아서 쓴 뒤에 바로 갚는다고 했다. 그렇게 발급받은 카드가 모두 세 개. 그게 일억 정도밖에 안 된다고 했다.

일억 정도밖에라고 미은이 말하는 순간 효은은 손이 부들부들 떨리고 머릿속이 새하얘진 채 그대로 주저앉았다. 잘못한 건 아는지 훌쩍거리는 미은과 그녀에게 너무 뭐라 하지 말라며 감싸고도는 엄마를 보면서 화를 낼 기력도 잃었다. 당연히 그 친한 선배 언니는 남편과 야반도주하고, 그 빚은 몽땅 미은에게 돌아왔다. 멀쩡한 동생 신용불량자 만들 수도 없고 해서 결국 그 돈도 효은이 갚아주고 있는 실정이었다. 거기까지 가자 효은도 더 이상 참을 수가 없었다.

"엄마, 아파트 팔아서 빚 다 갚고 좀 싼 빌라로 이사 가는 거 어떠세요? 차라리 그 편이 돈 모으기 더 좋을 것 같은데. 아빠 연금이랑 제 월급으론 빚 갚는 데 얼마나 걸릴지도 모르잖아요. 이사 가요, 네?”

“안 돼, 애.”

“왜요?”

“내 친구들 다 이 동네에 살잖아. 그리고 아파트 아닌 데서 어떻게 살아. 그리고 난 이 동네 떠나기 싫어.”

“엄마, 그럼 빚은 어떻게 갚고요? 겨울에 관리비로 이십만 원 넘게 나오는 거 도대체 누가 대라고요?”

“나중에 형은이가 벌어서 댈 거야. 그때까지 기다려야지, 별 수있니.”

이쯤 되자 효은은 한숨이 절로 나왔다.

“형은이 학비는 누가 대고요? 걔 한 학기 학비가 얼마나 나오는데요? 제 한 달 월급보다 많은 거 아시잖아요.”

그 말을 하자 엄마는 서럽게 울기 시작했다. 아버지가 돌아가시기 직전에 ‘네 엄마와 미은이 부탁한다’라고 유언을 남긴 것만 생각하면서 머릿속에 참을 인 자를 수천 번을 썼다. 결국 이사 문제는 흐지부지되고 효은만 죽자사자 은행 빚을 머릿속으로 굴리면서 돈 관리에 심혈을 기울이는 상태가 되고 말았다. 그렇게 산 게 자그마치 사 년. 집에 있는 것조차 피곤해서 휴가를 제대로 쓴 적도 없고, 백화점에서 옷 한 벌 제대로 사 입은 적도 없었다. 남들 다 기피하는 해외 출장 자원해서 출장비 받아 용돈하고, 공항 면세점에서 립글로스 하나 산 적도 없었다.

가끔 다 버리고 도망가 버리고 싶을 때가 있었다. 그놈의 책임감이 뭐고, 장녀 콤플렉스고 뭐고 다 도망가서 혼자 살고 싶을 때가 있었다. 하지만 효은은 자신이 그러지 않을 거라는 걸 알고 있었다. 지금 타고 있는 배가 곧 난파를 할지언정 끝가지 버틸 때까지 버틸 것이고 어떻게든 꾸려갈 거였다. 어릴 때부터 할아버지와 아버지가 장녀라는 걸 강조하면서 남동생인 형은보다 효은을 더 존중하며 키운 이상 그것에 보답하지 않음 안 된다는 생각이 그녀의 머릿속에 강하게 박혀 있었다.

효은의 직장은 연봉이 많은 만큼 일은 굉장히 빡셌고 야근은 기본에 툭하면 해외 출장이라 밤낮 바뀌는 일도 하루 이틀이 아니었다. 녹슨 물이 나오는 호텔에 처박히는 일도, 허리 아프게 열세 시간 비행기 타는 일도, 호텔과 회사만 왔다 갔다 하는 삶도 이제 지긋지긋했다. 그렇다고 이 회사를 그만두고 어딜 가야 더 좋은 조건에 더 많은 월급을 받겠는가. 현재 효은이 여기서 벗어날 수 있는 길은 전혀 보이지 않았다.

만일 효은이 적당한 남자를 만나 결혼한다 쳐도 과연 엄마가 그대로 놔주려 할까? 효은은 가끔 엄마와 미은을 생각하면 등에 매달려 절대 떨어지지 않는 가난한 아줌마처럼 생각이 되곤 했다. 효은에게 그들은 일종의 시지프스의 돌덩이였다. 끈질기게 매달려 있는 지긋지긋한 빛에 치여 효은의 청춘은 거의 시들어 가고 있는 것이나 마찬가지였다.

어떻게든 빚을 좀 빨리빨리 갚아서 이자라도 줄여보려고 노력했지만 들어오는 돈은 거기서 거기고 계속 이자만 늘어날 뿐이었다. 이대로 가면 아파트가 은행에 넘어가는 건 시간문제인데 엄마는 너무나 느긋했다. 속 타는 건 효은뿐이었다.

처음엔 어떻게든 빚을 빨리 갚아서 형은이 대학 졸업시키고 미은이 시집보내는 것만 생각했다. 하지만 그 빚의 압박감은 날이 갈수록 더 심해졌고 해마다 높아지는 이자에, 아무리 또 퍼부어도 절대 줄지 않는 빚의 압박에 가끔 가위에 눌릴 정도였다. 은행의 금리인상 운운하는 걸 볼 때마다 효은은 돌아버릴 것 같았다. 회사를 그만두지 못하는 것도 회사를 통해서 대출받은 돈 때문이기도 했다. 어떻게든 이자를 낮춰보려고 회사에서 저금리로 직원들에게 빌려주는 돈을 대출 받아놓은 게 조금 있었던 것이다.

요즘 들어 효은은 이 상황에서 결혼도 나름대로 좋은 도피처가 될 수 있지 않을까란 생각을 하고 있었다. 눈이 그다지 높은 것은 아니나 170㎝ 정도 되는 꽤 큰 키라는 것도 그렇고 웬만한 남자보다 높은 학벌과 높은 연봉과 집안 사정 등으로 볼 때 사실 남자 만나기가 그다지 좋은 편은 아니었다. 게다가 당장 자기가 시집가 버리면 도저히 아버지 연금과 효은의 연봉과 효은이 틈틈이 주식 투자로 굴리는 돈으로 막고 있는 빚을 엄마와 미은이 도저히 감당할 수 없을 것이라는 것도 너무나 잘 알고 있었다.

아버지라도 살아 계셨다면 좀 나았으려나, 하는 생각을 효은은 종종 했다. 그랬다면 엄마가 사기당하는 것도 막았을 테고, 아버지가 살아 계실 때 미은의 카드빚도 어떻게든 아버지가 해결할 수 있었겠지. 하지만 현 상황에선 생활력 전무인 엄마와 동생, 남동생까지 끌고 가는 건 효은에게 상당히 벅찬 일이었다.

게다가 효은보다 훨씬 조건이 좋은 남자라면 왜 효은같이 딱딱하고 재미없는 여자와 결혼할 리가 없었다. 차라리 미은같이 여대 출신에 상냥하고, 예쁘고, 집안일에 능숙한 여자랑 결혼하지. 그게 효은의 최대 딜레마였다. 올해 지나면 앞자리 숫자도 달라지는 마당에 효은은 자연스레 결혼에 대해 마냥 불안한 생각이 들곤 했다.

느지막이 오후에 일어난 효은은 일어나는 순간 잠결에 깨서 미은 대신 선보러 나가겠다고 말하고 자러 들어온 기억을 떠올리고 얼굴이 빨개졌다. 왜 그랬을까 싶기도 하지만 그 자리를 놓치고 싶지 않은 맘도 있었다는 걸 인정 안 할래야 안 할 수가 없었다.

"에라, 모르겠다. 일단 밥부터 먹고 생각해 보지 뭐."

여유자적 세수를 하고 부엌에 끼닛거리 있나 찾아보려고 하다가 동생과 엄마에게 붙잡혔다. 부엌으로 가자마자 미은이 식탁에 앉아 퀼트를 하다 말고 다짜고짜 말했다.

“언니, 일요일 어떠냐고 대치동 아줌마가 그러시더라.”

“뭐가 일요일이야?”

“아까 언니가 말했잖아. 내가 별로면 언니가 나가겠다고.”

“어, 어…….”

효은은 순간 미은을 보기가 좀 민망해져서 말을 흐렸다. 대치동 아줌마가 선을 들고 왔고 미은이 미적지근하게 구는 게 짜증이 나서 대신 나간다고 소리치고 들어와서 자버리지 않았던가. 창피해서인지 절로 얼굴을 손으로 주욱 문대 버렸다.

“돌아오는 일요일 두 시쯤에 찾아가면 될 거래. 그 집에서 차 보내준다고 했으니까 그거 타고 가.”

엄마까지 옆에서 거들었다.

“네.”

“재준이 앞으로 떨어질 재산이 상당한가 보더라. 뭐라더라, 뭐 빌딩 하나 이미 재준이 앞으로 돌려놨대.”

“그래요?”

효은은 시큰둥하게 대답했다. 하지만 그걸 듣고 있던 미은은 속이 타고 있었다. 사실 미은은 그 선 자리에 조금 욕심을 나긴 했다. 전혀 생각이 없던 건 아니지만 곧바로 나간다고 말하기가 민망해서 빼고 있던 중이었다.

미은이라고 속이 안 타겠는가. 처음에야 잘 실감 못했지만 이젠 자기가 지고 있는 빚이 상당히 크다는 것도, 그게 자기 앞길 가로막는다는 것도 다 알고 있었다. 하지만 자존심상 언니 앞에서는 절대 약한 소리를 하고 싶지 않았다. 아빠만 살아 계셨더라면 절대 이렇진 않았을 텐데, 라고 속으로만 안타까워할 뿐이었다.

대학 졸업하고 나면 바로 좋은 사람이 나타나서 결혼할 수 있을 거라고 생각했다. 효은이 꽤 유명한 대학 경제학과에 진학한 반면에, 미은은 여자 사립대의 영문과를 택했다. 미은은 어릴 때부터 현모양처의 길을 걷겠노라는 뚜렷한 결심이 서 있었다. 일부러 그 길을 위해서 별로 적성에 맞지 않은 공부를 열심히 해서 시집을 제일 잘 갈 수 있을 것 같은 대학의 과에 골라서 들어가지 않았는가.

그러나 어디 인생이 미은의 뜻대로만 되는가. 아버지가 돌아가시자 그전엔 몰려들어 오던 선도 뚝 끊겨 버렸다. 게다가 어쩌다 보는 선에서도 괜찮은 사람은 눈 씻고 찾아보기 어려웠다. 물론 옆에서 효은이 여러 번 취직하라고 말하긴 했지만 미은은 자기가 남의 밑에서 돈 얼마 받겠다고 일해야 하냐고 큰소리를 쳤다. 하지만 심약하고 남한테 잘 휘둘리는 자기 성격상 사회생활을 제대로 할 수 있을 것 같지가 않았다. 그러다 보니 어느새 미은과 효은의 나이 스물아홉 살. 미은이라고 속이 안 타는 건 아니었지만 자존심상 말할 수도 없이 시간은 잘도 흐르고 있던 것이다.

아까 효은이 눈치없이 자기가 보면 될 것 아니냐고 뛰쳐나오지만 않았어도 오죽 좋았을까. 이제 와서 무르라고 할 수도 없었다. 왜 하필 효은은 오늘 출근을 안 했단 말인가. 불구이긴 해도 잘생기고 능력있는 재준의 부인 자리라면 미은으로서도 나쁘지 않았던 것이다. 하지만 집에 있는지도 몰랐던 효은이 뛰쳐나와서 자기가 나가겠다고 하는 순간, 미은은 뭐라고 말도 못하고 그 기백에 눌려 버린 것이다.

효은 역시 속으로 한숨을 쉬었다. 집에만 있으려고 하고 밖에서 사람을 거의 안 만나면서 갈수록 의기소침해지고 있는 미은이 걱정이 안 될 수가 없었다. 아무리 삼십 분 언니라고 해도 같은 자매인데 언제까지 자기한테 기대 살 건지. 이제 미은이 얄밉다기보다 걱정이 될 뿐이었다. 게다가 미은의 빚만 생각하면 가슴이 묵직했다. 효은이 많이 갚아나갔지만 아직도 몇천만 원 남아 있는 미은의 빚은 미은의 결혼에도 계속 지장을 초래했다. 이미 소문이 날 만큼 다 나서 아무도 미은에게 남자를 소개하지도 않았고, 선도 더 이상 들어오지 않았다. 그렇다고 어디 가서 남자를 물어오는 용한 재주도 없었으니.

'에휴, 엄마랑 내가 없으면 너 어쩌려고 그래. 결혼 안 해도 밥 벌어먹고 살 건덕지는 마련해 놔야지. 쯧쯧.'

그러나 장미은에게 이미 수십 번 한 애기 또 한다고 해서 그녀가 귀담아 들을 리 없었다. 그렇기에 효은은 한숨만 쉴 뿐이었다. 사실 지금 자기가 결혼을 전제로 선을 보는 게 옳은 일일지 잘 확신이 서지 않았다. 하지만 이제 더 이상 가족이란 짐을 지고 가기 싫은 게 효은의 본심이었다. 눈 딱 감고 내 살길로만 가버리고 싶었다. 이만큼 했음 자기는 도리 다한 게 아닌가 싶기도 했다. 하지만 그놈의 장녀 콤플렉스가 효은의 앞길을 계속 막을 뿐이었다.

　일요일 오전부터 반 강제로 일어난 효은은 심통이 잔뜩 나 있었다. 동생과 엄마가 수선을 떨면서 옷을 골라준다, 화장을 해준다 난리치는 걸 효은이 싫다고 강하게 거부했다. 엄마가 하는 행동을 보니 뭔가 수상한 것이 대강 짐작 가는 내용이 있었다. 만약 효은이 그 집에 시집이라도 가면 자산가인 그 집에서 절대 모른 척하지 않을 터였고 분명 섭섭하지 않게 챙겨주실 것이다. 아무래도 엄마는 그걸 바라는 모양이었다.
　"너같이 우중충한 애는 화사하게 화장이라도 좀 해야지. 그러고 가겠다는 거니?"
　엄마가 적극적으로 나서서 화장 도구를 들고 효은 옆에서 블러셔라도 발라주겠노라고 설쳤다.
　"어차피 우중충한 얼굴에 때깔 입힌다고 고와지는 것도 아닌데 그냥 갈래."
　"옷이라도 제대로 입어. 원피스가 뭐가 어때서 그래?"
　미은 역시 효은에게 꽃무늬의 무릎 아래 내려오는 원피스를 갖고 와서 입으라고 권유하고 있었다. 사실 이것은 일종의 심술이었다. 덩치가 큰 효은이 이런 게 잘 어울릴 리도 없었고, 또 효은이 사실 화사한 걸 좋아하는데 어울리지 않아서 자존심상

안 입는 걸 미은이 모를 리가 없었다.

"바닥에 앉으면 원피스가 얼마나 불편한데. 할아버지한테 인사하려면 앉아야 하는데 원피스 입으면 쭈그리고 앉아 있어야 되잖아. 됐다, 됐어."

효은이 차갑게 말했다. 사실 효은과 미은은 체격 차이가 좀 있어 놔서 44를 입는 158㎝의 작은 미은과 170㎝에 66을 입어야 맞는 효은이 같은 옷을 입을 수 있을 리가 없었다. 효은이라고 멋을 부리고 싶은 생각이 없는 건 아니었다. 어제 새벽에도 가슴이 두근거려 잠도 설쳤을 정도였다. 하지만 평소에 회사에 입고 다니던 옷 대부분이 검은색 정장이었다. 옷 맞추기 편하단 이유로 검은색 정장 몇 벌 마련해 놓고 번갈아 입고 다니는 정도라서 마땅히 입을 만한 화사한 옷이 없었다. 언제 마지막으로 쇼핑했는지 기억도 잘 나지 않았다.

결국 옷장에서 회사에 갈 때처럼 검은색 정장바지에, 진한 남색의 시폰 블라우스를 꺼내 입었다. 그때 효은을 데리러 차가 왔다고 전화가 왔다. 효은은 잘됐구나 싶어서 그대로 가방만 들고 뛰쳐나갔다.

"저, 다녀올게요."

뒤에서 엄마가 혀를 끌끌 찼다.

"저거 어디 저래서 시집가겠어."

엄마의 잔소리를 귓전으로 들으며 효은은 집을 나왔다.

아파트 입구에 커다란 검은 세단이 기다리고 있었다. 효은이

다가가자 검은 양복을 입은 기사가 뒷좌석의 문을 열어주었다.

차가 아파트 입구를 빠져나가 서울 시내를 가로질러 어디론가 향했다. 그러고 보니 효은은 오 영감이 요즘 어디에 사는지도 전혀 모르고 있었다. 그러나 차는 낯익은 길을 달렸다. 오 영감이 이사를 안 갔는지 어릴 때 종종 가던 구불구불한 언덕길이 보였다. 낯익은 길을 따라 어릴 때 기억이 소록소록 떠올랐다. 주로 재준과 관련된 기억이었다. 마지막으로 봤을 때는 워낙 자리가 자리인지라 슬쩍 지나가서 제대로 보지 못했는데 지난 몇 년간 재준이 어떻게 변했을지도 궁금했다. 옛날 일을 생각하자 가슴이 두방망이질 치는 것처럼 두근거려서 심호흡도 하며 긴장을 풀었다.

처음 재준과의 기억은 다섯 살 때였다. 초여름에 할아버지를 따라 그 집에 놀러갔을 때 풀밭이 너무 좋아서 효은은 좋다고 신발을 벗어 던지고 맨발로 풀밭에서 뛰어다녔다. 미은은 얌전하게 앙증맞은 하얀 샌들을 신고서 효은에게 '언니, 그러면 안 돼에'를 외치면서 종종거리고 있었다. 그때 효은이 벗어 던진 신을 재준이 가져다 효은 발에 신겨줬다. 효은은 그게 너무 좋아서 또 신발을 벗어 던졌다. 그러자 재준이 효은 발에 또 가져다 신겨주면서 말했다.

"다시 또 던지면 안 갖다 준다."

재준이 무섭게 하는 말에 효은은 고개를 끄덕거렸다. 그때도 이 잘생기고 어른스런 오빠가 너무 좋았다. 그때 미은은 옆에서 입을 삐죽거렸지. 당시에는 재준이 얌전하게 애교있는 미은을 더 예뻐했던 것 같은데 지금 자기가 가면 미은 대신 왔다고 구박이나 당하는 거 아닌가 하는 생각에 마음 한편이 무거워졌다.

어릴 때부터 얌전하고 여성적인 미은과 비교당하면서 효은은 망아지처럼 기집애가 날뛴다고 혼난 적이 한두 번이 아니었다. 중고등학교 시절에도 집 근처에서 서성거리던 남자애들이나 툭하면 전화질 하던 남자애들도 모두 미은을 찾았지, 효은에게 집적대는 애는 하나도 없었다. 대학 때도 마찬가지였고. 미은과 달리 효은은 변변한 상대 없이 공부하기에 바빴던 것이다. 어머니는 그런 효은을 보고 쯧쯧거렸다. 하지만 스물아홉 살, 현재 효은이나 미은 둘 다 결혼을 안 한 건 마찬가지였다.

효은은 문득 책꽂이 한 구석에 꽂혀 있을 루이스 스티븐슨의 『보물섬』을 생각하곤 미소를 지었다. 어렸을 때 재준이 읽은 책들은 효은네 집으로 오곤 했다. 그 때문에 효은네 삼남매는 재준이 본 책들을 보면서 자랐다. 대부분은 이사 가면서 안 보는 책은 다른 사람을 주거니 동네 도서관에 기증해 버렸지만 효은이 살짝 한 권만 빼놓고 간직하고 있는 책이 하나 있었는데 그게 바로 『보물섬』이었다.

말괄량이였던 효은이 보물을 찾으러 가는 짐과 외다리 실버 선장의 이야기를 좋아하기도 했지만 사실 다른 이유가 있었다. 그것은 효은만의 오래된 비밀이었다.

책의 안쪽 표지에 오재준이라고 어린애답지 않은 또박또박한 글자로 쓴 이름이 있는 건 효은만이 알고 있었다. 미은이나 형은 둘 다 전혀 모르고 있었다. 효은이 제일 먼저 발견해서 서랍에 숨겨 버렸기 때문이다. 효은은 그동안 여러 번 이사를 했지만 그 책만은 못 버리고 이제는 그냥 방에 있는 책꽂이 한쪽 구석에 꽂아놓고 있었다.

재준은 그동안 효은 마음속에 그 '보물섬' 처럼 간직된 사람이었다. 마음 한구석에 어릴 적 첫사랑으로 아스라한 기억 속에만 존재했다. 마치 보물섬처럼. 원래 보물섬이란 신기루 같은 존재가 아니던가. 그런 어린 시절의 신기루 같았던 첫사랑 재준을 오랜만에 만날 생각을 하니 손에 식은땀이 날 정도로 긴장됐다. 사실 식구들 앞에선 무심한 척 굴었지만 일요일이 다가올수록 효은은 점점 떨려왔고 잠을 설칠 정도로 가슴이 두근거렸다.

'엄마 말대로 화장이라도 좀 제대로 할 걸 그랬나.'

이런 생각을 하고 있는데 차가 낯익은 집의 차고로 들어갔다. 효은은 기사가 문을 열어주기 전에 문을 열고 나왔다. 차에서 내린 효은은 주위를 둘러보았다. 어린 시절에 가끔 할아버지 따라 오던 곳이라 그다지 낯설지는 않았다.

어느새 여름이 왔는지 따가운 오후 햇살에 잠시 서 있었는데도 땀이 흐를 것 같았다. 초봄에 미국에 가서 연수 한 달 받고 돌아와서 바로 홍콩에 출장 한 번 다녀오니 이미 계절이 바뀌어 있었다. 정말 언제 시간이 이렇게 간 건지 효은은 깜짝 놀랄 정도였다.

나무들이 좀 더 무성해진 게 세월이 흐른 흔적이랄까? 집은 꽤 넓은 부지에 있었는데 정원보다 한 계단 위에 집이 있었다. 계단 옆으로는 휠체어가 다니게 따로 경사로 같은 게 새로 설치되어 있었다. 아마 재준을 위한 것인 듯했다. 계단을 따라 올라가자 현관에 웬 인상 좋은 오십대 아주머니 한 분이 나와 있다 효은을 반겼다. 전에 계시던 아주머니가 아니어서 조금 낯설긴 했다.

"오늘 오시기로 한 아가씨지요?"

"네에. 안녕하세요, 장효은이에요."

효은이 허리를 굽혀 인사하자 아주머니는 민망해했다.

"아이고, 안 그러셔도 돼요. 날도 더운데 어서 들어오세요."

그녀는 상냥하게 효은을 집으로 안내했다. 아줌마가 아마도 오 할아버지 방으로 추측되는 곳으로 안내해 주었다.

"먼저 들어가 있어요. 내가 곧 마실 것 갖다 드릴게요. 뭐 드시고 싶으세요?"

"글쎄요. 편하신 대로 주세요."

"그럼 커피 곧 갖다 드릴게요."

"네, 고맙습니다."

아줌마는 뭐가 좋은지 싱글벙글한 채 자리를 떴다. 아줌마가 떠나자 효은은 크게 심호흡을 한번 하고 엉거주춤 노크를 했다. 그러자 안에서 바로 칼칼한 목소리가 들렸다.

“들어와요.”

효은이 문을 열고 들어가며 인사했다.

“안녕하세요, 할아버님? 그동안 잘 지내셨어요?”

자리에서 돋보기를 쓰고 신문을 보고 계시던 오 영감이 안경 너머로 효은에게 눈인사를 했다.

“네 눈에는 내가 잘 지낸 걸로 보이냐?”

“뭐, 별로 변하신 것도 없으신 거 보니 잘 지내신 것 같은데요.”

“잘 지내긴 뭘 잘 지내. 늙은 걸 봐.”

오 영감은 이마가 좀 벗겨지고 머리가 하얗게 세긴 했어도 아직 목소리나 뭐로 보나 정정했다. 고등학교 동문회에서 후배들한테 아직도 밤새서 폭탄주 돌리는 일을 종종할 정도로 강한 체력을 자랑했다.

“에이, 뭐가 늙으셨어요. 여전하신데요.”

효은이 너스레를 떨었다. 오 영감은 그런 효은이 좋았다. 예의상 동생 미은에게 선을 놓긴 했으나 야무지고 대 세고 성격도 강한 효은이 재준의 짝으로 더 좋을 거라고 생각했다. 그가 미은에게 선을 놓은 이유는 효은같이 똑똑하고 당찬 아가씨에게 재준은 아무래도 너무 부족한 것 같다는 생각에서였다.

사고 후에 하반신 불구인 녀석에게 효은보다는 화초 며느리가 될 가능성이 높은 미은 쪽이 더 날 것 같아, 일단 미은에게 선을 놓기는 했다. 돈이야 썩어 넘칠 정도로 많으니 미은 하나 데려다 호강시키는 건 일도 아니었다. 그리고 미은이라면 절대 거절하기 힘든 자리일 테니 반드시 나올 거라고 생각했다.

오 영감도 미은에게 빚이 꽤 있는 걸 당연히 알고 있었다. 그렇기 때문에 죽은 친우나 장 교수한테도 절대 미안한 일이 아니라고 혼자서 되뇌곤 했다. 게다가 자기 살아 있을 때 재준의 마누라는 꼭 보고 싶었다. 사고 후에 비뚤어진 녀석을 생각하면 가슴도 아프고 속도 상했다. 사고 이후, 결혼은 생각도 없다고 못을 박고는 밖에서 여자를 만나는 것 같지도 않았고 집과 회사 정도만 오갈 뿐 일절 사교 생활을 끊은 재준을 보면 오 영감은 도저히 가만히 있을 수가 없었다. 그래서 결국 나서서 재준의 색싯감을 찾아보던 중이었다.

그러다 미은이 선배에게 속아 빚을 졌다는 얘기를 딸에게서 듣게 됐다. 딸이야 좋은 마음으로 얘기한 게 아닐 테지만 그 얘길 듣는 순간 옳다구나 해서 딸을 보내서 미은에게 선을 놨다. 그런데 미은은 안 나온다고 하고 예상 밖으로 효은이 나온다는 딸의 말을 듣는 순간 이게 웬 횡재냐 싶었다. 사실 잔머리만 굴리는 미은이 거절하지 않을까 하는 생각을 안 한 건 아니었지만 효은은 예상 밖의 대어였다.

그는 자신의 앞에 앉아 있는 효은을 찬찬히 살펴보았다. 까만 머리는 염색 한 번 안 한 듯 어깨선에서 조금 내려와 찰랑거렸고, 하얀 피부는 진한 화장을 안 했는데도 깨끗했다. 쌍꺼풀은 없었지만 눈은 꽤 또렷하고 큰 편이었다. 워낙 예쁘다고 소문난 동생에 비하면 조금 떨어지긴 해도 이 정도면 꽤 예쁘다 싶을 정도였다. 키도 꽤 크고 몸매도 저 정도면 좀 말랐다 싶은 게 아쉽긴 해도 손자가 결코 싫어할 스타일은 아니라고 판단했다. 어릴 땐 망아지같이 길쭉길쭉하더니만 나이가 들면서 살이 좀 붙으면서 선도 여성스러워져 있었다.

그리고 저 성격…… 저 성격이 정말 걸출하니 마음에 들었다. 대가 세고 똑 부러지고 그렇다고 야멸찬 것도 아니고 다정할 때는 한없이 다정했다. 죽은 그의 친우도 효은이 여자애라는 걸 얼마나 두고두고 아쉬워했던가. 그는 마음을 먹었다. 저승에 있는 친우를 생각하면 그의 손녀에게 못할 짓인 듯했지만 재준이 놈을 생각하면 지푸라기라도 잡고 싶은 심정이었다.

'그래, 내가 천년만년 살 것도 아니고 재준이 놈 장가가는 건 보고 가야 제 부모한테도 면목이 설 것 아냐. 내가 죽어서 효은이 할아버지에게 몰매를 맞더라도 효은이 놓치면 두고두고 후회할 거야.'

만석꾼 집안 자식에서 재산 다 버리고 몸 하나만 가지고 월남해서 쌀 서 말밖에 없었어도 맨손으로 이 큰 재산 일구어낸 오영감이었다. 투자에 있어선 귀신도 울고 갈 정도인 그가 장효은을 놓칠 리 없었다. 그는 은근슬쩍 말을 꺼냈다.

"재준이 얘기 대충 들었지?"

"그냥 사고 났다는 얘기만 들었어요."

효은이 얼렁뚱땅 대답했다. 그다지 잘 아는 것도 아니고, 애기 꺼내기 좋은 화제도 아니었던지라 대충 얼버무렸다. 오 영감은 효은에게 슬쩍 정보를 흘렸다.

“교통사고로 죽다 살아났는데 다리를 다쳤어. 완전히 다 다친 건 아니고 걷는 데 좀 지장 있는 정도야. 결혼 생활엔 전혀 지장 없어! 그건 내가 장담할게. 근데 이놈이 통 장가갈 생각을 안 하네. 게다가 고모가 어디서 선 자리 물고와도 다 퇴짜 놓기 일쑤고, 그렇다고 지가 만나는 아가씨가 있는 것도 아니고. 아, 내가 그놈 때문에 돌아버리겠어. 내가 천년만년 살 수 있는 것도 아니고 그놈아 장가가는 건 보고 가야 저세상에서 내 저놈 부모 만나도 면목이 설 거 아니겠냐.”

오 영감은 은근슬쩍 재준이 남자로서의 능력은 별문제없다는 걸 슬그머니 알려주었다. 효은은 그 말에 능수능란하게 답했다.

“오빠, 여자들한테 인기 많았잖아요.”

“지금도 얼굴은 반반해서 지가 원하면 결혼하겠다고 나설 여자가 있을 법도 한데 지가 싫다네.”

그때 문 두드리는 소리가 들리더니 아까 그 아주머니가 들어와서 오 영감 앞에는 녹차와 효은 앞에는 커피를 놓고 나갔다.

“뭐가 좋다고 몸에 나쁜 걸 먹어?”

“그래도 전 이게 좋아요. 할아버지 요즘도 폭탄주 자주 드세요?”

효은은 절대 지지 않았다. 그 말에 오 영감이 뜨끔하더니만 더 이상 잔소리는 못하고 계속 하던 얘기를 마저 이었다.

“흠흠. 그래서 말인데 효은아, 너 원하는 게 뭐냐?”

“네?”

뜬금없이 오 영감이 효은에게 물었다.

“글쎄요. 제가 원하는 게 뭘까요?”

“유학 보내주리? 너 네 아버지 가고 나서 유학 포기하고 눌러 앉았잖니. 저놈하고 같이 미국 가서 살래? 거기서 공부할 수 있게 내가 도와주마. 네가 저놈만 데리고 살아준다면 내가 너 원하는 건 다 들어주마. 그리고 네 집안 문제도 해결해 주고.”

결국 오 영감이 급하게 말을 앞서 나가자 효은은 난감한 표정을 지었다. 그러다 그만 웃어버리고 말았다. 그런 효은을 보자 오 영감은 좀 실망한 듯했다.

“싫어?”

오 영감이 얼굴을 찌푸렸다. 좀 엉뚱한 효은의 반응에 당황스러웠다.

“아뇨. 그게 아니라, 아직 재준 오빠 얼굴도 못 봤는데 할아버지가 뜬금없이 오빠랑 같이 살라니 좀 웃겨서요. 저, 오빠 제대로 본 지 십 년쯤 됐어요.”

“그런가? 내가 너무 앞섰네.”

“일단 재준 오빠가 저 좋다고 해야 되는 거 아니에요?”

“저놈 싫다고 해도 너만 좋다고 하면 돼!”

영감이 소리를 버럭 질러 버렸다. 기세등등하게 거의 선언하다는 듯이 말했다.

"어디 너 같은 아가씨를 지 주제에 거부해? 너만 좋으면 내가 알아서 할 테니까 네 의중이나 말해봐."

"저 회사 다니기 슬슬 지치기도 하고 가장 노릇도 좀 지겨워요, 할아버지."

효은이 심각한 얼굴로 돌려 말했다. 오 년 동안 가장으로 엄마와 미은의 사고 막을 수 있을 만큼 막아줬고, 식구들 밥 굶지 않게 생활비 대줬고, 허리 휘게 비싼 형은의 사립대학 의대 등록금과 용돈까지 대줬으면 식구들한테 할 만큼 했다고 생각했다. 그러나 당장 효은이 시집가면 집안은 누가 감당할지는 자신이 없었다.

그런 효은의 뒷사정을 오 영감이 전혀 모를 리 없었다. 어머니와 미은이 사고 친 돈 이억을 효은이 힘들게 갚고 있는 건 익히 잘 알고 있었다. 오 영감 생각에도 미은이 좀 문제가 있긴 했다. 경제관념 없는 거나 효은은 일하는 데 미은이 집에 있는 것도 마음에 들지 않았다. 그래서 이런 미은을 과연 며느리로 들여도 될지 좀 고민이 안 되는 건 아니었다. 하지만 미은은 오히려 단순하기 때문에 컨트롤이 가능했다. 그런 생각으로 선을 보러 나오라고 꼬신 것이었다.

"그래서?"

효은은 커피 잔을 들고 한 모금 마신 뒤에 약간 뜸을 들이다 대답했다. 아무래도 이렇게 결정하는 게 옳은 건지 잘 몰라서였다. 하지만 할아버지가 저렇게 밀어붙인다는 건 재준을 설득할 자신이 있다는 것이었고, 어차피 재준과 잘되길 바라면서 나온 게 아니었던가. 그런 거라면 여기서 뜸을 들이는 것은 그다지 경제적이지 못하단 생각이 들었다. 사실 아가씨라면 조금 쑥스러운 듯 내숭이라도 부려야 하나 싶기도 했지만 효은 성격에 그건 맞지 않는 듯해서 솔직하게 말해 버렸다.

"오빠만 좋다면 시집올게요."

하지만 인생이 걸린 결혼인데 이렇게 간단하게 결정해도 되는 걸까? 말 그대로 아파트를 팔면 해결할 수 있는 빚 때문에 인생을 거는 건 아닐까? 이런 생각을 하는 와중에 효은은 자기가 재준을 좋아하고 있고 어린 시절부터 갖고 있던 그 동경 때문에 이 결혼을 하고 싶어하는 것이라는 걸 깨달았다. 혼자인 것도 외롭고 자기도 가정을 꾸리고 싶고 누군가에게 사랑받고 싶었다. 그리고 그 누군가가 재준이 되면 정말 좋을 것 같았다.

그때 갑자기 오 영감이 새끼손가락을 내밀었다.

"약속해?"

"네."

오 영감과 효은은 진지하게 새끼손가락을 감고 약속을 했다.

"무르기 없기다? 도장도 찍어."

오 영감이 엄지를 내밀며 도장까지 찍었다. 효은은 오 영감이 내민 엄지에 묵묵하게 자기 엄지를 갖다 댔다.

"너 재준이랑 결혼하고 네 집 걱정은 안 해도 좋다."

"네?"

"너네 어머니랑 동생들 걱정하지 말라고. 집안 빚은 내가 해결해 주마. 그리고 네 동생들 결혼까지는 내가 섭하지 않게 책임져 주마."

"아니, 할아버지 마음은 감사한데요. 엄마랑 미은이 빚만 해결해 주세요. 너무 노골적이어서 좀 그런데요. 아버지 연금만으로도 엄마랑 미은이 사는 거 어렵지 않아요. 빚만 없으면 저는 만족해요."

그 빚잔치는 효은의 남은 인생을 저당잡아 마련하는 돈이 될 터였다. 물론 돈은 많으면 좋지만 자기 인생 저당잡아서 받아내는 돈이 크면 클수록 후에 더 부담이 될 듯했다.

"왜?"

"엄마랑 미은이 아직 살날 많이 남았는데 제가 평생 뒷바라지 해 주는 건 안 좋은 것 같아요. 게다가 엄마는 모르지만 미은이는 더더욱 앞으로 자기 인생 살려면 절대 그럼 안 될 것 같아요."

오 영감은 순간 효은에게 깜짝 놀랐다. 단순하게 집안 빚 해결해 주는 정도로 금전적 보상만 생각했던 까닭이다. 효은은 뭔가 다른 생각이 있어 보였다.

"내가 너무 앞서 나갔나. 미안하다. 네 생각은 요만큼도 못했구나."

얼굴을 살짝 붉히며 효은이 말했다.

"아니에요. 엄마나 미은이가 저 없어도 할아버지한테 도움받

으면 앞으로 좀 걱정돼서요. 이참에 좀 배웠으면 좋겠어요. 미
은이는 앞으로 결혼해서 살림도 해야 하는데.”

오 영감은 그 순간 무슨 일이 있어도 효은을 재준과 결혼시켜
야겠다고 더욱 굳은 다짐을 했다. 그래서 또 조급증이 발동을
했다.

“올라가 봐, 이층이야. 난 안 나가볼게. 개성댁이 안내해 줄
거야.”

“네? 예.”

아마도 효은을 안내해 준 아주머니가 개성댁이라고 불리는
모양이었다. 효은은 일어나며 할아버지한테 말했다.

“그럼 올라가 볼게요.”

“가기 전에 들러라.”

“네.”

효은이 활짝 웃자 볼우물을 쏙 패였다. 웃을 때 눈에서 눈웃
음을 흘리는 게 이미 콩깍지가 단단히 씐 오 영감 눈에 여간 귀
여워 보이는 게 아니었다.

‘잘되어야 할 텐데. 그놈 괜히 성질부려서 다 된 밥에 재만 떨
어뜨려 봐라!’

효은이 쟁반을 들고 할아버지 방을 나서자 마중을 나왔던 개
성댁이 거실에 앉아서 뭔가 정리를 하면서 기다리고 있었다.

“저 커피 더 주시겠어요? 오빠도 커피 마시나요?”

“그럼요.”

개성댁이 커피 메이커에 이미 내려져 있는 커피를 따라주고 챙겨놨던 과일 접시를 주었다.

그간 재준에게 꽤 여러 아가씨들이 줄창 드나들었는데 하나같이 마음에 드는 아가씨가 없었다. 노골적으로 눈에 '돈'이라고 써 있거나, 억지로 왔다는 인상이 강했다. 그런데 이번에 온 아가씨는 좀 다른 인상이었다.

선해 보이는 인상에 손이 마냥 곱기만 한 것도 아니고 그 흔하디흔한 매니큐어도 바르지 않은 일하는 손이었다. 손톱도 짧고 단정하게 다듬은 게 평소에 얼마나 바지런한지 눈에 보인다고나 할까. 대충 얘기는 들었다. 오 영감의 친우 손녀에, 집안 빚이 꽤 있다는 것까지. 그래도 악착같이 돈만 밝히는 것 같은 인상도 아니고 마냥 곱게 자란 것만도 아닌 게 꽤 맘에 들었다.

"도련님이 누가 드나드는 걸 싫어해서 저도 잘 못 올라가 봐요. 그러니 아가씨 혼자 가보세요."

"예, 그럴게요."

효은은 쟁반을 들고 올라가기 시작했다. 그런 효은을 보면서 개성댁은 슬그머니 웃으면서 오 영감 방 쪽으로 갔다. 그녀가 문을 두드리고 들어가자 오 영감이 잘 왔다는 듯이 반겼다.

"애 봤어? 어때?"

"아이구, 여태 본 아가씨 중 제일 괜찮네요. 이제 도련님만 초안 치면 될 거 같아요."

개성댁이 활짝 웃으며 말하자 귀를 쫑긋 세우며 듣던 오 영감도 안심하는 눈치였다. 아무래도 최측근이라고 할 수 있는 개성댁의 의견을 오 영감이 여간 신뢰하는 게 아니었다.

"글쎄, 나도 그게 좀 걱정이네. 그놈아 이번에 초 치면 가만 안 둘 거야."

"어떻게 가만 안 두시게요? 그래도 도련님이 이번엔 좀 다를 거 같은데."

개성댁이 입에 손을 대고 웃으면서 말했다. 오십대의 개성댁은 예쁜 얼굴은 아니지만 선한 얼굴에 곱게 나이 든 오십대 중년 부인이었다.

"아무렴 지도 눈이 있음 달라야지. 장효은이는 물건이야, 물건."

"아이고, 며느리 될 아가씨한테 물건이 뭐예요?"

개성댁의 가벼운 타박에 오 영감은 머리를 긁적였다.

"허허, 그런가."

아래층의 화기애애한 분위기는 이미 효은과 재준의 결혼을 결정한 것 같았다. 개성댁이 이 집에 들어온 지 벌써 이십 년쯤 됐는데 오 영감과 재준의 취향을 모를 리가 없었다. 원래 전라도 어느 양반가 출신인데 출가한 뒤 아이를 못 낳아 소박맞고 떠돌다가 이 집으로 왔다. 손재주 좋고 사람이 선해서 오 영감이 무척 아꼈다. 물론 딸은 그게 못마땅한지 입을 비쭉거렸지만 마치 친정 엄마한테 김치 얻어가듯 이것저것 잘도 얻어갔다.

지금 개성댁은 거의 이십 년쯤 전에 선임 개성댁이 그만둘 때쯤 누군가의 소개로 이 집에 들어왔다. 어린 재준이 뒷바라지부터 시작해서 온갖 큰 대소사는 다 치러낸 사람인만큼 오 영감의 신임도 장난 아니었다. 전부터 한식당 하나 차려준다고 해도 싫다고 굳이 마다하는 개성댁이었다. 그런 개성댁도 오케이한 여자니 이제 오 영감은 더 이상 두려울 게 없었다.

제2장

효은이 이층의 문 앞에서 다시 떨려오는 호흡을 가다듬었다. 손을 들어 문을 두드리려고 하는데 손이 너무 떨려서 제대로 움직여지질 않았다.

'에휴, 간만에 보고 무슨 말을 해야 하나. 이것 참 난감하네.'

속으로 다시 한 번 다짐을 하며 떨리는 손을 다잡고 문을 두드렸다. 이렇게 떨려보기도 참 간만이었다. 처음 회사 입사해서 프레젠테이션 할 때 이렇게 떨었던가? 대입 보기 전에도 이렇게 떨지 **않았는데.**

"들어오세요."

안에서 낮은 남자 목소리가 들렸다. 언제 재준을 마지막으로 봤더라. 오 년 전 아버지 장례식장에서 본 게 마지막이었던 듯했다. 그때도 지나가면서 정신없이 봐서 따로 얘기를 하진 못했다. 그리고 보니 재준과 마지막으로 제대로 얘기한 것은 중학교 3학년 때 재준에게 과외 받을 때 이후론 없던 것 같았다.

방에 들어가자 컴퓨터 책상 앞에 앉아서 뭔가 열심히 모니터를 들여다보던 남자의 뒷모습이 제일 먼저 눈에 들어왔다. 꽤 넓은 거실에 큰 책상과 책이 가득 꽂혀 있는 게 재준이 서재로 쓰는 모양이었다. 검은색 셔츠를 입은 등이 꽤 넓어 보였다. 집에 있다고 관리에 게으르지 않은지 옷도 편하게 입고 있는 게 아니라 꽤 단정하게 입고 있었다. 머리나 수염도 깔끔하게 정리해서 이대로 외출해도 괜찮을 정도였다. 그런 그를 바라보는 효은의 마음은 복잡했다. 어떻게 얘기를 꺼내야 할지도 잘 모르겠고 호흡이 가빠오면서 손끝도 좀 덜리는 듯싶고 얼굴도 약간 붉어지려 하고 있었다.

그는 얼굴도 돌리지 않고 야멸차게 말했다.

"아줌마, 저 일하는 중에 올라오지 마시라고 했죠. 제가 알아서 다 챙겨 먹고 하니까 너무 신경 쓰지 마세요."

그래도 뒤에서 내려가는 기색이 없자 목만 휙 돌렸다가, 효은이 커피와 과일이 든 쟁반을 들고 멀뚱하니 서 있는 것을 보자 재준은 상당히 당황한 기색을 보였다. 효은이 활짝 웃으면서 쟁반을 탁자에 내려놓으며 인사했다.

"안녕하세요?"

그제야 키보드에서 손을 떼고 앉아 있던 휠체어를 돌려 정면으로 효은을 바라봤다.

"죄송하지만 누구시죠?"

그가 효은을 몰라봤는지 정색을 하고 말했다. 이맛살을 찌푸리고 있는 게 노골적으로 반기지 않는다고 표를 냈다. 전혀 변한 게 없구나. 저 냉정한 성질머리 하곤. 효은은 속으로 혀를 끌끌 찼다.

예전에도 잘생긴 얼굴이다 싶었는데 사고 후에 뭔가 좀 변하지 않았을까 효은은 사실 조금 궁금했다. 하지만 그는 여전히 멋있었다. 이제 완전히 성인이 된 그의 날카로운 얼굴을 보자 새삼 다시 가슴이 두근거렸다.

새카만 적당한 길이의 머리카락에 홑꺼풀의 큰 눈. 눈매가 길쭉해서인지 금속 프레임의 안경은 굉장히 날카로워 보였다. 게다가 눈동자가 새카만데 비해서 흰자는 푸르스름할 정도로 하얗다. 말끔하게 면도한 턱 선은 매끈했고 도톰한 듯한 큰 입술에서 육감적인 매력까지 풍기고 있었다. 게다가 소매를 걷어붙이고 있는 팔뚝은 꽤 단단해 보이기까지 했다. 앉아 있는 것만 봐서는 어디가 불구인지 전혀 모를 정도로 건강해 보여서, 당장이라도 휠체어를 박차고 일어날 것 같았다.

그의 직시하는 날카로운 눈빛에 다시 얼굴이 빨개지려 하자 효은은 다시 마음을 다잡고 생긋 웃으며 말했다. 여기서 당황할 수는 없었다. 그는 여전히 멋있었고 이제는 예전의 그 말괄량이 장효은이 아니라 여자로서의 장효은을 보여주고 싶었다.

"오빠, 저…… 효은이에요."

효은의 말에 재준의 눈이 깜짝 놀라서 휘둥그레졌다. 장 할아버지를 따라 종종 놀러오던 효은을 재준은 당연히 기억하고 있었다. 어린 시절 종종 같이 놀던 효은이었다. 그때는 키가 멀대같이 크고 말라깽이더니 어느새 몰라보게 변한 모습에 어리둥절하기까지 했다.

재준은 까만 눈을 빛내던 효은이 이렇게 자랐다는 게 신기했다. 가냘프고 예쁘고 애교 많던 미은과 반면에 키가 훌쭉하니 크고 활달했던 효은은 대조적인 자매였다. 어릴 때는 장 할아버지를 따라 효은과 미은이 놀러오곤 했다. 외동이에 부모님이 교통사고로 일찍 돌아가신 뒤론 외톨이인 재준을 생각해서인지 효은과 미은이 와서 재준과 자주 놀다 가곤 했다. 당연히 재준이 그 두 자매를 상대로 놀아주는 것이었지만.

"오랜만이에요."

"여긴 어쩐 일이야?"

그는 내심 반가웠지만 퉁명스레 대꾸했다. 갑자기 연락도 없이 효은이 찾아온 것은 뭔가 냄새가 나는 일이었다. 게다가 효은을 알아보지 못한 게 멋쩍기도 했고.

"아, 할아버지한테 놀러왔다 들렀어요."

효은은 그가 속으로 하는 욕이 들릴 것 같았다. '망할 영감탱이. 이런 식으로 선을 들이밀어?' 라고 얼굴에 씌어 있는 듯이 보였다.

"으흠, 왔으니 거기 대충 앉아."

재준은 그래도 어린 시절 소꿉친구에 할아버지 친우의 손녀다 보니 평소처럼 내치진 못하고 예의를 차리고 있었다.

"네."

재준은 휠체어를 돌려서 효은이 앉아 있는 소파 앞 탁자에 왔다. 효은은 곁눈질로 재준의 다리를 슬쩍 보았다. 치노 팬츠에 감싸인 저 긴 다리가 움직일 수 없다는 게 잘 믿겨지지 않았다. 재준은 집에만 있지는 않는지 병자처럼 창백하지도 않았고 병색이 있어 보이지도 않았다. 그걸 보니 조금 안심이 됐다. 선을 보러 나올 때 효은도 결심한 바가 있었다.

재준의 불구는 큰 문제가 아니었다. 재준의 육체적인 상태보다는 정신적 상태에 더 관심이 많았다. 효은은 어린 시절부터 재준을 봐왔기에 재준이 어떤 사람인지는 대충 알았다. 효은이 아는 오재준은 굉장히 강하고 독한 남자였다. 부모님이 돌아가시고 유복한 할아버지 손에서 컸다지만 굉장히 반듯한 사람이었다. 할아버지 돈 믿고 유세를 떤 적도 없었고, 오히려 오 영감이 대학 들어간 순간부터 모든 원조를 끊어서 거의 고학을 하다시피 했다. 그런 그가 교통사고로 다리를 다치게 됐다고 해서 인생을 자포자기할 리가 없었다. 아마 오기로 더 열심히 살면 살았지. 실제로 재준을 보고 그의 모습을 확인하고 나니 더욱 재준을 잡고 싶어졌다.

사실 효은이 결혼에 대해서 평소 생각한 것은 그런 미친 짓은 돌지 않으면 못한다는 거였다. 여자 인생에서 결혼은 자기 스스로 지옥불에 뛰어드는 거나 마찬가지로 보였다. 결혼 후에, 집에선 손 하나 까딱 안 하는 남편 위해 몸 바쳐 충성하고, 시댁의 노예로 노력 봉사, 애를 키우면서 회사를 다니는 직장 동료나 친구를 본 적이 한두 번이 아니었다. 게다가 이렇게 불안정한 한국 사회에서 믿을 수 없는 국민연금 바라고 노후 대책을 안 세울 수도 없는 노릇이었다. 결국 한국에서 결혼해서 산다는 것은 언제나 돈과 시간과의 싸움이었다.

효은이 오재준이란 사람에 대해 아는 건 굉장히 기본적인 것밖에 없었다. 그가 언제 태어나 몇 살에 부모를 잃고 무슨 초등학교 중학교 고등학교 대학교를 나오고, 이런 이력이지 그의 사람 됨됨이가 아니었다. 어릴 적에 좀 알던 사이와 십 년쯤 전에 여름에 한 달 남짓 과외 받은 게 그와 접촉한 거의 모든 것이었다. 그런데 그런 그를 뭘 믿고 결혼하려는 걸까. 그의 돈? 그의 능력? 그의 외모? 효은은 그게 뭔지 아직은 잘 감이 오지 않고 있었다.

자기가 지고 가던 짐 이억을 덜어준다는 그것 하나만 믿고 결혼해서 남은 인생을 올인 해야 하는 상황에선 뭔가 더 큰 보증이 필요했다. 남들은 그게 '사랑'이라고 한다. 하지만 장효은에겐 그게 무엇일까? 좀 더 더 나은 미래를 위한 투자로 이 남자를 잡아야 한다고 말하는 건 삭막했다. 돈 보고 결혼하는 골드디거라고 손가락질당하기도 싫었다. 하지만 현실은 효은을 그렇게 몰아가고 있었다.

효은이 재준에 대해서 말할 수 있는 것 하나는 재준이 어떤 점에선 믿을 만한 남자라는 것이었다. 절대 처랑 자식새끼 배를 굶기거나 손찌검을 할 사람이 아니란 것 하나는 알고 있었다. 언제나 반듯하고 남에게 엄격한 만큼 자기 자신에게도 엄격한 그런 사람이었다. 일단 결정한 일에 대해선 확실하게 책임질 그런 사람이란 것 하나는 알고 있었다. 그래서 오 영감이 결혼하라고 할 때 흔쾌히 말할 수 있었던 것이다. 집안의 빚도 효은을 결혼으로 몰고 있었지만 어린 시절부터 봐온 재준에 대한 믿음과 감추어둔 마음속 깊은 곳의 감정이 효은에게 이 결혼으로 가라고 부추겼다.

커피를 앞에 두고 잠시 침묵이 흘렀다. 효은은 계속 싱글싱글 웃고 있고 재준은 어떤 얘길 꺼내야 할지 망설였다. 잠시 창문 쪽으로 고개를 돌린 재준의 이맛살을 찌푸린 옆선이 들어왔다. 오래된 동전의 로마인처럼 높고 날카로운 라인이었다. 검은색 셔츠의 윗 단추 하나만 풀어놓은 사이로 날렵한 긴 목과 목 위쪽의 살짝 튀어나온 울대가 보였다. 이 사람이 언제 이런 남자가 됐나 싶었다. 턱 선에 면도 자국이 푸릇푸릇 보이는 게 조금 신기하기까지 했다. 어릴 적에 볼 때마다 가슴 두근거리던 미소년이었던 그 재준 오빠는 어디로 간 것일까. 자기는 아직도 말괄량이 천둥벌거숭이 장효은인 듯싶은데.

“진짜 오랜만이네.”

재준이 효은의 시선을 느꼈는지 고개를 돌리며 말을 꺼냈다.

“네.”

“동문회에서 대충 너 졸업한 뒤에 유학 가려다 말았다는 얘긴 들었다. 요즘은 뭐 해?”

“회사 다녀요.”

“어떤 회사?”

“증권회사에서 애널리스트로 있어요.”

그 말을 듣자 어릴 때부터 꽤 영특해서 얼굴만 예쁜 제 동생 미은이나 남자치고 심약한 형은에 비해 효은의 할아버지나 그의 할아버지 두 분 다 남자로 태어났으면 오죽이나 좋았겠노라고 한탄했던 말이 떠올랐다.

할아버지한테 효은이 그의 학교 후배가 되었다는 얘기를 언뜻 들은 기억이 났다. 동문회에 종종 나가긴 하지만 워낙 학번 차이가 있다 보니 그다지 소식을 많이 들은 건 아니었다. 그런데 어느새 졸업해서 취직하더니만 이제 시집갈 나이가 된 것이었다. 할아버지가 뜬금없이 효은을 부른 이유가 조금 궁금했다. 설마 그에게 이런 식으로 선을 들이미는 걸까? 이 모양인 손자에게 설마 친우의 손녀를 들이밀랴 싶기도 했다. 게다가 똑똑하고 야무지고, 얼굴도 예쁘고 어디 하나 빼놓을 데 없는 그 장효은이 뭐가 부족해서 자기에게 매달리겠는가? 물론 단 하나 부족할 만한 게 했다.

돈! 그는 돈이 많았다. 심지어 할아버지에게도 많았다. 돌아가신 아버지의 동생인 고모 가족이 하이에나처럼 그가 잘못되어서 좀 더 많은 재산을 받기를 원했다는 것을 그는 누구보다 잘 알고 있었다.

하지만 그의 돈은 할아버지에게 물려받은 돈이 아니라 그가 직접 번 돈이었다. 몸이 이렇게 됐어도 그가 그나마 추스를 수 있던 것도 돈 때문이었다. 처음에는 막막했다. 다시 회사로 돌아가기도 힘들어 보였고 남자로서나 인간으로서 어떻게 살아야 할지 정말 막막했다. 하지만 그에겐 돈이 있었다. 일단 돈이 있으면 많은 게 가능했다. 사고 이후 처음으로 그가 돈을 많이 벌어놓은 게 참 다행스런 일이구나 싶었다. 그래서 앞으로의 미래를 위해서 그동안 절대 자기 관리를 느슨하게 하지도 않았고 철저하게 커리어를 쌓으면서 '돈'을 버는 데 매진했다.

양쪽 다리 모두 신경이 많이 다쳤으나 재활 훈련만 잘하면 휠체어 대신 목발로 움직일 수 있다고 했다. 그는 그것에 목표를 잡았다. 재준은 냉정한 사람이었다. 일단 살았다. 그리고 아예 못 움직이는 것도 아니고 재활을 한다면 혼자 거동하는 게 가능했다. 그래서 그는 사 년 동안 그걸 목표로 달려왔다.

그동안은 결혼이 별문제가 되지 않았다. 하지만 이제 슬슬 재활 목표도 달성해 가자 할아버지가 슬그머니 결혼 얘기를 꺼내기 시작했다. 하지만 과연 그가 결혼할 수 있을까? 이 몸을 가지고……. 그는 직접 치고 들어가기로 했다. 효은에겐 사실대로 말하지 않기로 했다. 아직은 효은을 믿을 수가 없었다.

"나, 사고 난 소식은 들었지?"

"네, 대충요."

"보다시피 이런 신세야."

그는 과장하듯이 자기 다리를 가리키며 말했지만 효은은 눈도 깜빡하지 않았다.

"생각보다 멀쩡하시네요."

그는 예상 밖의 효은의 말에 순간 당황했다. 효은 역시 자신의 대꾸에 당황하고 있었다. 이렇게 말하려던 건 아닌데 그의 공격조의 말에 저절로 화답하고 말았다.

'아이고, 이러려고 한 건 아닌데.'

무척이나 미안했다.

"미안해요, 오빠."

"뭐가? 됐어. 신경 쓰지 마."

한동안 침묵이 감돌았다.

"할아버지한테 무슨 일로 불려온 거야?"

"아, 그러니까…… 할아버님이 저랑 오빠랑 결혼했으면 하시더라구요."

"뭐!"

여태 할아버지가 올려 보냈던 어떤 여자도 이렇게 대놓고 얘기한 적이 없었다. 게다가 어린 시절 소꿉친구는 아니더라도 같이 자라다시피 한 효은에게 할아버지가 이런 말을 할 줄은 꿈에도 생각지 못했다. 차라리 미은이었다면 무슨 생각을 하는지 대충 표가 나기 때문에 적절히 대응할 수 있겠지만, 너구리같이 속에 뭐가 들었는지 모를 장효은이 무슨 생각을 하는지 그는 잘 감이 잡히지 않았다.

“네가 뭐가 부족해서 나 같은 다리병신에게 시집오겠다는 거니?”

순간 본심이 터져 나오고 말았다.

“글쎄 말이에요.”

효은은 넉살 좋게 대꾸는 했지만 답을 주지는 않았다.

맨 처음에 미은 대신 나오겠다고 할 때는 정말 재준과 결혼하겠다는 강한 의지가 있던 것은 아니었다. 그때엔 가벼운 호기심과 어린 시절의 동경의 대상이었던 재준의 현재 모습이 보고 싶었을 뿐이었다. 하지만 오 영감이 재준과 결혼할 것을 꼬드기기 시작하는 순간 가슴속 깊이 묻어놨던 감정과 욕심이 슬그머니 자리를 차지하기 시작했다. 그리고 막상 재준을 보자 어린 시절 같이 자랐던 유년기의 추억과 함께 학창 시절 동경했던 사람의 현재 모습에 가슴이 조금 답답해져 왔다.

효은이 중학교에 다닐 때 여섯 살 위였던 재준은 대학생이었다. 볼품없는 빼빼 마르기만 한 여중생이 동경하는 할아버지 친구 손자인 오빠가 바로 재준이었다. 물론 동생 미은에게도 마찬가지였다. 소녀 시절의 그 묘한 느낌이 효은 마음 한구석에 숨겨져 있다 다시 불려 나온 듯했다. 게다가 동생과 자신의 동경

대상이자, 동생에게 어린 시절부터 묘한 콤플렉스를 갖고 있었
다는 점에서 효은은 동생 대신이라는 게 묘하게 조금은 기분이
좋았다. 그리고 그와 결혼하고 싶다는 생각이 조금씩 강해졌다.

"효은아, 괜히 나한테 시집와서 고생하지 말고 지금이라도 좋
은 남자 찾아가."

재준이 나름 다정한 척 거절의 말을 전했다.

"그런데 저는 오빠랑 결혼한다고 할아버지랑 약속했거든요."

효은은 입에서 술술 나오는 자기 말에 속으로 뜨끔했다.

'아이고, 내가 왜 이러지.'

조금 겁이 났지만 그래도 한 번 나온 말은 능숙하게 혀에 달
라붙었다.

"그래서 나더러 어쩌라구?"

"저랑 결혼하셔야 할 것 같아요."

"뭐라구?"

"오빠가 저랑 결혼한다고 해서 손해 보는 일은 없잖아요."

"내가 이득 보는 건 또 뭔데?"

일단 재준은 효은의 페이스에 놀아나고 있는 상태였다.

"대차대조표로 볼 때 그다지 나쁘지 않은 거래라고 생각되는
데요."

효은이 실실 웃으며 대꾸했다.

사람을 만나기 전에 당연히 그 사람에 대해서 뒷조사는 필수
이지 않겠는가 싶어서 그 뒤 효은은 재준의 뒷조사를 했다. 대

학 졸업 후, 3대 독자라 방위로 근무한 뒤 공인회계사 자격증을 따고 나서 회계사로 몇 년 일하다가 당시 그다지 국내에선 별 인기가 없던 MBA를 하러 미국으로 갔다. 켈로그에서 MBA를 딴 뒤 컨설팅 업체인 맥킨지에서 일하다가 사 년 전에 한국에 잠시 나왔을 때 교통사고를 당하고 그냥 눌러앉게 되었다. 현재는 대학 때 동기였던 친구들과 회계사무소를 동업하고 있었고, 별도로 투자회사에 고문으로 나가고 있다. 그것들은 인터넷과 동문회 선배 몇에게 전화를 돌려 알아낸 사실이었다.

아마도 효은은 재준이 할아버지 재산만 믿고 그대로 눌러앉아 있는 사람이었다면 돌아보지 않았을지도 모른다. 그러나 재준이 사고 후에도 좌절하거나 비판하는 대신에 삶을 개척하고 있는 게 마음에 들었다. 어차피 인생은 모험이고 자기가 좋은 남자를 만날 절대적인 기회가 있는 것도 아닌 이상, 재준을 놓치고 싶지 않다는 생각도 들었다.

재준 역시 곰곰이 생각해 보니 효은과의 결혼이 나쁘지 않은 거래란 생각이 들었다. 효은은 꽤 괜찮은 외모에 머리가 잘 돌아가니 사업에도 도움을 줄 것이고, 믿을 만한 사람이 옆에서 도와주는 것도 괜찮을 것 같았다. 무엇보다 할아버지의 결혼하란 잔소리도 싫었고, 불쌍한 듯이 쳐다보는 낯선 여자와의 선자리도 지겨웠다. 효은은 그가 어릴 적부터 봐온 그나마 잘 아는 사람이었다. 그는 효은이 어떤 여자인지는 잘 모르지만 어떤 사람인지는 조금 알고 있었다. 아니, 그것보다 간만에 보는 효은을 보면서 조금 심장이 두근거렸다는 게 더 그런 생각이 들게 한 것은 아닐까?

둘은 서로에 대해서 생각해 보느라고 잠시 침묵이 흘렀다. 재준이 뭔가 생각해 보는 듯한 표정을 하더니만 효은의 눈을 똑바로 쳐다보며 말했다.

"너랑 결혼해서 내가 얻는 이득에 대해서 좀 더 꼼꼼하게 따져 보고 플러스 마이너스를 따져 봐야 하지 않겠어?"

"뭐, 저도 이 자리에 나온 거니 나름대로 해봤어요. 그리고 오빠한테 그걸 어떻게 설득해야 좋을지도요."

"좋아, 말해봐."

효은이 손가락을 하나씩 꺾으며 말했다.

"첫째, 일단 오빠는 할아버지한테 더 이상 장가가서 자식을 보란 압력에 시달리지 않게 되고요. 둘째, 오빠 회사를 꾸려 나가는 데 도움이 되는 파트너를 얻을 수도 있죠. 셋째, 집안일을 챙기는 하우스키퍼도 생기는 셈이니 손해 보는 건 없지 않겠어요. 덤으로 침대를 데우는 여자도 생기는 거기도 하구요. 넷째, 게다가 제일 중요한 2세 문제를 해결할 수 있겠죠?"

장효은은 양갓집 규수가 말하기 어려운 것도 눈 하나 깜짝 안 하고 말하고 있었다. 그 빼빼 말라 두꺼운 안경을 끼고 있던 어린 시절의 장효은은 어디로 간 것일까? 어릴 때도 맹랑한 구석은 있었지만 이렇게 대담해질 거라곤 생각해 본 적 없었기에 새삼스러운 기분으로 효은을 찬찬히 살펴보았다.

어깨 아래로 살짝 늘어뜨린 살짝 웨이브가 있는 세련된 머리에, 거의 화장하지 않은 피부는 뽀얗다. 쌍꺼풀이 없는 홑겹의 눈은 동그라니 컸고 눈의 동공이 새까맣고 눈에 비해 큰 편이라 어딘가 강아지 같은 인상을 풍겼다. 살짝 립글로스를 바른 도톰한 입술은 위로 살짝 올라가서 미소를 지을 때마다 예쁜 곡선으로 휘었다. 게다가 왼쪽 뺨의 보조개와 웃을 때마다 드러나는 하얀 이까지 그에게는 과분할 정도로 예뻐 보였다. 그 같은 다리병신과 결혼하기에는!

효은이 그를 보고 웃자 볼에 보조개가 깊게 패면서 눈이 반달처럼 휘었다. 순간 그의 가슴이 두방망이질 치기 시작하면서 조금 붉어지려고 하는 게 느껴졌다. 재준은 몹시 당황해서 어서 더 효은의 눈에 띄기 전에 효은을 내려 보내야겠단 생각이 들었다.

"내가 고민 좀 해보고 할아버지랑 얘기해 볼게. 내려가 봐. 내가 지금은 좀 바쁘구나."

"그럼 우리 거래는요? 나 정도면 충분히 괜찮지 않아요?"

라고 말하면서 효은이 웃자 그는 속으로 거절하겠다는 생각은 어느새 물거품처럼 사라지는 걸 느꼈다. 그에게 저런 여자가 과분하다면 경제적으로 생각해 볼 때 절대 손해나는 거래는 아니지 않은가. 어차피 그의 돈을 보고 결혼할 여자라면 개중 가장 나은 여자를 선택하는 게 당연한 것이겠지. 그런 점에서 효은과의 결혼은 최대한의 이익을 얻을 수 있었다. 결혼을 경제학적으로 봤을 때, 서로 성격과 집안 환경이 다른 사람이 만났을 때 최대의 이윤이 창출한다고 하지 않던가.

"나도 생각해 볼 시간이 필요하지 않겠니?"

"아, 예의상 그런 시간이 필요하겠죠. 당연히 그런 중요한 걸 여기서 결정하면 머쓱하죠."

효은은 그 뒤에도 재준과 최근 시사나 국제 정서 같은 걸 곁들여서 수다를 떨다 일어났다.

"아, 맞다. 제 명함 드리는 것도 깜빡했네요. 여기 제 명함이요."

재준은 효은이 건네는 명함을 받아서 신기한 듯 잠시 들여다봤다. '대리 장효은'이라고 적혀 있는 걸 보자 신기하기까지 했다. 그 망아지같이 다리만 길쭉하던 효은이 어느새 사회인이 된 걸 보면 세월 참 빨리 간다 싶기도 했다. 어느새 그도 서른다섯 살이었다. 이제 슬슬 정착할 시점이 아닌가 고민하고 있던 찰나이기도 하지 않았던가.

효은이 손을 가볍게 흔들며 내려가자 재준은 가슴을 쓸며 안도의 한숨을 내쉬었다. 뭔가 여우에게 홀린 듯했다. 하지만 기분이 나쁘진 않았다. 효은의 뒷모습을 보면서 그는 씨익 웃었다.

효은은 일층으로 터덜터덜 내려왔다. 자세히 보니 재준이 오가기 쉽게 계단 대신 나선형으로 만들어놓은 것을 비롯해 여기저기 재준을 위한 배려가 보였다. 부인도 일찍 잃고 아들 내외도 잃은 이 할아버지에게 재준 하나밖에 남은 가족이 없었다. 물론 딸이 있긴 했으나 딸은 각자 따로 사느라고 만날 기회가 적은 편이었다.

할아버지가 거실에서 꽤 초조한 기색으로 기다리고 계셨다.

"만나봤나?"

"네."

효은이 함박웃음을 지며 말했다.

그 망할 놈의 자식이 교통사고로 저 지경이 되기 전까지는 모든 게 좋았다. 부인이 일찍 죽고 자식 내외가 죽었을 때는 세상이 갈라지는 듯했으나 저놈 하나만을 위해서 모든 것을 일궜다 해도 좋을 정도로 오 영감은 재준을 사랑하고 아꼈다. 친혈육에 대한 끈끈한 애정으로 이 팔순 노인네가 여기까지 왔다 해도 좋을 정도였다.

재준이 교통사고로 중환자실에 누워 있을 때도, 그는 자신을 다독였다. 젊은 시절 모은 재산도 꽤 되었고 지금은 일선에서 물러나 있지만 부동산에서 나오는 돈도 좀 되었다. 게다가 계속 이런저런 일로 돈을 모으는 일 모두 재준을 위한 일이었다.

시키지 않아도 공부를 하고 1등을 해오는 재준은 그에게 트로피였다. 늘씬한 키에 잘생긴 얼굴, 머리도 좋았다. 경영대를 나오고 공인회계사 자격증을 따고 미국에 가서 MBA까지 딴 뒤 맥켄지에서 일하는 재준이 그는 너무나 자랑스러웠다.

그러다 한국에 다니러 온 바로 그때 교통사고로 죽음의 문턱까지 갈 때까지 그는 재준이 계속 그리 살 줄 알았다. 재준은 살았으나 하반신 불구가 되었고 그의 빛나는 트로피는 빛을 잃었다.

일가친척 중 은근히 재준이 죽기를 원하는 사람들이 있는 것을 알았다. 거의 대부분을 차지할 재준 몫을 노리는 딸이 그는 못내 원망스러웠고, 그래서 더욱 악착같이 돈을 끌어 모았다. 그의 트로피가 죽지 않았음을 보여주기 위해서. 이제 어느 정도 회복한 재준이 결혼해서 자식을 보는 일까지만 보면 그는 이 세상에서 할 일을 다 마치는 것이란 생각에 더욱 효은과의 결혼에 목을 매고 있었다.

오 영감은 효은을 보며 그녀의 할아버지를 떠올렸다. 고등학교 동창이었던 그는 곱상한 서생이었지만 대쪽 같은 성격에 깐깐한 성격 덕에 재산을 많이 모은 건 아니지만 자식 교육 하나는 철저했다. 자식 복이 없는지 슬하에 효은의 아버지밖에 자식이 없었고 그마저 일찍 죽었다.

"그놈이 뭐라던?"

"생각해 보겠대요."

"뭐? 그것밖에 말 안 해? 생각해 보겠다니, 그럼 하겠다는 거다."

"어, 할아버지랑 얘기해 본다고 하던데요?"

"저놈 성격에 아님 대번에 싫다고 했겠지. 생각해 보겠다는 거 보면 하겠다는 거야. 두말할 거 없어. 그나저나 저놈 다리도 저 모양이고 성질은 다리보다 더 안 좋은 상태인데 정말 괜찮겠냐?"

마지막으로 오 영감이 효은의 의중을 물어왔다. 마지막으로 쐐기를 박으려는 의도인 게 뻔했다. 하지만 이미 내린 결정을 다시 심사숙고할 거였으면 효은은 처음부터 말했을 터였다.

"결혼 안 할 생각이었으면 오지도 않았어요."

효은은 단호하게 말했다. 오 영감이 코끝에 걸려 있던 안경을 들어 올리며 효은을 찬찬히 살펴봤다.

"상견례 날 잡자. 언제가 좋겠냐? 나는 가급적 빠르면 좋다."

효은은 볼을 수줍게 붉혔다.

"일단 오빠 결정 보고요."

이렇게 해서 오재준과 장효은은 결혼을 목표로 첫발을 떼게 됐다.

일단 효은이 하겠다고 한 이상, 오 영감은 재준을 어떻게든 설득해서 식장에 들여보낼 자신이 있었다. 그리고 어떻게든 무슨 수를 써서라도 결혼시킬 생각이었다. 그걸 위해서라면 재준 앞에 엎드려 절이라도 할 수 있었다.

효은이 가자마자 오 영감은 재준의 방으로 올라갔다. 어떻게든 망할 손자 놈을 설득이든 협박이든 해서 식장에 입장시키겠단 강력한 의지의 표명이었다.

"어떠냐, 애는?"

“어릴 때부터 잘 알던 사이인데 뭐 어떻고 자시고가 있어요. 그냥 동생 같은 애인데.”

재준이 일부러 뜸을 들이며 퉁명스레 대답했다. ‘동생’을 강조하며.

“너한텐 좀 아까운 애야.”

“잘 아시면서 왜 보내셨어요?”

“내가 보낸 게 아니야. 나는 미은이한테 오라고 했는데 효은이가 온 거야!”

오 영감이 답답한지 소리를 버럭 질렀다. 재준 역시 의외였는지 좀 놀란 기색이었다. 그러나 다시 표정 관리에 들어갔다. 왜 미은이 아니라 효은이 온 건지는 궁금했지만 그걸 오 영감에게 물어볼 수는 없는 노릇이었다.

“미은이나 효은이나 저한텐 마찬가지예요.”

오 영감은 한숨이 절로 나왔다. 저놈의 고집불통은 도대체 뭘 먹어서 저리도 질기나. 다 내가 잘못 키웠지 이런 생각만 들었다. 오 영감은 속으로 이를 악물고 모르는 척 말문을 떼었다. 수단과 방법을 가리지 않기로 한 이상 그동안 말 안 하고 있던 재준의 약점이라도 공략하기로 했다.

“아직도 못 잊은 거냐?”

“뭘 못 잊어요?”

아무렇지 않은 척 쌀쌀맞게 말하는 재준을 바라보는 오 영감의 속은 좋지 못했다. 할아버지가 무슨 애길 꺼내는지 재준이 모를 리가 없었다. 아직도 귓가에 ‘오빠!’라고 부르는 맑은 목소리가 생생했다. 피눈물 흘리는 가슴을 억누르며 산 지 몇 년인데 이런 할아버지의 도발에 흔들릴 수는 없었다.

“잘 생각해 봐. 효은이 좋은 애다. 나 죽고 나면 너 혼자야. 이 노인네가 살면 얼마나 살겠느냐? 너를 위해서가 아니라 내 생각해서 효은이랑 이 집에 들이면 안 되겠냐?”

뜻밖의 할아버지 모습에 재준은 좀 당황했다. 살면서 할아버지가 부탁 같은 거 한 적이 한 번도 없었다. 재준의 기억에선 언제나 당당하고 꼬장꼬장하던 영감이었다. 부모님이 사고로 돌아가셨을 때, 울고 있는 재준에게 ‘울면 네 부모가 더 슬퍼해, 이눔아!’ 하면서 혼을 내던 양반이었다. 정말 잘못한 일을 하면 회초리 하나 대지 않으면서도 무섭게 혼이 나곤 했다. 대학 다닐 때는 등록금조차 벌어서 내라고 했고, 재준이 자신이 번 돈으로 바다 건너 어학연수 갈 때는 급한 일 생기면 쓰라고 오백 불 준 게 다인 영감이었다. 그런 할아버지가 자기한테 부탁하고 있었다.

“이 할아비 가고 나서 너 혼자 있을 생각하면 가슴이 꽉 막힌다. 그런 노인네 말년이라도 좀 편안하게 만들어줄 생각 없는 거냐? 그러면 차라리 아직 못 잊고 있는 유리였던가…… 그 애한테라도 연락해 보든지! 언제까지 그러고 있을 거야!”

그 말에 재준은 펄쩍 뛰었다. 이런 모습을 그 애한테 절대 보이고 싶지 않았다. 자존심이 용서하지 않았다. 이제 와서 연락할 거면 사고 났을 때 연락했을 것이다.

"됐어요! 차라리 효은이랑 결혼하고 말지."

옳다구나. 오 영감이 이 틈을 놓치지 않고 말했다.

"그래! 결혼해!"

"네?"

"결혼하라고. 네 전 여자 친구한테 연락할 거 아니면 효은이랑 결혼해. 아니면 그냥 네 고모가 데리고 오는 여자 아무나 잡아서 너랑 혼인신고 해버릴 거니까!"

"할아버지!"

재준이 소리를 냅다 질러 버리자 오 영감이 더 큰 소리로 으름장을 놓았다.

"너만 소리 지르는 줄 알아, 이눔아! 노인네가 같은 얘길 수십 번 했으면 이제는 못 이기는 척을 해야 할 거 아냐! 내가 네놈 장가가는 건 보고 죽어야겠다는데 그게 그렇게 싫냐!"

할아버지가 이젠 정말 화가 나셨는지 소리를 지르셨다. 그러다 목이 뻣뻣해지는지 뒷목을 부여잡았다.

"아, 혈압 올라."

진짜 뒷목 잡고 쓰러지시기 전에 이쯤에서 그만 해야 할 거 같았다. 게다가 할아버지가 이렇게 강경하게 밀어붙이는 이상 생각해 보는 척은 해야 했다. 결국 재준은 한발 물러섰다.

"알았어요. 생각해 볼게요."

혈압이 걱정된 재준은 알았다고 대충 무마하려 했지만 오 영감은 끈질겼다.

"내일이라도 당장 효은이 만나서 청혼해."

"네?"

"한 달 안에 처리하자."

"아니, 무슨 결혼이 땅 사는 일도 아니고 어떻게 처리해요, 한 달 안에?"

어느새 얘기가 재준과 효은의 결혼을 확정짓고 있었다. 재준은 순간 당황했다.

"난 할 수 있다. 그러니까 넌 가만있어. 내가 다 알아서 할 거니까."

"할아버지, 생각해 본다니까요."

"생각하고 자시고 없다. 해!"

무서운 눈길로 번뜩거리는 할아버지의 눈을 보자 재준은 더 이상 거절할 수가 없었다. 오 영감이 이렇게 강하게 재준을 압박한 적은 거의 없었다. 엄격해도 재준의 의사를 존중해 주던 양반이었다. 그리고 오 영감이 '돈 문제'가 아닌 일에 이렇게 무섭게 달려드는 이상 그는 분명히 자신이 원하는 방향으로 관철시킬 게 분명했다.

"내 분명히 말했다. 한 달이야, 한 달!"

"할아버지!"

"긴말 필요없다. 나는 네놈 최대한 빨리 장가보내고 싶고 효은이 좋은 애다. 이 할아버지 한 번만 믿어봐라. 내가 네놈 잘살라고 지금 효은이 들이밀고 있는 거 아니야!"

이 상황에선 말이라도 한마디 잘못했다간 정말 노인네가 뒷목 잡고 쓰러질 가능성이 높았다. 차마 늙은 할아버지 잡았단 소리는 들을 순 없었다. 할아버지가 작정한 이상 더 이상 재준도 거부할 수가 없었다. 일단 재준과 효은을 결혼시키겠다는 본인의 의지를 통보한 후 오 영감은 더 들을 것 없다는 듯이 무서운 기세로 계단을 내려가 버렸다.

이미 할아버지가 결심한 이상 재준은 어떻게 브레이크를 걸어야 할지 고민이 많았다. 한동안 가만히 모니터를 쳐다보다 결국 책장 한구석에서 두꺼운 책을 빼내었다. 책 중간에 책갈피처럼 끼워둔 사진을 꺼냈다. 간만이었다. 시간이 약이라더니 점점 잊혀지고 있었다. 그래도 귓가엔 아직도 '오빠'라고 부르는 그 명랑한 소리가 들릴 것도 같은데.

한여름의 바닷가에 자그마한 여자가 강한 바람에 날리는 하얀 원피스 자락을 쥐고 환하게 웃고 있다. 바닷바람에 휘날리는 긴 머리카락, 하얗고 작은 얼굴, 동그랗고 큰 눈, 오뚝한 코. 이렇게 간만에 들여다보니 좀 낯설게 느껴졌다.

"유리야."

재준은 가만히 속삭여 보았다. 옛 연인의 이름을 마음속으로만 읽을 뿐이었다. 이름처럼 맑은 성격이었다. 너무 가냘프고 소중해서 손끝 하나 댈 수 없었다. 너무 소중하고 사랑스러워서 품 안에 감춰두고 싶었다. 그래서 결혼하려 했다. 그러나 할아

버지에게 결혼할 거라고 허락받으려고 나왔다가 그 말만 꺼낸
채 사고를 당했다.

절망했다. 이 몸으로는 도저히 유리를 만날 수가 없었다. 그
래서 친구 욱형을 시켜 유리에게 자기가 죽었다고 말하라고 시
켰다. 이런 몸 뒤치다꺼리를 유리에게 시킬 수 없었다. 아니, 사
실대로 말하자면 거절할지도 모른다는 사실이 죽도록 무서웠
다. 그때는 거절당하느니 죽었다고 거짓말하는 게 낫다고 생각
했다.

효은이라면 어땠을까? 오히려 덤덤하게 받아들였을 것이다.
침착하고 발랄하고 강한 장효은이라면 오히려 그가 사랑하지
않는다고 해서 상처도 받지 않을 것이고 그의 불구에 그다지 신
경 쓰지 않고 오히려 잘살지도 모른다. 게다가 효은은 그가 버
는 돈에 관심이 있을 테고, 자신의 부족한 점은 돈으로 보상해
주면 만족할 것이다. 이대로 혼자 사는 것보단 누군가 옆에서
보살펴 주는 것도 나쁘지 않을 것 같았다. 결국 재준은 효은과
의 결혼을 결심했다.

사실 처음 보는 순간 당황했던 것도 망아지 같던 효은이 갑자
기 아가씨가 돼서 나타났기 때문이다. 잠깐 나눈 대화도 상당히
즐거워서 시간 가는 줄도 몰랐다. 효은이 생긋 웃을 때마다 가
슴이 좀 두근거린 듯도 했다.

당연히 유리와 효은은 전혀 달랐다. 오히려 유리는 미은과 비
슷했다. 만일 미은이 나왔더라면 재준은 당연히 거절했을지도

모른다. 하지만 효은이었기에 유리와 전혀 다른 효은이었기 때문에 쉽게 결혼을 결심할 수 있었다. 두 눈 딱 감고 과거를 두고 온 이상 인생을 위한 새로운 설계가 필요한 시점이기도 했다.

재준은 그대로 아래층으로 내려갔다. 할아버지한테 뜻을 따르겠노라고 말하기 위해.

제3장

효은이 집에 오자마자 엄마와 미은이 기다리고 있었다는 듯이 달라붙었다. 미은은 한동안 요리학원과 무슨 신부수업인가 뭔가 받는다고 예지원인가 뭔가 하는 데를 다니더니만 최근에는 십자수와 퀼트에 열을 올리고 있었다. 물론 그 돈은 효은 주머니에서 나오는 것이었다. 퀼트 바느질에서 손을 뗀 미은이 눈을 반짝거리며 물었다.

"어땠어?"

"어떻긴, 그냥 그랬지. 할아버진 안녕하시고, 재준 오빠도 잘 있고."

"오빠 많이 다쳤어?"

미은은 아무래도 그게 걸리는 모양이었다. 그리고 자기한테 들어온 선인데 효은이 나간 것도 마음에 안 들었다. 하지만 장애인한테 시집가는 건 싫었다. 과거의 재준이라면 두말할 것도 없이 좋았겠지만.

"휠체어 타고 움직이는데 그렇게 나빠 보이진 않더라."

"걷지도 못해?"

"응, 전혀 못 걷는 것 같던데."

하지만 효은은 아까 얼핏 본 재준의 어깨가 여전히 넓고 탄탄했던 걸로 봐선 그 독한 인간이 그냥 집에만 있을 린 없단 생각이 들었다. 원래 자기 관리 하나는 철저했던 사람이라서 다리가 불편해졌다고 해서 뱃살이 붙게 그냥 있을 리가 없었다. 대학 때도 새벽마다 다니던 수영장에서 강사로 픽업까지 되었던 재준이었다. 원래 오 할아버지도 오냐오냐하는 사람도 아니어서 그냥 뒀을 리도 없었다. 눈을 반짝이며 묻는 미은이 순간적으로 효은은 얄미워졌다. 자기가 갖긴 뭐 하고 남 주긴 아까운 심리인가…….

"그래, 오 영감님이 뭐라시니?"

엄마도 옆에서 끼어들었다.

"음, 뭐 오빠랑 나랑 결혼했음 하시던데……."

"그래서 너는?"

엄마 얼굴을 보니 관심이 무척 많은지 화색이 돌고 있었다. 장성한 두 딸이 아직도 시집을 안 가고 있던 건 아무래도 걸리는 일이었다. 게다가 내년에는 둘 다 앞자리 숫자도 바뀌는데 올해 내에 어떻게 해야 한다는 압박을 엄마도 받고 있었던 것이다. 처음엔 그나마 좀 치우기 편할 것 같은 미은에게 집중하고 있었는데 그것도 제대로 안 되니까 차라리 이 기회에 효은이라도 먼저 보낼 생각이었다.

"오빠만 좋다면 간다고 했어요. 아, 그리고 할아버지가 빚 다 갚아주시겠다고 했어요."

효은은 대수롭지 않은 듯 말했다. 엄마는 이미 알고 있으셨는지 그 얘기에는 별말씀이 없으셨다.

"너, 회사는?"

"뭐, 결혼 결정되면 관둬야죠. 이제 나도 좀 놀아야 하지 않겠어? 나도 회사 다니는 거 좀 지겨우니. 지금 빨리 그만둬야 영국으로 삼 개월 장기 출장 가는 거 안 갈 것 같은데."

"가면 좋지 뭘 그래. 피카딜리 광장에서 쇼핑도 하고 해로즈에도 가보고."

옆에서 미은이 철딱서니없는 소리를 했다.

"쇼핑 같은 소리 하고 있어. 가면 지린내 나는 기차 타고 왔다 갔다 하고 녹물 나오는 차가운 물에 샤워하고 맛대가리없는 영국 요리 먹어야 하는데. 나 대신 네가 가주면 진짜 눈물 나게 고맙겠다."

효은은 이 철딱서니없는 동생에게 갑자기 화가 치밀어 올라 결국 한소리 하고 말았다. 미은은 입술을 삐죽거리더니 바느질

하던 퀼트를 안고 제 방으로 가버렸다.

"미은아, 너 좋아하는 드라마 아직 안 끝났어."

엄마가 옆에서 미은이를 달래려는 듯 불렀지만 미은은 아무런 대꾸도 없었다. 미은의 최고 콤플렉스는 효은처럼 똑똑하지 못하다는 거였다. 미은이 공부를 아주 못한 건 아니었다. 다만 본인이 취직에 그다지 적극적이지도 않았고, 그럴 의향도 없었을 뿐. 그리고 집에 선언하듯이 자신은 좋은 남자 나타날 때까지 집에서 신부수업을 하겠단다. 효은은 반대를 했지만 미은은 고집을 꺾지 않았다.

아버지가 살아 계실 때는 그래도 괜찮았다. 하지만 아버지가 돌아가시고 집안 상황이 안 좋아지자 효은이 다시 미은에게 취직할 걸 권했지만 미은은 마이동풍이었다. 그래서 효은은 미은에게 대신 한 달에 삼십만 원 용돈을 주기로 했다. 딱 삼십만 원이었다. 효은이 엄마 가계부도 감시했기 때문에 엄마도 미은에게 만 원짜리 한 장 주기도 눈치 보일 정도였다. 그 상태로 미은은 꽤 오래 버텼다. 대학 때 친하게 지내던 선배 언니한테 사기만 안 당했더라면 효은에게 절대 이렇게 꿀리지 않을 텐데. 아마 그 일만 없었으면 이미 시집가서 떵떵거리며 살고 있을지도 몰랐다.

효은은 효은대로 답답한 게 이제 제 나이도 그렇게 어린 나이가 아닌데 언제까지 저렇게 집에 있을 생각인지……. 게다가 요즘 남자는 집에서 살림하는 여자보단 돈 벌어오는 여자를 더 좋아한다고 수십 번 말해도 쇠귀에 경 읽기였다. 그렇다고 언제까지 효은이 미은을 데리고 살 수 있는 노릇도 아니었다.

사실 재준과 결혼하기로 마음은 먹었지만 효은은 걱정이 이만저만이 아니었다. 일단 집에서 도망치는 것에 양심의 가책은 필수였고 회사에 어떻게 말할지 감도 잘 오지 않았다. 그리고 재준이 자기랑 순순히 결혼하려 할까?

다음날 효은은 언제나처럼 헐레벌떡 회사에 도착했다. 회사에 갈 때는 편한 복장으로 가서 바이어 만날 일 있으면 회사 라커에 있는 정장으로 갈아입는다. 계절마다 라커에 있는 옷 갈아주고 한 달에 한 번 옷들을 모아 근처 세탁소에 드라이클리닝을 맡겼다. 효은이 평소처럼 잠에서 덜 깬 듯한 모습으로 털썩 자리에 앉자마자 친하게 지내는 민성현 부장이 커피를 들고 놀러 왔다.

“어이, 장!”

“왜요?”

“주말에 좋은 일 있었냐? 얼굴이 어째 좀…….”

어제 일을 생각하면서 잠시 생각에 잠겨 있던 효은 얼굴에 어느새 화색이 좀 돌았던 모양이다.

“잠 잘 자서 그래요.”

효은은 좀 창피해져서 잽싸게 잡아뗐다.

“아니, 얼마나 잤길래 그러냐.”

"좀 많이 잤수."

"날도 좋은데 남자라도 만나고 그래."

"그러는 부장님이 소개시켜 주면요."

이건 이 둘이 늘상 하는 대화나 마찬가지였다.

"내가 아는 사람들이라고 대학 동문하고 업계 관계자들인데 모르는 사람 혹 있어? 있음 내가 소개시켜 주고."

민성현 부장과 효은은 원래 학교 선후배 사이라서 대학 시절에도 친하게 지냈다. 성현은 학교 다닐 때 사실 효은을 좋아한 적이 있었다. 근데 이 아가씨한테 접근하고 싶어도 배리어가 워낙 탄탄해서 어지간한 동기, 선후배 아무도 그런 말을 못 꺼냈다. 성격이 나쁜 게 아니라 연애에 대해서 전혀 관심도 없고 보통 여자들처럼 접근할 건덕지가 없으니 자연스레 그렇게 됐다.

성현 역시 효은에게 마음을 둔 적이 있다 보니 자연스레 그 감정이 사라진 뒤에 좋은 선후배로 남을 수 있었다. 전에 효은이 회사 처음 취직할 때 도와줬던 것도 성현이었고, 이 회사로 이직할 때도 그의 도움을 받았다. 일단 영어와 일어에 능통하고 경제학부 출신답게 주식시장 이해도 빨랐다. 게다가 효은은 학교 다닐 때부터 모의투자가 아니라 실제적인 투자로 용돈벌이를 하고 있었다.

효은이 잘할 거라고 믿긴 했지만 생각보다 효은은 주식시장에 잘 맞았다. 중요한 정보를 다루고 분석하는 것에 능숙하고 클라이언트 관리도 꽤 잘했다. 게다가 상상력도 풍부하기 때문에 수익 모델 같은 걸 짤 때 믿을 만했다. 남들이 잘 보지 못하는 것을 잡아내는 걸 보면 확실히 독특한 감 같은 게 있는 듯했다. 게다가 출장이 잦아도 불평이나 투덜거림도 없었고 남성적인 직장 세계에 잘 적응해서 동료 남자 직원이랑도 잘 지냈다.

하지만 간혹 보다 보면 효은이 뭔가 자기를 강압적으로 밀어붙이는 게 아닌가 싶을 때가 있었다. 특히 자진해서 출장을 가는 것을 보면 뭔가에 쫓기는 것 같다는 생각이 들곤 했다. 간혹가다 흘러나오는 집안 문제가 아무래도 효은을 밀어붙이는 이유가 아닐까 혼자 추측해 보곤 했다. 그래서 더욱 안타까웠지만 직장 상사나 선배로서 효은에게 해줄 수 있는 영역은 아주 제한돼 있었다.

언제나 월요일 아침마다 지친 얼굴로 출근하던 효은 얼굴에 화색이 도는 것은 간만에 보는 일이었다. 그런 효은을 보면서 성현도 기분 좋게 월요일 아침 회의를 하러 회의실로 갔다.

월요일은 모든 회사원이 다 바쁜 날이다. 특히 오전에는 정신없다. 밀린 이메일을 체크하고, 한 주 계획도 짜야 하고, 회의 들어갔다 나오면 하루의 반 이상이 지나 있다.

효은은 이메일 체크도 못한 채 아침부터 있는 회의에 참석하고 돌아오니 점심시간이 얼마 안 남은 시간이 되어 있었다. 한숨을 쉬면서 터덜터덜 자리에 돌아오니 메모가 붙어 있었다. 효은이 자리에 없을 때 누가 전화를 한 모양이었다.

〈오재준 씨 전화. 01x—xxx—xxxx.〉

　재준이 무슨 일로 전화를 했을까? 효은은 정말 궁금했다. 복도에 핸드폰을 갖고 나가 전화를 했다. 번호를 누르는 손가락이 떨린 것처럼 느껴진 건 착각일 것이다.

　"여보세요?"

　[아, 효은이니?]

　전화벨이 몇 번 울리기도 전에 바로 재준이 받았다.

　"네, 전화하셨다고요."

　[지금 나올 수 있어? 간단하게 점심이라도 할래? 나 지금 광화문에 있으니까 바로 갈 수 있어.]

　"네. 어디가 좋으세요?"

　[파이낸스 센터 지하에 있는 인도 요리집 어때?]

　"좋아요."

　[그럼 거기서 보자.]

　효은은 재준과 단둘이 만난 적이 한 번도 없었다. 어렸을 적 과외를 받을 때도 언제나 미은과 같이였다. 그렇기에 무슨 얘기를 해야 할지도 몰랐고 어떻게 행동해야 할지도 몰랐다. 그러고 보니 주변에 남자라고는 다 대학 동문 정도고 그것도 단둘이 만난 적도 별로 없었다. 자기가 참 맹추같이 앞만 보고 달렸던 생각이 드는 순간이었다. 남자와 데이트를 해봤자 영화 보고 밥 먹고 드라이브 좀 하다 헤어지고 이게 다였다. 이것도 바로 뒤에 장기 출장이라도 잡혀서 갔다 오면 대부분 그새 다른 여자 만나서 사귀고 있고 자신과의 연락은 자연스레 끊겨 있었다.

'나도 참 바쁘게 살았구나.'

효은은 자기도 모르게 회사 취직한 이후에 월차 쓴 날짜나 휴가를 꼽아보았다. 언제나 남는 휴가 일수를 생각하니 한숨이 나왔다. 관리부에서 돈으로 줄 수 없으니 어서 쓰라고 강권을 했지만 휴가를 쓸 시간도 안 났고, 휴가를 쓰느니 차라리 돈으로 받는 게 마음이 편했다.

이런 생각을 하면서 효은은 잽싸게 외출 준비를 했다. 기껏 입에 립글로스 발라주는 정도지만.

"웬일이세요?"

효은이 먼저 와 기다리고 있던 재준 건너편에 앉으면서 건조하게 물었다.

"오늘 출근하는 날이야."

"아, 그러세요?"

사실 이미 뒷조사 완료인 효은이 모를 리가 없었지만 모르는 척해줬다. 효은의 조사에 의하면 재준은 보통 월요일과 수요일에 회계사무소에 출근하고 있었다.

"친구들이랑 같이 회계사무소 하는 거 있어. 오늘 그 일 때문에 잠시 들렀어. 나는 보통 집에서 일하거든."

“아, 네.”

“여차저차 너랑 점심이나 하려고, 할 이야기도 있고.”

“네에.”

효은이 좀 시큰둥하게 대답하는가 싶더니만 바로 종업원을 불렀다.

“여기, A세트 하나요. 오빠는요?”

“저는 B세트 주세요.”

곧 테이블이 세팅되더니 식사가 차례대로 나왔다. 난(납작하게 구운 인도 빵)을 뜯으면서 날씨 얘기니 최근 투자 얘기니 하고 있던 효은이 뜯어 먹던 난을 내려놓고 말했다.

“오빠, 저 점심 먹고 바로 가야 해요. 곧 회의라 준비도 해야 하고요. 하실 말씀 있으심 빨리 하세요.”

역시 정공법. 장효은답다.

“대답해 주려고 불렀어.”

효은은 별말없이 물 컵을 들고 물을 좀 마시더니 그의 눈을 바라보았다. 왠지 효은의 웃는 듯한 눈을 보자 심장이 좀 답답해지는 듯해서 그도 물을 마신 뒤에 바로 말했다.

“곧 날 잡자.”

그 말에 긴장한 듯 보이던 효은의 표정이 순식간에 환해졌다. 조금 기쁜 듯 효은이 볼을 붉히자 왠지 재준도 가슴이 두근거렸다. 사실 효은은 좀 더 로맨틱하게 분위기를 잡고 말해주면 더 좋았을 것 같긴 했지만 그래도 이렇게 빨리 말해준 것만으로도 기뻤다.

"네."

효은은 쑥스러운 듯 눈도 못 마주치고 테이블을 바라봤다.

효은이 다녀간 뒤 할아버지가 올라와서 효은과 결혼하라고 성화를 부리고 내려간 뒤 재준은 곰곰이 생각했다. 효은이 싫은 것은 아니었다. 능력있고 똑똑하고 아주 예쁜 외모는 아니지만 대신 매력적이었다. 그리고 효은을 만나고 난 뒤, 재순은 효은과 미은 자매에게 수학을 가르치러 과외 다녔던 시절이 기억났다.

여름에 중학교 3학년짜리 이 자매에게 대입을 위해서 수학과 영어를 가르쳐 달라는 제의가 들어왔다. 마침 그때 방위로 동사무소에 출근하던 재준은 아르바이트 삼아 효은네 집에 왔다 갔다 하기 시작했다. 미은이 그 또래보다 약간 공부를 잘하는 정도라면 효은은 목표가 큰지 이미 고등학교 정석과 성문종합을 보고 있었다.

미은이 수줍어하면서 그와 눈도 못 마주치는 반면에 효은은 무서우리만치 또렷하게 그를 직시했다. 언제나 하얀 블라우스에 긴 스커트를 입고 얌전히 앉아 있는 미은과 반대로 효은은 짧은 반바지를 입고 그 앙상할 정도로 긴 다리를 훤히 드러내 놓고 돌아다니곤 했다. 효은의 약간 그은 듯한 매끈한 다리를 보고 망아지 같구나, 라고 생각한 적이 있었다. 어느 날 다쳤는지 까무잡잡한 발목에 작은 밴드가 붙어 있었다. 그때 그게 왠지 묘하게 섹시하단 생각을 했다. 학같이 긴, 여름내 타서 까무 잡잡하고 탄탄한 다리에 작은 밴드가 묘하게 자극적이었다. 어린애를 상대로 이게 무슨 짓인가 싶어서 왠지 좀 찝찝했던 기억이 떠올랐다.

둘 다 짧은 단발머리였고 어렸다. 당시 미은은 아직 아이 티가 남아 있었지만 효은은 묘하게도 야생동물 같은 반짝거림이 있었다. 고무공처럼 탄력적이었고 재치있고 날카로웠다. 절대 재준과의 말싸움에서 지지 않았고, 궁금한 게 있음 바로 물어야 하고 대답도 바로 들어야 했다. 지금은 많이 세련되고 성숙해져서 예전 같은 그런 동물적인 반짝거림은 찾기 힘들지만 재준에게 결혼에 대해 설득하던 효은을 생각하면 재준은 왠지 기대가 됐다. 그녀와 결혼하면 자신의 밋밋한 일상이 좀 더 활기차지지 않을까 하는 생각이 들었던 것이다. 그래서 재준은 효은과 결혼을 하기로 결심했다.

이렇게 혼자 살 수 없다는 걸 잘 알고 있었다. 그동안 대충 조건 맞는 여자를 잡아서 결혼하는 것에 대해서 생각해 본 적이 없던 것도 아니었다. 그 조건에 효은이 딱 맞는지는 잘 모르겠다. 하지만 할아버지가 강력 추천하는 후보 1위인 효은은 그나마 그가 덜 낯선 상대라는 점에서 조금은 호감을 끌어냈을지도 모른다.

과거에 익숙했던 지금도 그리움으로 남아 있는 얼굴이 머릿속을 스쳐도 이제는 전처럼 그렇게까지 숨 쉬기가 힘들 정도로 아프진 않았다. 이젠 그만 잊자고 그렇게 결심해도 잊혀지지 않는 얼굴이었다. 재준은 머리를 가볍게 흔들어 기억을 떨쳐 냈다.

그런 재준을 보면서 효은이 단호하게 말했다.

"절대 후회할 선택이 안 되도록 만들게요."

그런 효은을 보자 재준은 도대체 이 여자가 자기를 뭘 믿고 달려드는지 궁금했다. 어떤 여자들에게 그것은 '사랑'이라는 이름의 눈가리개였지만 장효은에게 오재준은 그냥 '돈'과 바로 연결되는 걸까? 그냥 자신의 돈만 믿고 효은이 결혼하려는 건지 정말 궁금했다. 그러다 보니 그런 생각이 뜬금없이 입 밖으로 흘러나왔다.

"너는 도대체 나의 뭘 믿는 거니?"

이런 뜬금없는 소릴 해놓고 본인도 당황하는데 의외로 효은은 침착하게 답했다.

"그거 왠지 오빠 믿어, 라고 말하는 거 같아요. 왜, 여관 앞에서 어린애들이 '오빠 믿어'라고 말하고 끌고 들어가잖아요. 그런 거 볼 때마다 저는 생각해요. 과연 뭘 믿으라는 걸까. 첫째, 오빠가 네 순결을 지켜줄게. 둘째, 오빠가 너를 홍콩 가게 만들어줄게. 셋째, 뒷일은 내가 알아서 처리하마. 이런 것 중에 뭘 믿으라는 걸까 생각하거든요. 그래서 지금 오빠가 나를 믿니? 라고 물어보셔도 저는 뭐라고 말해야 할지 모르겠어요."

"내가 하반신 불구인 거 알잖아."

“음, 뭐 할아버님은 생각보다 심하진 않아서 아기 갖는 데 별 문제는 없을 거다, 라고 하셨어요. 그 정도만 알면 됐어요, 전. 이제 저도 나이가 있어서 결혼도 생각해야 하는데 기왕 선봐서 결혼할 거라면 예전부터 알던 오빠랑 하는 게 제 입장에선 아무래도 편하잖아요.”

이미 할아버지가 뒤에서 선수 치신 것에 재준은 입만 쩝 다물 뿐이었다.

“회사는 어떻게 할 거니?”

“그만두려고요.”

“왜?”

재준은 효은이 일 욕심이 있단 얘길 얼핏 들었던 터라 예상 밖이었다.

“음, 쉬면서 생각 좀 해보게요. 어차피 결혼하면 한동안 바쁠 텐데요. 그리고 회사는 저를 홍콩에 출장 보내는 기계로 알고 있어서 더 이상 출장 못 간다고 하면 무지 싫어할 거예요.”

배시시 웃는 효은을 보자 왠지 가슴 한쪽이 조금 불편해지는 듯도 싶었다. 그래서 일부러 좀 관심 없다는 듯이 말했다.

“그런 건 알아서 처리해.”

“네.”

재준의 관심없다는 듯이 알아서 처리하란 말에 효은은 상당히 섭섭했다. 뜬금없이 와서 정말 무덤덤하게 결혼하자고 하고, 그러더니만 효은의 거취 문제는 별로 신경 쓰고 싶지 않다고 말하니까 약간 얄밉기까지 했다.

'원체 잔정 없는 게 예전에도 까칠하더니만.'

효은은 이해심 많고 마음 넓은 장녀인 자기가 외동아들인 재준을 이해해야지 속으로 다독거리면서도 섭섭한 맘은 잘 가시지 않았다.

둘은 아무 말 없이 그냥 밥만 먹을 뿐이었다. 문득 몇 시인가 싶어서 시계를 들여다보던 효은이 화들짝 놀랐다.

"어머, 벌써 시간이 이렇게 됐네. 저 바로 들어가 봐야겠어요. 9X학번 민성현 선배 아시죠? 그 선배가 제 직속상관인데 회의 늦으면 가만 안 둘 거예요. 오빠는 천천히 식사하세요. 저는 먼저 들어가 볼게요."

효은이 허겁지겁 일어나자 재준 역시 따라서 일어났다.

"나도 거의 다 먹었어. 내가 태워다 줄게. 어차피 택시 타고 들어갈 거잖아."

"택시비 굳었으니까 밥은 제가 사도 될까요?"

효은이 재준의 눈치를 보며 물었다. 의외로 남자들은 이런 일에도 쪼잔해서 가끔 더치페이한다고 하면 세상이 뒤집어질 일처럼 구는 사람도 있었다. 남에게 밥을 얻어먹으면 빚을 지는 듯한 기분이 들어서 가급적이면 사는 게 편하단 생각을 하는 효은이었다.

"여자한테 밥 얻어먹은 지 무지 오래됐는데 이참에 한번 얻어먹어볼까."

"나중에 배로 갚아야 하는 거 아시죠?"

효은이 잽싸게 농으로 받아쳤다. 효은이 계산하자마자 지하 주차장으로 내려가는 엘리베이터를 탔다. 효은은 옆의 휠체어에 앉아 있는 재준을 내려다봤다. 일요일에 잠깐 본 거라서 잘 실감이 나지 않았지만 햇빛 아래에서 전동 휠체어를 능숙하게 끄는 재준을 보자, 재준의 불구가 현실적으로 와 닿은 느낌이 들었다.

재준이 태워다 준 덕에 생각보다 빨리는 회사로 돌아갔지만 재준의 프러포즈에 대해서 더 이상 생각할 여유는 없었다. 그 뒤로 몰아치는 일의 홍수에 효은은 완전 지쳐 버리고 말았다. 출장 준비랑 출장 가서 할 프레젠테이션 준비까지 하다 보니 또 열 시까지 야근이었다. 곧 그만둘 회사지만 하는 데까지는 최선을 다해야 했다.

아파트 엘리베이터를 타고 십층의 집으로 올라갈 때 어두운 조명 아래 엘리베이터 거울에 비친 자신을 보니 서른 살로 달려가는 지친 여자가 보였다. 순간 효은은 인생이 참 암담하단 생각이 들었다. 며칠 전에 밤샘하고 새벽에 엘리베이터 안에서 이런 생각을 했더랬다.

'이렇게 살면 동생들 결혼해서 분가시키고 엄마 모시고 살다 엄마 돌아가시고 나면 나중에 나 죽은 뒤에 고양이들 한 떼한테 뜯어먹힌 채 발견되겠지?'

이 생각을 하자 온몸에 소름이 확 돋았다. 그리고 그날 미은 대신 선에 나가겠다고 소리친 것도 아마 그날 한 생각이 원인이었을 것이다. 그때 땡 소리와 함께 문이 열리고 효은은 아파트 벨을 눌렀다.

"효은이니?"

하면서 문을 열어주는 엄마의 목소리에 왠지 화색이 도는 게 무슨 좋은 소식이라도 있는 것 같았다.

"다녀왔습니다."

효은이 인사를 하고 집에 들어가 신발을 벗었다. 미은은 나와서 드라마를 보면서 퀼트를 하고 있었다. 그러나 효은과 눈이 마주치자 얼굴을 돌려 버렸다. 어제 일로 삐친 게 아직 안 풀렸나 보다라고 생각했다. 며칠 저러다 말겠지 싶었다. 근데 눈가가 붉은 걸 보니 좀 운 것 같기도 하고. 그런 미은을 바라보는 효은은 왠지 미은의 자리를 낚아챈 듯한 생각에 조금 불편해졌다.

"오 영감님이 전화하셨어."

효은이 들어서자마자 엄마가 말했다.

"그래요? 뭐라고 하시던가요?"

"일단 만나서 식사 한번 하자고 하시더라."

"언제요?"

"너 편한 시간에."

"나 요즘 바빠서 시간 내기 어려운데. 열흘 있다가 출장 가야 할 것 같아서 요즘 그 준비로 바빠요."

“얘, 그래도 하루 저녁 못 비우니?”

순간 효은은 화가 났다.

“하루 저녁 비우고 다음날 밤샘하라고? 엄마는 회사 일이 널널한 줄 알아요? 아빠야 아빠 맘대로 스케줄 조정이 가능했지만 나는 절대 그럴 수가 없다고요!”

엄마 역시 당황했다. 효은은 어지간한 일에 신경질을 부릴 정도로 예민하진 않았다. 그런 효은이 저렇게 예민해져 있는 건 보기 드문 일이었다. 그만큼 일이 힘든 모양이란 생각에 덜컥 미안한 맘이 들었다.

사실 효은은 버럭 화를 내고 보니 여간 미안한 게 아니었다. 얼마 전에도 미은한테 버럭 화를 낸 게 있어서 더욱 찝찝했다. 그만큼 자기가 피치에 몰려 있단 생각이 들었다.

“죄송해요. 요즘 좀 일이 많아서 스트레스도 많아요.”

이 말을 한 효은은 민망한지 바로 방으로 들어가려 했다. 그런 효은의 뒷모습을 보는 엄마도 자연 기분이 가라앉았다. 효은이 갑작스레 선을 보겠다고 나섰을 때 사실 엄마는 걱정이 이만저만이 아니었다. 엄마가 걱정하는 건 효은이야 어떻게든 잘 먹고 잘살겠지만 엄마의 노후와 미은 시집보낼 걱정과 막내인 형은이 병원 차려주는 일이었다.

여태까지 효은이 벌어오는 돈으로 집에 쌓인 빚 갚으면서 어떻게든 살림을 꾸려왔는데 효은이 시집가고 그 수입이 끊기면 어떻게 해야 할지 감이 잘 오지 않았다. 미은이 이제 와서 취직

하는 것도 힘들어 보였고, 이제 본과 4학년인 형은이 돈을 번다
고 해도 얼마나 벌겠는가. 그렇다고 시집간 효은에게 여태 하던
대로 돈을 달라고 할 순 없었다. 엄마가 은근스레 효은 대신 미
은을 먼저 시집보내려고 했던 건 그런 이유에서였다.

"아니, 너는 무슨 애가 들어오자마자 화부터 내?"

효은은 더 얘기하기 싫다는 듯이 방으로 들어가다 말고 고개
를 돌리고 한마디 했다.

"광화문 근처에 아무 데나 저녁 시간에 잡으라고 하세요. 두
시간 이상 시간 못 내니까 알아서 하세요."

그렇게 해서 상견례 자리가 만들어졌다. 오 영감은 효은네 식
구 모두 나와달라고 했지만 형은은 그날 저녁에 시험이 있을 것
같다며 빼달라고 했고, 미은도 좀 떨떠름해서 결국 효은, 엄마,
재준, 오 영감, 재준의 고모만 만나게 됐다.

제4장

며칠은 정신없이 날이 가는 듯했다. 낮에는 출장 준비에 회사 일에 치이고, 밤에는 밤대로 엄마에게 들볶였다. 일단 결혼하겠다고 결심하고 나니 엄마가 왜 이리 이런저런 간섭이 많아지는지. 아침에 평소처럼 성현은 효은의 자리에 커피를 들고 놀러왔다.

"장, 너 쿠키 있지? 그거 몇 개만 주라."

"부장님은 저한테 과자 맡겨놨어요. 왜 만날 뺏어먹어요."

성현이 아침을 못 먹고 와서 출출한지 효은의 간식을 얻어먹으러 왔다.

"뺏어먹는 게 더 맛있어. 사다 놓으니까 별로 맛없드라."

"쳇. 도대체 내 쿠키 그렇게 매일 집어 먹으면서 왜 배는 안 나오나 몰라."

쿠키를 받다 말고 성현이 효은의 얼굴을 넋 놓고 쳐다보았다.

"너 오늘 무슨 일 있냐?"

"왜요?"

"화장했잖아."

"나는 화장하면 안 되나?"

효은이 입을 삐죽거렸다.

"너 보통 바이어 만나러 가기 전에 화장하는 거야 많이 봤다만 아침 댓바람부터 화장하고 온 건 오늘 처음 본다. 그리고 뭐야? 오늘은 옷도 제법 잘 입고 왔네."

어젯밤부터 엄마와 미은이 내일이 상견례라고 난리를 쳐서 결국 아침에 두들겨 깨워져서 토스트 한 조각도 못 얻어먹고 화장을 당하고 옷장을 습격당한 결과였다.

허리에 리본 벨트가 달린 아이보리 색 재킷에 단정한 검은색 스커트, 그리고 진주 목걸이와 귀걸이까지. 물론 효은은 자기가 벌써 신혼여행 가냐, 이런 하얀 옷 입곤 일할 수 없다고 우겨댔지만 그 둘에게 통할 리가 없었다. 게다가 높은 하이힐 때문에 발바닥에 불이 날 것 같았다. 도대체 이런 건 매저키스트나 신고 다니는 무기라니까!

"호박에 줄 그으니까 제법 수박 같다."

"거기서 더 나가면 성희롱인 거 알죠?"

"아우, 언니 무서워어~ 왜 그래에, 우리 사이에."

"그런 애교는 룸살롱 가서 쓰세요."

효은이 성현에게 끝까지 타박 주는 걸 잊지 않았다.

성현은 그런 효은을 보며 그녀에게 뭔가 변화가 있다는 걸 눈치 챘다. 며칠 전부터 얼굴이 이상하게 좋았던 거나 효은이 종종 핸드폰을 살피는 모습 등이 말이다. 더 이상 물어봤자 저 크레믈린 같은 장효은이 말해줄 것 같진 않고 스스로 말할 때까지 기다리는 수밖에 없었다.

그날 내내 성현은 효은의 눈치를 살폈지만 평소와 다른 건 그다지 보이지 않았다. 그러다 저녁에 갑자기 효은이 와서 말했다.

"저 저녁 먹고 올게요."

효은과 같이 출장 가게 돼 있는 성현 역시 바빠서 둘은 그냥 간단하게 시켜먹곤 했었기에 성현은 자연스레 자리에서 일어나며 말을 건넸다.

"같이 가자. 뭐 먹을까?"

"저 약속 있어요."

"그래?"

효은을 쳐다보는 성현은 상당히 놀라고 있었다. 효은과 몇 년을 같이 일했기 때문에 효은의 사생활이 거의 회사 중심으로 돌아가고 있는 걸 당연히 알고 있었다. 이제 확실한 확신이 들었다. 장효은에게 남자가 생겼다. 누구랑이라고 묻기 좀 멋쩍어서 가만히는 있었지만 조금 궁금하긴 했다. 성현은 자기 메신저에 있는 동문 목록을 보았다. 누구한테 소문을 내줄까 하면서.

효은이 탄 택시가 호텔 앞에 멈추자 도어맨이 와서 문을 열어 주었다. 잘 모르던 사이도 아닌데 상견례를 굳이 해야 하는지 모르겠지만 오 할아버지가 하자고 주장하셨다고 하니 별수없이 따라야 했다. 오층에 있는 중식당에서 볼 예정이었다. 중국 코스 요리는 시간도 오래 걸리는데 언제 먹고 또 회사로 돌아가서 일하다 퇴근할 생각을 하니 좀 암담하기까지 했다. 사실 일 생각이라도 해서 이 긴장을 쫓고 싶었다. 재준과 결혼하려고 상견례를 한다고 생각하면 사실 좀 수줍은 생각이 들었다. 효은은 빨리 가서 밥을 먹어야 제시간에 회사로 돌아갈 텐데 걱정하면서 엘리베이터를 타고 올라갔다.

룸 안으로 들어가니 이미 효은 빼놓고 다 와 있는 모양이었다. 효은은 급하게 뛰어들어 가면서 인사했다.

"죄송해요. 제가 늦었죠?"

오 영감은 효은이 들어오자 활짝 웃었다. 그러나 엄마는 옆에 앉은 효은에게 가벼운 타박의 눈초리를 보냈다. 게다가 재준의 고모는 표정이 그다지 좋지 않았다. 그녀는 싸늘한 표정을 여과 없이 드러내고 있었다.

"효은이 요즘도 바쁜가 보구나."

"네, 열흘 후에 출장 가야 해서요."

"어디 한 달 안에 결혼 가능하겠어?"

팔짱을 끼고 있던 재준의 고모가 비아냥거렸다. 효은이 오기 전 무슨 얘기가 오간 모양이었다. 갑자기 들고 있던 찻잔을 내려놓으며 오 영감이 말했다.

"결혼식 늦게 하면 어때! 일단 호적 신고부터라도 먼저 하자꾸나."

듣고 있던 재준 역시 놀라서 할아버지를 쳐다봤다.

"그건 좀 이르지 않나요?"

"이르긴 뭐가 일러! 내일 아침 당장 동사무소 가서 호적 신고 해도 난 느린 거 아니다. 네놈이 좀 적당할 때 갔어야지!"

재준에게 삿대질까지 하면서 호통을 치던 오 영감이 갑자기 벨을 울리더니 직원을 불렀다.

"아가씨, 달력 하나 갖다주시오."

"예, 손님?"

"달력! 달력 갖다 달라고."

오 영감의 말에 직원이 허둥지둥 하더니만 밖으로 나가더니 호텔 이름이 찍힌 작은 탁상용 달력을 갖고 들어왔다.

"그래 오늘이 16일이군. 그럼 다음달에…… 12일 어떠냐?"

"네?"

효은과 재준이 놀라서 동시에 외쳤다.

"이날이야! 얘기 끝났어."

그러더니만 다시 직원을 호출했다.

"여기 예식장 예약 때문에 그런데 그거 전문으로 하는 직원

보내줘요.”

“네?”

“아, 벌써 퇴근했나?”

“아뇨. 예식장 예약은 보통 저녁에 많이 해서 아직 퇴근 안 했을 겁니다.”

아가씨가 후다닥 나간 뒤에 그렇게 해서 예식 예약부 직원이 왔고 결국엔 그날로 날이 잡혔다. 그 뒤부턴 효은과 재준은 아무것도 할 것 없이 오 영감의 질주를 봐라봐야 했다. 일은 일사천리로 진행되었다. 오 영감이 질주하기 시작하자 말릴 수 있는 사람은 아무도 없었다.

“저, 좀 이른 게…….”

“다 제가 알아서 하겠으니 효은 어머님은 그냥 계십시오. 혼수고 뭐고 아무것도 필요없고 효은이만 우리 재준이한테 주시면 됩니다.”

엄마 역시 오 영감에게 말려들어 더 이상 암말 못할 수밖에 없었다.

“저, 할아버지 저 요즘 좀 바쁜데요.”

효은이 어떻게든 결혼식을 늦추려고 말을 꺼냈지만 효과는 전혀 없었다.

“넌 너 입을 웨딩드레스만 고르고 청첩장 보낼 사람 목록만 뽑아서 나한테 보내면 내가 다 알아서 하마.”

오 영감이 이렇게 말하는데 효은 역시 별로 할 말이 없었다.

"어차피 회사 그만둘 거라면서? 출장 가기 전에 그만둬야 너도 좀 편하지 않겠니?"

재준에게 대충 요즘 효은의 상황을 들었는지 그런 것까지 체크하는 오 영감의 용의주도함에 혀를 차며 효은도 그대로 끌려갈 수밖에 없었다.

재준은 별로 할 말이 없는지 오 영감이 하는 그대로 가만히 있을 뿐이었다. 재준이 가만있으니 일은 그냥 오 영감이 원하는 대로 흘러갈 수밖에 없었다. 그렇다고 재준의 고모 역시 오 영감의 눈치 보기 바빠서 역시 브레이크를 걸지 못했다. 일은 오 영감의 뜻대로 모든 게 풀릴 수밖에 없었다.

다음날 출근한 효은은 성현에게 이런 얘기를 어떻게 하나 한참 고민을 했다. 방법이 없었다. 출장도 잡혀 있는 이상 최대한 빨리 말하는 수밖에 없었다. 회의실에서 이런 개인적인 용무를 말하기도 뭐해서 성현의 책상 앞에 가 섰다.

"부장님, 잠깐 시간 있으세요?"

"왜 그래? 무슨 일 있어?"

성현은 연일 계속되는 야근으로 좀 지쳐 보이는 효은의 얼굴 뚫어지게 쳐다보았다. 어제 밥 먹고 들어와서 후다닥 일하느라고 바쁜 효은에게 말도 못 붙였다. 분명 저 장효은이 자신에게 뭔가 할 말이 있는 것이다. 성현은 그 나올 말이 뭔지 정말 궁금했다.

"잠시 얘기 가능하세요?"

"응, 지금 괜찮아."

"그럼 잠시 나가서 얘기할 수 있을까요?"

"그러지 뭐."

재준은 정말 효은이 무슨 얘길 할지 궁금했다. 그러나 비상계단으로 문을 열고 나가자마자 효은이 성현에게 다짜고짜 사과부터 할 땐 어안이 벙벙했다.

"부장님, 정말 죄송해요."

"뭐가 죄송한데?"

과연 효은이 죄송할 일은 무엇일까?

"저, 회사 그만둬야 할 것 같아요."

효은의 뜬금없는 말에 생각지도 못한 말을 들은 성현은 잠시 입도 떼지 못할 정도였다.

"뭐? 왜!"

"저 결혼해요."

성현은 효은의 말을 믿을 수 없었다. 남자를 만나는 기색도 없었는데 뜬금없이 결혼하고 회사를 그만둔다고 하니 안 놀랄 수가 없었다. 눈을 동그랗게 뜨고 있는 성현에게 효은이 웃으면서 말했다.

"당분간 비밀로 해주세요. 곧 청첩장 나오니까 그때 돌리면서 말씀드릴게요."

"갑자기 왜? 그리고 결혼하면 회사 못 다녀?"

"네, 그래야 할 것 같아요."

성현은 효은의 집안 사정을 대충 알고 있는지라 효은이 실제적인 가장인 걸 잘 알고 있었다. 그런데 뜬금없이 결혼에 퇴직하겠다니 당황할 수밖에 없었다.

"야, 출장은 어쩌고? 결혼식이 언제길래 출장도 못 가고 그만두냐?"

"글쎄…… 그게 이렇게 됐네요."

효은이 난처하다는 듯이 웃었다. 성현은 효은에게 뭔가 사정이 있는 걸 아는데 효은이 여기서 더 말할 것 같지 않자 인상을 잔뜩 썼다. 물론 효은은 눈 하나 깜짝하지 않았다.

"어떻게 된 거야? 난 너 그렇게 안 봤는데……."

"정말 죄송해요."

효은은 어쨌든 난처한 성현의 사정을 이해하기 때문에 죄송하다고 거듭 사과했다. 효은이 자세한 사정은 나중에 말한다 하고 입을 열지 않으니 거기서 더 화를 내봤자였다.

성현이 인상을 잔뜩 쓰고 사무실로 들어오자 다른 사람들이 효은과 성현을 번갈아 쳐다보았다. 민성현 부장이 후배인 장효은 대리를 아끼는 걸 모르는 회사 사람들은 없었다. 원체 친한 데다가 출장까지 종종 같이 다녀서 회사 안에 장 대리가 민 부장의 애인이란 소문도 파다했다.

갑자기 성현이 큰 소리로 출장 일정 변경에 대해서 지시했다.

"장효은 씨가 집안 사정으로 출장 못 갈 것 같으니까 일단 일정 연기시켜요!"

그 말에 성현의 비서 미선 씨뿐만 아니라 사무실 사람들 모두 놀랐다. 저 워커홀릭 장효은이 출장을 못 가는 일이 생기다니 그건 빅뉴스였다. 그러나 사람들이 물어봐도 장효은은 집안일이라고만 답할 뿐 어떤 말도 흘리지 않았다.

그렇게 일주일이 흐른 후, 청첩장이 나왔다고 오 영감이 재준을 통해 청첩장을 보냈다. 효은은 그 청첩장을 돌리기 전에 따로 성현을 회사 앞 카페로 불렀다.

"야, 천하의 짠순이 장효은이 나한테 커피를 사준다고 하고 뭔 일이냐."

"드릴 게 있어서요."

성현은 대충 효은이 왜 커피 사준다고 자기를 이곳으로 불러냈는지 짐작이 안 가는 건 아니었다. 이참에 궁금한 건 모조리 알아낼 생각으로 순순히 나온 것이었다.

"뭐냐, 이게? 설마 돈 봉투는 아닐 테고 말이야."

효은이 성현 앞에 하얀 봉투에 든 뭔가 들이밀었다.

"청첩장요."

그 말에 성현은 마시던 아이스 모카가 걸렸는지 한참 동안 콜록거리며 기침을 했다. 그는 안에는 펴보지도 않은 채 그간 홍콩 출장은 도맡아하고 있었는데 앞으로 누가 하냐고 하소연을 늘어놓기 시작했다.

"장, 너 없으면 누가 홍콩에 출장 가냐?"

"뭐, 내 후임으로 좋은 사람 잘 뽑아봐요."

"그래도 누가 너만해. 내 후계자로 키우려고 그간 잘 키워놨더니만 너무하는 거 아니야."

"잘도 키웠다. 매일 빡세게 부려먹기만 한 주제에."

"야, 그게 키운 거야. 너 경력이 아깝지도 않아?"

"당분간 쉬었다가 다른 일 찾아볼 거예요."

"그럴 거면 퇴직하지 말고 휴직으로 처리하지?"

"아니요, 퇴직할 거예요."

효은의 단호한 말에 성현이 입만 다셨다.

"근데 너 독신주의자인 거 아니었어?"

"그런 말 한 적 없는데요."

"근데 왜 케네스가 사귀자고 쫓아다닐 땐 독신주의자라고 찼어?"

몇 달 전에 미국 본사에서 출장 온 직원이 있었다. 케네스 그레이엄이라는 로맨스 주인공 같은 이름을 가진 그는 오래된 공화당 지지자인 동부 명문가 출신에 아이비리그, 하버드 MBA, 미래의 간부 후보에 185㎝. 할리퀸 로맨스에서 튀어나올 법한 남자였다. 성격도 유쾌하고 일도 성실하게 잘하는 데다 외모도 잘생겨서 회사 여직원들이 뒤집어져서 관심을 가졌다. 하지만 그는 몰려드는 여자들에게는 전혀 관심을 안 보이고 업무상 파트너였던 효은에게만 대시를 해서 그에게 관심을 보이는 많은 아가씨들을 실망시켰다. 한국에 있는 두 달 동안 효은에게 계속 데이트 신청을 하고 나름 열심히 작업을 걸었지만 결국 효은에게 채이자 실망하면서 한국을 떴다.

"케네스가 좀 재수없어서요. 너무 잘났잖아요. 집안 좋고 학벌 좋고 잘생겨서 거부감 생기더라구요. 게다가 그렇게 성실한 남자는 너무 재미없잖아요. 그러지 마시고 제 결혼 선물이나 준비하세요."

그를 거절한 이유를 사실대로 말하면 그에게 왜 자신이 엄마와 미은의 빚을 대신 갚아줘야 하는지 설명하기 힘들어서였다. 왜 효은이 집안 가장 노릇을 해야 하는지 그는 절대절대 이해 못할 것이기 때문이었다. 무엇보다 가장 큰 이유는 당연히 연애 감정이 생기지 않아서이기도 했고.

"근데 너 왜 회사는 그만두냐? 계속 다니지? 신랑이 너 회사 다니지 말래? 연애는 언제 한 거야?"

성현은 부지런히 질문을 던지면서 그제야 봉투에서 청첩장을 꺼냈다. 그러더니 안에서 낯익은 이름을 발견하곤 깜짝 놀라는 것이었다.

"오재준! 설마 이 오재준이 내가 아는 그 오재준은 아니지?"

"부장님이 아는 오재준이 누군데요?"

실실 능구렁이같이 쪼개는 효은을 보면서 성현은 한숨을 푹 쉬었다. 이런 일 하나 쉽게 넘어가 줄 리가 없는 효은이었다. 야물딱지게 일하고 사람도 좋은데 또래 여자애들은 절대 하지 못할 정도로 능구렁이가 아슬아슬한 수위를 달린다. 대범하기도 하고 꼼꼼하기도 하고. 딱 그 경계를 잘 지켰다. 투자 역시 마찬가지였다. 그는 효은이 손대어서 크게 실패하는 걸 본 적이 없었다. 대범한 성격에 꼼꼼하기까지 해서 투자할 때도 어디까지 손을 놔야 하는지 정확하게 알고 있었다. 아마 그래서 어지간한 남자는 이 거물을 결혼식장에 못 세우겠구나 평소 생각했는데.

워낙 일벌레에 사생활 없이 회사에서 일만 하는 것 같아서 일이 좋은 거구나, 라고 막연하게 생각하고 있었는데 이렇게 뜬금없이 청첩장이라니.

"왜, 교통사고로 다쳤다는 그 선배 있잖아. 너도 잘 알 텐데."

성현은 효은의 세 학번 선배인 이상 재준을 모를 리가 없었다. 재준은 그 동문들 사이에서도 잘나가기로 유명한 선배였다. 그런 재준과 효은이 뜬금없이 결혼한다니 황당하고 당황스런 일이었다.

"맞아요."

성현은 어떤 표정을 지어야 할지 감이 잡히질 않았다. 그러나 효은은 희희낙락 말했다.

"이럴 땐 축하한다고 말하면 어디 덧나요?"

"아니, 너무 뜬금없으니까."

"재준 오빠와는 어릴 때부터 소꿉친구예요. 우리 할아버지랑 그 집 할아버지랑 같은 고등학교 출신이라서 옛날부터 잘 알았어요. 오빠 고등학교 땐 매일 나랑 미은이한테 너네 기저귀 갈아주는 것도 봤다면서 놀렸어요."

"아, 그랬군. 근데 최근에 선배는 어때? 잘 있어?"

효은은 고개를 끄덕였다. 그가 무슨 얘길 하고 싶은지 알 수 있었다. 예의 바른 그가 재준의 불구를 직접 대놓고 말은 못하고 돌려서 말하는 것임을.

"다리가 좀 불편한 거 빼면 건강해요."

효은이 그와 눈을 마주하고 걱정 말란 듯이 싱긋 웃었다.

"혹시 뭔 일 있으면 나한테 말해."

"걱정 마세요, 선배."

활짝 웃는 효은을 앞에 두고 성현은 더 이상 어떤 말도 할 수 없었다. 효은 역시 성현이 어떤 맘으로 자기를 바라보는지 알았다. 대학 때 성현이 잠시 접근 같은 걸 한 적 있었다. 하지만 그때 효은은 너무 바빴다. 아침마다 일어학원을 다니고 일본어 능력시험 준비에 누가 옆에 와도 모를 정도였다. 때문에 성현이 도서관에 자리를 맡아준다든지 커피를 사준다든지 하는 작은 친절이 눈에 잘 들어올 겨를이 없었다. 그저 워낙 친절한 선배겠거니 했다. 그러다 일본으로 교환학생으로 갔다가 돌아오니 이미 성현은 졸업해서 취직한 뒤였다.

성현은 한국으로 돌아온 효은에게 꾸준히 연락하면서 챙겨줬다. 그러나 얼마 뒤에 바로 선봐서 결혼해 버렸다. 그런 성현의 결혼식장에 가서 축의금을 내고 돌아오는 길에 약간 씁쓸했다. 만일 일본에 가지 않고 성현의 은근슬쩍한 대시를 받아줬더라면 저 자리는 내 것일까 하는 생각도 들었다. 아버지가 돌아가시고 얼마 지나지 않은 때라서 효은이 더욱 갈피를 못 잡고 헤맬 때였다.

그 뒤에도 성현은 그런 효은에게 애널리스트로 일할 수 있게 도와줬고, 효은은 성현의 친절한 지도를 바탕으로 큰 증권회사에 쉽게 들어갈 수 있었다. 거기서 경력을 좀 쌓고 나자 성현이 자기가 있는 외국계 회사로 불렀다. 현재 장효은을 키운 건 민성현이나 다름없었다.

하지만 효은은 성현에 대해 사실 잘 몰랐다. 그는 친밀한 사람이었지만 예의 바른 남자였다. 효은이 그에게 관심이 가기 시작했을 때 이미 그는 유부남이었다. 그래서 더 관심을 가질 수 없었다. 이제 와서 생각하면 만일 그때 효은이 진짜 그를 좋아했었다면 그렇게 이성적인 생각만으로 감정을 끊고서 업무상 파트너 관계로 돌아가는 게 힘들지 않았을까 하는 생각이 들었다.

효은의 앞에 청첩장을 흔들거리며 걷고 있는 성현의 넓은 등이 보였다. 하얀 셔츠에 검은색 줄이 잘 선 바지와 윤이 반짝반짝 나는 검은색 구두. 저 하얀 셔츠는 출장 갈 때 인천공항의 면세점에서 사는 걸 본 기억이 났다. 과연 저 사람의 와이프는 어떤 생각을 하면서 살까? 성현의 결혼 생활은 어떨까? 거의 일년의 반은 나가 살고 밤마다 야근하는 남편을 둔 아내는 어떨까? 여태 한 번도 해본 적이 없는 생각이 결혼을 앞둔 효은의 머릿속에 자연스레 떠올랐다.

그와 동시에 재준이 남편으로선 어떤 사람일까도 궁금했다. 집에서 일한다 쳐도 매주 두세 번은 꼭 사무실에 출근했고 회계 업무와 관련된 외근도 나갔다. 그리고 투자와 관련돼 하는 일도 있다 보니 재준도 꽤나 바쁜 듯했다. 재준에 대해서라면 동문회에 있는 친한 선배 몇 명만 찔러봐도 나오는 얘기였다. 하지만 그의 사생활에 대해서 아는 바는 다들 거의 없는 듯했다. 재준은 아직 효은에게 자기가 하는 일 전부를 말해준 것도 아니었고 효은은 그걸 어떻게 해야 할지도 아직은 알 수 없었다.

결국 모든 건 살면서 차차, 로 귀결됐다. 그런 생각을 하면 한숨이 좀 나오지만 그래도 가급적이면 낙관적으로 생각하려고 노력하기로 한지라 효은은 어떻게든 되겠지 싶어서 더는 생각하지 않기로 했다.

제5장

효은이 청첩장을 돌리자 회사가 뒤집어진 건 당연했다. 여태 연애하는 티를 조금도 안 내던 사람이 뜬금없이 청첩장을 돌리고 직장을 그만둔다고 하니 입방아에 오르내릴 수밖에 없었다. 계속되는 결혼 준비로 정신없는 와중에, 요즘 저녁마다 바빴더니만 오후가 되자 졸음이 몰려왔다. 커피로도 안 될 것 같아 잠시 화장실에서 쉬고 있을 때 밖에서 여직원들이 하이힐 소리를 따각거리면서 우르르 몰려들어 오는 소리가 들렸다. 아무래도 사무실마다 있는 비서들인 듯했다.

"얘기 들었어? 장효은 씨 청첩장 돌렸잖아."
"아니, 계속 출장만 다니더니 연애는 언제 했대?"

“내 말이.”

“선봤나 보지.”

“설마 애 가진 거 아냐?”

“그건 아닌 거 같은데? 그 남자 불구래.”

“그걸 어떻게 알아, 은영 씨가?”

“왜, 장효은 씨가 김강명 씨랑 대학 동문이라면서. 그 사람이 그러던데 교통사고로 하반신 불구래.”

“어머나, 어머나. 그럼 돈에 팔려 가는 거야?”

“그런 모양이야.”

“그 집에 돈은 많나 봐?”

“엄청나게 많다고 하던데.”

아마도 대학 동문인 김강명에게 저런 정보를 입수한 모양이었다. 효은에게 대학 때부터 치이더니만 회사에서도 효은보다 입지가 좁았던 그가 여직원들에게 저런 소문을 내고 다니는 모양이었다.

‘쪼잔한 놈. 넌 그래서 영원히 하수인 거다. 저 인간들도 참…… 그렇게 남 얘기가 재미있나. 남이사 누구랑 결혼하든. 그리고 기왕 뒷얘기 할 거면 화장실에 사람 없는 거 확인이나 좀 하지.’

김강명이 무슨 애길 했을지는 뻔했다. 재준의 성격이나 인품, 그가 꽤 잘나갔던 사람이라는 얘기는 쏙 빼고 악담을 퍼부은 게 분명했다. 그러고 보면 몇 년 전에 강명도 효은에게 접근한 적이 있었는데 효은은 당연히 별 관심을 보이지 않았다. 그 뒤로 틈이 보일 때마다 효은을 강명을 갈구는 걸 잊지 않았다. 파리가 날아다니는 건 신경 쓰이지만 처내려 해도 귀찮기만 할 뿐이었다.

“하기야 그런 여자 누가 데려가? 너무 잘났잖아. 원래 너무 잘나도 결혼하기 힘들다더라.”

“내 말이. 거기다 성격이 좋아?”

“그보다도 왜, 민 부장님이랑 소문 있었잖아. 민 부장님은 자기 애인이 결혼하는 거 어떻게 생각하려나? 여태 민 부장 덕에 승진 잘하고 시집도 이런 데로 잘 간다니까 누군 참 팔자도 좋아. 남자 잘 만나 팔자 고치고 말이야.”

이런 얘기까지 듣고 있을 줄은 꿈에도 몰랐다. 그 말을 듣고 있자니 하고 싶은 말이 참 많았지만 그냥 참기로 했다. 어차피 이대로 둬도 언젠간 진실이 밝혀지겠지 싶었다. 게다가 회사에 소문이 어떻게 나든 말든 효은은 관심없었다. 다만 자신의 삶을 이렇게 남에게 맡겨도 되는 것인가에 대해서는 고민이 안 될래야 안 될 수가 없었다. 꽤 오래 고민한 끝에 결론 내린 것은 집안 빚을 갚아주겠다는 오 영감의 미끼가 없었더라도 재준과 결혼하고 싶었다는 것이었다.

오랫동안 잊고 있던 두근거림이 돌아오는 순간, 회색 빛이었던 자신의 삶에 서광이 비추는 것 같은 착각마저 들었다. 일밖에 없고, 일밖에 모르던 장효은이 아니라 한 여성으로서의 자기를 새롭게 느낄 수 있었다. 어차피 결혼이 눈을 감고 달려나가야 가능한 모험이라면 효은 자신만의 방법으로 대범한 투자를 하고 싶었다. 재준을 꼭 잡고 싶었다.

그리고 그녀들은 모르지 않은가? 재준이 얼마나 매력적인지. 아마 재준이 제대로 걷기만 했으면 그녀가 재준이랑 결혼하는 일은 없었을 것이다. 재준 같은 남자가 왜 재미없는 장효은과 결혼하겠는가. 효은은 자기 자신에 대해 너무나 잘 알고 있었다. 친구로서의 장효은은 재미있는 사람이지만 여자로서의 장효은은 그다지 매력적인 존재가 아니었다. 우울한 현실이었지만 그게 사실이었다. 여전히 재준이 남자로서의 매력이 철철 넘치는 반면에 효은은 자신이 여성으로서 그에게 얼마나 어필하고 있는지 자신할 수 없었다. 단순하게 자신의 효용성을 '능력' 면에서만 강조한 게 아닌가 하는 생각이 들었다. 그때마다 쓸쓸해지는 것은 어쩔 수 없었다.

막상 효은이 가기로 하고 준비가 착착 진행되자, 순서상 효은이 먼저 가는 것이 맞지만 계속 결혼 노래를 부르던 미은보다 먼저 효은이 가는 것이 엄마나 미은 둘 다 마땅찮은 눈치였다.

엄마 생각에는 오 영감네 재산이나 재준을 생각하면 효은 대신 미은을 보내야 하는 게 맞지 않았을까 하는 아쉬움 때문이었다. 아무래도 집안일 빼면 뭐 할 줄 아는 게 없는 미은이 가서 화초 며느리를 하는 편이 미은의 앞날을 생각해 볼 때 더 좋지 않을까 싶었다. 그러나 오 영감이 집안의 빚은 해결해 주기로 약속한 이상 엄마도 나름 한숨을 돌릴 수 있었다. 그리고 당연히 앞으로 미은이나 형은에게 어떤 도움이 있지 않을까 은근히 기대하고 있었다.

미은은 자존심 때문에라도 효은에게 뭐라고 할 수 있는 처지가 아니었고 엄마 역시 당연히 효은이 결혼할 나이이고 좀 늦은 듯해서 걱정 중이기 때문에 나서서 말리지 못하고 있었다. 다만 효은을 무척 따르는 막내 동생 형은만 맹렬히 반대하고 나섰다. 사실 형은은 효은이 미은 대신 재준과 선을 보는 것 자체도 불쾌해했다.

"누나, 꼭 그 선 봐야 해?"

"왜? 난 선 좀 보면 안 돼?"

"아니, 상대가 좀……."

"오빠가 뭐가 어때서. 그 정도면 나 같은 노처녀한테 감지덕지다, 애. 나중에 얘기하자."

효은이 피곤한 기색을 보이자 형은도 더 말 못하고 물러갔다. 하지만 집안 상견례까지 결정되자 그땐 아예 시험이라고 참석도 안 하고 불쾌한 기색을 역력히 내보였다. 형은 꼼냥에 자기가 그래도 이 집안 가장은 현재 아니지만 집안 유일한 남자니만큼 누나의 결혼이 자기 뜻과 전혀 다르게 가자 좀 화가 난 듯했다.

결국 상견례 후에 효은 방에 쫓아 들어왔다.

"누나가 뭐가 부족해서 재준이 형 같은 다리병신에게 시집가 겠다는 거야!"

효은은 갑작스레 눈을 박차듯이 열고 들어와 다짜고짜 소리 치는 동생에게 짜증을 냈다.

"너 미국에서 그런 말 쓰면 고소당해. 말조심해, 네 매형 될 사람이야."

"내가 틀린 말 했어? 형이 병신인 건 맞잖아."

"그럴 때 쓰는 멋진 영어 단어가 하나 있는데…… 핸디캡 (handicapped)이라고 말이야."

"누나!"

"야야, 나 귀 안 먹었어. 살살 말해라. 그리고 나 책 보는 거 안 보여?"

효은이 평소 바빠서 못 보던 만화책을 질로 쌓아놓고 보고 있 었다. 결혼 준비가 좀 바쁘긴 해도 최근 일 정리가 거의 마무리 되기 시작한 뒤로는 야근도 거의 하지 않고 있었다. 당연히 시 간이 좀 나니 그간 밀린 취미 생활에 눈을 돌리는 여유도 생겼 다.

"누나, 재준이 형이랑 결혼해야 하는 이유가 꼭 있어? 누나가 뭐가 부족해서……. 차라리 미은 누나라면 내가 이해해. 하지만 누나는 지금 직장도 좋은 데 다니고 돈도 남들보다 훨 잘 벌잖 아."

효은이 보던 만화책을 바닥에 두더니만 형은을 바라보며 말했다.

"나 직장 관둔다고 이미 다 얘기했어. 이제 나도 남들처럼 집에서 놀면서 남이 벌어다 주는 돈으로 옷도 사 입고, 인테리어 놀이도 하고 싶어."

형은은 갑자기 장난스럽게 가볍게 말하는 누나가 새롭게 보였다. 효은이 졸업할 무렵 아버지가 급작스레 돌아가셨다. 교수였던 아버지가 모아놓은 돈이 많을 리도 없었고, 연금이라고 나오는 돈은 네 식구가 겨우 살 만한 돈이었다. 그때 효은은 유학 준비를 하고 있었고 심지어 장학금까지 주면서 오라고 하는 학교도 있었지만 결국 다 포기하고 한국에 남았다. 아니, 남을 수밖에 없었다.

미은이 집에서 신부수업이다 뭐다 자기 좋은 일만 하고 있을 때 효은은 죽어라고 회사를 다녔다. 스물네 살 2월에 증권회사에 수습으로 들어간 이후, 한 번 이직하느라고 한 달 쉬어본 게 다일 것이다. 해외를 자기 집처럼 왔다 갔다 했고 심지어는 한 달 이상 머문 적도 많았다. 엄마나 미은만 철없이 외국 여행 가는 것처럼 부러워했다. 한 달 정도 나갔다 오면 얼굴은 반쪽, 눈가에는 판다처럼 거뭇하게 그림자가 져서 돌아오는 효은이 그는 너무나 안쓰러웠다.

엄마와 미은의 빚까지 모두 효은이 껴안고 갚고 있는 걸 형은이 모를 리가 없었다. 효은과 미은보다 네 살 아래인 형은은 지금 의대 마지막 학년을 앞두고 있는 상태여서 사실 집안 경제에

별 도움은 못 되고 장학금과 과외로 대충 학비와 용돈에 좀 보
태는 게 다였다. 그랬기에 이제 효은이 자기 인생 좀 편안하게
살기 위해 결혼하겠다는 걸 말릴 수가 없었다.

"회사 그만두겠다고 말하고 일 좀 줄이고 정리하니까 이제 좀
살 것 같아."

라고 말하는 효은 앞에서 형은은 아무 말도 못했다.

"형은아, 나 너 맘 알아. 근데 나 오빠가 싫지도 않고 좋은 사
람인 거 어릴 때부터 봐서 잘 알아. 오빠는 네 생각만큼 그렇게
심한 불구자도 아니고 능력도 있어. 그리고 무엇보다 나 더 이
상 가장 노릇하기 싫어. 엄마랑 미은이 어리광 받아주고 계속
출장에 뭐에 이렇게 스트레스 받으면서 살기 좀 힘들다. 나도
내 인생이 있는 건데 언제까지 식구들한테 묶여 살아야 하니?
나도 내 가정 꾸리고 싶어. 남편도 갖고 싶고, 애도 갖고 싶어."

"누나 심정은 알겠는데…… 내 말은 왜 하필 재준 형이냔 거
야."

"내가 말했잖아. 휠체어에 앉아 있긴 해도 그렇게 심한 불구
는 아니야."

"하지만 누난 여자로서 인생이 있는데……."

"그 문제는 걱정하지 마. 그리고 내 인생이니만큼 네가 참견
할 문제도 아니고."

이미 그 문제에 대해선 오 영감과 재준 둘 다 지나가면서 얘
기한 바가 있었기 때문에 대충 어떻게 되겠지라고 효은은 편하

게 생각하고 있었다. 효은의 단호한 말에 형은은 더 이상 할 말이 없었다.

"알았어. 누나 맘이 결정된 듯하니 내가 더 할 말이 없네. 잘 자."

문을 닫고 나가는 형은의 힘없는 모습에 효은 역시 기분은 좋지 않았다. 효은은 책을 덮고 한숨을 한번 쉬었다. 일단 날 잡고 준비가 척척 진행되자 효은의 기분은 그에 따라 점점 다운그레이드하면서 평소엔 없던 불면증까지 생기려고 했다.

과연 이게 옳은 선택인 걸까? 여태 쌓은 커리어를 버리고 결혼이라고 하는 건 일종의 퇴화가 아닌 걸까 진지하게 고민했다. 게다가 그건 자기가 그간 경멸하던 길이기도 한 건 아닌가? 또 이건 자기가 경멸하던 미은의 삶이 아니었던가 하는 자기반성도 깃들어 있었다.

그리고 무엇보다 재준과 어떻게 살지 전혀 감이 잡히지 않았다. 과연 결혼은 어떻게 꾸려 나가야 하는 걸까? 그리고 재준과 인간적으로 어떤 관계를 가져야 할지도 잘 몰랐다. 주변에 소개시키는 일부터 시작해서.

효은은 사실 겁이 났다. 주변 사람들이 무슨 말을 해댈지 뻔히 알았다. 하지만 그들에게 왜 그녀가 그를 믿고 결혼할 수 있는지에 대해서 설명할 자신도 없었고, 그가 그녀의 어린 시절부터 이상형이었고 등등의 긴 이야기를 어떻게 풀어야 할지 몰랐다. 무엇보다 속상한 건 재준이 휠체어를 탔다는 이유만으로 그녀를 돈에 팔려가는 사람 취급할 것에 상당히 자존심이 상했다.
이 사람이라면 내 평생 같이 살아도 믿을 수 있다는 그런 믿음
에 대해서 누가 알아줄 것인가.

　엄마가 얼마 없는 친척에게 청첩장을 돌릴 때 효은은 맘을 먹
고 친구들에게 재준을 소개하기로 결심하고 고등학교 동창들에
게 연락을 했다. 고등학교 때 친하게 지내던 친구들이 몇 명 있
었고 아직까지 드문드문 연락하고 있었다. 그 친구들 결혼식과
애들 돌잔치까지 꼬박꼬박 가서 찬조금을 꾸준히 내줬다.
　효은이 밥을 산다고 연락을 돌리니 간만에 모두 모일 수 있었
다. 효은과 그다지 친하지 않았던 지혜는 애까지 데리고 나왔
다.
　"네가 웬일이냐? 언제나 바쁘다더니만."
　지혜가 간만에 본 효은에게 비아냥거리듯 말했다. 효은이 출
장 때문에 자기 결혼식에 못 온 것 때문에 아직도 불만이 많은
모양이었다. 그때 한 달 예정으로 출장을 가게 됐는데 지혜 결
혼식이 딱 그 중간이라서 도저히 나올 수 없노라고 몇 번이나
설명했는데도 지혜는 아직까지 이해하는 기색이 없었다. 가까
운 일본이나 홍콩이면 와서 보고 가겠는데 그것도 아닌 유럽이
라 더욱 힘든 상황이기도 했다.
　효은은 지혜의 말을 못 들은 척 가방에서 주섬주섬 청첩장을
꺼내 내밀었다.

"이게 뭐야?"

"어. 내가 공짜로 밥 한번 거하게 먹여주려고."

하얀 봉투에 대부분 무슨 얘기할지 감을 잡았다.

"너 결혼하니?"

"어."

"남자 있었어? 매일 출장에 뭐에 바쁘다더니만?"

영주가 눈을 동그랗게 뜨고 쳐다봤다. 영주는 병원에 레지던트 말년차라서 지금은 그나마 숨을 돌리고 있긴 해도 효은이 바쁜 걸 제일 잘 이해해 주는 친구였다.

"어, 그게 사귄 건 아니고 선봤어."

저 뻣뻣한 장효은이 선봐서 시집가리라곤 아무도 생각 못했다. 남자에 관심이 있는 것 같지도 않더니만.

"어떤 사람이야?"

영주는 효은이 결혼할 남자가 무척 궁금한 것 같았다. 효은이 아무리 바빴다 해도 주기적으로 만나는 자기에게 남자 얘기를 꺼내지 않은 것은 뭔가 이상했다.

"너라면 어지간한 사람 눈에도 안 찰 거 아니야."

친구들이 어지간히 궁금한 모양이었다.

"곧 올 거야. 내가 내 친구들 밥 사라고 불렀거든. 근데 내가 하나 얘기해 둘 거 있는데."

"뭔데, 뭔데?"

"설마 이혼남에 애라도 딸렸어?"

역시 지혜는 말을 곱게 하지 않았다. 그런 지혜한테 영주가 결국 한소리 했다.

"너 결혼식에 효은이 안 왔다고 아직도 삐쳐 있니? 그게 몇 년 전 일인데 그러냐."

"내가 언제?"

"지금 계속 효은이한테 시비만 걸고 있잖아."

영주가 노려보자 지혜는 입을 다물었다. 효은은 한숨을 쉰 뒤에 종업원을 불러 메뉴를 가져다달라고 했다.

"일단 먹고 얘기하자."

그 말에 지혜가 잽싸게 메뉴를 받아 들고 뭘 먹을지 고르기 시작했지만 영주는 절대 놓치지 않았다.

"하던 얘기 마저 해야지. 그 사람 어떤 사람인데?"

"아, 이혼남에 애 딸린 건 아니야. 사실 그래도 나만 좋으면 무슨 상관이겠어."

"그런데?"

영주는 아무리 효은이 너구리같이 말을 돌려도 놓치는 법이 없었다.

"그 사람 교통사고로 다리가 불편해. 그래서 휠체어 타고 다니거든. 그러니까 보고서 너무 놀라지 말라고."

"뭐?"

그럼 그렇지 하는 지혜의 눈빛에 효은은 마음의 각오를 하고 있었지만 기분이 좀 불쾌했다. 영주 표정이 심상치 않았다. 그런 걸 자기에게도 말해주지 않았다는 게 불쾌한 모양이었다. 미리 영주에게라도 말해둘 걸 그랬나 싶기도 했지만 최근 들어 효은 자신도 바빴고 언제나 바쁜 영주에게 전화하는 게 그다지 쉬운 일은 아니었다.

"있다가 잠깐 나 좀 보자."

"어어."

영주의 말에 효은이 어물쩡거렸다.

"결혼식장이 호텔이네. 여기 꽤 비싸던데. 네 신랑이 돈을 좀 잘 버나 봐?"

'왜 그 얘기가 안 나오나 싶었지.'

효은은 한숨을 가볍게 쉬었다.

"아, 급하게 잡다 보니까 힘들더라구. 그래서 다행히 거기 평일에 예약이 안 돼 있어서. 거기 식사 맛있다니까 저녁 먹으러 와."

듣고 있던 영주가 효은의 배를 쿡 찌르면서 물었다.

"너도 혼수 해가냐?"

"뭔 혼수?"

눈을 동그랗게 뜨고 물어 보는 효은에게 영주가 배를 더욱 깊이 찌르는 것이었다.

"배는 안 나온 것 같은데."

그 말에 다들 웃어버렸다. 지혜가 애를 갖고 결혼한 걸 다들 기억해 낸 것이다.

주문한 식사가 나오기 시작하자 다들 최근 회사 일, 연애, 가정사 애기를 왁자지껄 하기 시작했다.

잠시 후 효은 핸드폰이 울렸다. 재준이 패밀리 레스토랑 근처에 와 있다며 곧 들어가겠다는 전화였다.

"근처래. 곧 올 거야."

잠시 후에 재준이 휠체어를 밀면서 나타났다. 오늘은 평소에 안 쓰던 전동 휠체어를 타고 있었다. 그래도 효은의 친구를 만난다고 생각해서인지 평소보다 더 점잖게 입고 있었다.

입구에 재준이 보이자 효은이 벌떡 일어나 달려갔다. 그는 처음부터 같이 다닐 때 자기 휠체어를 밀지 말라고 말해뒀기 때문에 효은은 당연히 옆에서 좌석으로 인도만 할 뿐이었다.

"오래 기다렸어?"

"아뇨, 온 지 얼마 안 됐어요. 지금 막 식사 나왔어요."

"다행이네, 시간 맞춰서."

"어디 갔다 왔어요?"

"아, 오늘 회의 있었어. 아무래도 결혼하면 바쁘잖아. 그래서 미리 좀 처리해 놓게. 곧 2/4분기 끝나서 바빠질 것 같아서."

재준이 효은의 친구들이 있는 테이블 앞으로 가자 효은의 친구들이 인사했다.

"안녕하세요?"

"안녕하세요, 오재준입니다."

재준이 입가에 미소를 띠고 간단하게 인사했다. 기다렸다는 듯이 효은의 친구들이 이것저것 물었다.

"우리 효은이 어떻게 만나셨어요?"

영주가 제일 먼저 물었다.

"아, 어릴 때부터 알던 사이예요. 물론 한동안 제가 미국에 있어서 못 보다가 최근에 다시 만났어요."

"무슨 일 하세요?"

"회계사입니다."

물론 재준에게서 자연스레 우러나오는 깔끔함과 돈의 아우라에 효은의 친구들이 각자 어떻게 생각할지 대충 짐작이 갔다. 이 사람이 돈이 많은 게 효은이 결혼을 결정한 데 영향을 안 줬을 리는 없었다. 하지만 그게 다가 아니란 걸 어떻게 친구들에게 설명해야 할까?

그의 성격, 그의 매력, 믿을 만한 사람이란 걸 어린 시절부터 봐왔던 효은이 누구에게 어떻게 설명해야 할지 알 수가 없었다.

재준은 의외로 여자들 비위를 잘 맞추는지 식사를 하는 동안 이래저래 분위기 전환도 하면서 효은의 친구들을 재미있게 해 줬다. 친구들 앞이라 그런지 효은은 평소보다 더 오빠라고 부르면서 어리광을 부렸다.

"제가 어릴 때 효은이가 곰팬티 입었다고 자랑한 거 얘기하면 질색을 해요."

"그거 이십 년 우려먹었거든요. 이제 다른 레퍼토리로 바꿔보시죠."

“앞으로 삼십 년은 더 우려먹을 예정인데. 아, 또 뭐가 있더라? 그래, 맞다. 예전에 효은이가 저희 집에 놀러왔는데 아마 효은이가 여섯 살인가 그랬는데 그때가 집 공사 중이었어요. 근데 놀다가 시멘트 벽 사이에 낀 거예요. 거기 껴서 우는 걸 제가 발견해서 수돗가 데려가서 씻겨줬거든요. 그랬더니만 ‘오빠, 나중에 크면 오빠한테 시집가면 안 될까?’ 이러잖아요.”

“앗, 난 기억 안 나!”

효은이 강하게 항변했지만 재준이 이미 친구들에게 얘기 다 한 뒤였다. 재준이 효은과의 어릴 적 일을 얘기할 때마다 효은의 친구들은 뭐가 그렇게 재미있는지 까르르거렸다. 처음엔 좀 당황한 듯했던 영주마저 재준을 직접 보니 그렇게 큰 걱정은 안 드는지 안도한 기색이었다.

그날 꽤 많은 돈이 나왔는데 재준은 아무 말도 하지 않고 계산을 끝냈다. 계산이 끝나자 모두 우르르 몰려 나왔다.

“영주야, 너 우리 집 근처잖아. 재준 씨 차 같이 타고 가자.”

아무래도 영주에게만은 자세한 얘기를 해주고 싶어 일부러 권유를 했다.

“아, 그러면 나도 태워다 줘.”

지혜가 말 끝나기 무섭게 끼어들었다. 지혜는 아까 애도 데리고 와서 이것저것 잔뜩 시키고 애가 떠들면서 레스토랑을 뛰어다니는 걸 보고 영주는 좀 못마땅했지만 꾹 참는 기색이었다. 그 말에 효은의 표정이 좀 난처해졌다.

“저 미안한데, 좀 힘들 거 같은데.”

“왜? 차에 좀 끼어 타면 되지 뭘.”

그때 김 기사가 차를 몰고 와서 재준 앞에 섰다. 그리고 운전석 문을 열고 나와 뒷좌석 문을 열어주었다. 재준이 차에 올라타자 휠체어를 접어 차 트렁크에 넣었다. 그걸 보고 지혜는 입을 떡 벌리고 있었다. 아무래도 재준이 효은의 친구를 본단 생각에 어깨에 힘을 좀 주고 나온 모양이었다. 오 영감의 차를 빌린 걸로 봐서는.

“지혜야, 미안한데 재준 씨가 불편해서 너까지 타기는 좀 힘들 것 같다. 미안, 잘 가.”

그리곤 앞문을 열고 영주를 앞좌석에 태운 뒤에 자기도 뒷문을 열고 재준 옆에 앉았다. 효은이 앉자 차가 출발했다.

영주는 뒤를 돌아서며 말했다.

“쟤는 애가 결혼한 뒤에 더 얌체 같지 않아?”

“그래도 수현이랑 친하잖아.”

효은과 영주는 중학교 동창에 고1 때 같은 반 단짝 친구였다. 그렇게 고2 때 이과 문과 나누면서 다른 반에 갔지만 계속 친하게 지냈다. 그러다 보니 주변 친구들까지 친해져서 나중에 계모임 같은 게 생겼다. 그렇게 여덟 명 정도 되는 친구들이 꾸준히 친하게 지내고 있었다.

지혜는 효은이 고등학교 3학년 때 도시락 멤버였던 수현과 2학년 때 같은 친구였는데 효은과 영주와는 그다지 친하게 지내지 않았다. 수현과 그 밖의 다른 멤버들과 친해서 끼게 된 애였다. 결혼할 때 다른 친구들에게 냉장고 해달라고 뻔뻔하게 주장해서 효은과 영주를 열받게 만든 장본인이기도 했다.

영주는 지혜가 굉장히 못마땅한 모양이었지만 효은은 평소 그렇게 친하던 사이가 아니라서 대충 무시하려 하고 있었다. 좀 어색한 분위기가 차 안에 감돌자 효은이 재준에게 영주를 다시 소개시켜 줬다.

"오빠, 저랑 제일 친한 친구예요. 저랑 같은 중학교랑 고등학교 나와서 지금 대학병원에서 레지던트 하고 있어요."

"어느 병원에 계십니까?"

"한성 대학병원요."

"아, 저도 그 병원에 물리치료 하러 다닙니다."

"그리시군요. 혹시 담당 선생님이 누구세요?"

"정석훈 선생님이신데요."

갑자기 영주가 나름 환한 얼굴을 했다.

"정 선생님 좋은 분이시죠."

어느새 그런 얘기를 하다 보니 영주의 집 앞에 거의 다 와 있었다.

"오빠 저 영주랑 잠깐 얘기하고 가려고요. 같은 아파트 단지니까 저희 집 앞에 내려주심 돼요."

차가 그들을 내려놓고 가자 예전에 종종 얘기하러 오던 놀이터로 갔다. 그네에 마주 앉아 영주가 입을 열었다.

“언제 만난 거야?”

“얼마 안 됐어.”

“얼마? 얼마 안 됐다면서 잘도 결혼 결정했다.”

“아, 이 주쯤 됐나?”

효은은 재준과 만난 날을 꼽아보며 대답했다. 생각해 보니 정말 얼마 안 된지라 스스로도 조금 놀라고 있었다.

“뭐? 두 주밖에 안 됐는데 결혼하겠다고? 얘가, 얘가 미쳤어!”

“나 안 미쳤어. 그리고 봤잖아. 재준 오빠 좋은 사람이야.”

“내가 미은이가 결혼한다면 그러려니 하는데 네가 뭐가 부족해서? 돈 때문이야?”

“오빠가 믿을 만한 사람이니까. 나 오빠 돈 같은 거 아예 관심 없다고 말하면 거짓말이지만 그것 때문에 결혼하는 거 아니야.”

“회사는?”

“그만둔다고 민 선배한테 이미 얘기해 뒀어.”

“왜?”

“나 그동안 회사 다니면서 집안 가장 노릇하면서 스트레스 받은 거 알잖아. 이제 나도 좀 쉬면서 내 앞길에 대해서 생각해 보고 싶어. 너도 알잖아? 내가 어디 가정주부로 눌러앉겠니? 내가 집안일 하면 돈이 더 많이 들어. 알잖아?”

킬킬거리며 웃는 효은을 보며 영주는 한숨이 나왔다. 그런 영주를 보면서 효은이 진지하게 말했다.

"영주야, 너무 이상하게 생각하지 말아줘. 나 오빠 좋아해. 어릴 때부터 좋아했어. 다시 만났는데 여전히 좋더라. 진짜 좋아해. 사람들한테 왜 내가 오빠랑 결혼을 결심했는지 설명하기가 무지 힘들다. 나는 정말 좋아해서 저 사람을 믿을 수가 있단 생각이 들어서 결혼을 결심한 건데 아무도 안 알아줘. 심지어 우리 엄마나 미은이, 형은이도. 그러니까 너만은 꼭 알아줬음 좋겠어."

"네가 좋다고 하니 더는 아무 말 안 할게. 대신 무슨 일 있으면 꼭 얘기하기다."

"그래. 너한테까지 늦게 말해서 정말 미안해. 사실 계속 고민이 되니까 너한테까지도 얘기하기가 그렇더라, 어떻게 될지 몰라서. 혹시 오빠가 깨지 않을까 뭐 이런 거 있잖아."

"앞으로 또 이러면 가만 안 둬. 확!"

영주가 손을 들어서 때리려는 시늉을 하자 효은이 엄살을 부렸다.

"꺅, 잘못했다니까."

"대신 부케 나 줘."

"뭐? 진짜? 너 남자 생겼냐?"

흐흐 웃고 있는 영주에게 효은이 버럭 화를 냈다.

"진짜 배신녀는 자기면서 나한테 화내고 말이야."

그러나 영주는 효은이 남자 친구에 대해 말해달라고 졸라도 입을 절대 열지 않았다.

제6장

며칠 뒤에 효은은 재준에게 전화를 했다. 효은은 그 며칠 사이 급하게 일을 정리해서 후임자에게 넘긴 뒤에 남은 휴가를 다 붙여 쓰고 휴직하기로 이미 얘기가 돼서 이제 출근하지 않았다. 이런저런 일로 효은이 자주 재준의 집에 가긴 했지만 단둘이 밖에서 만난 적은 예전에 재준이 효은의 회사 근처에 점심 먹으러 왔을 때를 빼면 거의 없었다. 재준과 만날 때는 언제나 오 영감이나 어머니가 동행한 상태에서 예식장을 둘러본다든지 웨딩드레스를 볼 때나 가구를 보러 갈 때뿐이었다.

"오빠 저 효은인데요. 지금 전화 받기 괜찮으세요?"

하지만 전화가 걸려온 시간이 좀 늦은지라 재준은 조금 놀랐다.

[응, 지금 괜찮아. 무슨 일 있어?]

"아니, 그게 아니라……."

말을 못 꺼내는 효은에게 재준이 재차 물었다.

[무슨 할 말 있어?]

"아, 저기요. 영화 보러 가자구요. 심야에 공포영화 보고 싶은데 혼자 보긴 좀 무섭고 해서요."

재준은 처음에 거절할까 했다. 아무래도 결혼을 얼마 앞두고 신혼여행 다녀올 생각에 조바심을 치고 있었기 때문이다. 요즘 한창 바쁘기도 했고 결혼 준비를 하다 보니 저절로 일이 밀려서 아무래도 부담이 좀 되기는 했다. 하지만 효은이 그간 뭔가 요구를 하거나 둘이 따로 데이트한 적이 없기 때문에 나가보는 게 좋지 않을까 하는 생각이 들었다. 지금부터라도 뭔가 둘 사이의 관계를 만들어 나가야 할 듯해서였다. 그리고 효은이 어떤 여자인지 알고 싶은 호기심도 없잖아 있었다.

[오늘 밤에는 괜찮아.]

"정말요? 다행이다! 사실 이거 무지 보고 싶었는데 같이 봐준단 사람이 없어서요. 티켓은 미리 예매해 놨어요. 그럼 어디서 볼까요?"

[내가 데리러 갈게. 준비하고 있어.]

"네. 그럼 열한 시쯤 봬요."

재준이 효은네 아파트 앞에 차를 대고 전화를 하자 효은은 기다리고 있었다는 듯이 바로 뛰쳐나왔다. 아무래도 부모님이랑 다니다 보니 얌전하게 수트만 입고 있던 효은을 보다가 몸에 딱 맞는 진에 티셔츠를 입은 효은을 보자 좀 색다른 느낌이 들었다. 평소보다 발랄해 보이기도 했고 몸에 딱 맞는 옷 덕에 라인이 드러나는 게 은근히 마음에 들었다. 콜라병이 그려져 있는 빈티지 티셔츠는 길이가 꽤 짧은 편이라 움직일 때마다 살짝살짝 허리가 보일 때도 있었지만 효은은 그다지 신경 쓰는 눈치가 아니었다. 괜히 그걸 지켜보는 재준만 가슴이 두근거릴 뿐이었다.

대형 멀티플렉스 영화관은 재준이 별 불편 없이 휠체어를 타고 들어갈 수 있어 두 사람은 캐러멜 팝콘과 콜라를 들고 극장 안에 들어가 앉았다. 효은은 공포영화가 무섭다고 말하더니 진짜 무서웠나 보다. 정말 깜짝깜짝 자주 놀랐다. 소리나 화면만 조금만 바뀌면 재준 등 뒤로 계속 숨거나 팔을 잡거나 하면서 놀라는 게 눈에 보였다. 그다지 친밀한 사이가 아닌데도 재준의 등 뒤로 숨어버릴 정도로 무서워하면서도 절대 극장 밖으로 나갈 생각은 안 하는 게 이상했다. 재준은 효은에게 이런 면이 있을 거라곤 꿈에도 생각한 적이 없어서 굉장히 당황했다.

나오면서 재준이 효은에게 투덜거렸다.

"너 돈 안 아깝냐? 그렇게 내 등 뒤에 숨으면."

"무서운걸요."

"스토리 어떻게 흘러갈지 대강 보이잖아. 그런데도 알면서 속아? 미리 소리까지 깔아서 예고도 해주더만.”

“어차피 그러려고 보러 오는 건데요. 원래 공포영화는 보면서 비명 지르고 깜짝깜짝 놀라는 것에서 카타르시스를 느끼는 거죠.”

효은은 생글생글 웃으면서 영화가 재미있었다고 할 뿐이었다. 재준은 효은과 만나면 만날수록 이 너구리같이 속을 알 수 없는 아가씨가 조금 재미있었다. 돌아오는 차 안에서 효은이 물었다.

“오빠는 공포영화 안 좋아하세요?”

“별로 안 무서워서 그냥 그래.”

“보통 어떤 영화 보세요?”

“글쎄. CSI 같은 추리 시리즈물 좋아해.”

“오빠도 추리 소설 좋아해요?”

“응. 어지간한 추리 소설은 거의 다 봤지. 영화도 그런 거 좋아하고.”

“흐음, 그렇구나.”

“효은이는?”

“아, 저는 공포영화요. 무서운 거 보고 나면 왠지 스트레스가 싹 풀리는데 등 뒤로 숨을 사람이 필요해서 잘 못 봐요. 영주가 시간이 나야 같이 봐주는데, 영주 기억나죠? 걔가 무서운 걸 좀 좋아해서 보통 때는 걔랑 같이 보거든요. 전에 ‘디 아더스’를 보는데 걔도 그 영화는 좀 무섭다고 하더라구요. ‘샤이닝’은 별로 안 무섭다고 했던 애가."

이런 얘기를 하다 보니 어느새 집 앞에 도착해 있었다. 간만에 단둘이 있는 거라 그런지 조금 어색하기까지 했다. 더더군다나 이렇게 밤늦게까지 같이 있던 적은 없어서 그런지 더욱 어색하게 느껴졌다. 앞으로 계속 같이 붙어 있어야 하는데 이렇게 어색해서야 하는 생각이 절로 들었다.

"아, 피곤하네."

그가 뒷목을 주무르면서 계속 하품을 하자 효은은 걱정이 됐다.

"피곤한데 괜히 부른 거 아니에요?"

"어, 아냐 아까까진 괜찮았어. 나도 간만에 바깥바람 쐬고 좋았어. 평소에 잘 시간이 아닌데 요즘 무리했더니만 졸리네."

"오빠, 캔 커피라도 사다 드려요?"

"어, 그래 줄래?"

"갔다 올게요."

효은이 차 문을 열고 잽싸게 튀어나갔다 돌아왔다.

"이건 오빠 거, 이건 내 거."

재준에겐 캔 커피를 건네는 효은의 손에는 오렌지주스가 들려 있었다.

"비겁하게 왜 너는 오렌지주스냐?"

"왜냐하면 나는 곧 신부가 될 거라서 피부 미용에 신경 많이 써야 하거든요. 비타민 C가 피부엔 좋잖아요."

오렌지주스에 빨대를 꽂고 빠는 효은의 입술이 갑작스레 확대돼 보이는 듯했다. 효은은 아기처럼 오물오물 빨아 마시고 있었다. 입술에 립스틱이나 립글로스 같은 것보단 입술 보호제 같은 걸 바른 듯한데 왜 그게 그렇게 유혹적으로 보이는지 몰랐다. 마치 예전에 고루고루 잘 탄 다리에 붙어 있던 밴드처럼.

가로등 불빛에 갑자기 비가 내리기 시작하는 게 보였다. 차 안에는 정적이 가득한 게 재준도 좀 거북했는지 CD를 틀었다. 효은은 이 상황 자체가 부담스럽기 그지없었다. 갑자기 효은이 수선을 피우기 시작했다.

"엇! 비 오네. 이거 지나가는 비 같으니까 좀 있다 가세요. 괜히 차선 안 보이고 하면 위험하잖아요."

그러고 보니 그가 교통사고 난 날도 비 오는 날이었다. 빗길에 차선이 흐려지니까 마주 오던 차가 와서 부딪치면서 사고가 난 것이었다. 재준은 그때의 기억이 덮쳐 오자 묘했다. 그때까지만 해도 자신의 인생은 언제나 이렇게 질주할 거라고 생각했는데 지금 이런 상황이라는 건 꿈에도 생각하지 못했다. 그때의 자신이라면 이렇게 장효은과 앉아 있을 수 있을까, 답은 아니었다.

작은 손, 웃을 때마다 패는 작은 보조개, 덜렁덜렁거려서 언제나 여기저기 부딪쳐 생긴 멍이 하얗고 가는 팔다리 여기저기에 항상 있었다. 작고 하얗고 예뻤지. 그래서 더욱 정이 가고 손이 가던 그녀는 지금 어떻게 살고 있을까? 알아보려면 얼마든지 알 수 있는 거였지만 굳이 알고 싶지 않았다. 무엇보다 그 애에게 이런 자신을 보이고 싶지 않았다.

그때 왜 그랬을까? 그때는 그런 선택밖에 없었던 것일까? 다른 선택을 했더라면? 하지만 자존심이 강한 재준은 그런 자신의 약한 모습을 그녀에게만은 보여주고 싶지 않았다. 효은에게는 어떨까? 아직은 잘 모르겠단 생각이 들었다.

"무슨 생각 해요?"

효은이 아무 말도 없는 그가 조금 이상했는지 물었다. 뭔가 생각하는 눈빛으로 밖의 유리창에 떨어지는 비를 보고 있었다. 저런 표정 지을 때마다 같은 공간에 있어도 백만 광년은 떨어져 있는 듯한 기분이 들었다.

"응? 아니, 그냥 옛날 생각."

그는 잽싸게 뭔가 골똘히 생각하던 표정을 갈무리하고 얼버무렸다.

"무슨 옛날 생각요?"

"너 어릴 때 기저귀 갈아주는 거 구경했던 거."

"꺄악!"

효은이 얼굴이 빨개져서 재준을 살짝 때렸다.

"오빠 너무 짓궂어. 아직도 그거 우려먹고. 이십 년 동안 우려먹었으면 이제 관둬야지."

어릴 때로 돌아간 듯이 효은이 반말을 해왔다. 재준은 그런 효은이 귀엽다고 잠시 생각했다. 그리고 잠시 과거에도 친밀하게 '오빠, 오빠'라고 부르며 안겨왔던 그 작고 여린 따뜻한 몸이 생각나려는 걸 다잡았다.

침묵이 흐르자 효은이 어색한지 조금 안절부절못하고 있었다. 언제나 그가 뿌리는 디올의 패런하이트 향이 밀폐된 공간에 있으니까 오늘따라 더욱 진하게 느껴졌다. 그렇다고 재준은 그냥 둔 채 자기 혼자 집에 가버릴 수도 없었다.

면도한 지 좀 됐는지 이제 턱 선에 올라오기 시작한 거뭇거뭇한 수염이나 날렵한 턱 선과 모양 좋은 입술에 시선이 머물자 절로 얼굴로 피가 몰렸다. 효은의 시선은 얼굴을 따라 목선, 그리고 넓은 어깨, 뒤이어 핸들을 쥐고 있는 기다란 손으로 내려갔다. 손톱을 짧게 정리한 손은 남자치고 꽤 예쁘다고 생각했다. 그러다 그가 고개를 돌려 효은을 바라보자 당황해서 고개를 옆으로 돌려서 바깥을 보는 척 딴청을 부렸다. 그녀의 가슴이 이상하게 꽉 죄어들며 갑자기 숨이 찬 것 같았다.

재준 역시 어색한지 옆눈으로 효은을 슬쩍 바라보았다. 창밖으로 고개를 돌린 효은의 긴 목선이 보였다. 그 긴 목을 빼고 옆을 보면서 딴청을 부리고 있었다. 아무 말도 안 하는 이 상황이 어색한지 안절부절못하다 재준 쪽으로 고개를 돌리고 말을 꺼내려 했다. 이 알다가다 모를 아가씨는 둘 사이에 정적이 흐르는 걸 못 견뎌하고 있는 게 분명했다. 이 상황이 어색한지 어쩔 줄 몰라 하고 있었다.

잊어야 할 때였다. 옆에 앉아 있는 이 여자와 새로운 인생을 시작하기로 한 이상, 과거는 잊어야 했다. 효은은 좋은 아가씨였다. 분명 좋은 부인이 될 거라고 믿어 의심치 않았다. 그런 효은에게 진심이어야 한다고 머릿속으로는 생각했지만 마음은 아직 잘되지 않았다. 몸이 익숙해지면 마음도 따라가겠지.

"저기……."

효은이 결국 입을 여는 그 순간 커다란 손이 얼굴을 감싸더니 따뜻한 입김이 입술 위로 닿으면서 효은의 말을 삼켜 버렸다. 촉촉한 혀가 입술 선을 따라 간지럽게 움직이다가 안쪽을 슬쩍 찌르고 물러난다. 마치 시험해 보는 것처럼. 효은은 저절로 눈을 감고 말았다.

뜨겁게 다가온 입술은 조금의 틈도 없이 바싹 붙었다. 효은이 수줍음을 타는지 입을 열 생각을 안 하자 재준이 계속 무언의 종용을 보내다 아랫입술을 살짝 깨물었다.

부드럽게 어깨를 잡고 있는 손의 따뜻함에 효은은 몸의 긴장이 풀렸다. 입속에 부드러운 것이 들어와서 자신의 혀와 뒤엉킨 순간 정신이 나가는 것 같았다. 유혹하듯이 부드럽게 움직이는 뜨거운 것이 작은 혀를 살짝살짝 건드렸다. 그와 혀가 닿자 온몸에 전율이 올랐다. 효은이 한숨을 쉬듯 입술을 더 벌리자 입 안쪽으로 더 깊이 혀가 들어왔다. 살며시 턱을 당겨 조금씩 입을 더 벌리게 하면서 그녀를 달래듯 조심스럽게 혀를 움직였다. 효은은 그의 움직임에 저도 모르게 끌려갔다. 깊이 파고들어 온 그의 혀를 핥으며 살짝살짝 건드렸다.

꼭 감고 있는 눈가에 그림자를 드리운 속눈썹이 바르르 떨렸
다. 혀끝에 살짝 와 부딪치는 이 작은 혀. 여자치고 크다고 생각
했는데 안아보니 골격이 가냘팠다. 어릴 적 갓난쟁이 때부터 보
아온 장효은은 언제 이런 여자가 된 걸까. 새삼 신기하단 생각
이 들었다.

재준이 효은의 등에 손을 대고 강하게 끌어당겼다. 효은이 재
준의 입에 대고 헐떡거렸다. 재준은 순간 머릿속에 무슨 생각이
스쳤지만 다시 효은의 붉은 입술이 토해내는 달콤한 한숨을 붙
잡아 버렸다.

효은은 재준의 혀에서 나는 단 커피 맛에 당황했다. 그런 은
밀한 것까지 공유한다는 것이 상당히 부끄럽기도 했다. 지금 재
준은 방금 자신이 마신 오렌지주스 맛을 느끼는 걸까?

재준은 효은이 잠시 긴장을 잃고 다른 생각을 하는 걸 금세
눈치 챘는지 다시 강하게 효은의 혀를 감싸 안았다. 집중하라는
듯이 강하게 빨아들이면서 입 전체를 훑었다.

긴 키스가 끝났을 때는 재준은 효은의 어깨를 강하게 안고 있
었다. 효은은 부끄러운지 고개를 들어 재준의 눈을 마주 보지
못하고 살짝 옆으로 고개를 치운 채였다. 붉게 물든 얼굴, 가느
다란 하얀 긴 목이 눈에 보이자 그는 갑자기 그녀에게 자기 거
라는 뭔가 흔적을 남기고 싶어졌다.

순간적으로 입술을 뗀 재준이 목에 고개를 묻자 효은은 흠칫
놀랐다. 목에 와 닿는 뜨거운 숨결에 소름이 돋는 기분이 들었

다. 부드럽게 목을 핥는 재준의 애무에 목이 젖혀지는 순간 갑자기 강하게 빨아들였을 때 효은은 순간 깜짝 놀랐다. 뱀파이어에 목을 물리는 흡혈의 기분을 느낄 수 있을 것 같단 생각이 들었다.

효은이 몸을 움츠리자 그가 입가에 미소를 지었다. 그는 효은의 뺨을 어루만지면서 얼굴에 흘러내려온 머리를 걷어 올려주었다. 효은은 그저 멍하니 그를 바라볼 뿐이었다. 아직 남녀관계에는 어린애 같은 효은에 비해 그는 여러 연애관계를 맺어온 삼십대 남성이었다.

할로겐 등에 재준의 음영 진 얼굴의 라인이 보였다. 안경 속의 눈은 잘 보이지 않아 그의 표정은 잘 알 수 없었다. 그는 약간의 가쁜 숨을 몰아쉬고 있었다.

"그만 들어가 봐. 걱정하시겠다. 이제 비도 거의 그쳤으니."

사실 마음 같아선 부드러운 곡선을 그리는 티셔츠를 잡아 올리고 싶었다. 대신 재준은 효은의 쇄골을 쓰다듬으며 부드럽게 말했다.

"지금 안 들어가면 무슨 짓을 할지 몰라."

그러자 덜컥 겁이 났는지 효은이 후다닥 내렸다. 그 뒤로 재준의 부드러운 웃는 소리가 들렸다. 효은은 그제야 자기가 속았다는 걸 깨닫고 투덜거렸다. 그런 효은 뒤로 재준의 웃음 섞인 목소리가 들렸다.

"집에 가면 전화할게."

한 시간이 채 안 돼서 재준에게 전화가 왔다. 샤워를 하고 머리를 말리던 효은은 기다렸다는 듯이 전화를 받았다.

“잘 도착했어요?”

[응. 걱정했어?]

“네. 졸립다면서요.”

[아, 덕분에 잠은 잘 깼어.]

재준이 킬킬거리면서 말했다. 그러고 보니 아까 샤워할 때 보니 벌써 목 언저리에서 멍이 올라오는 게 보였다.

“오빠, 너무 못됐어요.”

[내가 뭘?]

“목에 이상한 거 만들어놓고 말이야. 자기가 모기야, 흡혈귀야.”

효은의 투덜거림에 재준은 낮은 소리로 웃기만 했다.

[안 자?]

“자야죠. 오빠는요?”

[난 아직 할 일 남아 있어.]

“너무 늦게까지 일하지 마요.”

“벌써부터 잔소리냐?”

효은은 그의 투덜거림에 낄낄거리며 전화를 끊었다. 분명 처음은 아니었다. 하지만 어느 누구에게도 그렇게 떨리는 기분을 느끼게 한 적은 없었다. 자기도 분명 남자에 관심은 있다고 생각했지만 왜 사귈 맘이 그렇게 적극적으로 생기지 않는 건지 효은은 궁금할 때가 많았다.

일본에서 유학할 때 잠시 연애를 한 적이 있었다. 같은 유학생이었던 남자랑 잠깐 사귀었을 때 그때 어땠는지 잘 기억이 나질 않았다. 분명 호감이 가니 사귄 것이었지만 그 사람과 미래를 공유하겠다는 거창한 것은 없었던 것 같았다. 각자 본국으로 돌아가면서 결국 흐지부지될 정도의 감정 정도가 다였다. 그 뒤로 왜 자기가 쉽게 연애를 다시 시작하지 못하는지 궁금할 때가 없던 건 아니었다. 바쁘다는 건 일종의 핑계가 아니었을까? 지금 그 답을 얻은 기분이었다. 아무도 효은에게 재준처럼 그런 기분을 느끼게 한 적이 없었다!

그런데 재준도 자기처럼 그런 기분이었을까? 아까 재준은 이마를 찌푸리며 무슨 생각을 하고 있었던 걸까? 효은은 재준이 결혼을 결심한 게 자기를 사랑해서 같은 이유가 아니란 걸 알고 있었다. 그는 왜 효은과 결혼을 하려 하는 걸까? 단순하게 오 영감이 몰아붙여서? 그 고집쟁이가 단순하게 오 영감이 하란다고 할 위인인가? 이유가 뭘까 정말 궁금했다.

다음날 오후 짐 정리를 하고 있는데 전화벨이 울렸다. 재준이 집 앞에 왔으니 잠깐 나오라는 전화였다. 짐 정리를 하던 효은이 그대로 밖으로 나가려 하자 엄마가 물었다.

"어디 가? 하던 거 빨리 해야지."

"앞에 오빠 와 있다고 잠시 나오래요."

"재준이? 그럼 그냥 들어오라고 하지."

"불편한가 봐요. 잠깐 나갔다 올게요."

"그래라."

한구석에서 십자수를 하던 미은은 그 대화를 들으며 잠시 이마를 찌푸렸다. 생각보다 모든 게 일사천리로 진행되고 그 와중에 소외된 기분이 들어서 요즘 미은의 마음은 계속 불편했다. 나가려는 효은의 돌린 목선에 뭔가 눈에 띄었다.

"언니, 목에 그거 뭐야?"

"내 목에 뭐?"

"그 뭔가 멍든 거 같은데?"

"뭐에 부딪쳤나? 모르겠네."

효은이 시치미를 뗐지만 얼굴이 조금 붉게 달아오르는 건 어쩔 수가 없었다. 미은은 그런 효은을 날카로운 눈으로 바라보았다. 언니가 뭔가 감추는 게 있는 듯 당황하는 걸 보면서.

"저 나가볼게요."

효은이 도망치듯 나가 버리자 미은은 한숨을 작게 푸욱 쉬었다.

밖에 나가자 익숙한 재준의 검은색 아우디가 보였다. 예전에 타던 BMW 3을 교통사고로 폐차시키고 난 뒤에 할아버지가 무조건 크고 튼튼한 차를 주장해서 반 강제로 산 차였다.

"올라오지 그랬어요?"

"별로 시간이 없어서. 이거 받아."

“이게 뭐예요?”

“뭘 묻고 그래. 풀어봐.”

그는 왠지 멋쩍어하고 있었다. 효은은 그에게 개인적으로 선물을 받아본 적이 없었다. 떨리는 손으로 포장을 풀자 작은 박스가 나왔다. 작은 박스를 열자 로고가 찍은 얇은 종이로 싼 뭔가가 보였다. 종이를 옆으로 젖히고 그 부드러운 천을 조심스레 꺼내 펼쳐 보았다. 그것은 나비 무늬가 있는 연노랑 색의 실크 스카프였다.

“뭐예요?”

“목…… 가리라고.”

그 말만 하고 재준은 고개를 돌렸다. 그런 재준에게 효은이 가볍게 눈을 흘겼다.

“그러게 왜 그런 건 만들어서. 아, 맞다. 사줄 거 또 있어요.”

“뭐?”

대뜸 효은의 요구에 재준은 좀 놀랐다. 그는 아직 장효은이란 여자는 몰랐지만 여자의 속성에 대해서는 대강 알고 있었다. 전에 사귀던 여자들 대부분이 그에게서 뭔가 더 얻어내고 싶어했고 요구들이 참 많았다. 뭐 사달라, 뭐 해달라. 귀찮아서 대충 일정 선에서 합의를 보곤 했다. 그래서 효은의 저런 요구에 몸에 힘이 들어가는 건 아무래도 예전의 말이 떠올라 경계심이 들었다.

그리고 과거 사귀었던 여자 친구가 생각났다. 웃을 때마다 생기는 작은 볼우물, 바람에 날리던 긴 머리카락, 거기서 나던 화이트 린넨 향, 커다란 눈에 눈물을 담고서 부리던 앙탈. 바빠서 조금만 안 놀아줘도 금세 상처 받고는 했다.

과거로 돌아간 그의 생각을 다시 현재로 돌아오게 만든 것은 효은의 목소리였다.

"입술 텄잖아요! 그러니까 립글로스도 사내요. 왜 멀쩡한 남의 입술 물어뜯어서 생채기나 만들어놓고 말이야. 정말 나빠."

그 말에 재준은 웃지 않을 수 없었다. 겨우 사내라고 말하는 게 립글로스라니. 허탈해졌다.

"그럼 목에 자국 하나 더 만들고 스카프 또 사줄까?"

"꺅! 됐어요, 됐어!"

효은이 부산하게 투덜거리자 재준은 낮은 웃음을 흘렸다. 그러다 순간적으로 효은의 머리에 손을 대고 쓰다듬어 주었다. 효은은 뭐가 좋은지 실실 웃었다. 그때 실이 떨어져서 집 앞 십자수 가게에서 실을 사 올 생각으로 집을 나섰던 미은은 은색 차에 앉아 있는 효은을 보고 이름을 부르려다 흠칫했다. 언니와 재준이었다. 미은 역시 재준을 본 지 오래된지라 그가 어떻게 변했나 궁금했다.

미은이 숨어 있는 곳에선 검은색 반팔 셔츠를 입은 재준의 상반신만 보일 뿐이었다. 넓은 어깨, 다부져 보이는 팔뚝, 자동차 유리창 사이로 내밀고 있는 팔에는 검은색 가죽 밴드 시계를 차고 있었다.

약간 하얀 편인 얼굴에, 이지적으로 보이는 가느다란 금속 프레임 속의 눈은 효은을 다정하게 바라보고 있었다. 어릴 때도 멋지다고 생각했는데 여전히 재준은 멋졌다. 차 안에서 뭐가 좋은지 실실거리며 웃는 효은과 역시 얼굴에 웃음을 띤 채 효은의 머리를 쓰다듬어 주는 재준을 보면서 미은은 정말 후회했다. 그때 왜 자기가가 망설였던 걸까. 평소처럼 망설이는 척하다가 등 떠밀려 나가는 척하려 했는데 그때 갑작스레 효은이 채갔다. 이건 언제나 그랬다. 언니인 효은은 자기보다 늘 좋은 걸 갖고 가고 자긴 늘 나머지고. 더욱 분하단 생각이 들어 미은은 주먹을 손톱자국이 나도록 쥐었다. 미은이 지켜보는 것도 모른 채 차 안에서 재준과 효은은 다정한 대화를 나눴다.

"뭐 하고 있었어?"

"짐 정리요. 이제 얼마 안 남았으니까 빨리 짐 정리하라고 엄마가 닦달하셔서 지금 난리도 아니에요."

이제 그들의 결혼식은 일주일 앞으로 다가와 있었다. 자주 보긴 하지만 이렇게 단둘이 시간을 가진 적도 얼마 없는데 과연 결혼 생활을 잘 끌고 나갈 수 있을지 둘 다 마음속으로 고민이 많았지만 겉으로는 내색하지 않고 있었다.

"나는 그럼 친구들에게 청첩장 돌리러 가볼 테니, 들어가서 짐 정리 마저 해."

"네. 술 많이 마시지 마세요."

"일부러 차 갖고 나왔으니 걱정하지 마. 어지간하면 인사할 겸해서 같이 갈까도 생각해 봤는데 대부분 효은이도 알 법한 사람들이고 준비하느라고 바쁠 것 같아서.”

“저 어차피 술도 잘 못 마셔서 분위기 깰 텐데요 뭐. 조심해 가세요.”

“응, 집에 가면 전화할게.”

“예.”

인사를 하고 밖으로 나가려는 효은을 재준이 갑작스레 잡았다. 그러더니 한순간에 입술을 덮쳤다. 등 뒤에 와 닿는 뜨겁고 커다란 손이 몸을 좀 더 바싹 끌어당겨서 잽싸게 입술을 훑더니 놓아주었다. 눈을 동그랗게 뜨고 그대로 키스를 당한 효은의 뺨에 붉어졌다.

“어서 들어가 봐.”

이 말을 하고 빙그레 웃으며 쳐다보자, 효은은 목까지 빨개진 채로 아무 말도 못하고 차에서 내렸다. 그런 효은을 보면서 웃던 재준은 손을 들어 인사를 하고는 그대로 시동을 걸고 출발해 버렸다. 그런 재준이 떠나는 걸 효은은 멍하니 바라볼 뿐이었다. 어릴 때는 워낙 나이가 위여서 어렵게 생각했는데 그는 상당히 짓궂은 사람이었다. 벌건 대낮에 이게 웬 남녀상열지사인지. 효은은 볼이 발개진 채로 집으로 올라갔다.

시간은 더디 가는 듯도 싶더니만 어느새 결혼식이 하루 앞으로 다가왔다. 효은은 엄마랑 단둘이 식탁에 앉았다. 엄마에게 그동안 어떻게 돈을 관리했는지 설명해야 할 것 같았다. 아무래도 이제 정기적인 큰 수입이 없어지는 셈이라서 엄마와 얘기를 안 할래야 안 할 수가 없었다.

"아, 엄마 받아요."

"이게 뭔데?"

효은이 엄마에게 통장을 두 개 내밀었다.

"이거 엄마 이름이랑 미은이 이름으로 부은 적금인데 무슨 일 있을지 몰라서요. 미은이 결혼 자금이라도 마련해 놔야 하잖아요. 엄마 이름으로 부은 것은 나중에 형은이 결혼할 때 밑천으로 쓰세요. 이상한 데 갖다 쓰지 마시고."

효은이 엄하게 말했다. 통장을 열어본 엄마는 깜짝 놀랐다. 엄미와 미은의 이름으로 된 통장에는 각각 오백만 원 정도씩 들어 있었다.

"아니, 이게…… 너 돈 나가는 거 뻔히 아는데."

엄마가 효은에게 가계부를 공개한 이상 효은 역시 엄마에게 수입을 공개하고 있었다. 효은이 어디에 얼마를 붓고 이런 상황을 아는데 이런 큰돈이라니 엄마는 정말 놀랐다. 그동안 집안 빚은 장녀 효은이 혼자 처리하고 있던 걸 다 아는데 나름 꽤 목돈이었다.

"아, 출장비랑 주식 해서 번 돈이에요."

"너 주식 했니? 나는 못하게 했잖아."

"엄마는 아마추어지만 나는 프로잖아. 그래도 위험한 거 손

안 대고 살짝살짝 한 거예요.”

효은이 처음에 증권회사에 들어가자 엄마가 주식 하자고 계속 졸라대서 효은을 곤란하게 했다. 하지만 효은이 단호하게 거절했다.

“엄마, 나는 기관 투자하지 개인 투자가 아니라서 엄마랑 좀 보는 시각이 다르거든요. 그러니까 엄마는 안 돼.”

엄마는 사실 꽤 놀랍기도 하고 효은이 대견하기도 했다. 엄마 본인이 경제관념이 별로 없어서 효은이 고생한 거 잘 알고 있었다. 미은이 워낙 기죽어 살아온지라 미은 편을 들어주기도 했지만 효은이 실질적으로 집안 가장으로 지난 오 년 동안 어떻게 살았는지 누구보다 잘 알고 있었다. 본인은 대학원에 갈 기회도 있었는데 그거 포기하고 남은 것만 해도 효은에겐 굉장한 희생이었다.

“효은아, 엄마 이 돈 못 받겠어. 미은이 시집갈 거 생각해서 미은이 것만 받을게.”

“왜요?”

효은은 놀랐다.

“엄마 이 돈 받을 자격 없어. 효은이가 힘들게 번 돈인데 엄마가 그냥 받으면 정말 미안하잖아. 네가 계속 집안 생활비 대고 동생들 뒷바라지까지 했는데.”

“아냐, 엄마.”

“너 미국에 공부하려고 가려는 거 잡아서 지금도 너무 미안하게 생각해. 내가 어떻게 하고 미은이랑 형은이가 좀 고생했으면 네 인생 조금 더 잘 풀릴 수 있는 건데 그때 너 붙잡은 뒤로 계속 일했잖아. 엄마가 너한테 너무 미안하구나. 하지만 내가 그때 무서웠어. 그리고 너밖에 믿을 사람이 없더라. 그래서 잡았어.”

엄마는 그때 일이 생각나는지 눈물이 글썽했다. 효은은 엄마 맘 이해가 갔다. 효은도 아빠가 잘 부탁한다고 갑작스레 암으로 돌아가시면서 말했던 게 있었기 때문에 절대로 엄마랑 동생들 두고 뜰 수 없었다. 장효은은 그런 사람이었다. 사실 효은도 이제 좀 생활이 안정됐으니 시집갈 맘이 생긴 거지 아버지 돌아가셨을 때 선이 들어왔다면 당연히 거절했을 일이었다.

“엄마, 할아버지가 매달 집에 돈을 좀 주신다는 거 제가 거절했어요. 내가 돈에 팔려가는 것도 아니고 조금 있으면 이제 형은이도 졸업하고 미은이도 사실 그 퀼트 가게에서 강사로 나오라는 제의도 받고 했으니까 아빠 연금만으로도 엄마랑 미은이는 괜찮을 것 같아요. 혹시 힘든 일 생기면 내가 도와드릴 테니까 말씀하시고요.”

엄마와 효은은 도란도란 집안의 미래에 대해서 밤늦게까지 얘기를 나눴다. 그만 가서 자란 등 떠밀림에 방에 자러 갔지만 효은은 잠은 오지 않았다. 다만 인생이 여기서 어떻게 될지에 대한 궁금함만이 꼬리에 꼬리를 물 뿐이었다. 앞으로 더 이상 경제적인 난국은 없겠지. 하지만 배고픈 소크라테스 대신 배부

른 돼지가 된다고 해도 행복할 수 있는 걸까? 장효은 인생에 과
연 행복이 있긴 있는 걸까? 아니, 그건 내가 만들어가는 거지 남
이 만들어주는 게 아니지, 이런 생각을 하면서 효은은 새벽까지
잠을 이루지 못했다.

제7장

결혼식은 간단하게 치르고 싶었지만 오 영감의 하객이 너무 많았다.

그간 뿌린 부주 다 챙길 작정이라던 오 영감의 말이 농담인 줄 알았더니 진짜였나 보다. 단출하게 사람을 부른 신부 측 좌석까지 신랑 측 하객으로 미어터질 지경이었다.

연미복을 입은 재준이 휠체어를 밀고 효은과 함께 입장했다. 가족석에 앉아서 연신 눈시울을 적시는 어머니 옆에서, 미은은 효은과 휠체어에 앉아 있는 재준을 보자 묘하게 씁쓸해졌다.

유년 시절 미은과 효은의 왕자님이 다른 아님 재준이었던 것이다. 다리가 불구이긴 하나 그는 아직도 멋있었다. 오히려 비극적인 면이 보태어져 로체스터나 히스클리프 같은 느낌마저 들 정도였다. 일주일쯤 전에 살짝 보았을 때보다 재준은 더 늠름하고 멋있었다. 앉아만 있으면 아무도 그가 어디가 불편한지 모르는 위엄과 카리스마가 뿜어져 나왔다.

미은은 그때 조금이 아니라 많이 후회했다. 재준과 결혼했으면 남편이 불구이긴 해도 떵떵거리면서 살 수 있었을 텐데. 미은은 그만큼 재준이 자신을 택했을 거라고 생각할 정도로 미모에 자신이 있었다.

처음에는 형은이 신부를 넘겨주는 아버지 역을 대신 하겠다고 했으나 효은이 차라리 재준과 같이 입장하겠다고 했다. 여자치고 꽤 큰 키인 효은은 평소 취향대로 단순한 디자인의 웨딩드레스를 입고 있었다. 소매 없이 목을 시원하게 파고 적당히 파인 목선에 반짝거리는 작은 비즈가 보석처럼 달려 있었다. 상체는 꼭 달라붙어서 가느다란 허리를 강조하고 아래로 내려갈수록 풍성한 스커트가 뒤에는 인어 꼬리처럼 길게 늘어져서 효은이 한 발자국 걸을 때마다 부챗살처럼 펼쳐졌다.

처음 효은이 드레스 고르러 갈 때 같이 간 건 미은이었다. 미은은 좀 더 화려하고 여성적인 걸 입혀 보고 싶어했지만 효은은 자기 취향대로 심플한 걸 골랐다. 처음 입고 나왔을 땐 그냥 예쁘다, 잘 어울린다 정도였는데 지금은 사람을 홀릴 것같이 아름다웠다. 베일이나 티아라를 권했지만 단정하게 시뇽으로 묶은 뒤에 하얀 난초 한 송이를 꽂은 것 외에는 별다른 머리 장식도 하지 않았다. 부케 역시 난초와 장미로 만들어진 것이었다.

재준은 자신 옆에 서 있는 효은을 올려다보았다. 눈을 내리깔고 있는 효은은 평소에 안 하던 화장을 하고 있어서인지 굉장히 달라 보였다. 원래 피부는 좋은 편이었지만 도자기같이 하얀 피부에 아기 볼 같은 핑크색 블러셔, 기다란 속눈썹까지 붙여서 그런지 얼굴 윤곽이 뚜렷해지니 전혀 다른 사람 같기도 했다. 바빠서 결혼사진도 안 찍기로 한지라 효은이 화장한 건 거의 처음 보는 거나 다름없었다. 처음 효은이 예식장에 들어왔을 때 할아버지 옆에서 하객에게 인사하던 재준은 깜짝 놀랐다. 눈을 내리깔고 대기실로 향하는 효은의 뒷모습에서 눈을 뗄 수가 없었다. 옆에서 할아버지가 흐뭇한 미소를 지었다.

주례는 재준과 효은의 대학 은사였다. 다행히 은사님이 주례가 여러 번인지라 눈치가 있어놔서 주례를 십오 분 안에 끝냈다. 그 뒤 식은 일사천리로 진행되었다.

이미 동문 보드에 결혼식 청첩장이 떴기 때문에 재준과 효은의 대학 동문이 상당히 많이 왔다. 뜬금없는 이 결혼에 관심이 많아서인지 평소에 잘 보지 못했던 사람도 꽤 있었다. 하지만 효은은 시치미를 뚝 떼고 계속 웃고만 있을 뿐이었다. 전 회사에서 같이 근무했던 사람들도 호기심 때문인지 간간이 보이고 있었다. 전에 화장실에서 속닥거리던 그 비서들이 이제 무슨 얘기를 할 것인지 좀 궁금해졌다.

물론 효은의 친구들도 많았다. 부케는 약속했던 대로 영주가 받았다. 엄마는 부케를 미은에게 받게 하고 싶어하는 눈치였지만 효은은 왠지 미은보단 친구 영주에게 주고 싶었다.

"선배님, 결혼 축하드립니다."

손님 접대를 하고 있던 재준에게 대학 때 그다지 잘 모르던 후배인 민성현이 와서 인사를 했다.

"그런데 남의 일 잘하고 있던 직원을 그렇게 빼가심 어떻게 합니까?"

"난 그만두라고 한 적 없는데? 효은이가 그동안 일에 좀 지쳤다고 쉬고 싶다고 한 거야. 그동안 좀 살살 굴리지."

오히려 재준은 성현을 약 올리고 있었다. 대학 때 그렇게 친하게 지낸 적이 없던 후배였다. 대충 이런 후배가 있다고 아는 정도. 키도 좀 크고 나름 꽤 호남형으로 생겨서 여자가 제법 따를 것 같았다. 그런 성현과 효은이 같이 출장도 다니고 했을 생각을 하자 묘한 기분이 들었다. 효은과 그는 단순한 직장 선후배 관계일까? 효은은 과거에 어떤 연애를 했을까? 그러고 보니 걸리는 소문이 있었다. 성현이 결혼한 지 얼마 안 돼 이혼을 해서 동문들 사이에서 한참 소문이 떠들썩했던 기억이 떠올랐다. 옆에서 다른 하객과 인사를 나누던 효은이 그들을 돌아보더니 성현을 보고 반갑다는 듯이 활짝 웃었다.

"민 선배!"

"결혼 축하해! 이야, 장효은도 화장하니까 굉장히 예쁘네."

"선배도."

“나야 너 야근할 때의 폐인 같은 모습만 봤지 어디 이런 거 상상이나 했겠어.”

“그런 건 이제 잊으셔.”

둘은 뭐가 좋은지 농담을 하며 활짝 웃고 있었다. 옆에서 지켜보는 재준은 묘한 기분을 느꼈다. 성현은 분명 자기가 잘 모르는 효은을 알고 있었다. 효은이 명목상 대충 인사하던 다른 동문 선배와 성현을 대하는 태도는 확연하게 달랐다. 효은은 진심으로 성현을 좋아하고 있었다. 그래서 재준은 뭔가 계속 마음에 걸렸다. 과연 이 둘은 그냥 좋은 선후배, 직장 동료이기만 했을까.

미은은 아침부터 효은 뒤를 따라다니면서 도우미 일을 했다. 그러다 효은이 폐백에 들어가 조금 짬이 나자 아픈 다리를 쉴 겸해서 화장실에 가서 앉았다. 왠지 밖에 나가기 싫었다. 오늘은 자기가 좀 더 처량해 보일 것 같아서. 친척들이 왜 미은이는 시집 안 가냐고 물을 때마다 너무 창피했다. 눈가에 맺힌 눈물을 찔끔 손수건으로 닦아내려 할 때 밖에서 웬 여자들의 속닥거리는 소리가 들렸다.

“신부가 수더분한 인상이네.”

“예쁘기야 왜 재준 씨 전에 사귀던 그 유리인가 하는 아가씨가 예뻤죠.”

새침맞은 목소리였다. 미은은 그 목소리를 듣자마자 그 목소리를 내는 사람이 싫어졌다.

“아, 민우 엄마도 그 아가씨 봤어요?”

걸걸한 여자 2가 여자 3에게 물었다.

“우리 그이 미국에서 공부할 때 재준 씨랑 같이했잖아요. 우리 결혼한 지 얼마 안 됐을 때라 미국에 친구도 없고 해서 유리 씨랑도 친하게 지냈어요. 넷이 자주 같이 만나기도 했고요.”

나름 침착한 목소리였는데 ‘재준’, ‘유리’ 같은 사람 이름에 귀가 번쩍 뜨였다.

“근데 왜 헤어졌대요?”

새침맞은 목소리가 호기심에 가득한 목소리로 여자 3에게 물었다.

“재준 씨 교통사고 난 뒤에 뭐 그렇게 됐나 봐요. 아무래도 워낙 곱고 귀하게 자란 아가씨라서 재준 씨 그런 거 뒷바라지하기도 힘들고 해서 재준 씨가 결단을 내린 것 같아요.”

“근데 이렇게 후다닥 가는 거 보면…… 돈이 좋긴 좋나 보네.”

그 말에 미은은 벌떡 일어나려다 꾹 참았다.

“글쎄 말이에요. 남자 구실은 할 수 있나 몰라.”

“그 아가씨도 여간내기 아닐 것 같습디다.”

“어차피 돈 보고 결혼한 아가씨일 텐데 뭘 바라요.”

여자 1과 2가 걱정된다는 듯이 말을 주고받았지만 결론은 효은이 돈만 밝히는 나쁜 여자고 재준은 남자 구실 못하는 불구라는 것이었다. 자기가 효은 대신 저 자리에 서서 다른 사람들에게 저런 눈길로 쳐다봐지고 있었다고 생각하면 등에 소름이 돋을 정도였다. 아무 생각 없었던 자기가 생각이 너무 짧았구나란 생각마저 들었다.

"우리 그이도 걱정이 많더라구요."

여자 3이 그나마 재준과 효은에게 호의적인 듯했다.

"욱형 씨야 원래 재준 씨랑 친하잖아요. 걱정 많겠죠. 한동안 유리 씨 못 잊어서 재준 씨가 꽤 힘들어했다면서요."

여자 2가 걸걸하게 말했다.

"아무래도 한두 달 사귄 것도 아니고 꽤 오래 사귀었잖아요. 결혼 결심도 했었고요. 당연히 힘들었겠죠. 원래 몸 아프면 사람이 더 그리워지잖아요. 그래도 이렇게 좋은 아가씨 만나서 결혼한다니까 우리 그이도 너무 맘이 놓인다고 하더라구요. 효은 씨 할아버지가 재준 씨 할아버지랑 친구 분이셨대요. 그래서 어릴 때부터 왕래가 있었나 봐요. 그래서 둘이 서로 잘 안다나 봐요. 뭐, 그러니까 꼭 돈만 보고 결혼한 것 같진 않아요."

재준의 친구 와이프라는 여자가 침착하게 다른 여자들 상대로 얘기를 늘어놨지만 나머지 둘은 그다지 믿는 눈치가 아니었다. 잠시 후 볼일을 보고 화장을 고친 여자들이 나갔다. 분명 효은이 알아야 할 얘기들이 있었다. 과거에 재준이 사귀던 여자가 있었고, 그 여자랑 결혼하려 했으나 사고 때문에 헤어진 일, 그리고 오랫동안 힘들어했다는 건 효은이 알아야 할까? 이미 재준이 말했을까?

효은은 동생인 자기에게 그다지 많은 말을 하지 않았다. 오히려 고민 상담역에만 익숙할 뿐, 별로 얘기를 하지 않았다. 그러고 보면 삼십 분 언니라고 해도 친구나 마찬가지지만 언제나 믿고 의지만 했지 별로 도와준 게 없는 게 마음에 걸렸다. 결혼 선물도 마땅하게 해준 게 없었다. 언제나 도움만 받고 원망만 했지 효은 인생에 별 도움을 못 준 게 오늘따라 무척 미안하게 생각됐다. 효은이 찾을 듯해서 손을 씻고 잽싸게 화장실을 나가는 미은의 발걸음은 무거웠다.

피로연 후의 폐백까지 마친 그들은 결혼식장 근처의 호텔로 갔다. 호텔에서 하룻밤 묵고 다음날 비행기로 싱가포르로 가서 거기서 이틀 묵고 빈탄의 리조트로 가기로 한 것이었다. 거기서 그들 부부는 열흘 정도의 신혼여행치고는 꽤 긴 시간을 보내기로 했다.

거의 녹초가 돼 방 안에 들어간 재준은 진짜 황당했다. 이렇게 일이 일사천리로 진행될 줄 몰랐다. 아직 틀어 올린 머리의 핀도 빼지 못하고 진한 신부화장인 채 있는 효은을 보자 앞으로 어떻게 해야 할지 몰라 난감했다.

생각해 보니 효은과는 손을 잡아본 적도 없었다. 간단한 신체 접촉은 물론이고 둘은 지난번의 키스 외엔 거의 접촉이 없다시피 했다. 그 뒤로 너무 바빠서 단둘이 있을 기회도 없었다. 그런

데 이 하룻밤에 만리장성을 쌓아야 하니 더욱 기가 막힐 노릇이었다.

재준이 상당히 긴장한 반면에 효은은 너무나 태연해 보였다. 그게 한편으로 괘씸하기도 했다. 그는 이렇게 떨리는데 막상 신부인 효은은 그다지 흥분한 것도 같지 않았다. 그리고 명치 아래가 쿡쿡 쑤시는 것이 두근거리기도 했다.

"씻는 거 어떻게 도와드려요?"

갑작스레 효은이 물었다. 서른 살이 넘도록 혼자 살았던 남자이기도 했고 좀 더 성에 대해서 분위기가 리버럴한 곳에서 지냈던 만큼 효은에 비해 분명 경험이 많은 재준이었다. 그러나 재준은 당황해서 순간적으로 그도 좀 얼굴이 발그레해졌다.

"욕조에 물만 받아주면 내가 알아서 할게."

"등 밀어줄까요?"

"야야, 됐어."

재준이 질색하는 표정을 짓자 효은이 짓궂게 웃었다. 그제야 효은에게 속았다는 걸 알았다. 효은은 느물느물한 표정을 지으며 욕실의 욕조에 물을 받으러 들어갔다. 물 온도를 맞추며 효은은 잠깐 한숨을 쉬었다. 물론 효은이라고 당장 잠자리가 걱정 안 되는 것은 아니었다. 효은은 그다지 연애에 밝은 편이 아니었다. 남들은 사고도 잘 치건만 여태 자기는 뭐 했단 말인가. 한숨만 나올 뿐이었다. 막상 여기까지 너무 급하게 오다 보니 제대로 생각도 못했다. 할아버지가 재준이 허리를 다친 게 아니어서 별문제없을 거라고 암시만 줬을 뿐이었다.

이십대 초반의 장효은은 키만 컸지 그렇게 눈에 띄는 여자아이가 아니었다. 중반 이후부터는 회사 일과 집안일에 치어서 연애는 꿈도 꿀 수 없었다. 한 달 장기 출장 같은 거 나갔다 돌아오면 그전에 데이트 몇 번 했던 남자도 연락이 끊겨 있기 일쑤였다.

예전에 기습 키스를 당해본 적도 있었고 잠깐 좋은 분위기가 됐던 남자들도 있었지만 어찌 된 게 좀 진행이 늘 되다 만 느낌이라고나 할까. 일본에서 공부할 때 대시하던 스웨덴 남자애와 두 달 정도 사귀다가 서로 귀국하게 되면서 자연스레 멀어지게 된 거랑 잠깐 성현 선배를 좋아했던 게 효은의 연애 경험 전부라 해도 전부가 아니었다.

물이 어느 정도 차자 입욕제를 풀고 재준을 불렀다.

"갈아입을 옷 갖다 드릴게요."

효은은 재준에게 갈아입을 속옷을 갖다 준 뒤에 방을 둘러보았다. 그다지 할 일이 없었다. 가방에서 화장품 케이스를 꺼내어 오늘과 내일 쓸 화장품을 꺼내고, 갈아입을 속옷과 잠옷, 내일 입을 옷 정도만 꺼내서 장에 걸었다. 역시 재준의 케이스에서도 비슷한 것을 정리해 놓았다.

탁자 위에 얌전하게 놓여 있는, 친구들이 넣어준 과일 바구니가 눈에 띄었다. 오늘 거의 먹은 것도 없다는 게 생각나면서 슬슬 배가 고파지기 시작했다. 효은은 일단 바나나를 집어 까먹었다. 그렇게 시간을 때우면서 재준이 나오길 기다렸다.

재준이 배스가운만 입고 휠체어를 밀면서 나왔다.

"뭐 하고 있었어?"

"배고파서 과일 먹었어요. 좀 드실래요?"

"배고프면 룸서비스 시키지."

"그렇게까지 배고픈 건 아니었어요. 오빠도 좀 드실래요?"

"아니 난 됐어. 가서 씻어. 피곤하잖아."

효은이 웃으면서 배스가운과 속옷을 들고 들어갔다. 욕실은 형은이 욕실을 쓰고 났을 때랑 비슷한 상황이었다. 여기저기 흩어져 있는 짧은 머리카락들과 대충 널려 있는 속옷 등등.

효은은 재준이 누워 있던 욕조에 새로 물을 받기 시작했다. 배스큐브까지 찾아서 풀었다. 향긋한 라벤더 향이 욕실에 들어차기 시작하자 옷을 벗고 뜨거운 물에 몸을 담갔다. 새벽부터 일어나 설쳤더니 굉장히 피곤했다. 지쳐 있던 몸과 굳어 있던 근육에 뜨거운 물이 닿자, 슬슬 녹아내릴 것처럼 긴장이 녹아내리기 시작했다. 더 있다가는 그대로 욕조에서 자버릴 것 같아 졸린 눈을 비비며 대충 정리하고 나왔다.

효은이 머리에 수건을 돌돌 말고 욕실에서 발그레해져서 나왔다. 머리를 탈탈 털면서 말린 후에 화장대에서 스킨과 로션, 크림 정도만 가볍게 발랐다. 그런 효은을 재준은 책을 보는 척하면서 슬쩍 훔쳐보고 있었다. 그러다 거울 속의 효은과 눈이 마주치자 효은이 발그레 웃었다. 다시 심장이 덜컹 내려앉는 것 같았다. 마치 어린 시절 읽었던 '충성스런 요한네스'에서 요한네스의 가슴에 채워놨던 조임쇄가 부서지는 듯한 강한 충격이었다. 재준은 못 본 척 책을 보려고 했지만 제대로 페이지가 넘어가질 않았다.

효은이 화장을 마치자 묻지도 않고 불을 끄더니 재준의 옆에 와 누웠다.

"오빠, 스탠드 불빛으로도 책 볼 수 있죠? 전 불 다 켜놓으면 잘 때 좀 불편해요."

"벌써 자려고?"

"네. 새벽부터 일어나서 엄마랑 동생 등살에 설쳤더니만 정말 피곤해요. 이혼한 친구가 결혼식을 두 번이나 했거든요. 그때 걔가 신랑이 총각만 아니라면 안 하고 싶다더니만 그 심정 이해가 가네요."

효은의 투덜거리는 소리에 재준은 웃음이 나왔다. 효은이 이불을 목까지 덮자 재준은 책을 놓고 안경을 벗고 이불 속으로 들어왔다. 둘은 그렇게 한동안 멍하니 누워 있었다. 효은은 불편한지 계속 꼼지락거렸다.

"불편해?"

"응, 졸릴락 말락 한데 막상 잠자리 바뀌니까 잠이 잘 안 오네요. 게다가 나는 정말 호텔을 미워한단 말이에요."

"왜 그렇게 호텔을 미워하는데?"

"오빠도 영국의 쇳물과 찬물 나오는 호텔에서 한 달 장기투숙

해봐요. 안 미워하게 되나.”

　재준은 낮은 소리로 웃었다. 효은은 그의 얼굴이 안 보이는 게 다행이라고 생각했다. 그때 재준은 갑자기 효은에게 팔베개가 해주고 싶어졌다.

　“팔베개 해줄까?”

　“내가 태어나서 들은 말 중 제일 로맨틱한 말 같아요.”

　효은의 말에 재준은 또 낮게 웃으면서 효은의 머리를 들고 팔베개를 해줬다. 일단 재준이 팔베개를 해주고 친밀하게 몸이 붙자 괜히 민망해진 효은이 재준의 팔에 목을 문지르며 물었다.

　“어, 오빠 운동 좀 하나 보네. 팔에 근육이 장난 아닌 것 같아.”

　어둠 속에서 효은이 너스레를 떨면서 침을 삼키는 작은 소리가 들려왔다. 그뿐만 아니라 그의 신부도 긴장했던 것은 똑같았나 보다. 재준이 팔을 돌려 효은과 얼굴을 마주 보았다. 스탠드 불빛에 효은의 작은 얼굴이 부드러운 윤곽을 그리고 있었다. 효은의 부드러운 입술에 가만히 입술을 가져다대자 효은이 움찔하는 게 보였다.

　재준이 입술이 거의 부딪칠 것 같이 가져다대고 부드럽게 속삭였다.

　“이제 와서 무르잔 말 같은 건 안 하지?”

　“당연한 말씀을요, 서방님.”

　효은의 부드러운 입술이 재준의 입술에 맞닿았다. 부드럽고 따뜻한 감촉이 입술에 느껴졌다. 다정하고 능구렁이 같은 장효은. 그래서 너무 귀여운 장효은이라고 재준은 생각했다.

재준이 효은의 손목을 강하게 잡아당겨서 끌어안았다. 엉겁결에 그의 품에 갇힌 효은은 조금 당황하며 살짝 그의 가슴에 손을 갖다 대었다. 재준의 강한 입술이 효은의 입술에 와서 강하게 부딪쳤다. 그는 조금의 여유도 없이 거칠게 연약한 입술을 가르고 입 안으로 들어가 작은 혀를 감쌌다.

격렬한 키스에 숨이 가빠졌다. 자기도 모르게 헐떡이며 작은 신음을 재준의 입에 흘렸다. 뭐가 무서운지 효은은 재준의 잠옷을 꼭 쥐고 있었다. 재준은 그 작은 손을 풀어 자기의 목에 둘렀다. 효은은 떠내려가기 전의 사람이 무언가 잡듯이 재준의 목을 꼭 안았다.

입술을 내려가 목의 움푹한 데를 잘근잘근 씹으며 효은이 입고 있는 하얀 레이스 잠옷의 가슴 부분을 어루만졌다. 재준의 커다란 손이 효은의 가슴을 감싸자 가슴에 단단해지면서 부풀었다. 그는 그걸로 만족하진 못했는지 거의 옷을 찢어 벌리듯이 단추를 풀고 손을 집어넣었다. 브래지어를 거칠게 올리고 손으로 가슴을 감쌌다.

재준의 한 손은 아래로 내려가 효은의 풍만한 젖가슴을 감싸 쥐면서 나직이 탄성을 질렀다. 그는 오뚝 솟아오른 젖꼭지를 손가락으로 살살 문지르며 재촉했다. 뜨거운 입술이 목덜미를 따라 내려가 뾰족 솟아오른 젖꼭지를 입에 물자 두려움 따위는 저 멀리 날아가 버렸다. 다른 쪽 가슴도 같은 식으로 입 안에 머금자 효은이 등을 활처럼 휘면서 수줍은 신음 소리를 냈다.

효은은 재준의 열기에 눌려 눈을 꼭 감고 있었다. 한 팔로 효은의 허리를 감아 안자 재준의 몸이 바짝 밀착되었다. 효은은 몸에 맞닿는 뭔가 뜨거운 것을 느꼈다. 점점 더 몸이 뜨거워지고 단단해질수록 재준도 점점 거칠어졌다.

재준은 품 안에 안긴 효은의 몸이 점차 유연해지고 있는 걸 알았다. 재준이 효은의 목에 부드러운 키스를 퍼붓자 효은이 알 수 없는 작은 신음 소리를 내었다. 뭐든지 빨리 배우는 효은은 양팔로 그의 목을 감싸 안고는 천천히, 그러나 유혹적으로 키스를 되돌려 주었다.

재준의 한 손이 그녀의 아랫배 쪽으로 내려오더니 이어 허벅지 쪽으로 이동했다. 재준의 손가락이 허벅지 안쪽을 감질나게 애무하자 숨을 헐떡였다. 효은은 생전 처음 느껴보는 관능적인 충격의 여파가 온몸을 관통해 퍼져 나가는 것을 느낄 수 있었다.

재준의 가벼운 키스는 어느새 거친 키스로 돌변해 있었고, 손가락은 그녀의 뜨거운 촉촉한 숲 안을 깊숙이 파고들고 있었다. 재준의 손가락이 주는 낯선 파장에 몸속에 이상한 쾌감을 불러 일으키고 있었다. 효은의 작은 신음 소리에 재준은 자신도 몸에 떨림이 왔다. 워낙 오랜만이기도 했지만 지금은 효은이 먼저였다. 곧 효은의 여성이 자잘한 수축을 일으키며 경련했다. 그는 부드럽게 어루만지면서 손을 뺐다.

어둠 속에서 그들 눈이 마주쳤다. 부끄러워 어쩔 줄 몰라 하는 효은, 그녀가 너무 귀여워서 입에 가볍게 입을 맞췄다. 효은이 허스키해진 목소리로 말했다.

"오빠, 이게 끝은 아닌 듯한데요."

"그래, 끝은 아니지만 오늘은 이쯤 하는 게 어때?"

"저도 그러고 싶은데 아까부터 뭔가 낯선 게 와서 부딪쳐서요."

장효은이 어디 가는 게 아니었다.

"피곤하잖아."

"오빠가 팔베개 해준 덕에 이제 별로 안 피곤해요. 내가 어떻게 해줄까요?"

그의 신부가 그에게 속삭이듯 말해오자, 뭔가 더 생각할 여지는 별로 남지 않았다. 그때 그의 목을 안고 있던 효은이 대담하게 손을 내리기 시작했다. 효은의 손은 아주 천천히 내려갔다. 재준의 목울대가 꿀꺽 소리를 내더니만 어느새 효은은 재준의 밑에 깔려 있었다. 재준이 낮고 거친 소리로 말했다.

"오늘 밤 잠 다 잔 줄 알아, 장효은."

그의 늘씬하고 단단한 몸이 그녀의 나긋한 곡선에 한 치도 남김없이 밀착되었다. 그는 사나운 욕망을 감출 생각조차 하지 않고 효은의 허벅지에 문지르면서 자리를 잡았다. 어느새 옷을 벗어 던졌는지 그의 벗은 몸과 맞닿자 그가 남자라는 생각이 들었다. 단단한 허벅지나 찌푸린 이마 위로 흘러내리는 땀방울, 단단해 보이는 가슴을 손으로 만져 보았다. 자신에겐 전혀 없는 탄탄한 근육, 그냥 어릴 적 동경하던 오빠에서 이렇게 남자가 되는구나, 라고 효은은 거친 열기 속에서 잠시 생각했다.

통증은 달콤하게 왔다. 재준이 조심스레 어루만지면서 들어오자 분명 몸은 고통스러웠다. 효은이 아픈지 이마를 찌푸리자 재준은 그 상태에서 멈췄다. 어떻게 해야 할지 자신도 잘 모르는 듯했다. 그 상태에서 효은이 고통에 눈을 감고 눈썹을 찡그리는데 이마에 숨결이 느껴졌다. 그 숨결이 이상하게 간지러웠다. 숨결은 어느새 귓가로 옮겨가 있었다. 재준이 효은의 귓불을 부드럽게 빨면서 간간이 속삭였다.

"너구리 장효은."

"오빠는 야수면서."

효은이 질 수 없다는 듯이 받아쳐 줬다. 헐떡거리며 허스키한 음색은 입을 다물기도 전에 재준의 입속으로 사라져 버렸다.

그녀는 너무 좁았다. 너무 작아서 더 밀어 넣었다가는 터지는 것이 아닐까 하는 생각마저 들었다. 하지만 그렇다가 물러설 수도 없었다. 그녀의 속살은 그의 몸을 휘감고 있었다. 살아 있는 것처럼 그를 움켜쥐고 주무르고 꽉 조였다. 그는 부들부들 떨리는 허벅지를 옆구리에 더 가져다 붙이며 통로를 조금이라도 더 벌리려고 했다. 연결돼 있는 곳을 재준은 부드럽게 왔다 갔다 하면서 점점 깊숙이 들어왔다.

효은의 작은 신음 소리에 점점 더 단단해지는 듯했다. 몸속이 크게 벌어지면서 그의 거친 피부에 쓸리고 있었다. 세포 하나하나가 자극되면서 저릿거리는 고통과 쾌감 속으로 그녀를 밀어 넣었다. 그의 남성이 몸속으로 파고드는 것이 느껴졌다. 그것의 모양이 그대로 몸에 새겨질 정도로 선명하게 느껴졌다. 다리 사이가 불타는 것 같았다. 마비되는 것 같기도 하고 감각이 넘쳐 흐르는 것 같기도 했다.

처음의 고통은 곧 쾌감으로 연결됐다. 작은 쾌감은 격렬한 폭발을 원하듯이 점점 효은의 몸에 기대감을 심어주었다. 효은은 재준의 몸을 좀 더 가까이 끌어당기듯 재준의 등을 꼭 안았다.

감고 있던 눈을 뜨자 재준의 열기에 찬 얼굴이 보였다. 둘은 한참 서로의 눈을 바라보았다. 열기가 가득 찬 그의 얼굴에 땀이 떨어지는 게 보이자 효은이 손을 들어 얼굴의 땀을 닦아주었다. 재준이 그 손을 잡아 입에 하나씩 넣고 부드럽게 빨았다.

잠시 동안 재준은 꼼짝도 하지 않고 서서 효은의 눈을 찬찬히 들여다보았다. 깊은 물에 들어간 것처럼 숨 쉬는 법을 잊은 것 같이 숨이 가빠왔다. 그가 기다란 손을 들어올려 부드러운 아랫입술의 선을 확인하듯 만지자, 예민한 몸에 불꽃이 튀는 것 같았다. 다시 부드럽게 입을 겹쳐오면서 움직임은 좀 더 빨라졌고 머릿속에 작은 불꽃이 튀기는 듯하더니 재준이 거친 신음을 내고 몸 위에 쓰러졌다.

잠시 여운을 음미하던 재준이 아래에서 몸이 불편한 듯 보이는 효은이 걸렸는지 옆으로 구르듯 내려왔다. 온몸을 싣고 있던 그의 체중이 사라지자 조금은 허전한 듯도 했다. 고개를 돌려 옆을 바라보자 한쪽 팔을 괸 그의 얼굴이 보였다. 그가 잘 보이지 않는지 눈을 가늘게 뜨고 그녀를 내려다보고 있었다.

워낙 어릴 때부터 알던 사이라 이런 얘기는 하는 게 곤란해서 결혼 전에 얘기를 좀 했어야 하는데 바쁘기도 하고 말하기도 귀찮기도 해서 차일피일 미룬 건 아무래도 큰 실수인 듯했다. 처음인 줄 알았으면 좀 더 신경 써줬어도 되는데 별생각이 없었던 건 자신의 불찰이었다.

"괜…… 찮아?"

효은은 별말없이 그냥 어깨만 으쓱하더니 일이섰다.

"왜?"

"아, 좀 씻게요."

"그, 그래."

배스가운을 들고 욕실로 가는 효은의 뒷모습에 그는 다시 솟구치는 욕망을 억눌렀다. 가느다랗고 잘록한 허리에 통통한 허벅지가 너무나 여성적인 라인을 만들어내고 있었다.

욕실로 들어온 효은은 샤워 커튼을 열고 들어가 물을 틀었다. 몸 안쪽 깊은 곳이 아려왔다. 당연히 아프긴 했지만 생각했던 것보다 아프지도 않았고 무섭지도 않았다. 사실 어떻게 된 건지 아직도 얼떨떨했다. 처음엔 팔베개에서 시작했던 것 같은데 어떻게 이렇게 된 것일까. 그러고 보니 결혼을 앞두고 둘이 가족

계획도 일절 세우지 않은 채였다.

뜨거운 물을 온몸으로 받으며 멍하니 효은은 생각에 잠겨 있었다.

"에이, 뭐 어떻게 되겠지."

해일처럼 밀려드는 골치 아픈 생각을 쪼기라도 하듯 고개를 흔들었다. 하지만 한편으론 재준이 키스할 때 살며시 눈을 뜨고 바라본 그의 기다란 속눈썹을 생각하자 볼이 발그레해졌다.

제8장

효은은 뭔가 가슴을 간질이는 느낌에 희미하게 눈을 떴다. 효은의 시선에 그녀의 가슴을 지분거리던 재준이 조금 멋쩍어하는 게 보였다.

"잘 잤어요?"

효은이 인사를 던지자 그는 입술에 가벼운 입맞춤으로 인사를 돌려주었다. 물론 효은은 가볍게 키스만 할 작정이었지만 그는 다른 생각이었던 듯했다. 그대로 효은은 아래로 깔려 버렸다. 재준은 효은의 다리를 벌리고 몸을 끼워 넣은 뒤에 가슴에 얼굴을 묻었다. 어젯밤에 만들어놓은 흔적에 가볍게 키스하며 정점을 살짝 이로 물고는 잡아당겼다. 갑작스런 그의 행동에 놀란 효은이 꿈틀거리며 그의 품 안에서 벗어나려 했지만 무거운 몸에 눌려서 제대로 움직일 수도 없었다.

효은은 물론 그가 침대에서 신사인 척 점잖게 굴 거라곤 생각하진 않았다. 그러나 재준은 생각했던 것보다 더 남자다웠다. 평소에는 점잖아 뵈던 그가 돌변하는 것은 새로운 경험이었다. 그리고 다른 사람이 모르는 그를 알고 있다는 즐거움도 있었다.

"오빠, 여자 가슴에 집착하는 것 같아요."

효은의 가슴을 입 안 가득 물고 있던 그에게 효은이 투덜거렸다. 그의 막 나기 시작한 수염에 쓸려 가슴이 아리기까지 했다.

"엄마 젖을 일찍 떼서 그런가."

말을 그렇게 하면서 재준은 가슴을 집요하게 괴롭히는 걸 잊지 않았다.

"나 배고파요."

"난 다른 게 고파."

그 말을 하곤 효은의 불평을 다 빨아들이겠다는 듯이 입을 막아버렸다. 재준의 손은 어느새 허벅지 안쪽으로 들어가 부드럽게 수풀을 헤집고 있었다. 부드러운 속살을 음미하듯 쓰다듬다가 안쪽 깊은 곳에 손가락을 밀어 넣으려던 그가 잠시 멈칫했다.

"괜찮아?"

어제 상처가 난 그곳이 약간 쓰라리긴 했지만 그렇게까진 아프지 않았다. 효은이 가만히 고개를 끄덕이자 재준이 다시 입을 겹쳤다. 몸에 와 닿은 재준의 몸은 이미 욕망으로 단단해져 있었다. 재준은 효은의 달콤한 입술을 짓이기며 마음껏 음미했다. 하지만 키스하면 할수록 갈증은 강해졌다. 작고 부드러운 혀가 헐떡거릴 때마다 심장이 내려앉는 것 같은 욕망이 강해졌다. 거친 숨결과 작은 신음 소리가 그를 점점 더 자극했다.

효은의 하얀색 잠옷의 지퍼를 찾아 내린 뒤에 위로 올려 버려 벗겨낸 재준은 브래지어까지 마저 벗겨낸 뒤 가슴을 강하게 움켜쥐었다. 재준이 그녀의 손을 잡아 자신의 뜨거운 남성 위로 가져갔다. 효은은 그의 그런 행동에 어떤 저항도 하지 않고 가만히 그의 뜻을 따랐다. 사실 궁금하긴 했다. 그의 남성은 어떻게 생겼을까, 그것은 어떤 감촉일까? 몸 깊은 곳에서 느껴지던 그것이 궁금했다.

손에 와 닿는 그것은 뜨겁고 단단하고 부드러웠다. 가만히 어루만지자 그가 효은의 입에 작은 신음을 토했다. 그리고 부드럽게 어루만지던 허벅지 안쪽 깊은 곳에 손을 찔러 넣었다. 아 하는 작은 신음에 힘이라도 얻었는지 그의 손 움직임이 더 빨라졌다.

효은은 슬쩍 그를 바라봤다. 어젯밤엔 수줍어서 제대로 쳐다보지도 못했던 그의 가슴과 배는 무척 단단해 보였다. 그가 효은을 강렬한 빛을 띠고 바라보자 다시 창피해져 볼을 붉히며 눈을 감아버렸다.

재준은 그녀의 몸을 내려다보았다. 자신의 검고 단단한 몸이 맞닿아 있는 이 새하얗고 부드러운 몸의 대비를 생각하자 더 자극적으로 느껴졌다. 재준은 계속 뜨거운 입맞춤을 하면서 손가락을 집요하게 움직였다. 그의 손가락이 촉촉하게 젖을 때까지 기다렸다가 효은의 숨소리가 거칠어지면서 몸을 활처럼 휘는 순간 엉덩이를 움켜쥐고 그대로 몸을 들이밀어 버렸다.

그의 뜨거운 몸이 자신의 몸속으로 거칠게 들어오자 효은은 놀라서 감았던 눈을 크게 떴다. 날카로운 시선이 그녀를 사로잡았다. 그의 시선에 효은은 눈을 감지도 못한 채, 묵직하게 파고드는 몸은 천천히 뒤로 물러서기를 반복하는 걸 느꼈다. 그때마다 몸이 갈구하는 뭔가가 계속 커져만 갔고 입에선 생각지도 못한 작은 신음이 흘러나왔다. 재준이 효은의 침대 시트를 쥐고 있던 손을 잡아 자신의 목에 둘렀다.

다시 고개를 아래로 내리고 효은의 입을 거칠게 키스했다. 숨을 다 빨아들일 것 같은 강한 입맞춤에 숨도 쉬기 힘들었다. 헐떡거리는 그 한숨마저 다 자신의 입속에 가둬 버렸다.

효은의 여성이 작은 수축을 하며 떨리는 순간 기다렸다는 듯이 재준의 움직임이 거칠고 빨라졌다. 어젯밤의 정사로 그녀의 여성에 상처가 있다는 것을 알았지만 도저히 참을 수가 없었다. 부드럽고 따뜻한 여성에 도저히 억제할 수가 없는 강렬한 쾌감을 느끼며 재준은 효은의 몸속에 자신을 남김없이 쏟아 부었다.

손끝 하나 움직일 여력도 없이 침대에 늘어져 있던 효은이 얼굴만 돌리고 물었다. 그는 옆으로 누워서 효은을 안고 있었다. 다른 사람하고 거의 신체 접촉이 없는 상태에서 몇 년을 살았더니 사람이 그리웠나 보다. 사실 잠자리가 불편하긴 했지만 따뜻한 살을 마주 대고 있는 기분이 꽤 좋았다.

"오빠, 안 피곤해요?"

"전혀."

"뭐야? 난 손 하나 까딱하기 어려운데."

재준이 순간 몸이 닿아 있는 효은조차 알 수 있게 큰 소리로 웃어버렸다.

"네가 운동을 안 해서 그래."

"아, 정말 너무해. 나는 안 하고 싶어 안 한 게 아니라구요."

재준은 종알거리는 자신의 너구리 신부가 너무 귀엽게 느껴져서 머리를 쓰다듬어 줬다. 계속 삭신이 쑤시네, 뭐네 하면서 투덜거리던 효은이 갑자기 그쪽을 향해 고개를 휙 돌리더니 뭔가 의심하는 듯한 눈길로 물었다.

"잠깐만. 오빠, 다리 불편하지 않아요?"

"내 다리 신경이 좀 많이 죽은 건 사실이지만 내 허리는 멀쩡하거든."

"그럼 허리는 괜찮은 거예요?"

"허리 움직이는 건 괜찮아. 다리 신경은 문제가 많아서 정상인처럼 걸을 순 없지만."

"그렇구나……. 그런데 지금 몇 시예요? 우리 오후 세 시 비행기 타야 하는데.”

효은이 다시 긴장이 풀려서 졸린 듯이 느슨하게 누워서 물었다.

“지금 열한 시 좀 안 됐네?”

“네? 뭐라구요! 헉, 이러다 비행기 놓치겠네. 나 먼저 샤워할게요.”

언제 잠이 사라졌는지 효은이 벌떡 일어나 바닥에 떨어져 있는 로브만 들고 거의 뛰다시피 욕실로 가버렸다. 재준은 팔베개를 한 채 효은의 뒷모습을 지켜보았다. 운동을 안 했다고는 하나 긴 다리나 적당히 볼륨이 있는 힙과 통통한 허벅지가 너무나 여성적이었다.

사실 그간 재준은 자존심 때문에 사고 이후에 한 번도 여자와 친밀한 관계를 가진 적이 없었다. 그는 효은과 이렇게까지 좋은 관계를 가질 거라고 기대한 적이 없었다. 그는 내심 효은을 거칠게 다루는 게 아닌가 잠깐 고민은 했지만 효은은 그에 잘 맞춰주고 있어 그는 효은과의 잠자리에 상당히 만족하고 있었다. 과거에 일 년 남짓 사귀었던 유리 이전엔 그도 꽤 날리는 바람둥이였다. 그때 잤던 여자들은 어땠더라? 기억이 잘나질 않았다. 흐릿한 비슷비슷한 인상들이었지.

사실 스물아홉 살 된 정상적인 여자가, 특히 효은 같은 미인이 처녀일 거라곤 기대하지 않았다. 그는 대담한 효은 성격에 연애 한 번 못하고 살았을 리 없다고 생각했다. 그리고 처음 관계를 주도한 건 효은이었고 당연히 그는 거침없이 그녀의 몸 안으로 들어갔다. 좁은 통로에 남성을 깊숙이 밀어 넣는 순간, 효은이 처음임을 깨닫고 좀 놀랐었다. 효은은 아픈지 눈을 살짝 찡그렸고 그는 어쩔 줄 몰랐다. 효은이 괜찮다는 듯이 고개를 끄덕였을 때 묘한 성취감과 욕망에 치달아서 평소보다 훨씬 흥분했던 것 같았다. 처음인 걸 알았으면 좀 더 천천히 했을 텐데. 하지만 효은은 그걸 원하지 않았던 것 같았다.

"오랜만이어서 그랬나."

멋쩍은 듯 재준이 머리를 긁적였다.

효은이 씻고 나오자 효은의 도움으로 재준도 가볍게 씻은 뒤에 양가에 전화를 했다. 할아버지가 재준에게 뭔가 물은 모양이었다. 그가 한동안 전화기에 대고 껄껄 웃더니만 효은을 바꿔줬다. 할아버지의 걸걸한 목소리에는 웃음이 묻어 있었다.

[그놈아가 잘해주고?]

"네, 할아버지."

효은이 살짝 볼을 붉혔다.

[핫핫. 혹시 못살게 구면 바로 전화해. 내가 쫓아가서 때려줄 거니까. 비행기 시간 맞추려면 어여 가봐. 김 기사 보내뒀어.]

"안 그러셔도 되는데……."

[그놈 데리고 다니기 힘들어. 어여 공항 가.]

엄마랑 간단하게 통화한 뒤에 부랴부랴 체크아웃을 하고 나오자 할아버지의 기사가 호텔 앞에서 대기하고 있다가 공항까지 그들을 태워다 줬다. 공항까진 막히지 않고 수월하게 도착했고, 티케팅도 비지니스 클래스라서 오래 걸리지 않았다. 다만 공항 검색대 통과하는 게 약간 까다로워서 거기서 시간을 좀 잡아먹었다. 재준은 공항에서 빌려주는 휠체어를 타고 평소에 쓰던 휠체어만 따로 까다로운 검사를 받아야 했다. 재준은 여유있는 표정으로 바라보고 있었지만 옆에 있는 효은은 그런 것들이 상당히 신경 쓰이는 일이었다.

보안 검사가 끝나자 다시 휠체어를 옮겨 타고 출국장 안으로 들어섰다. 그녀는 그를 끌고서 공항의 면세점에서 친척들과 친구들 선물을 산다고 소란을 피우기 시작했다.

"엄마랑 동생이 샤넬 립스틱이랑 파우더 사다 달라고 얼마나 보챘는데요. 오빠네 고모님한테는 뭐 사다 드리죠? 그분 눈 높아 뵈던데. 또 영주가 바쁜데 와서 부케도 받아 갔잖아요. 출장 다녀올 때마다 너무 피곤해서 식구들 선물 겨우 사고 영주 선물은 제대로 챙긴 적 없거든요. 뭐 사다 주지? 일단 오빠네 고모님 선물부터 챙겨야겠어요. 스카프 어떨까요?"

고모는 재준과 그의 신부의 흠을 잡지 못해 안달인 분이었다. 재준이 효은과 결혼한다고 하자 집안이 들고 일어나는 듯이 흔들렸다. 한 달은 너무 촉박하다고 몇 달 뒤로 미루자고 주장하다가 그것도 안 통하니까 효은의 흠을 잡기 시작했다. 특히 혼수 문제로 효은을 괴롭히려는 걸 오 영감이 중간에서 딱 막아버렸다.

"아버지, 말이 돼요? 장남에게 시집오는 건데 혼수를 안 해오겠다니요? 재준이가 불구라는 걸 핑계로 그러는 거라구요."

"재준이가 다리 멀쩡했어도 난 혼수 안 받았을 게다. 그거 남의 집 귀한 딸내미 데려오는 것도 미안한데 받아서 뭐 하노. 쯧쯧."

결국 오 영감의 이 한마디에 일단락되었지만 그 뒤에도 고모는 효은을 괴롭히지 못해 안달이었다. 그간 재준에게 선이라고 드나들었던 아가씨들 대부분이 고모가 여기저기서 구해서 보내왔던 아가씨들이라는 점에서 자기네가 고른 아가씨가 아니라는 게 꽤나 마음에 안 들었던 모양이다.

재준은 그런 고모를 생각하자 한숨부터 나왔다.

"너는 뭐 살 거 없어?"

"살 게 뭐가 있겠어요. 이미 할아버님이 다 챙겨주셨는데."

남의 집 귀한 딸 데려온다고 할아버님이 재준과 개성댁을 데리고 백화점을 가셨다. 예단은 안 받아도 함은 꼭 해주셔야 한다고 노인네가 부득부득 우겨서였다. 백화점 지하에서 마지막 층까지 싹 훑으면서 그 노랑이 영감이 효은에게 혼수로 보낼 물건들을 챙기는 걸 보며 재준은 몹시 경악했다.

재준이 대학 때 교환학생으로 갈 때 단돈 오백 불 넣어줬던 양반이, 효은에게는 하나도 안 아까운지 이것저것 잘도 사들였다.

게다가 개성댁이 할아버지의 까다로운 식성이나 취향을 어찌

나 척척 잘 맞히는지. 이런저런 솜씨나 취향이 워낙 좋아서 그냥 보통 집에서 태어나 자란 건 아니겠구나 싶을 때가 종종 있었다. 가을마다 국화를 따서 말린 뒤에 국화차니 국화베개니 하는 것들을 만드는 걸 종종 보았다.

할아버지는 백화점 일층에서, 패물로 넣을 거라면서 다이아몬드 세트, 진주 세트, 효은의 탄생석인 사파이어 세트까지 척척 사들였다. 어떻게 사이즈를 알았는지 효은의 신발에 가방, 지갑, 심지어는 개성댁이 가서 속옷까지 사들고 왔다. 그 뒤에 화장품이다 뭐다 해서 잔뜩 샀다. 김 기사가 와서 날라갈 정도로 계속 사대는 데 휠체어를 타고 따라다니는 재준이 지칠 정도였다.

이날 이때까지 재준이 휠체어 신세가 된 지 사 년 넘게 한 번도 오 영감은 재준의 휠체어를 밀어준 적도 없었고, 심지어 어지간해서는 재준이 전동 휠체어를 타는 것도 못마땅했던 양반이었다. 지금도 재준의 물리치료를 얼마나 꼼꼼하게 챙기는지 몰랐다. 재준이 컨디션 안 좋아서 운동 한 번 빼먹어도 바로 불호령이 떨어지고 잔소리가 쟁쟁하는데 재준이 운동을 안 할래야 안 할 수가 없었다. 밤에 효은을 놀라게 한 그 팔뚝은 할아버지의 잔소리가 한몫한 셈이었다. 그래서 체력이 꽤 좋은 재준이 지칠 정도였음 그 백화점 전체 층을 다 훑었다 해도 과언이 아니었다.

쇼핑하는 내내 옆에서 개성댁이 수첩에 뭔가 적은 걸 체크하고 있는 걸 보니 오기 전에 두 분이 의논이라도 했나 보다 싶었다. 칠십대인 할아버지와 개성댁은 마치 아버지와 며느리인 것 같이 오붓하게 뭔가 계속 얘기했다. 그러나 재준은 관심도 없었고 어서 이 지겨운 백화점에서 벗어나기만 기다릴 뿐이었다. 예전에 사귀던 여자들도 재준을 백화점에 데리고 와서 뭔가 보여준 뒤에 '예쁘지 않아?' 라고 물은 뒤에 뭔가 바라는 눈으로 쳐다보곤 했었다. 물론 재준은 백화점이 지겨웠기에 어지간하면 그냥 사준 뒤에 잽싸게 나가는 걸 택했다. 그랬던 재준이 이렇게 장시간 백화점에 있는 걸 좋아할 리가 없었다.

할아버지가 효은에게 줄 시계를 고르는데 재준은 별 관심도 없고 해서 멍하니 있을 때 매장 밖으로 지나가는 사람과 눈이 마주친 듯했다. 낯익은 얼굴이었던 것도 같은데 잘 기억나지 않았다. 그쪽도 재준을 그다지 알아본 것 같지 않았다. 아마 뉴욕 시절에 몇 번 지나다 인사 몇 번 한 사람이겠지.

몇 년 되지도 않았는데 아주 오래된 과거처럼 기억되곤 했다. 그때 잘 웃고 잘 울던 그애는 여전할까? 가끔 가다 이렇게 치밀어 오르는 기억에 가슴이 송곳 찌르듯 아팠던 것도 이제 좀 둔해진 걸 보면 역시 시간이 약인가 보다라는 생각을 멍하니 했다.

그렇게 챙겼으니 재준이 함이라고 챙겨가서 효은네 집에 갔을 때 효은 모와 미은이 입이 떡 벌어지는 건 당연했다. 결혼식 사흘쯤 돼서야 겨우 함이 완성됐다. 재준은 혼자 효은네 집으로 향했다. 효은이 기다렸다가 문을 열어주자 재준이 들어오고 뭔가 잔뜩 짊어진 김 기사가 들어와 물건을 바닥에 내려놓고 나갔다.

"이게 뭐예요?"

"함."

백화점에서 이미 지쳐 버린 재준이 시큰둥하게 말했다.

"함? 함은 없고 뭔가 박스만 가득인데요?"

"기다려 봐. 함도 곧 올 거야."

잠시 후에 김 기사가 오더니만 또 박스를 내려놓고 나갔다. 그걸 두세 번 왕복하고 나서야 재준이 두 시간쯤 후에 데리러 오라고 말을 하자 김 기사가 효은 모에게 인사를 하고 나가는 것이었다.

이미 좁은 마루에는 함과 층층이 쌓인 박스로 가득했다. 함 받는다고 해서 특별히 친구 부를 생각도 안 하고 있던 효은은 상당히 당황할 수밖에 없었다. 입만 쩍 벌리고 쳐다보자 엄마가 옆에서 툭 쳤다. 풀어보라는 메시지였다. 뭐부터 풀어볼지 엄두도 안 날 정도로 많았다.

오동나무로 된 함을 제일 먼저 열어보았다. 오색 원앙 한 쌍이 새겨져 있는 게 이 안에 제일 중요한 게 들어 있는 듯했다. 혼서지와 신랑의 사주단자 등이 나왔다. 채단 위에 은가락지와 노리개, 패물이 든 상자가 있었다.

상자를 열자 그 안에서 효은 탄생석에 맞춘 보석 세트에, 시계니 하는 것들이 나왔다. 옆에서 보던 엄마와 미은은 탄성을 지를 뿐이었다. 상자의 맨 아래에는 오곡을 담은 다섯 개의 오방주머니가 들어 있었다. 엄마가 보시고서 효은을 잡고 설명해주셨다.

"아니, 요즘엔 이런 거 잘 안 하는데 영감님이 정말 꼼꼼하게 잘 챙겨서 보내주셨구나."

"이게 뭐예요?"

"오방주머니네. 주머니 다섯 개에 팥, 콩, 찹쌀, 목화씨, 향나무 깎은 걸 넣은 거야. 요즘엔 이런 거 잘 안 하는데."

효은과 미은 둘 다 신기해서 마냥 쳐다볼 뿐이었다. 재준 역시 멀뚱멀뚱 쳐다만 보고 있었다. 그다지 적극적으로 결혼 준비를 한 것도 아니고 그냥 함은 주는 대로 갖고만 온지라 뭐가 들어 있는지도 전혀 모르고 있었다.

다른 상자들을 열자 온갖 것이 다 들어 있는데 이걸 언제 다 준비했나 싶을 정도였다. 미은은 효은의 예쁜 스카프니, 화장품이니 하는 것에 상당히 눈독을 들였지만 물건이 물건이니만큼 달라는 소리도 못한 채 아쉬운 얼굴을 했다.

재준이 함을 다 푼 뒤에야 겨우 돌아갔을 때 거실에 놓인 박스를 보면서 미은이 상당히 우울한 표정을 짓고 있는 걸 보자 엄마가 말했다.

"재준이 몸도 그런데 이 정도는 당연한 거지."

그 말을 들은 효은은 당연히 기분이 상했다. 이런 날까지 엄마와 싸우고 싶지 않아서 가만히는 있었지만 상당히 불쾌했다.
과연 미은이가 자기 대신 결혼했더라도 그런 얘길 했을까?

대충 선물을 챙기고 나자 효은은 그제야 식욕이 밀려왔다. 비
행기 시간에 맞추느라 식사마저 건너뛰고 헐레벌떡 왔더니만
이젠 배도 고프고 좀 피곤하기까지 할 정도였다. 바쁘게 돌아다
니느라고 잘 모르고 있었는데 몸 안쪽이 걸을 때마다 살짝살짝
아려왔다.

“오빠, 배 안 고파요?”

“그리고 보니 배도 고프고 슬슬 커피도 한 잔 하고 싶은데.”

“그럼, 우리 버거킹 가요.”

“웬 버거킹?”

“난 공항 가면 언제나 버거킹에서 밥 먹고 비행기 타요.”

“왜? 기내식으로는 부족해?”

“네, 그걸로 왠지 좀 부족해요. 그리고 그거 주기 전까지 버텨
야 하잖아. 난 땅콩 부스러기 먹으면서 못 버텨요. 매일 헐레벌
떡 오느라고 밥도 못 먹고 오는데 기내식 나오기 전까지 버티려
면 버거킹에서 햄버거 먹어야 해요. 오빠 안 먹으면 나라도 먹
을래.”

그러더니만 재준에게 묻지도 않고 씩씩하게 버거킹으로 들어
가더니만 와퍼 두 세트를 시켜 버리더니 재준이 앉아 있는 자리
까지 씩씩하게 들고 왔다. 효은은 자리에 앉자마자 와퍼를 우적

우적 씹으면서 말했다.

"저 사실 고기 별로 안 좋아해요."

"그래?"

"근데 공항에 언제나 급하게 오니까 밥 먹을 시간도 없고 해서 늘 여기서 햄버거를 먹게 되더라구요."

그리고 한숨을 작게 쉬었다. 공항의 버거킹 안엔 일행 있는 사람들로 북적거렸다. 거기서 혼자 앉아서 햄버거를 먹었을 효은을 생각하자 재준은 왠지 가슴이 찡했다. 자기도 예전에 출장 다닐 때 공항에 들어와서 햄버거를 사먹은 적이 몇 번 있었던 기억이 났다.

"사실 출장 가면 어디 돌아다니고 할 기력도 별로 없이 호텔이랑 회사만 왔다 갔다 하잖아요. 그러다가 뭔가 맛난 게 먹고 싶어도 돌아다니면서 찾아야 하는데 그것도 참 시간 내기도 힘들고 갈 여력도 별로 없고. 옛날에 미국에 장기 출장 갔을 때 샌프란시스코에서 MSG 쇼크가 와서 실려갔어요."

"MSG 쇼크?"

"중국집에 가서 음식을 좀 먹었는데 갑자기 몸에 경련이 오는 거예요. 그때 같이 갔던 회사 동료가 있었기에 망정이지 큰일날 뻔했어요. 진짜 응급차에 실려갔다니까요."

재준은 머릿속에 꼼꼼히 메모했다 MSG 쇼크라고.

"외롭고 우울하고 몸도 안 좋은데 배까지 고프면 더 처량맞아서 늘 잘 먹고 다니긴 했어요. 사실 바빠서 돈 쓸 시간도 없으니

먹는 데 돈 써야지요. 히히.”

다시 환하게 웃었다. 재준은 어쩌면 효은이 자기보다 어른일 지도 모른다는 생각을 잠시 했다. 자기가 진 삶의 무게와 효은이 진 삶의 무게는 확실히 달랐다. 효은이 왜 집에서 결혼으로 도피하고 싶었는지 조금 이해가 가기도 했다.

재준은 묵묵히 있는 와중에 효은은 먹으면서 쉬지 않고 떠들면서 먹었다. 재준은 별로 식욕이 없는지 와퍼랑 커피 한 잔 마신 이후 그냥 있는데 효은은 재준의 프렌치프라이랑 어니언 링까지 해치우면서 계속 떠들었다. 마치 어린아이가 여행 직전에 기대로 흥분해 있는 것과 비슷해 보였다.

“오빠, 나 이렇게 여행 가는 건 대학 때 이후에 처음이에요.”

효은이 그런 자신이 조금 민망한지 변명하듯 말했다.

“휴가 한 번 안 갔어?”

조금 의외였다.

“휴가 갈 돈이 있어야 가죠. 그냥 집에서 뒹굴거리는 게 더 싸게 먹히고 더 편해요. 비행기 타는 거 지겨워서 휴가 안 갔어요.”

효은은 뭐가 좋은지 희희낙락하고 있었다. 그렇게 집안 형편이 어려웠나. 생활 능력 없는 어머니와 여동생, 의대생인 남동생을 끌고 오 년을 버틴 이 아가씨는 자기 생각보다 삶에 꽤 지쳐 있던 모양이었다.

깨끗하게 비우고 일어난 효은은 트레이를 갖다 놓고 재준과 같이 게이트를 향해 갔다. 그들이 탈 비행기 게이트 앞에는 신혼부부와 단체 관람객이 이미 벤치를 차지하고 있었다. 티켓 오픈하기만 기다리면서 재준과 효은은 도란도란 얘기했다.

"내가 맘대로 골랐는데 실망하면 어쩌지?"

"저 리조트는 한 번도 안 가봤어요."

이런 얘기를 하고 있는데 아무래도 재준의 휠체어 때문인지 시선이 몰려서인지 좀 불편했다. 게다가 재준과 효은을 번갈아 보면서 안됐다는 표정을 짓는 게 더 불편했다.

"나 잠깐 화장실 갔다 올게. 혼자 갔다 올 수 있으니까 그냥 있어."

재준이 휠체어를 끌고 화장실로 가버리자 앞에 앉아 있던 단체 관광객 같은 아줌마 떼거지가 효은을 두고 숙덕거리는 게 들렸다.

"갓 결혼했나 봐."

"아이구, 한참 젊은데 어쩐데? 신랑 훤한 게 잘생겼구먼. 안 됐네, 젊은 색시가."

"저렇게 참한 아가씨가 왜 저런 남자랑 결혼했대?"

"남자가 돈이 많은가 보지."

"아, 듣겠어. 좀 작게 말해. 고개 돌려 쳐다보잖아."

이런 얘기가 계속 들려오자 효은은 어쩔 수 없이 신경이 곤두섰다. 한 귀로 듣고 한 귀로 흘리고 싶은데 생각처럼 쉽게 되지 않았다. 재준은 이런 시선을 계속 느끼고 살았다. 앞으로도 주욱 이렇게 살겠지. 그런 생각을 하자 새삼 재준에게 안쓰러움이 몰려오며 그 자존심 강한 남자가 저런 시선을 받으며 어떻게 견뎠을까 싶었다.

드디어 티케팅이 시작하고 비지니스석 손님부터 비행기로 들여보내기 시작했다. 이미 간단한 짐을 제외하곤 모두 보내 버린 효은과 재준이 앞으로 나갔다. 티켓을 보고는 직원이 다른 남자 직원을 불러서 재준을 비행기로 모셨다. 재준은 도와준다는 직원을 뿌리치고 혼자서 휠체어를 밀었다.

그런 재준이 넓은 어깨를 바라볼 때 문득 만일 미은이 자기 대신 나왔더라면 어땠을까 하는 생각이 들었다. 여태 그런 생각은 하지 않으려고 했지만 어쩔 수가 없었다. 그렇다면 이 자리에 앉아 있는 건 자신이 아니라 미은일까? 이런 생각을 하자 왠지 재준과 결혼을 한 것에 대해서 미은에게 조금 죄책감이 들었다. 만일 미은이 오빠랑 선을 봤으면 얌전하고 여성스럽고 예쁜 미은에게 재준은 어떤 반응이었을까? 재준은 사실 자기도 그다지 탐탁한 눈치는 아니었고, 오 영감은 아마 미은이 왔어도 이 결혼을 밀어붙였을 것이다. 그런 생각을 하자 기분이 착잡해졌다.

제9장

신혼 여행지는 빈탄의 리조트였다. 리조트를 가려면 싱가폴에서 페리를 타야 해서 싱가폴에서 이 박을 하기로 결정한 상태였다.

"싱가폴은 지금 세일 기간이어서 꽤 재미있을 거야. 거긴 도시가 쇼핑몰인지 쇼핑몰이 도시인지 구분도 안 가니까."

예전에 싱가폴에 여러 번 가봤던 재준이 말했다.

"홍콩 세일만으로도 족해요 나는. 거긴 세일 때마다 사람이 얼마나 많이 몰리는지 무슨 돗대기 시장 같아. 출장이랑 세일이랑 겹치면 죽어요. 호텔마다 방 잡기도 어렵고 사람은 사람대로 많아서 비행기 잡기도 힘들고."

효은이 자주 출장 가던 홍콩 애기를 하면서 투덜거렸다.

"뭐, 싱가폴에는 출장 온 거 아니니까 나도 간만에 샤핑이나 해볼까? 누구누구씨 플래티넘 카드로 마놀로 블라닉이나 지미 추에서 9㎝짜리 하이힐 사서 신어봐야지."

이 말을 하면서 효은은 그를 쳐다보고 싱긋 웃었다.

"내 카드는 플래티넘 아니거든."

재준이 시침을 뚝 떼고 말했다.

"엇! 뭐야! 실망. 이거 사기야, 사기."

효은이 투덜거리자 재준은 뭐가 좋은지 킬킬거렸다.

"봐서 예쁜 짓 하면 구두 정도는 사주지."

거만하게 재준이 말했다.

그렇게 싱가폴에 내리자 피곤이 몰려왔다. 지난밤에 낯선 데 서 있어서 그런지 피곤이 그다지 풀린 것 같지 않았다. 게다가 언제나 혼자 자 버릇 하다가 옆에 다른 사람이 있으니 그 둘 다 그렇게 잠이 잘 올 리가 없었다. 그렇다고 오늘 밤도 그냥 잠만 잘 그들은 아니었지만.

다음날, 효은은 재준과 함께 호텔 레스토랑에서 아침 뷔페를 챙겨 먹고 밖으로 나왔다. 머리 위로 이글거리는 태양에, 숨 쉬 기 힘들 정도로 습한 공기가 확 와 닿는 게 낯선 도시에 와 있구 나 싶었다. 일단 나오긴 했는데 무얼 해야 할지 몰라 효은은 당 황했다. 대학 때 배낭여행을 갔을 때 이후, 출장 아니면 비행기 타는 것도 지겨워서 해외로 여행을 할 생각은 전혀 하지 않았다. 이렇게 시간이 많을 땐 무얼 해야 좋은 걸까. 그런 효은에게 재준이 느물거리며 말했다.

"마님, 이제 구두 사러 가야지."

"진짜?"

효은이 눈을 동그랗게 떴다.

"플래티넘은 아닌데 네 구두 사줄 카드는 있어."

그 말에 뭐가 좋은지 낄낄거렸다. 바로 근처 빌딩의 쇼핑몰로 들어가서 정말 좀 비싸 보이는 데로 재준이 효은을 끌고 다녔다. 그러나 뭔가 마음에 들지 않은지 계속 퇴짜를 놓는 거였다.

"오빠 이거 귀엽지 않아요?"

핑크색 발레리나 슈즈를 들고 효은이 물었지만 재준이 고개를 가로저었다.

"9㎝ 아니라서 안 돼."

"그건 농담이에요. 내가 그런 걸 어떻게 신어요."

"9㎝ 아니면 안 사준다."

효은이 아무리 투덜거려도 별로 재준은 개의치 않는지 9㎝짜리 힐만 효은에게 들이밀었다. 결국 효은도 그중에서 좀 편해 보이는 걸로 골라서 신어볼 수밖에 없었다.

"와, 공기가 다른 거 같아. 이 위쪽 공기가 좀 더 청량한가?"

"아는지 모르겠는데 오염 물질은 가벼워서 위로 올라간다."

옆에서 보고 있던 재준은 위아래를 훑더니 꽤 마음에 든 모양이었다. 아찔한 높이의 스틸레토 덕에 가느다란 발목이 더 가느다래 보이고 다리도 길어 보였다. 그리고 휘청거리면서 걸어보는 효은이 엄마 신발 신은 어린 여자애처럼 귀엽게 느껴졌다.

"저거 주세요."

재준은 그 구두가 마음에 들었는지 일방적으로 말하고 계산해 버렸다. 그런 재준을 보면서 효은이 입을 쭉 내밀고 투덜거렸다.

"내 의사는 물어보지도 않고. 너무해요."

"그게 여태 신은 것 중 제일 나아."

"오빠, 선수 같아."

"뭐가?"

"여자들 쇼핑하는 데 많이 따라가 본 것 같다고요."

혀를 쏙 내밀면서 놀리자 재준은 움찔했다. 효은의 지나가는 듯한 말이 정곡을 찔렀기 때문이다. 결혼 전의 일이라서 별로 거리낄 게 없다고 생각은 했지만 효은이 어떻게 받아들일지는 잘 감이 오지 않았던지라 아무래도 신경이 쓰였다. 하지만 효은은 그다지 신경 쓰는 눈치가 아니었다. 그동안 쇼핑하는 데 따라가면 계산만 해줬지 자기가 골라주는 일은 없었던 것 같았다. 심지어 옷 갈아입고 나와서 어때 라고 물으면 그것도 대답하기 귀찮아서 무조건 예쁘다고 해버렸던 그였다.

재준이 계산하는 동안 효은은 쇼핑백을 받아 챙겼다. 재준은 그걸 보더니 눈살을 찌푸렸다.

"장효은, 쇼핑백 이리 줘."

"왜요?"

"휠체어 아래에 수납 공간 있으니까 거기 넣어놓음 돼."

재준이 효은의 쇼핑백을 받아 휠체어 아래에 놓았다.

"내가 다리가 좀 불편하긴 해도 쇼핑백 하나 못 들어줄 정도
는 아니니까 앞으로 그러지 마."

효은은 재준의 말에 좀 당황했다. 사실 효은은 한국에서 여자
치고 꽤 큰 키에 좋은 덩치라서 어릴 적부터 그다지 아가씨 대
우를 받아본 적이 없었다. 당연히 대학 동기나 직장 동료도 효
은을 거의 남자 대하듯 했다. 그랬기에 처음 받아보는 아가씨
대우에 효은이 당황하는 건 당연했다. 효은은 잽싸게 화제를 바
꿔 버렸다.

"근데 오빠 왜 하필 9㎝예요? 나 그렇게 높은 거 한 번도 안
신어봐서 제대로 걸을 수 있을지 모르겠어요."

"왜 신발 사주면 그 신발 신고 도망간다는 말 있잖아. 그래서
너 도망가지 못하게. 그거 신고 네가 잘도 뛰겠다."

"꺅! 뭐야, 정말 너무해."

효은이 재준의 등을 가볍게 쳤다. 그 힘에 재준이 슬쩍 밀려
나갔다.

'헉! 쟤가 원래 힘이 좀 좋았지. 그냥 들게 할 걸 그랬나.'

라고 잠시 후회하는 재준이었다.

효은은 싱가폴에서 쇼핑하는 것에 금세 지쳤고 나중에는 호텔에서 애프터눈 티 세트나 좀 즐길 뿐이고 나오고 싶어하지도 않는 눈치였다. 재준은 효은의 행동을 유심히 관찰한 후 그녀가 먹는 것을 무척 즐긴다는 것을 알게 되었다. 하루 세 끼에 기회가 있을 때마다 간식도 챙겨 먹는 효은의 부지런함을 보며 신기하게 여겼다.

마지막 날 저녁에 근처의 유명한 해산물 레스토랑에 갔을 때 효은이 게랑 새우를 먹는 걸 보고 재준은 좀 놀랐다. 재준이 친절하게 새우 껍질도 까주고 게도 다리 살을 발라주면 어느새 덥석덥석 잘도 집어먹었다.

"한 해 먹을 새우 다 먹은 거 아냐?"

효은이 혹시 배탈이라도 날까 은근히 걱정된 재준이 물어봤지만 효은은 고개를 저었다.

"난 아직 부족해요."

"배탈 나. 좀 적당히 먹어."

그 말에 효은도 좀 많이 먹었다 싶은지 그만 먹긴 했지만 아쉬운 눈치였다. 효은은 정말 간만에 쉬는 건지 쇼핑에도 관광에도 별 관심을 보이지 않았다. 다만 낮잠까지 챙겨 자면서 말 그대로 휴가를 즐기려 하고 있었다.

결국 싱가폴에서 쇼핑과 식도락으로 시간을 보낸 후 두 사람은 페리를 타고 빈탄의 리조트로 건너왔다. 리조트에 도착할 때부터 다행히 옆에서 늘 도와주는 직원이 있어서 재준은 그다지 불편한 점은 없었다. 마중 나온 직원이 처음부터 끝까지 재준 옆에서 돌봐준 덕에 효은이 별로 할 일이 없었다.

첫날은 아무래도 몇 시간 움직이기도 했고 해서 별로 움직이지 않았지만 가만히 있는 것이 슬슬 지루해지기 시작한 재준은 다음날 아침을 먹고 나자 밖으로 나가자며 재촉했다.

"나 수영하러 갈 건데 같이 갈 거야?"

아무렇지 않게 말하자 효은이 좀 신기한 눈으로 바라봤다. 효은은 그가 어떻게 수영을 할 것인지 굉장히 궁금했다.

"수영은 어느 정도 가능해. 그래서 종종 호텔 수영장에 가는데 서울 돌아가면 같이 다닐래?"

"저 수영 못해요."

"여태 안 배우고 뭐 했어?"

"머리 물에 젖는 거 싫어해서 근처도 안 갔죠 뭐."

"머리야 말리면 되지."

"감는 것도 싫어해요, 사실."

효은이 재준을 놀리듯이 고백했다.

"머리 언제 감았어?"

재준이 질겁을 하며 취조했다.

"이틀에 한 번은 꼬박꼬박 감아요. 매일 감는 오빠가 너무 깔끔한 거죠. 근데 정말 수영하러 갈 거예요?"

"응. 물리치료 과정에 수영도 있어. 그래서 수영은 좀 해."

"그럼 나도 오빠 수영하는 거 봐야지."

하면서 가방에서 책이랑 자외선 차단제, 선글라스 등을 챙겨서 재준과 함께 풀 근처로 따라오는 것이었다. 재준이 휠체어에서 간단하게 몸을 풀려고 할 때 효은이 다가왔다.

“오빠, 선블록 안 발랐죠?”

“어. 왜?”

“햇볕 따가운데 바르는 게 좋을 거 같아요. 이거 물에 안 지워지니까 발라요. 제가 발라 드릴게요.”

아무래도 효은이 뜨거운 햇살에 화상이라도 입을까 걱정이 됐는지 손에 주욱 짠 로션을 재준의 등에 꼼꼼하게 펴 발랐다. 그러더니 귀 뒤까지 발라주는 것이었다.

“오빠, 얼굴이랑 목, 가슴, 다리도 발라요.”

재준은 아무래도 효은이 챙겨주니 거니 거절은 못하고 끈적거리는 불쾌하고 되직한 것을 온몸에 바르는 수밖에 없었다.

“이제 됐어요.”

재준은 곧바로 다시 준비 운동을 간단하게 하더니만 직원의 도움을 받아 휠체어에서 내려오더니만 물안경을 올리고 곧바로 물로 뛰어들었다. 아무래도 리조트에는 대부분 쉬러 오는 가족들인지라 재준 같은 장애인은 거의 보이지 않았다. 그래서 사람들은 재준이 움직일 때마다 곁눈질로 쳐다보거나 아예 무례하게 대놓고 쳐다보며 손가락질하는 사람마저 있을 정도였다. 효은은 그런 무례함에 불쾌해지기도 했고 불편했다. 하지만 재준은 익숙한지 별 신경도 쓰지 않는 모습이었다.

휠체어에 앉아 있다 물에 뛰어든 재준은 물개처럼 풀을 빠른 속도로 왔다 갔다 했다. 발을 안 쓰면서도 수영을 한다는 게 신기할 정도였다. 그게 뭔가 좀 이상했다. 분명 하반신 불구라고 했다. 하지만 할아버님은 분명 2세 문제는 전혀 걱정할 것이 없다고 암시를 줬고 실제로 재준은 성생활에 있어서는 별문제없는 사람이었다. 하지만 섹스 할 때 허리를 전혀 움직이지 못하던가? 아니, 절대 그렇진 않았다. 만일 마비된 부분이 허리의 척추 문제라면 절대 성생활도 불가능할 터였다. 하지만 재준은 그런 것 같지도 않았다. 단순하게 다리 신경만 문제인 걸까? 저렇게 수영이 가능할 정도라면 걷는 것도 가능하지 않을까?

이런 복잡한 생각에 효은은 덱체어에 누워서 책을 들고 있긴 했어도 속도는 전혀 나지 않고 있었다. 저 사람은 왜 이렇게 자기에게 말을 안 하는 게 많은 걸까? 알고 싶은 게 무척 많았지만 어떻게 물어봐야 하는지 효은은 잘 몰랐다. 만일 이게 일 문제였다면 아주 쉽게 물어봤을 텐데, 효은은 그를 좋아했기 때문에 이런 일을 대놓고 물어보기가 더 힘들었다. 그리고 그가 아직 과거의 상처에서 완전히 회복된 게 아니라 얘기조차 꺼내고 싶어하지 않을 수도 있었다.

며칠 동안 비슷한 생활이 계속됐다. 아침에 일어나서 아침 먹고 잠깐 나가서 재준은 수영하고, 효은은 옆에서 책을 봤다. 풀에 내려갈 때와 올라올 때만 직원이 도와주면 대부분은 재준 혼자 거뜬히 해냈다. 보통 프로그램 대부분이 활동적인 거라서 재준이 같이하긴 문제가 있었고 그래서 효은도 거의 참여하지 못했다. 그런 게 미안한지 재준이 '요리 프로그램'에 신청하면 어떻겠냐고 먼저 제의를 해왔다.

"심심하지 않아?"

"간만에 아무것도 안 하고 쉬는 거라서 꽤 즐거워요."

"그것도 며칠이지. 여기 프로그램 중에 요리도 있던데 그거 같이 들을래? 인도네시아 전통 요리 가르쳐 주는 건가 보더라."

그 말에 효은이 눈을 휘둥그레 뜨더니만 예전 일을 떠올리고 씩 웃으며 대답했다.

"오빠, 저 고2 때 가사 선생님이 뭐라고 했는 줄 알아요?"

"뭐라고 했는데?"

"장효은, 너는 가급적이면 부잣집에 시집가서 절대로 요리 같은 거 할 생각 말아라, 라고 했어요."

"도대체 가사 시간에 뭔 짓을 했길래?"

"아니, 그게 이상하게 나는 가사가 잘 안 맞더라구요. 먹는 것만 잘해요. 그래서 할아버님한테도 저 요리 시킬 생각하지 말아 주세요, 하고 부탁해 놨어요."

어쩐지 효은이 부엌일은 제가 잘 모르니 개성댁 아주머님께 잘 부탁드린다고 말할 때 알아봤어야 했다. 저 장효은이 못하는 게 있다니 좀 신기하기도 했지만 한편 이해도 갔다. 아마 회사 다니기 바빠서 냉장고에서 물 꺼내 마시는 게 다였겠지.

그래서 기껏 재준의 제안도 별로 소용이 없어지자 평소처럼 수영하고 방에 올라와서 쉬는 정도로 시간을 보내는 수밖에 없었다. 결국 재준은 갖고 온 일을 하기 시작하고 효은 역시 옆에서 책을 봤다.

저녁에는 해변에 테이블을 놓고 뷔페를 먹었는데 아무래도 모래사장이 불편한 재준을 위해서 직원이 휠체어를 그곳까지 어떻게든 실어다주곤 했다. 재준은 그게 지겨운지 밤에는 대충 룸으로 시켜 먹고 들고 간 노트북으로 뭔가 열심히 일을 하곤 했다.

"그노무 일은 여기 와선 안 해도 되지 않아요?"

효은이 입을 삐죽거리며 불평하자 재준이 싱긋 웃었다.

"너 먹는 거 보니까 돈 많이 벌어야겠다 싶더라. 와이프 굶겨 죽었단 소리 듣지 않으려면 지금부터라도 빨리 돈 벌어야 하지 않을까?"

"내가 뭘 많이 먹었다고 그래요?"

"너 많이 먹었어. 내가 여태 너 먹은 거 대볼까? 싱가포르의 해산물 뷔페에서 새우 열다섯 마리랑 게 두 마리 한 번에 먹은 건 어느 집 누구였더라?"

순간 효은의 얼굴이 난처한 표정을 지었다. 그걸 다 셌다는 게 더 경악스러웠다.

"그렇게 먹은 게 다 어디 가나 몰라?"

라고 말하면서 그는 효은의 배를 슬쩍 쳐다봤다.

"꺅! 오빠 나 배 안 나왔어요. 내가 머리를 좀 많이 쓰잖아요. 뇌가 열량 많이 소모한대."

효은이 호들갑을 떨면서 재준을 흘겨봤다. 사실 효은이 좀 말라 보여서 재준은 그녀가 많이 안 먹지 않을까 싶었는데 의외로 효은은 먹성도 좋고 힘도 좋아서 깜짝깜짝 놀라고 있었다. 처음 봤을 때는 망아지 같던 어린 시절의 장효은 같지 않게 화사하고 세련된 커리어우먼이 되었구나 싶었다. 하지만 막상 같이 있어 보니 어릴 적의 그 명랑한 소녀의 모습이 자주 보였다. 다만 당의정이 좀 입혀졌다고 해야 할까. 어릴 때는 화나면 화났다고 말하고 좋으면 좋다고 말했는데 그게 좀 능숙하게 감춰지는 걸 보면 애도 어른이구나 싶을 때가 있었다.

잠자리가 바뀐 데다가 그렇게 일을 많이 하는 것도 아니어서 그런지 재준은 그다지 잠이 깊게 오지 않았다. 새벽녘에 재준은 뭔가 이상한 소리에 선잠을 깼다. 옆에서 효은이 어깨를 떨면서 잠꼬대를 하고 있었다. 아직은 누군가와 같이 자는 데 익숙하지 않았던 재준은 신혼여행을 온 이후 계속 잠을 설치고 있었다. 오늘도 한참 뒤척거린 후에야 겨우 얕은 잠에 들었는데 효은의 소리에 깬 것이었다. 아무래도 악몽을 꾸는 듯해서 재준은 효은의 어깨를 가볍게 흔들었다. 그러자 효은은 소스라치게 놀라며 잠에서 깨었다.

"괜찮아? 악몽 꾸는 듯해서 깨웠어."

“아.”

효은은 아무 말도 못하고 약간 멍해 보였다. 그런 효은에게 재준이 탁자 위에 있던 물 컵을 건네주었다. 효은은 잔을 들고 물을 단숨에 마셨다.

“나쁜 꿈 꿨나 봐?”

효은은 고개만 끄덕였다. 잠시 후 낮은 목소리로 말했다.

“오빠, 미안해요. 나 때문에 깼죠?”

“아니, 괜찮아. 아직 날 밝으려면 좀 멀었으니까 어서 더 자.”

효은은 재준에게 좀 미안해하면서 다시 누웠다. 등 돌리고 누워 있는 효은이 안 자는 건 분명했지만 뭔가 자기와 더 나누고 싶어하지 않는 듯한 인상에 재준은 조금 불쾌해졌다. 하지만 결혼했다고 해도 엄연하게 타인이었다. 어린 시절부터 알아왔긴 해도 이 둘은 서로에 대해서 아직 잘 모르고 있었다. 서로 무얼 좋아하고 싫어하는지도 아직은 잘 알지 못하는 정말 타인이었다. 게다가 아직 혼인신고도 안 한 상태여서 여기서 찢어지기로 하면 그대로 타인이 될 수도 있었다. 재준은 같은 이불 속에 있지만 마음만은 바다를 하나 두고 있는 것 같은 기분이 들었다.

재준은 그때 이 결혼이 처음에 생각했던 것만큼 쉽게 풀리지 않을 거라는 걸 깨달았다. 지금은 현실을 등에 지고 있지 않은 시점이었다. 서울로 돌아가 다시 삶으로 돌아갔을 때 그들이 짊어질 무게감이 아직 뚜렷하게 느껴지지 않고 있었다. 그 무게감은 어떻게 견뎌야 할까 하는 생각에 마음 한쪽이 무거워졌다.

효은이 등을 돌리고 자는 척한 건 창피해서였다. 악몽을 꾸었다. 꿈속에서 자신은 아빠가 돌아가셨을 무렵, 막 회사에 들어가서 처음 홍콩에 혼자 출장 갔을 때로 돌아가 있었다. 그때 홍콩은 엄청난 장마비를 뿌리고 있었다. 그때 야근을 하고 돌아오던 길에 비를 만났던 효은은 온몸이 다 젖어 호텔에 들어와야 했다. 호텔에 들어온 순간 낯선 곳에서 홀로 떨어져 있는 데 대한 엄청난 외로움을 느꼈던 효은은 몸을 자궁 안 어린애처럼 구부리고서 침대에서 이불을 뒤집어쓰고 혼자 흐느껴 운 적이 있었다.

효은은 바로 그때로 돌아가 있었다. 스물네 살의 사회 초년생 장효은으로.

효은은 그 기억이 조금 창피했다. 아직 재준이 어렵고 말 건네기가 힘들었던 효은은 그 악몽을 차마 재준에게 말할 수 없었다. 그리고 그런 구질구질한 기억은 잊고 싶었다. 등을 돌리는 순간 재준의 떨떠름한 표정을 보면서 얘기를 해야 했을까란 생각이 들었다. 하지만 효은은 누군가에게 자기의 고민을 얘기하는 게 익숙하지 않았다. 언제나 동생들 뒤치닥거리에 고민을 들어주는 입장이었지, 누군가에게 고민을 털어놓거나 얘기한 적이 없어 누군가에게 고민을 털어놓는 게 힘들었다.

아무튼 그날 밤 재준과 효은은 등을 돌리고 잤고 결혼이 소꿉장난이 아니라 두 어른의 세계가 부딪치는 순간이란 걸 아주 조금 깨달으며 불편한 잠을 청했다.

결국 떠나기 전날 재준은 결혼 준비에 밀린 일이 좀 많았는지 풀장에도 안 나가고 계속 일을 할 뿐이었다. 효은이 계속 방에 머무르면서 간단한 작업 정도는 도왔지만 아무래도 재준이 혼자서 집중하고 싶어하는 눈치였다. 옆에서 효은이 왔다갔다 하는 게 신경이 쓰이는 듯했다.

"오빠, 일 많이 남았어요?"

"왜? 답답한가 보네."

재준은 노트북에서 얼굴도 떼지 않고 말하고 있었다. 뭐가 그리 급한지 뭔가 계속 차트를 정리하고 PPT 작업을 했다.

"미안. 돌아가면 바로 프레젠테이션 하러 가야 돼."

아마도 고문으로 나가는 회사에서 뭔가 해달라고 요청을 한 모양이었다.

"답답하면 먼저 풀장에 나가 있어. 나 조금만 하면 거의 다 끝나."

방해꾼이 된 듯한 기분에 풀이 죽어 효은은 혼자 풀장에 나왔다. 들고 다니던 가방에 책이랑 자외선 차단 로션, 선글라스를 챙겨 들고. 슬리퍼를 신은 발이 힘이 빠져 축축 쳐졌다. 재준이 옆에 있음 절로 힘이 들어가 발걸음도 가벼웠던 듯싶은데.

이 리조트에는 한국인 신혼부부가 그렇게 많은 편은 아니었다. 주로 유럽에서 온 사람들이 많이 오는 리조트였지만 간간이 신혼부부가 보이긴 했다. 가족끼리 움직이는 리조트에서 혼자 있으려니 멋쩍기까지 했다. 그때 옆에서 인기척이 느껴졌다. 재준인가 싶어 고개를 돌리니 웬 남자가 서 있었다. 몇 번 지나가다 마주친 적이 있는 신혼부부였던 듯 본 적이 있는 얼굴이었다.

"남편 분은 어쩌고 혼자 나오셨습니까?"

수영을 하러 나왔는지 남자는 수영복을 입고 있었다. 건장한 체격의 남자는 뭐랄까 과도하게 남성미를 과시하는 느낌이 들어서 그다지 느낌이 좋지 않았다. 게다가 옆에 부인도 보이지 않는 상태에서 말을 거니까 더 꺼림칙했다.

"일하고 있어요. 곧 나올 거예요."

효은은 곧 남편 나오니 꺼지라는 식의 얘기를 돌려서 말했지만 상대는 그다지 떨어질 눈치를 보이지 않았다.

"싱가폴에서 같은 페리 타고 오셨죠?"

"그래요?"

효은은 눈치없이 말을 거는 이 남자가 귀찮았다. 원체 낯선 사람하고 말을 하는 걸 좋아하지도 않았다. 게다가 지금 이 사람이 효은 혼자 있길 기다렸다는 듯이 말을 걸고 있는 듯해서 더욱 경계를 할 수밖에 없었다. 재준과 같이 있을 때 인사를 할 수도 있었을 텐데 그는 효은 혼자 있을 기회를 호시탐탐 노린 게 분명했다. 그런 것에 생각이 미치자 눈앞의 남자가 불쾌하게 여겨졌다.

재준과 결혼하기로 결심하고 같이 다니는 순간부터 집요한 눈길이 따라붙기 시작했다. 재준의 핸디캡에 사람들은 이상할 정도로 집요한 관심을 가졌다. 효은은 정말 당황했다. 결혼할 때 다른 사람들이 어떻게 생각할지 짐작도 했고 그다지 신경 쓰지 않았는데 결혼한 이후에 같이 생활해 보니 머리로 이해하던 것과 감정은 확실히 달랐다. 사람들은 재준을 그리고 옆에 있는 효은을 낯선 동물 쳐다보듯, 동물원 원숭이 쳐다보듯 구경하는 경우가 잦았다. 그와 같이 다니는 게 그렇게까지 힘든 일일 줄은 정말 몰랐다. 당사자인 재준은 어떨까? 분명 그 자존심 강한 사람은 훨씬 더 고통스러울 게 분명했다. 자존심 때문에 밖으로 표출은 못하겠지만.

게다가 재준이 아무리 휠체어를 타고 다닌다 해도 그냥 앉아만 있어도 카리스마와 권위가 물씬 풍겨 나왔다. 당연히 같이 다니는 효은도 사람들이 관심을 끌고 있었다. 그래서 이 부부는 원하든 원하지 않든 간의 남의 눈길을 끌고 있었다. 아무래도 재준보다는 어려 보이는 효은은 자기가 남들 눈에 돈 때문에 장애인과 결혼한 여자로 보이는 게 신경이 안 쓰일 리가 없었다. 세상에 대고 나는 저 사람이랑 어릴 때부터 잘 알았고 좋아했다고요, 를 외치거나 플랫카드를 걸 수도 없는 노릇이었기에 혼자 답답하게 속만 끓일 따름이었다.

"부인은 어디 가셨나 봐요?"

효은이 귀찮다는 듯한 인상을 풍기며 일부러 남자에게 부인에 대해 물었지만 남자는 둔감했다.

“아, 머리가 아프다고 방에서 쉬고 있어요.”

“예에.”

“서울에서 오셨죠?”

“예.”

일부러 말을 짧게 하고 있었지만 남자는 진드기처럼 끈덕지게 달라붙었다.

“남편 분이 몸이 좀 불편해 보이시던데…….”

순간 경계가 짜증과 분노로 변해 버렸다. 효은은 이 예의없는 남자가 정말 싫었다. 처음 만난 남의 사생활에 관심을 보이는 듯한 이런 불쾌한 사람과는 더 이상 어떤 얘기도 하고 싶어지지 않았다.

“심심하시겠어요?”

“왜요?”

수위를 넘나드는 말에 결국 효은은 화가 나버렸다. 왜 자기가 심심해야 하는지 이 남자에게 묻고 싶었다. 게다가 지금 자기 부인이 없으니 내가 외로운 너를 위해 친히 시간을 내주마라는 태도로 거들먹거리는 이 남자의 자만심이 역겨웠다.

“별로 안 심심해요. 간만의 휴가라서요.”

효은은 순간 치솟는 오기로 생긋 웃으며 답해줬다.

“간만의 휴가시라니 많이 바쁘신가 봐요?”

남자가 의외라는 듯이 물어왔다. 뭐 뻔하지. 돈 보고 결혼한 머리 비고 탐욕스런 여자로 보고 있을 게 뻔했다.

“그이나 저나 하는 일이 좀 많아서요.”

효은은 왜 이런 얘기까지 구차하게 해야 하는지, 자기의 말이 마치 변명처럼 느껴졌다. 결국은 자기의 자존심 때문인 걸까? 자기가 결코 돈 때문에 결혼한, 밥벌레가 아님을 증명하기 위해서?

남자가 좀 의외라는 듯이 효은을 쳐다보았다. 효은이 어떤 말을 해서 그 놈팽이를 물리쳐야 할지 고민하고 있을 때 뒤에서 갑자기 말소리가 들렸다.

“효은아, 등에 선블록 좀 발라줄래? 아무래도 어제 좀 많이 태운 것 같아.”

어느새 재준이 와서 그들 둘을 주시하고 있었다. 재준이 선글라스를 끼고 있어서 효은은 그의 표정은 보이질 않았다. 하지만 묘하게 입매가 슬쩍 한쪽만 올라간 것이 그다지 기분이 좋은 건 아닌 듯했다. 효은은 가방에서 선블락을 받아서 재준의 등에 문지르기 시작했다.

그 남자는 재준과 눈이 마주치자 잽싸게 인사를 시도했다.

“안녕하세요? 같은 페리 타고 여기 왔는데 기억하세요?”

별로 인상에 강하게 남는 인상도 아니어서 기억할 리가 없었다.

“안녕하세요.”

재준 역시 귀찮은지 인사만 대충하고 고개를 돌려 버렸다. 그리고선 간단하게 준비 동작으로 몸을 좀 움직이더니만 능숙하게 휠체어에서 내려와 바로 풀 안으로 힘차게 뛰어들었다. 그 남자는 멋쩍은 듯한 표정으로 근처의 덱체어에 누웠다.

풀 안의 재준은 무서운 속도로 수영장을 오가기 시작했다. 원래 재준은 어릴 때 수영 선수로 뛴 적이 있을 정도로 수영을 잘했기 때문에 다리가 불편한 지금도 어지간한 사람보다 훨씬 잘할 정도였다.

원래 약육강식의 동물의 세계에선 암컷이 보고 있는 와중에 자기 암컷에게 찝쩍거리는 다른 수컷이 나타나면 포효를 하거나 뭔가 위협 행위를 해서 쫓아야 한다. 분명 지금 그런 상황인 듯했다. 게다가 상대는 재준의 몸이 불편하다는 걸 알고 있었다.

재준은 상대방을 제압하려면 자기 몸이 그의 생각보단 훨씬 건강하다는 걸 보여줘야 했다. 그래서 좀 무리해서 그가 보는 앞에서 일부러 준비 운동도 제대로 안 하고 풀장에 뛰어든 것이었다. 일부러 보란 듯이 자유형으로 몇 번 왕복을 하며 몸을 좀 푼 뒤에는 접영을 시작했다.

그 남자는 잠시 재준이 수영하는 걸 지켜보더니만 뭔가 좀 찝찝한 표정으로 수영장을 떠났다.

그날 저녁 재준은 그다지 말이 없었다. 재준은 계속해서 자존심을 시험당한다는 생각이 들었다. 사고 후부터 계속 사람들은 자기가 휠체어를 타기 때문에 성생활도 불가능하고 따라서 남성으로서의 존재감에 물음표를 보였다. 그런 게 아니라고 구차하게 설명하기 싫었다. 그리고 무엇보다 효은이 걸렸다. 일단 결혼식을 한 부부이긴 하나 왜 효은이 자기와 결혼을 했는지는 여전히 미스테리였다. 그는 효은과의 미래를 어떻게 풀지에 대해서 계속 고민했다. 차라리 이게 회계 장부라면? 플러스와 마이너스 대차대조를 하면서 숫자를 조합해 나가는 거였다면 좋았을 텐데. 머리가 복잡해진 재준은 낮게 한숨을 내쉬었다.

어린 시절에 부모님을 사고로 잃고 나서 재준은 할아버지가 계셨지만 거의 혼자였다. 이제 살을 붙이고 사는 가족이 생겼지만 효은을 어떻게 대해야 할지 사실 생각했던 것과는 많이 다른 듯해 고민에 빠졌다. 둘 사이에 성생활이 차지하는 비율은 아주 낮았다. 회사에 나가지 않는 그와 효은은 거의 하루 종일 부딪치고 살아야 하는데 그 시간은 어떻게 해야 할지 재준은 전혀 몰랐다.

효은 역시 생각이 많긴 마찬가지였다. 가끔 재준이 보이는 냉정함이 무서웠다. 평소에는 잘해주지만 가끔씩 보이는 그 날카로운 표정이나 뭔가 생각하는 모습이 무서웠다. 이 평화가 언제까지 갈지, 언제 깨지게 될지 무서웠다. 효은은 전에는 자기가 아무것도 없었기 때문에 두렵지 않았다는 걸 배우고 있었다.

먼저 좋아해서 사실 아닌 척하면서 살고 있다는 걸 알리고 싶지 않았다. 이건 약점이란고 생각밖에 들지 않았다. 때문에 너구리처럼 의뭉스럽게 있는 편이 훨씬 유리하다고 생각했다. 하지만 효은 역시 재준과의 소통을 위해 어떤 식으로 인간관계를 맺어야 하는지 알지 못해 한편으로는 머릿속이 혼란스러웠다.

장효은은 주식시장에서 돈 버는 법만 알지 사람 마음은 어떻게 해야 할지 알지 못했다. 그녀도 1+1=2 이런 공식이 편했다.

신혼여행의 끝은 뭔가 흐지부지된 듯한 기분이 들었지만 그 둘은 서로에게 무슨 말을 해야 할지 몰라 복잡한 표정을 숨기며 행복한 듯한 미소를 지을 수밖에 없었다. 앞으로 살 날은 많으니 슬슬 해결하면 되겠지라고 낙관적으로만 생각하고 있었다.

제10장

인천 공항에 도착하자 기사가 나와 있었다. 짐을 찾아서 세관을 나가자 기사가 기다리고 있다가 와서 카트를 끌어 주차장까지 갔다. 집에 도착하자마자 개성댁과 오 영감이 뛰쳐나왔다.

"잘 다녀왔어? 재미있었고?"

오 영감은 재준은 안중에도 없다는 듯이 효은을 보고 물었다. 그 말에 효은이 약간 볼을 붉히며 웃자 영감이 허허 웃었다.

"자식이 어울리지 않는 수줍음은. 어여 들어가. 혹시 저놈이 속 썩이면 나한테 와서 바로 말해. 내가 저놈 다리몽둥이 부러뜨릴 힘은 아직 있거든."

“할아버지!”

재준이 너무하다는 듯이 오 영감을 불렀지만 오 영감이 되레 재준을 나무랐다.

“왜, 내가 틀린 말 했냐! 네놈 돌보느라고 효은이가 고생 많이 했을 텐데 좀 챙겨주는 것도 맘에 안 들어?”

“아니, 그런 게 아니고요.”

잽싸게 재준이 후퇴했다. 여기서 몇 마디 더 했다간 오히려 잔소리만 더 들을 것 같아서였다. 할아버지는 아무래도 몸이 불편한 재준의 신부로 효은을 데리고 온 게 마음에 걸리는지 굉장히 신경 쓰는 기색이었다.

“피곤할 텐데 어여 올라가 봐. 너 없는 동안 삼층 공사해 놨어. 올라가서 마음에 드는지 살펴봐라.”

아무래도 워낙 급하게 결혼식을 하다 보니 삼층 인테리어는 신혼여행 가 있는 동안 겨우 끝난 모양이었다. 효은에게도 개인 공간이 필요할 것 같아서 그동안 거의 쓰지 않던 삼층 다락방을 효은의 서재로 바꾸는 공사를 했던 것이다.

효은은 처음부터 집안일은 전혀 못한다고 선언을 해놓았고, 오 영감도 흔쾌히 받아들였다. 게다가 워낙 넓은 집 관리 문제 때문에라도 개성댁은 계속 입주하기로 결정되어 효은이 할 일이 많지 않았다. 그리고 효은이 계속 집에 있어도 재준의 일을 돕기로 한 이상 효은도 사무실이 필요한 건 당연했다. 지금 재준이 사무실로 쓰고 있는 거실은 이미 재준의 짐으로도 가득 차

있어서 삼층에 따로 사무실을 꾸리기로 한 것이었다.

"효은이 집에 인사는 언제 갈 거니?"

저녁 식탁에 앉자마자 오 영감이 물어왔다. 그러자 효은이 이렇게 대답했다.

"내일 오후에 다녀올게요."

"가서 하룻밤 자고 오지?"

"아니에요. 저희 집 좁아서 오빠 잘 데 없어요. 그냥 돌아올게요."

"어머니가 안 섭섭하시려나?"

"제가 워낙 출장을 많이 왔다 갔다 해서 엄마도 별로 실감 못하실 거예요. 그냥 출장 좀 길게 갔겠거니 그러시지 않을까요?"

재준은 효은의 말이 조금 섭섭했다. 긴 출장을 왔다가 돌아가려는 것일까? 자신을 신경 써서 해주는 말인 것은 알지만 사위로서 효은네 집에서 그다지 인정받은 눈치도 아닌 듯해서 그 집이 좀 불편한 건 사실이었다.

그날 밤은 피곤해서인지 그다지 효은을 안고 싶은 맘이 들지 않았다. 여태 잠자리는 만족스러웠지만 부부가 그게 다인 걸까? 키스하고 잠자리 같이하는 건 부부가 아닌 연인도 가능하다. 부부는 어떤 것일까? 어떤 존재감을 갖고 어떻게 만들어지는 것일까? 잠자리만으로 필요충분조건이 형성되는 건 아닌 듯싶었다. 재준은 효은과 좀 더 많은 얘길 하고 싶었고 효은의 고집도 들어주고 효은에게 어리광도 부리고 싶었지만 그럴 수가 없었다.

가끔 자기네는 부부가 아니라 가까운 듯 먼 듯한 어릴 때 친구인 것 같은 생각이 들었다. 둘의 삶이 교차하는 건 잠자리밖에 없는 게 아닐까 싶어 재준이나 효은 둘 다 고민이 많았다.

재준은 효은에게 엄청난 기대를 품지 않았다고 스스로에게 세뇌를 시키면서 결혼을 했다. 그러나 그 세뇌는 생각보다 오래 먹히지 않았다. 그녀는 사랑스러웠고 똑똑했다. 그리고 그에게 금세 익숙해졌다. 그를 돌보는 게 마치 십 년은 된 것처럼 부담스럽지 않게 그를 도왔다.

재준은 효은이 자기를 사랑하지 않는 걸 알고 있었다. 그저 믿을 수 있는 동업자 같은 이 안정적인 관계가 좋은 것뿐이라고 혼자서 되뇌곤 했다. 단지 그뿐이라고만 생각하고 싶었다. 그러나 환하게 웃을 때의 그 얼굴에 가슴이 두근거리는 건 어쩔 수가 없었다. 효은이 예쁘다고 생각될 때가 분명 있었고, 가끔 자기가 작은 일을 해줬을 때 환하게 웃는 모습을 보면 뿌듯했다.

그는 효은이 왜 자기랑 결혼했을까에 대해서 종종 생각했다. 분명 궁금했다. 단순히 돈 때문일까? 하지만 가끔 효은이 자신을 몰래 바라보고 있을 때의 표정을 보거나 자잘한 일을 해줬을 때 기뻐하는 걸 보면 그것만은 아니지 않을까 하는 기대가 생기곤 했다. 하지만 그는 삼십대 중반의 현실적인 남자였고 이성적인 생각을 해야 한다고 그때마다 자신을 다잡았다. 효은이 뭐가 부족해서 자기 같은 장애인을 사랑하겠는가. 이런 생각을 하자 씁쓸해졌다.

"오빠, 오랜만이에요."

미은이 차를 내려놓으며 말을 건넸다. 신혼여행에서 돌아온 다음날 친정에 인사를 드리러 간 자리였다. 눈을 내리깔고 얌전하게 말하는 미은에게 옆에 있던 효은이 타박을 놓았다.

"오빠가 뭐야? 형부라고 불러야지."

엄한 효은의 말에 미은이 입을 삐쭉거렸다.

"내가 뭐라고 부르든 뭐가 중요하다고 그래?"

"예전에 뭐라고 불렀든 간에, 내가 네 언니니까 내 앞에선 형부라고 불러줘."

효은이 강하게 밀어붙이자 미은은 찍 소리 못하고 삐친 얼굴로 앉았다. 엄마가 분위기를 바꾸려는 듯이 물어왔다.

"그래, 신혼여행은 어땠니?"

"아, 진짜 재밌었어요. 싱가폴 쇼핑 기간이라서 쇼핑도 하고. 아, 오빠가 구두 사줬어요! 9cm짜리. 신고 걷지도 못하는 거 왜 사줬나 몰라. 수영 좀 하고 일광욕 좀 하고 대충 빈둥빈둥거렸죠. 자외선 차단제 잘 발랐는데도 다 탔어. 귀 뒤까지 탄 거 봐요. 오빠는 거기까지 일 들고 가서 계속 일하고요. 세상에, 신혼여행 가서 일하는 남편 보고서 작업 도와준 아내는 나밖에 없을 거야."

효은이 귀 뒤에 허물이 벗겨지려 한다고 투덜거리면서도 재준을 타박 놓는 걸 잊지 않았다.

“그리고 과일이 너무 맛있었어요.”

효은 혼자서 신나게 떠드는데 재준이 끼어들었다.

“과일만 맛있었어? 네가 먹은 새우가 몇 마리인지 내가 세다가 지쳤잖아.”

재준이 가볍게 타박을 줬다.

“어머님, 이 사람이 새우를 얼마나 먹는지 정말 놀랐잖아요. 그 새우 사내려면 제가 돈 많이 벌어야 할 것 같더라고요. 원래 새우를 좋아합니까?”

“내가 뭘 많이 먹었다고 그래요?”

“많이 먹더만. 너 새우 값 대려면 내가 지금보다 돈 더 많이 벌어야 돼. 새우만 많이 먹었나? 랍스터도 세어볼까? 앉은 자리에서 새우를 열다섯 마리 먹고 게 두 마리를 해치우는데 보고서 제가 다 놀랐잖아요. 그날 체하는 거 아닌가 걱정했는데 다행히 괜찮더라구요.”

“그 정도는 아니다 뭐.”

“원래 효은이가 게, 새우를 좋아했지. 게다가 너 식탐 있잖아. 갓난쟁이 때는 분유도 미은이 몫까지 먹었잖아. 어릴 때도 미은이 먹을 것까지 매일 뺏어 먹고 말이야. 그러더니만 미은이 자랄 것까지 혼자 다 자랐어.”

“쳇! 내가 언제?”

둘이 다정하게 아웅다웅하는 걸 보면서 미은은 좀 놀라고 있었다. 전에도 차에서 재준과 효은이 다정하게 있는 걸 본 적이 있었지만 멀리서 보던 것보다 더 친밀한 분위기에 소외당한 듯한 기분마저 들었다. 미은은 재준이 효은과 결혼한 것은 오 영감이 시켜서일 거라고 생각했기에 그가 효은을 이렇게 다정하게 바라볼 줄은 몰랐다. 당연히 그 자리는 자기 것이 돼야 했던 게 아닌가 하는 억울함이 들었다. 생각보다 재준이 멀쩡한 걸 보니 더욱 분한 맘이 들고 질투가 치솟았다.

“혀, 형부, 건강은 괜찮으세요?”

미은이 지나가는 듯이 물었다.

“나야 뭐, 그렇지.”

아무렇지 않게 재준이 대답했다.

“사고 났단 얘기를 뒤늦게 들어서 문병도 못 갔네요. 많이 다치셨다고 들었는데 이젠 좀 괜찮으세요?”

“하하. 괜찮으니까 효은이랑 결혼도 했지.”

재준이 아무렇지 않게 넘기긴 했지만 미은의 질문에 가시가 박혀 있음을 효은조차 느낄 정도였다.

“언니가 오빠 처음 보고 와선 생각보다 괜찮아 보인다고 해서 참 다행이다 싶었어요.”

자기가 그런 말을 했던가. 옆에서 듣던 효은은 좀 당황해서 미은에게 눈짓을 했지만 미은은 못 본 척했다. 아까 오빠라고 하지 말라고 했더니 삐쳐서 저러는 게 분명했다.

그날 밤 효은이 가고 나서 미은은 밤새 잠을 못 이루고 조금 울었다. 미은이 새침떼기이긴 하나 효은이 자매인만큼 그들의 행복한 결혼 생활을 축복해 주어야 하는데 그게 잘 안 되었다. 효은이 먼저 결혼한 것도, 원래 미은의 자리였을지도 모르는 재준의 처가 된 것도 계속 마음에 걸렸다. 하지만 미은은 효은에게 결혼식 날 화장실에서 들은 전 여자 친구와 관련된 얘기를 차마 해줄 수는 없었다. 마음이 약한 미은에겐 입도 떨어지지 않는 얘기였다. 그저 가슴만 답답할 뿐.

집으로 오는 차 안에서 효은은 지쳤는지 말없이 뭔가 생각하는 듯한 표정으로 창밖만 멍하니 바라보았다. 집에 들어와서 방에 단둘이 있게 되자 재준을 불렀다.
"오빠."
"왜?"
휠체어를 끌고 이제 슬슬 일이나 또 해볼까 싶어 서재로 가려던 재준이 뒤를 돌아보았다.
"그러고 보니 나 오빠 몸 상태에 대해선 얘기를 거의 못 들은 것 같아요. 아무래도 민감한 주제고 해서 따로 못 물어봤는데요. 할아버님이 말씀하시길 휠체어에 앉아 있고 걷는 데 지장 있는 정도이다, 부부 생활은 가능하다 이런 식으로 흘리셨거든요. 얼마나 다친 거예요?"
"다리 두 쪽 다 신경이 너덜너덜해지게."
재준은 아주 간단하게 답변을 했다.
"어떻게 난 사고예요?"

“뭐, 뻔하지. 교통사고.”

재준은 별로 말하고 싶지 않은지 입매가 굳어 있었다. 효은은 답답해 미칠 것 같았다. 재준은 결혼 전이랑 그다지 변하지 않았다. 언제나 난공불락의 성처럼, 그렇게 단단한 벽에 쌓인 채 있을 뿐이었다. 결혼하기 전 약 한 달 남짓 재준을 몇 번 만나긴 했지만 그는 한 번도 자신에 대해서 얘길 한 적이 없었다. 이 사람은 마치 단단한 성 같았다. 틈을 보이지도 않을뿐더러 어느 정도 접근하면 더 이상 접근이 불가능했다. 지금 상황 역시 마찬가지. 재준이 더 이상 얘기하고 싶지 않다고 노골적으로 표현하고 있는 상태에서 더 묻기는 곤란했다.

“그 정도만 알아둬. 교통사고로 양쪽 다리 신경을 다쳤지만 허리는 멀쩡해. 일주에 한 번은 병원에 가서 재활치료 받고 있고, 집에서도 간단하게 지하에서 운동하고.”

무슨 프레젠테이션하듯 건조하게 자신의 상태를 불러준다. 이게 다였다. 그는 왜 사고가 난 건지도, 그때 상황도 아무것도 얘기해 주려 하지 않았다. 효은은 결국 그들 결혼 생활의 가장 큰 장애는 그의 몸이 아니라 그의 마음이지 않을까 하는 생각이 잠시 들었다.

재준은 효은에게 교통사고를 어떻게 설명해야 할지 잘 몰랐다. 사실대로 말하면 창피한 일이라 효은에게 말하기가 꺼려졌던 것이다.

비가 오는 날, 마주 오던 차와 충돌을 했는데 과속으로 달리던 중이라서 사고가 좀 컸다는 이야기는 하고 싶지 않았다.

사고 난 직후엔 하반신 불구가 될지도 모른단 소리까지 들었다. 그러나 기적같이 처음보다 상태가 나쁘지 않다는 판정을 받았다. 일 년 정도 계속 입원해 있으면서 조각조각 부서진 뼈 조각을 맞추는 수술을 몇 번이나 받았는지 모른다. 끈질기고 독하게 그 상태를 계속 유지한 결과 이제 조금만 더 노력하면 걸을 수 있게 될지도 몰랐다. 물론 오 영감이 집에 물리치료실과 물리치료사를 전속으로 두고 재준을 독려한 결과이기도 했다. 하지만 그는 효은에게 자기의 몸 상태에 대해서도, 여기서 조금만 더 치료를 받는다면 도움없이 혼자 걸을 수 있게 된다는 걸 아직은 말하고 싶지 않았다. 그는 아직 효은을 믿고 있지 않았다. 이 여자가 정말 자기가 걷는 걸 기뻐할까. 자기가 정말 어려울 때도 옆에 있어줄 그런 믿음이 가는 와이프라는 걸 본인이 증명해 내고 싶은 마음에 당분간은 조용히 있기로 했다.

제11장

효은의 친정에 다녀온 그날 밤에 이 서먹서먹한 얼굴만 마주쳐도 어쩔 줄 몰라 하는 신혼부부를 오 영감이 방으로 불러 앉혔다.

"내가 좀 줄 게 있어 불렀다."

오 영감 방에 불려온 부부는 서로 얼굴만 마주 봤다. 오 영감이 오동나무 장을 하나 효은 앞에 열쇠와 함께 내밀었다.

"열어봐라."

효은이 조심스레 받아서 열자 그 안에 이런저런 오래된 패물이 가득한 게 눈에 들어왔다.

"네 거다."

"네?"

"이 함은 재준 엄마 결혼할 때 네 할머니가 혼수랑 해서 준 거였어. 여기 있는 패물 모두 다 의미있는 거니까 소중하게 보관해라."

안에서 진주 반지를 꺼내 들고 얘길 시작했다.

"이것은 원래 재준이 할머니에게 생일 선물로 내가 해준 거였다. 나중에 재준이 어머니가 물려받았지. 재준이 모 간 뒤에 내가 보관하다 이제 새 주인이 집안에 들어왔으니 물려줘야 할 것 같아서 불렀다. 저건 내가 재준이 엄마가 결혼할 때 예물로 준 진주 반지고, 저건 재준이 낳았을 때 해준 루비 반지다. 이 은가락지는 재준이 할머니가 나랑 같이 홀홀단신으로 월남해서 팔려고 할 때 내가 굶으면서도 못 팔게 했던 거야. 그 반지가 우리 어머니가 끼고 있던 거, 어머니 돌아가실 때 색시 생기면 주라고 해서 내가 잘 간직하고 있다가 우리 마누라쟁이한테 준 거거든. 그러니 너도 잘 보관해 줬음 좋겠구나."

할아버지는 일찍 죽은 처와 아들, 며느리를 생각하는 듯 한참 동안 패물을 들여다보고 계셨다. 효은은 황송해서 어쩔 줄 몰랐다. 이건 효은을 정식으로 이 집안 며느리로 인정한다는 오 영감의 의사 표시나 마찬가지였다.

재준은 어머니가 종종 명절에 끼던 옥가락지 같은 것들이 어디 갔는지도 전혀 모르고 있었다. 거의 생각지도 못하고 있던 차에, 할아버지가 이렇게 잘 보관하고 있었다는 게 굉장히 감동

받을 정도였다.

"저 이미 받은 게 있는데 이것까지 받으면……."

아무래도 효은이 좀 부담스러운지 빼는 기색을 보였다. 이것 저것 혼수로 받은 게 되는데 이것까지 받으면 많이 부담이 되는 눈치였다. 게다가 함 받기 며칠 전, 오 영감이 효은을 집으로 불러들였다. 그냥 별말없이 무조건 오라는 얘기에 하실 말씀이 있으신가 싶어서 댁으로 찾아갔다. 그때는 드물게 재준이 출근하고 없는 때라 효은과 오 영감만 마주 앉았다. 방에는 오 영감 말고도 중년 남자가 하나 앉아 있었다. 둘이 무슨 얘기를 하다 효은이 들어오니 오 영감이 환한 얼굴로 그녀를 맞았다.

"인감 챙겨왔지?"

"네. 그런데 무슨 일이세요?"

"다름이 아니라 네 앞으로 땅 명의 이전해 놓으려고 그런다."

"네?"

"이거 팔아서 가게를 차리든 주식 투자를 하든 맘대로 해. 아무래도 너 직장까지 관뒀는데 이대로 집에서 놀긴 심심하지 않겠니. 너 좋아하는 돈 놀이 하라고."

하며 그가 준 것은 파주에 있는 땅 일부였다. 워낙 오 영감이 빌딩이나 땅 등을 많이 갖고 있는 건 알았지만 자기한테도 이렇게 줄 거라곤 전혀 생각하지 못했기에 효은은 크게 당황했다. 이미 집안 빚 청산해 준 게 있는지라 그냥 받기 좀 부담스럽다는 생각도 있었다.

오 영감이 준 땅문서를 들여다보던 효은은 머뭇거리다 이렇게 대답했다.

"이거 좀 큰데요."

"어차피 재준이한테 물려줄 재산이었으니까 아무 말 하지 말고 받아. 미리 너한테 조금 떼어주는 거니까."

"그래도 좀……."

"효은이 너, 지금 당장은 큰돈이 필요하지 않겠지만 앞으로 살다 보면 몫돈 필요할 날이 올 게다. 미은이나 형은이 결혼할 때 되면 아무래도 장녀인 네가 집안에 좀 보태야 할 텐데 그때 재준이한테 손 벌리는 것도 좀 불편하지 않겠니. 게다가 내가 너네 집안을 좀 돕고 싶다고 해도 네가 거절했지 않아. 너네 할아버지 얼굴 봐서라도 내가 너한테 주는 결혼 선물이라고 생각하고 눈 딱 감고 받아라. 응?"

"먼저 오빠랑 상의해야 하지 않을까요?"

"원래 여자는 뒤에 차고 앉아 있는 주머니가 따로 있어야 하는 법이다. 그렇게 유순하고 살림 잘 모르던 재준이 엄마도 나중에 정리할 때 보니 예금통장에서 비자금 나오더라. 그게 여자야. 비자금없는 주부는 없어."

"저 벌어놓은 돈 아직 좀 있어요. 퇴직금도 고스란히 있고요."

"그 돈이 얼마나 된다고 그래! 어서 이거 후딱 받고 애기 끝내자, 재준이 오기 전에."

오 영감은 효은에게 반 강제로 서류를 밀었고 결국 오 영감에게 밀려 서류에 도장을 찍고 말았다. 할아버지가 그렇게까지 하는데 더 이상 거절하기도 뭐해서 결국엔 그냥 받게 됐다.

재준은 방금 대화로 할아버지와 효은 사이에 뭔가 오간 게 있다는 걸 눈치 챘지만 대놓고 물어볼 수는 없었다. 분명 저 영감이 효은이 자기에게 와서 청혼하게 공작을 부린 게 분명했다. 그게 무척이나 불쾌하고 궁금했지만 자존심 때문에 묻지는 못하고 얼굴만 굳힐 뿐이었다.

효은은 오 영감이 건네주는 재준 어머니의 반지를 끼어보았으나 워낙 자그마한 분이셨던지라 효은에게 반지가 잘 맞지 않았다.

"네가 키가 커서인지 손도 크구나."

효은은 얼굴이 빨개져서 어쩔 줄 몰라 했다. 하지만 오 영감은 효은의 손이 마냥 고운 손이 아닌 일을 하던 손이라 더욱 좋았다. 재준 모는 그저 곱게 자란 양갓집 규수여서 신혼 초에 오 영감에게 호되게 혼나곤 했다.

함에는 그간 오씨 집안의 흔적이 고스란히 담겨 있었다. 재준의 할머니가 끼던 옥가락지, 오 영감의 어머니가 물려주셨다는 은가락지부터 반지, 목걸이, 노리개 등 온갖 패물이 다 들어 있었다. 그것들을 찬찬히 들여다보던 효은은 마지막으로 바닥에서 나온 무거운 철제 열쇠 꾸러미였다.

"할아버지, 이건 뭔가요?"

바닥에 있는 녹이 슨 열쇠 꾸러미를 들고 효은이 신기한 듯이
물었다. 그걸 본 오 영감이 효은에게 그 열쇠를 받아서 손으로
한 번 훑었다. 손때가 묻어 반질반질했던 열쇠는 어느새 오랫동
안 그냥 방치했더니만 녹이 슬어 있었다.

"이건 원래 우리 개성 본가 광 열쇠다. 재준이 아버지랑 고모
데리고 월남하면서 광 문 잠그고 패물 대부분은 땅에 묻었는데
이건 차마 묻지 못하고 들고 내려왔다. 원래 광 열쇠는 큰며느
리가 관리하는 거야. 이제 효은이 네가 우리 집안 안살림을 맡
으라는 의미에서 내가 주는 거다. 다른 것들이야 잃어버리면 사
면 돼. 하지만 이건 절대 못 사는 거니까 그냥 쇠뭉치라고 함부
로 생각하지 말고 잘 간직해야 한다."

"예."

오 영감은 이런저런 옛날이야기나 집안 어른들 애기를 해줬
다. 재준이야 어릴 때부터 귀에 마르고 닳도록 들은 거라 지루
했지만 효은은 신기한지 진지하게 질문까지 해가면서 경청하는
모습이었다. 6.25 때 부산으로 피난 가서의 애기를 시작으로 개
성 본가에서 한밤중에 삼팔선 넘어 월남한 애기, 재준의 부모님
이 결혼해서 사고 났을 때의 애기까지 해줬다.

재준은 할아버지의 애기가 끝날 기색이 안 보이자 일부러 하
품을 하면서 피곤한 척했다. 그러나 그걸 본 건 할아버지가 아
니라 효은이었다.

"오빠, 피곤해요?"

그 말에 오 영감이 눈살을 찌푸리더니 엄하게 타일렀다.

"너네는 남매도 아닌데 오빠라니! 이제 결혼했으면 호칭부터 바꿔야지."

오 영감이 효은을 혼낸 건 처음 있는 일이었다. 계속 좋은 소리만 듣던 효은도 깜짝 놀란 듯했다.

"효은이 넌 이제 재준이 처가 되었으니 호칭부터 바꾸거라."

"네."

"재준이 너도 마찬가지고. 어디 가서 안사람의 이름을 함부로 부르는 건 예의가 아니다."

둘 다 뜨끔한 건 마찬가지였다. 물론 이건 오 영감의 손자 며느리 길들이기의 일환이었다.

"그럼 피곤할 텐데 함 갖고 나가봐라."

"예."

기죽은 효은이 꺼내놨던 것들을 다시 제자리에 담고서 오동나무 장을 조심스레 안고 나갔다. 그 둘의 뒷모습을 보자 오 영감의 머릿속에 죽은 아들과 며느리의 얼굴이 스쳐 지나갔다. 아들네가 사고를 당했을 때가 딱 재준이 나이 때여서인지 오 영감은 올해 꼭 재준에게 가족을 만들어주고 싶었다. 그래서 힘들게 미은에게 선을 놓으려고 했던 것이다.

'여보. 아범아, 어멈아. 저놈이 저렇게 커서 장가를 갔네. 이제야 비로서 나의 할 일을 다 한 것 같소. 저놈이 제대로 가정 꾸리는 것만 보면 소원 다 이뤘어.'

한편 이층으로 함을 들고 올라온 효은은 이걸 어떻게 해야 할지 잠시 고민을 하다 이제 슬슬 일할 준비를 하는 재준에게 물었다.

"집에 금고 있어요?"

"금고는 왜?"

"비싼 게 너무 많아 보여서 그냥 두기 좀 걱정돼요. 저 패물들을 모두 몸에 걸치고 다닐 것도 아니고요. 반지 하나 끼기도 힘든데."

그들의 결혼반지는 단순하게 플래티넘에 작은 다이아몬드 하나 박혀 있는 디자인이었다. 효은은 평소에 액세서리를 거의 안 하고 다녀서인지 작은 반지 하나 끼고 있는 것조차 낯설어했다. 그래도 반지는 계속 끼려 하고 있었다.

"이 집 나름 보안에는 철저하니까 너무 걱정은 하지 마."

"그래도 금고 하나 설치하고 싶어요. 하나라도 잊어버리는 상황이 생기면 안 되잖아요."

효은이 화장대에 함을 내려놓고 고민하고 있는 게 눈에 보였다.

"생각난 김에 말할게. 우리 혼인신고서 어떻게 할까? 일단 할아버지랑 개성댁 아주머니랑 고모 도장은 받아뒀거든. 제출만 하면 돼."

"오빠가 시간 날 때 알아서 하세요. 귀찮으심 제가 할까요?"

"아니, 그럼 그건 내가 알아서 하지. 그리고 내가 생각을 해봤는데……."

"네."

"아무래도 너도 이제 회사 그만두고 했으니 용돈이 필요하잖
아. 그래서 네 계좌번호 알려주면 매월 1일 자동이체 시켜줄게."

"네?"

"용돈 필요하잖아. 한국은 새우도 비싸던데 용돈 모아서 새우
사먹으러 다녀야지."

효은은 생각지도 못했던 그의 제안에 조금 당황했다. 이런 건
전혀 예상하지 못했던 거였다. 이제 고정수입이 없어졌다는 것
조차 그다지 실감하지 못하고 있던 것이다. 그리고 회사 그만두
면서 받은 퇴직금도 고스란히 있는지라 아직은 돈에 별다른 제
약이 없었다. 신혼여행 갈 때 할아버지가 찔러준 천 불도 선물
사는 거 외엔 쓰지도 않아서 거의 남아 있었다.

"한 달에 얼마 정도가 좋을 것 같아?"

"그, 글쎄요. 생각 안 해본 거라 잘 모르겠는데요."

"회사에서 얼마 받았어?"

"네?"

"연봉 말이야. 이제 가정에 취직한 거니까 그 정도는 줘야 하
지 않을까. 매년 20% 인상하고 말이지."

효은은 이제 당황하는 게 아니라 슬슬 화가 좀 나려 하고 있
었다. 용돈 챙겨주려 하는 그의 마음은 고마웠다. 하지만 연봉
처럼 준다는 게 말이 되나. 정말 결혼이 취직도 아니고.

“알아서 주세요. 저 아직 통장에 퇴직금 받은 것도 있어요.”

그렇다고 거절하기도 뭐해서 절로 말이 퉁명스레 나갔다.

“정말 알아서 해?”

“네. 근데요, 오빠 저도 뭐 물어봐도 돼요?”

“뭐 물어보려고?”

“오빠는 얼마 벌어요?”

“뭐?”

“내가 오빠 와이프이고 이 집안의 살림을 맡으려면 오빠가, 아니, 재준 씨가 얼마 버는지도 알아야 하지 않을까요?”

효은이 정색을 하고 물었다. 처음엔 오빠라고 부르더니 할아버지가 호통 친 게 있어서인지 잽싸게 호칭을 바꿔 버렸다.

“그리고 재준 씨 버는 것에 맞춰서 내 연봉도 결정해야죠.”

재준은 그 순간 효은의 심기가 불편하다는 걸 알았다. 용돈을 주겠다는 말이 그렇게 잘못된 것 같지는 않은데 뭐가 불만인 걸까? 어차피 그도 오 영감이 효은의 집안 빚을 갚아준 걸 알고 있었다. 효은에게 ‘돈’이 중요하고 특히 돈은 많으면 많을수록 좋은데 왜 용돈을 주겠다는 말에 저렇게 발끈하는지 잘 이해가 가지 않았다.

효은과 재준은 신혼여행을 다녀온 이후에 의외로 결혼 생활을 어떻게 풀어야 할지 몰라서 당황해하고 있었다. 재준의 태도는 그다지 큰 변함은 없었다. 적당히 상냥하고 해줄 건 해주지만 섹스가 끝나고 나면 돌아누웠다. 효은은 그런 관계가 서운했지만 어떻게 해야 할지 잘 몰랐다. 다른 부부들은 평소에 무슨 대화를 하는지도 잘 몰랐고 두 사람은 섹스 이외에는 몸이 닿은 적도 거의 없다시피 했다. 서로의 알몸조차 본 적이 없을 정도였다. 그 때문인지 둘 사이의 거리는 점점 더 가까워지는 게 아니라 그대로 평행선을 그리는 듯했다.

장효은이 아는 건 어차피 주식이랑 대차대조밖에 없잖아, 라고 효은은 속으로 뇌까렸다. 만일 친구 문제라면 이렇게 속으로 끙끙댈 이유가 없었다. 하지만 재준은 남편이었고 낯선 남자기도 했다. 그와 어떻게 관계를 풀어야 할지 사실 효은은 잘 감을 잡지 못했다.

낮에는 여기저기 인사 다니기 바쁘고 재준의 일이 밀려 있어서 효은까지 나서서 도와야 했다. 하지만 밤에는 삶과 일상의 무게에 허덕여야 했다. 낮에는 재준과 웃으면서 얘기하면 되는데 밤에는 어떻게 해야 하는지 몰랐다. 분명 낮에는 재준의 일을 돕기 때문에 회사에서 일할 때의 동료 같은 느낌이었지만 밤에는 확실히 달랐다. 그들은 부부였고 한 침대에서 자고 한 침대에서 사랑을 나눴다. 그런데 그게 과연 사랑일까? 확실한 답이 없었기 때문에 효은은 답답했다. 그리고 한편으로 마음속에 뭔가 이건 아니지 않은가 하는 생각이 있어서 쓸쓸하기도 하고 불편하기도 했다.

긴 여름휴가가 끝나고 다시 일상으로 복귀한 느낌으로 효은은 하루를 살았다. 재준은 오 영감하고 조금 시간을 달리해서 살고 있었다. 아무래도 주로 온라인으로 미국의 주식시장과 선물거래 시장에서 일을 하다 보니, 시간대가 다를 수밖에 없었다. 효은은 자연스레 그 중간의 시간을 살게 됐다.

주로 저녁 시간에 같이 식사하는 경우가 잦았는데 그때마다 오 영감과 재준은 최근 주식 동향에 대해서 얘기하길 즐겼다. 자연스레 효은이 끼면서 논의가 활발하게 오갔다.

"신문에 오리엔트 특급 열차 재개하는데 그게 부산까지 들어온다고 하는 거 보면 선박회사에 타격이 있을 것 같아요."

효은이 간단하게 신문 브리핑을 하면 재준이 바로 질문에 들어섰다.

"지금 당장 타격이 있을까?"

"지금 당장은 아니더라도 선박회사들은 아무래도 몇 년 안에 타격이 있지 않겠어요? 아무래도 기차로 움직이면 이동이 훨씬 시간도 덜 걸리고 편하잖아요."

"선박에 투자했던 거 슬슬 좀 빼야 하나?"

아무래도 주식에 꽤 많은 돈을 투자한 오 영감이 좀 걱정이 된 모양이었다.

"기차가 당장 놓이는 게 아니니까 아직은 괜찮을 것 같아요, 할아버지."

재준이 말리는 옆에서 효은이 엉뚱한 소리를 했다.

"와, 오리엔트 특급이라니까 나도 한번 타보고 싶다. 할아버지, 우리 그거 타고 유럽에 놀러가요. 부산에서 시작해서 터키까지 간대요."

"그래? 나 비행기 타기 싫어서 저놈 미국에 있을 때도 몇 번 못 가봤는데 기차라면 내 얼마든지 가지."

효은의 부추기는 말에 오 영감이 장단을 맞추었다. 사실 오 영감이 재준이 있는 미국에 안 간 이유는 따로 있었다. 강단있는 그가 비행기 몇 시간을 못 견딜 정도로 약골일 리 없었다. 다만 재준의 얼굴을 보면 거기 눌러앉을 것 같아 그런 주책없는 노인네가 되기 싫은 자존심에 꾹 참고 전화통화만 하는 게 다였다. 그랬는데 이렇게 같이 살게 되고 저런 참한 색시도 얻었으니 참 감개무량했다.

다만 걱정이 있다면 재준이었다. 눈치를 봐선 저 부부가 생각보다 잘 지내는 것 같진 않았다. 오 영감은 재준이 어릴 때 부모님을 사고로 잃은 뒤에 혹시나 어리광쟁이가 될까 하는 마음에 강하게 키우려 노력했는데 그게 자립심만 높여준 것이 아니라 사람을 너무 차가워지게 만든 게 아닌가 싶었다. 실제로 보면 효은이 재준 주변에서 맴돌다 재준이 짜증을 부리면 풀이 죽어 자기 방으로 사라지곤 했다. 그걸 보면서 혀를 끌끌 찰 뿐 자기가 나서서 어떻게 도와줘야 하는지 잘 몰랐다.

과연 재준은 효은과 결혼하라고 했을 때 어떤 생각으로 받아들인 것일까? 생각보다 순순히 좋다고 한 걸 보면 재준이 효은을 싫어하는 거 같진 않았다. 하지만 과연 효은과 나름 가족을 이루며 잘살 수 있을지 오 영감도 걱정이 되지 않을 리가 없었다. 아직도 전 여자 친구를 못 잊은 게 아닌가 하는 생각에 효은이 가끔은 안돼 보여서 더 잘해주고 싶었다.

재준은 장효은이 어떤 사람인지 아직 잘 모르겠단 생각을 자주 했다. 분명 직업인으로서의 장효은에 대해서는 주식이나 이런저런 얘기만 하면 금세 안다. 하지만 효은은 자기 자신에 대해서 드러내진 않았다. 효은이 좋아하는 몇 가지는 이미 알았다. 소설이나 만화도 자주 보고, 호러 영화는 좋아하지만 로맨틱 코미디는 싫어하는 편이었다. 과일과 해산물을 좋아하고 가리지 않고 이것저것 다 잘 먹는 편이었다.

하지만 이 여자가 갖고 있는 정체성에 대해서 재준은 궁금할 때가 더 많았다. 다른 여자들처럼 좋아하는 향수 브랜드라든지 좋아하는 화장품, 색 이런 것도 옷장이나 화장대를 보면 금세 알 수 있는 것마저 효은은 불분명했다. 분명 자주 쓰는 향수도 있었고 화장품도 종류가 적지만 제법 갖추고 있었다. 하지만 언제나 조심스럽게 검은색이나 남색의 무난한 옷에 립글로스 정도만 바를 뿐이었다. 그 탓에 효은이 어떤 취향을 갖고 있는 여자인지 재준은 잘 감이 오질 않았다.

같이 산다고 해도 일방적으로 효은이 자기에게 맞추고 있는 상태였다는 걸 당연히 재준 본인도 알고 있었다. 효은은 그에게 특별히 뭔가 바라는 것 같지도 않았고, 자신에 대해서 많은 걸 드러내지도 않았다.

그가 아는 장효은은 너무나 피상적인 존재였다. 효은은 싫은 소리도 안 하려고 했고, 어떤 일에 대해 거절하는 법도 없었다. 때문에 딱 한 번 오 영감이 효은의 집에 한 달에 일정 부분 돈을 주겠다고 제의했을 때 효은이 딱 잘라 거절한 것은 재준의 입장에선 굉장히 놀라운 일이었다.

"그러면 너무 노골적으로 돈에 팔려온 기분이잖아요."

라고 효은이 말했을 땐 정말 뜻밖이었다. 재준은 효은이 자기랑 결혼을 결심한 가장 큰 요소가 돈이라고 굳게 믿고 있었으니까.

"돈은 제가 좀 만들어놓고 나왔으니까 그걸 잘 굴리는 건 이제 엄마가 알아서 하셔야죠. 앞으로 더 오래 사셔야 하는데 제가 계속 도와드릴 순 없잖아요. 그리고 이참에 미은이랑 형은이도 돈 관리하는 법을 배워야죠."

야무지게 말하는 효은을 보면서 재준은 효은이 자기랑 결혼한 이유가 꼭 돈 때문만은 아닐 거란 생각이 처음 들었다. 하지만 효은과 무슨 얘기를 해야 할까? 각각 따로 오랫동안 산 두 사람의 세계가 만난 것치고 문명의 충돌이 너무 적은 게 아닐까 싶기도 했다. 둘은 마치 사자 두 마리가 사냥감의 목을 단번에 물어뜯으려고 주변을 맴도는 상태로 오래 대치하는 듯도 싶었다.

재준은 효은과의 관계를 어디에서 풀어나가야 할지 잘 몰랐다. 겉보기엔 꽤 좋아 보였지만 사실상 그 둘이 잠자리에 들기 전까지는 각자 따로 사는 거나 마찬가지였다. 재준이 일할 때 효은을 불러서 뭔가 시키거나 하지 않으면 효은은 그 근처에는 얼씬도 하지 않았다. 처음에는 효은이 이것저것 말도 걸고 했지만 재준이 아무래도 낯설어서 불편해하자 재준이 일할 때 가급적이면 자기 방에 틀어박혀 있었다. 재준은 효은이 자기 방에서 무얼 하고 있는지도 전혀 몰랐다. 말을 안 해주니 전혀 몰랐다. 하지만 묻기도 왠지 곤란했다. 그 방엔 아직 통로 공사를 안 했기 때문에 재준이 휠체어를 타고 오가기도 힘들었다.

단조로운 생활이 계속됐다. 분명 침대에서는 뭔가의 화학작용처럼 불꽃이 튀기는데 그게 침대 밖으로 나가면 이상하게 꺼져 버렸다. 침대 안의 열정은 육체적인 것에 한정돼 있는지 그 둘은 뭔가 벽에 서로를 바라보는 사람들 같았다.

시간은 잘도 가서 한 달이 후딱 지나갔다. 본격적인 여름 장마에 들어서는 걸 보고 달력이 바뀐 걸 알 정도였다. 초기에는 같이 방을 쓰는 게 힘들더니 이제 슬슬 익숙해져서 잠자리도 그다지 불편하지 않았다. 밖에 비가 오려는지 하늘이 흐리더니만 이내 빗방울이 떨어지기 시작했다. 지겨웠던 장마도 끝났다 싶어 좋아하고 있던 터라 짜증이 났다. 비와 함께 몸에 안 좋은 신호가 여기저기서 오고 있었다. 사고 이후 재준은 이렇게 날씨만 안 좋아지면 전에 다쳤던 데가 쑤셔왔다.

효은은 간만에 비번인 영주를 만나러 외출해서 집에 없었다.

효은은 친구가 그렇게 많은 편은 아니었다. 생각보다 비사교적이고 일에 바빠서 가까운 오래된 친구들 외에는 거의 없는 듯했다. 그중에서도 중학교 때부터 친하다는 영주라는 친구와 굉장히 친한 것 같았다. 신혼여행 때도 특별히 선물을 챙기던 걸로 봐선.

어제저녁에 한참 전화통화를 하고 오더니만 얼굴에 화색을 띠고 말했다.

"내일 영주 만나고 와도 되죠? 저녁에 비번이래요."

거의 외출을 안 하는지라 좀 의외다 싶었다. 게다가 저렇게 좋아하는데 나가지 말라고 하기도 뭐했다.

"할아버지 외출 안 하실 모양이니까 김 기사 아저씨한테 태워다 달라고 해요."

그들은 요즘 부부 흉내를 좀 내려고 서로 존대를 하려고 노력하는 중이었다. 아침상에서 오빠, 효은아 이름 부르다 오 영감에게 또 혼난 뒤로는 할아버지 앞에서만이라도 조심하려 했지만 워낙 입에 배서 잘 안 되고 있었다. 그래서 평소에도 존대를 하기로 약속하고 서로 노력하는데 잘되지는 않았다.

"네. 일찍 들어올게요."

효은이 재준의 눈치를 보며 말했다. 재준이 시킨 대로 할아버지 차를 타고 영주를 만나러 나갔다. 영주는 레지던트 사 년차라 요즘은 좀 한가하지만 최근 몇 년은 거의 얼굴 보기도 힘들었다. 그건 효은 역시 마찬가지여서 정말 심할 때는 한 해에 두 번 보고 지나갈 정도였다. 가끔 하는 전화통화나 이메일이 연락의 거의 다일 정도였다. 최근 들어 영주가 조금 한가해져서 그나마 얼굴을 자주 보는 게 몇 달에 한 번이었다.

예전에 종종 가던 홍대 근처의 카페에서 보기로 했다. 먼저 도착한 효은이 밀크티를 시켜놓고 책을 읽고 있을 때 영주가 들어왔다.

"오래 기다렸어?"

"아니. 내가 좀 일찍 와서 책 읽고 있었어."

효은이 가방에서 주섬주섬 뭔가 꺼내 내밀었다.

"뭐야? 내 생일은 한참 남았는데."

"신혼여행 다녀오면 돌리는 거지 뭘 묻고 그래."

영주가 피식 웃으면서 받아서 상자를 열었다.

"오, 돈 좀 쓰셨는데."

영주가 상자에서 지갑을 꺼내 이리저리 살피더니 좀 못마땅한 표정을 지었다.

"이거 좀 비싼 거 아냐?"

"싱가폴에서 폭탄 세일하는 거 싸게 산 거니까 염려놓으셔."

"그래도 좀 비싸 보이는데."

"어, 좀 비싸긴 했지. 양가죽이래. 나야 잘 모르고 옆에서 오빠가 그게 좋다고 해서 그냥 그걸로 샀어."

"오호, 오빠가 골라주셨다?"

"난 잘 모르잖아. 좋은 거다 그거 사라, 그래서 그냥 그거 샀

어. 계속 왔다 갔다 하면서 선물 하나 못 챙겨서 그간 좀 미안했
거든.”

“어이쿠, 이 사람아 나도 바빠서 선물 못 챙긴 건 마찬가지라
네.”

둘은 마주 보고 웃으면서 이런저런 얘기를 나눴다. 갑자기 영
주가 뜬금없이 물었다.

“결혼하니 좋아?”

“좋은가. 아직 잘 모르겠어.”

“왜, 어릴 때 동경하던 사람이라면서.”

“그게 또 좀 다르잖아. 음, 뭐랄까…… 오빠는 좋은 사람이
고 얘기도 잘 통하고 같이 있으면 좋지만 가끔 방목당하는 듯
싶을 때가 있어. 오빠나 나나 서로의 사생활에 대해선 일절 터
치를 안 하거든. 이게 어쩌다 그렇게 된 건진 모르겠는데 나는
사실 오빠가 얼마 버는지도 몰라. 글쎄, 오빠가 나한테 용돈 하
라고 월급을 주시겠단다. 집이야 할아버님 모시고 사니까 할아
버님이 거의 모든 경비를 쓰시고. 그래서 그냥 이 집에서 나는
뭘까 싶을 때가 있어. 애완견 같다고나 할까 그런 기분이 들어.
……차라리 이런 자리에는 미은 쪽이 더 맞지 않았을까 싶기도
하고. 어차피 오빠한텐 나나 미은이나 둘 다 거기서 거기였을
테니 말이야.”

“미은이는 아껴주고 보듬어줘야 잘살지 그렇게 방목당하면
집 뛰쳐나갈 거다. 장효은 정도나 되니 그러고 있지.”

영주가 나름 위로를 해줬다.

"그런가."

티스푼으로 설탕을 넣은 밀크티를 휘휘 저으면서 효은은 생각했다. 하지만 미은이 만일 재준과 결혼했다면 비위도 잘 맞추고 좀 더 좋은 신부가 되지 않았을까 계속 생각이 드는 건 어쩔 수가 없었다. 자기보다 싹싹하고 여성스러운 미은이 좀 더 재준의 비위나 할아버지의 비위도 잘 맞춰주고 훌륭한 가정주부가 될 것 같았다.

"네 연애 얘기나 좀 해봐."

"무슨 얘기를 해?"

"네 남자 친구는 어떤 사람이야."

"그냥 평범해."

"잘도 평범하겠다, 김영주 같은 까칠한 사람 모시고 살 정도면."

"나도 늙어서 요즘 많이 죽었다. 우리 영감님 함 만나볼래?"

"좋지. 편한 시간 잡음 연락 주셔."

"우리 영감님 편한 시간 잡아 연락 주지. 시간 많은 유한마담이 그 시간 맞춰라."

"좋아, 좋아."

이것저것 얘기를 하다 보니 어느새 김 기사가 데리러 올 시간이 됐다. 아쉽지만 신혼 흉내는 내야 하는지라 아쉽지만 일찍 일어나는 수밖에 없었다.

집에 돌아오니 평소에 재준이 일하던 시간이어서 서재에 있어야 할 텐데 불이 꺼져 있었다. 오늘은 외출하는 날이 아닌데 이상하다 싶어 파우더 룸에서 옷을 갈아입고 침실로 오니 재준이 침대에 늘어져 있었다. 효은이 불을 켜자 눈가를 움찔거리더니만 손으로 얼굴을 가렸다.

"불 좀 꺼줘."

"어디 안 좋아요?"

"어, 조금."

재준 자존심에 아프다고 제대로 말할 리가 없었다. 보고 있는 효은은 답답해서 애가 타는데 재준은 어디가 아픈지 말 한 마디 없었다. 무심한 재준을 바라보며 한숨을 가볍게 쉬었다.

"약이라도 드려요?"

"욕실 장에 하얀 약통 있는데 그거 두 알만 갖다줘."

"물도 드려요?"

"응."

효은이 물과 약을 갖다주자 기다렸다는 듯이 일어나 약을 받아먹고는 도로 누웠다. 침대 가에 효은이 앉아 그런 재준을 내려다보았다.

"진작 먹지 그랬어요?"

이마에 식은땀을 흘릴 정도로 아픈데 혼자 참고 있던 듯했다. 효은은 왠지 그가 안쓰러워 땀을 닦아주었다. 재준은 차가운 효은의 손이 닿자 왠지 조금 기분이 좋아졌지만 민망해져서 슬그머니 치웠다. 재준의 자존심에 효은에게 이런 약한 모습 보여주는 게 불편했다.

다리가 쑤시는 것뿐만 아니라 이상하게 비가 오는 날에는 엄청난 편두통이 자주 찾아오곤 했다. 이것도 사고 후유증인 듯싶었다. 그래서 장마가 시작되는 계절에는 재준의 짜증도 늘어나곤 했다. 요즘 들어 효은에게 계속 작은 일로 신경질을 부렸고, 그래서인지 효은이 계속 재준의 눈치를 보는 것도 못마땅했다. 그래선 안 된다고 생각은 했지만 효은이 계속 어른거리면 거릴수록 일에 집중도 안 되고 효은이 밖에서 누굴 만나나, 만나서 무슨 얘기를 할지 등이 궁금해지면서 잡생각이 많아지니 짜증이 나서 신경이 곤두서는데 몸도 안 좋으니 작은 일에도 자꾸 화를 내게 됐다.

효은은 자신에게까지 아픈 걸 말 안 하는 이 남자가 좀 얄미웠다. 어차피 이 사람 몸이 불편한 거야 서로 다 알고 결혼했는데 전혀 내색 안 하려 노력하는 걸 보면 섭섭했다. 효은은 어린 시절부터 재준 오빠라고 부르던 그에 대해서 자기가 알고 있는 게 얼마나 적은지에 대해서 실감하고 있었다. 같이 있으면 있을수록 그에 대해서 모르는 거나 궁금한 것은 늘어만 갔다. 최근 들어 날씨가 안 좋으니까 몸이 안 좋은지 짜증도 늘어서 옆에서 지켜보기만 해도 힘들어 보일 때가 있었다.

"다리, 많이 아파요?"

그러나 재준은 말이 없었다. 효은이 그의 옆으로 바짝 다가가 힘없이 쭉 뻗어 있는 긴 다리를 부드럽게 주무르기 시작했다. 그래도 재준은 말이 없었다.

"어릴 때 할아버지가 나랑 미은이랑 이렇게 안마시켰는데요. 언제나 나보다 미은이가 더 잘했어요. 나는 힘만 너무 좋다고 강약 조절 좀 제대로 하라시면서 혼만 내고 미은이는 매일 할아버지한테 오백 원 받아서 과자 사먹고 나한테 조금 나눠 주는 척했어요."

효은이 조곤조곤 옛날 일을 얘기하면서 허리부터 발끝까지 주무르기 시작했다. 효은은 손이 크고 힘이 좋아서인지 안마는 무척 시원했다. 진통제에 너무 의존하는 것 같아서 가급적 먹지 않으려고 했는데 오늘은 평소보다 훨씬 심하게 아파왔다. 결국엔 진통제 가지러 가기도 힘들어서 끙끙거리던 와중에 효은이 들어온 것이었다.

효은에게 이런 약한 모습을 들켰다는 게 재준은 창피했다. 그러나 효은은 재준의 그런 모습이 별 신경 안 쓰이는지 약도 갖다주고 옆에서 떠날 생각을 않았다. 효은의 손이 재준의 몸을 부드럽게 주무르자 마치 약손이라도 되는 듯 통증이 가시기 시작했다. 효은의 손은 재준의 목부터 시작해서 발끝까지 천천히 몇 번이고 정성 들여 주물렀다.

긴장하고 있던 몸이 점점 풀리는 게 느껴졌다. 약효가 도는지 다리의 통증도 없어지고 온몸이 나른해졌다. 그러자 다른 곳이 반응하기 시작했다. 참으려 했으나 스멀스멀 올라오던 게 참을 수 없을 지경이 되자 재준은 자신도 모르게 몸을 돌리더니 효은의 허리를 낚아채었다. 마치 전광석화처럼, 매가 병아리를 노리듯이 낚아채어 자신의 커다란 몸으로 눌러 버렸다.

"꺄악!"

갑작스런 재준의 거친 몸짓에 효은은 깜짝 놀랐다. 재준이 두 팔로 효은을 가둬 버렸다. 재준은 바로 육감적인 그녀의 입술로 욕망에 찬 시선을 내렸다. 짧은 비명은 곧 재준의 입속에 묻혀 버렸다. 그녀의 입술을 찾아 입술을 짓누르며 맹렬히 입을 맞췄다. 갑작스런 재준의 행동에 놀란 심장이 빠르게 뛰었다.

숨도 쉬지 못하게 몰아붙이는 갑작스런 키스에 온몸에 갈망이 돌기 시작했다. 재준은 급한 손짓으로 효은이 입고 있는 블라우스 단추를 거칠게 풀고 브래지어만 위로 올린 채 가슴을 거칠게 잡았다. 차가운 공기가 닿아 오뚝 솟은 유두를 쥐고 거칠게 쓰다듬었다.

거칠게 와서 부딪치는 입술이 뜨겁다. 온몸을 싣고 있는 뜨거운 몸. 천을 사이에 두고 단단한 몸이 와서 붙는다. 물에 빠진 사람처럼 효은은 재준의 몸에 최대한 달라붙었다. 입술에서 시작된 불꽃이 온몸으로 퍼져 나가 발끝까지 전해지자 그녀는 오로지 자신의 몸에서 움직이는 그의 입술만을 느낄 뿐이었다. 재준이 만족한 듯한 신음을 얕게 쏟아냈지만 뜨거우면서 보드라운 입술에 미칠 듯한 허기가 몰려오는 게 느껴졌다.

그가 목에 얼얼한 키스를 퍼부으며 밑으로 내려가 마침내 돌출한 한쪽 유두를 이로 물었을 때는 입에서 작은 신음이 튀어나갔다. 그녀의 두 손 역시 가만 있질 않고 재준의 셔츠 속으로 파고들었다. 그녀는 손으로 넓은 가슴을 어루만졌다.

재준의 입술이 지나간 자리엔 소름이 돋을 듯한 전율이 퍼져 나갔다. 낙인이라도 찍듯이 목덜미를 괴롭히던 재준은 효은의 귓불을 빨면서 속삭였다.

"목이 긴 기린도 목뼈는 일곱 개라더라. 너구리 효은이도 목뼈가 일곱 개이려나."

어느새 다시 뒷목을 타고 재준이 입술을 내려가면서 척추 뼈를 따라서 낙인을 찍었다. 효은은 별로 간지럼을 타질 않았는데 유독 등은 약했다. 등에 손만 대도 자지러지는 효은을 재준이 강하게 제압했다. 재준이 움켜잡은 가슴이 아팠지만 싫지는 않았다. 차가운 에어컨 공기에 아플 정도로 꼿꼿하게 선 유두를 비트는 그의 긴 손가락이 참을 수 없이 좋다.

어느새 내려간 한 손은 스커트를 위로 치켜 올린 채 팬티를 거칠게 끌어 내렸다. 효은 역시 재준의 벨트 버클을 풀고 지퍼를 내렸다. 수줍은 손이 머뭇거리자 재준이 그의 손을 자신의 뜨거운 남성 위로 끌어당겼다. 효은이 그의 남성을 쓸어내리자 재준이 거칠게 숨을 몰아쉬었다.

기다란 손이 하얀 허벅지 주위를 맴돌다 작은 돌기를 만지자 배를 묵직하게 만드는 쾌락에 신음을 흘렸다. 부드럽게 감싸는 여성은 이미 그의 손가락을 받아들일 수 있을 정도로 축축했다. 효은의 신음이 잦아질수록 그의 손가락은 더 집요해졌다. 집요하게 작은 돌기를 만지고 거칠게 여성을 벌리고 손가락을 늘려가면서 괴롭혔다. 순간은 머릿속이 하얗게 된다 싶더니만 어느새 머릿속에 폭죽이 터진 것 같았다.

효은이 몸을 활처럼 휘면서 작은 신음을 흘리자 재준은 그녀의 엉덩이를 강하게 잡고 거침없이 몸속으로 파고들었다. 재준은 몸속으로 점점 더 깊이 파고들기 시작했다. 그가 움직일 때마다 머릿속에 이미 터져 있던 폭죽의 수가 하나씩 늘어나는 것 같았다. 계속 수축하듯 떨려오는 효은의 여성에 더 자극받은 재준은 결국 거칠고 빠르게 움직였다.

뜨거운 기운이 알싸하게 아래에서 퍼진다. 뜨거운 낯선 것이 몸 안에서 움직일 때마다 쓰라리긴 했지만 그곳에서 퍼지는 작은 맥박과 뜨거움에 기분이 좋았다. 이것은 흥분 이전에 누군가와 함께한다는 즐거움이었다. 그래서 그의 뜨거운 몸이 좋았다.

이렇게 거칠게 움직이면 효은이 아파할 것 같았지만 자신을 억제할 수가 없었다. 섹스가 이랬던가. 전에 없던 강렬한 쾌감을 느끼면서 재준은 자신을 감싸고 있는 벨벳처럼 보드라운 몸속에 자신을 남김없이 쏟아 부었다.

재준이 온몸의 힘을 뺀 뒤 가만히 누워 있다 옆으로 돌아누웠다. 잠시 숨을 가다듬더니 좀 민망했는지 효은의 허리를 안고 누웠다. 효은은 몽롱한 기운 속에 그에게 안겨서 따뜻한 온기와 규칙적인 심장 박동을 음미했다.

"괜찮아?"

재준이 말할 때마다 바짝 붙어 있는 자신에게까지 몸의 진동이 느껴진다. 이럴 때야말로 제일 친근한 느낌이었다.

"오빠는요?"

"뭐가?"

"이제 안 아파요?"

"아!"

처음엔 진통제에, 그리고 효은 손에 노곤해져서 다음엔 욕정에 휘말려 진통을 잊은 것이었다. 조금 나른하긴 했지만 찌뿌드드했던 짜증은 사라지고 없었다.

"응, 이제 별로 안 아파."

"자주 아파요?"

효은이 그의 어깨에 바짝 안겨 들며 걱정스럽게 물어왔다.

"아니, 그렇게 자주는 아니야. 걱정할 건 없어."

재준의 답변은 무뚝뚝했다. 효은은 재준이 보이지 않는 얼굴을 살짝 찌푸렸다.

"근데 말이에요. 나 하고 싶은 말이 있는데."

"응, 뭐?"

"님하, 매너효."

"그건 또 무슨 말이냐?"

"옷 찢어졌잖아요. 내가 좋아하는 옷인데. 사주면 될 거 아냐, 이런 말 하면 진짜 화낼 거예요."

좀 굳었던 얼굴을 펴고 재준이 웃었다.

효은은 재준의 무뚝뚝한 답변에 섭섭한 걸 떠나 이제 화까지 나려고 했다. 하지만 어색한 분위기가 싫어서 화제를 바꾼 것이다. 언제까지 그의 몸에 대해서 말하지 않을 것인지 이제 궁금해지까지 했다. 얘기만 좀 꺼내려고 하면 언제나 말을 흘리는 것이었다. 일을 만들어서 서재로 가버리든지 아니면 키스해서 입을 막아버렸다. 왜 떳떳하게 말을 하지 않는 걸까? 별다른 얘기 없이 이렇게 가끔의 섹스만이 그들 관계의 모든 것이 아닌가 싶어 효은의 이맛살이 절로 찌푸려졌다.

잠시 생각에 잠긴 듯 말이 없어진 효은을 보며 재준 역시 자기가 너무 거칠게 덮친 게 아닌가 싶어 걱정이 됐다. 이런 원시적인 소유욕은 처음 느껴보는 것이었다. 그래서 무슨 말을 해야 할지 몰랐다. 언제나 이성적인 자기 안에 이런 감정이 깃들어 있다는 것 자체가 신기했다.

여자를 좋아했다. 부드러운 몸도, 섹스도 좋았다. 하지만 지나가는 존재들이었다. 사랑이 무엇인지 몰랐다. 그에게 차갑다고 냉정하다고 말하고 떠났던 여자들. 접근도, 떠나는 것도 먼저였다. 유리 외에는. 유리와는 이런 친근한 관계를 가지진 않았다. 너무 가냘픈 유리에게는 자신의 이런 욕망을 감추고 싶었다. 그녀와 잠자리를 하지 않았던 게 나중에 생각해 보니 다행이다 싶었다.

　재준은 전에 사귀던 여자들과 전혀 다른 효은을 어떻게 대해야 할지 잘 몰랐다. 전의 여자 친구들에게는 물질적인 만족으로 모든 걸 대신했다. 어쩌면 일부러 그런 여자만 만난 것인지도 몰랐다. 신경이 전혀 쓰이지 않으니까. 그렇다면 자기가 결혼하겠다고 생각했던 여자는 어떤 사람이었을까?

　자연스레 효은과 전 여자 친구인 유리를 비교하게 되는 일은 잦았다. 기억을 더듬어봐야 할 정도로 많은 게 퇴색됐지만 그래도 아직 생생한 기억들이 있었다. 둘은 외모부터 취향까지 모든 게 비교될 정도였다.

　유리는 가냘프고 고운 외모에, 사근사근하고 여성스러운 성격, 하나하나 자신의 손을 거쳐야 할 정도로 많은 것이 미숙했다. 반면에 효은은 사막에 버려도 살아서 돌아올 정도로 생활력도 강했고 성격은 원만하나 그다지 여성스럽거나 상냥한 성격은 아니었다.

　요즘 들어 기억 속의 많은 것들이 퇴색되면서 최근 효은의 기억으로 생생했다. 효은이 갑자기 만나러 왔던 때, 다음날 점심 먹으러 가서 나름 청혼이라고 했던 때, 같이 처음 영화 본 날 갑자기 키스했을 때의 효은, 목에 남은 멍 때문에 투덜거려서 스카프를 사다 준 거나 신혼여행에서 구두 사줬을 때 좋아하던 거나 이래저래 작은 기억들이 오밀조밀 모여 있었다.

　짧은 시간인데도 효은은 생각했던 것보다 그의 삶 중 꽤 많은 부분을 장악하고 있었다. 다른 여자들은 마치 물에 배 지나간 것처럼 그 자취도 빨리 없어졌다. 하지만 효은이 그의 삶에서 없어지면 자신은 어떻게 될까?

제12장

오 영감에게 딸이 문안 인사를 왔을 때는 재준의 물리치료 때문에 효은이 함께 병원에 가서 집을 비운 때였다. 재준이 다니는 병원에 영주가 레지던트로 있는 덕에, 재준이 물리치료하는 동안 효은은 영주와 시간을 보내곤 했다. 아무래도 자신의 모습을 보여주고 싶어하지 않은 재준 때문에 효은은 섭섭해했지만 치료 과정 같은 것은 일절 알 수 없었다. 뭔가 이상하단 생각은 들었지만 대놓고 물어보기엔 겸연쩍어 영주와 시간을 때우곤 했다.

진주는 오 영감에게 한 달에 두세 번 정도 문안 인사차 들르곤 했다. 가끔 자식들을 데리고 오기도 했지만 보통은 혼자 왔다. 진주는 재준이 매주 수요일마다 병원에 가는 걸 잘 알고 있었고 보통 그 시간에 드나들곤 했다.

"뭘 이리 자주 드나들어? 이제 재준이 처도 있겠다 내 걱정은 마라."

오 영감은 재준이 없을 때를 노려 집에 온 딸에게 섭섭할 정도로 냉정하게 말했다.

"요즘 젊은 애들이 뭘 알겠어요."

예전에 은근히 오 영감을 모시고 싶다고 말한 적이 있는데 오 영감은 딱 잘라 거절했다. 욕심 많은 딸이 무슨 생각을 하는지 모를 오 영감이 아니었다. 딸이 재준이만 싸고돈다고 불만이 엄청나게 많은 것은 예전부터 익히 알고 있었다. 위에 아들은 엄격하게 키웠지만 딸은 어릴 때 아내가 갑자기 병사한 뒤로 남의 손에 맡겨두다시피 한 게 여간 걸리는 게 아니었다. 그래서인지 오 영감은 딸에게 후한 편이었다. 결혼할 때 재산도 상당 부분 나눠 줬다. 그래도 딸은 계속 욕심을 부렸다.

오 영감이 재준을 좋아하는 건 재준이 장손이어서가 아니었다. 재준의 성격 때문이었다. 재준이 성격이 좀 까칠하긴 해도 성격이 특별히 모나지도 않았고 어릴 때부터 자기 앞가림은 확실하게 했다. 반면 진주의 아들은 아무리 재준보다 한참 어리다 해도 여전히 엄마인 진주 치마폭에 싸여서 돈이나 뜯어내고 있는 게 한심하기 짝이 없었다.

그렇다고 재준이 걱정되지 않는 건 아니었다. 재준의 최고 문제는 제대로 된 가정에서 생활해 본 적이 없다는 것이었다. 성격이 나쁘진 않았지만 어딘가 모르게 비틀려 있는 걸 오 영감도 은연중 알고 있었다. 성격이 특별히 나쁜 것은 아니지만 가끔가다 보이는 냉정함이 걱정됐다. 결혼하려던 여자 친구에게 사고 후에 차갑게 남을 시켜 죽었다고 거짓말을 시킨 것을 보고 혀를 끌끌 찼지만 다 자란 손자가 영감의 말을 들을 리도 없었다.

"효은이가 어디 요즘 애들 같냐. 그리고 이 집 가계부 효은에게 이미 넘겨줬다."

"벌써요?"

"애가 아무래도 돈 굴리던 일을 해서 그런지 경제 감각도 있고 남한테 너무 박하게 굴지도 않아서 딱이야, 딱. 재준이 놈이 장가는 정말 잘 갔지."

그 말에 진주는 인상을 팍 썼다. 미은이라면 진주 손에 움직일 수 있지만 효은은 좀 그랬다. 애가 너무 머리가 좋아서 영악해 보였다. 처음에 진주가 효은네 집에 아버지 말마따나 선을 놓으러 갔던 날, 갑작스레 뛰쳐나와서 자기가 나가면 될 거 아니겠냐고 소리를 버럭 치고 들어가 버리는 걸 보고 기가 막혔다.

그래서 집에 와서 그 집은 안 되겠단 의도로 아버지에게 그대로 말을 했더니만 오히려 좋아하시는 거였다. 결국 효은이 계집애가 재준에게 시집을 온다더니만 일이 척척 진행됐고 그 와중에 어떻게 말리고 자시고 할 겨를도 없던 것이다.

"재준이랑은 잘 지낸대요?"

은근히 오 영감을 떠보려고 한 질문이다. 사실 진주는 재준이 얼마나 다친 건지 잘 모르고 있었다. 휠체어를 타고 다닐 정도의 불구라면 과연 애가 생길지도 궁금했다. 만일 재준이가 자식을 낳을 능력이 없다면 재준에게 가는 유산이 줄 것이 확실했다.

"걔들이 무슨 문제가 있겠어."

"아니 뭐, 혹시나 해서요. 걔들 사귄 기간도 얼마 안 되고……."

"강보에 싸여 있을 때부터 안 사이인데 사귄 기간이 짧으면 어떠냐. 그나저나 지훈인 미국에서 공부 잘하고 있대?"

오 영감이 진주의 큰아들 애길 은글슬쩍 꺼내 화제를 전환했다. 그러자 진주가 표정을 팍 썼다.

"몰라요."

"네 자식인데 네가 모르면 누가 알아?"

진주의 큰아들은 조기유학으로 어릴 때부터 미국에 보내놨더니만 이것저것 사고를 쳐서 진주가 속앓이 하는 걸 모를 리가 없었다. 오 영감은 남의 집에 신경 쓰지 말고 네 집안이나 잘 다스리라는 뜻에서 지훈이 애길 일부러 꺼낸 것이었다.

진주는 입이 댓발 나와서 개성댁이 갖다 놓은 녹차를 한 모금 삼켰다. 이제 나이도 어느 정도 들었는데 여전히 철부지 같은 딸을 바라보는 오 영감의 표정 역시 좋지 않았다. 그때 갑자기 노크 소리가 들리더니 개성댁이 들어왔다. 어지간한 일 아니면 진주가 왔을 땐 서재 근처도 얼씬 안 하는 개성댁이었다.

"저, 영감님. 도련님 손님이라고 웬 여자 분이 오셨는데요."

진주는 저 개성댁이란 여자도 마음에 안 들었다. 근 이십 년 이상 이 집에 붙어 있는 이상한 가정부. 게다가 재준에게 너무 극진한 것까지 마음에 들지 않았다. 한때는 아버지와 저 여자의 관계를 의심한 적도 있었다.

"누구라고 하던가?"

"글쎄요. 잘 모르겠는데 도련님 만나러 왔다고만 하네요."

개성댁은 상당히 당황한 듯싶었다. 침착한 저이가 저렇게 허둥지둥할 정도면 나름 꽤 큰일인 게 틀림없었다. 오 영감도 뜬금없는 손님에 굉장히 놀랐다. 분명 재준의 과거 여자인 게 확실한데 무슨 목적으로 여기까지 찾아온 건지 알아야 했다. 그리고 가급적이면 재준이 돌아오기 전에 집에서 내보내야 했다.

"일단 들어오라고 해."

"네."

잠시 후 개성댁이 효은 또래의 여자를 안내했다. 아가씨 얼굴을 보자 오 영감은 갑작스레 머리가 아파왔다. 하필 진주가 와 있을 때! 잘못하면 사돈댁에 얘기가 흘러갈 텐데.

그녀는 오 영감 익히 알고 있는 얼굴이었다. 실물을 본 것은 처음이었지만 재준이 갖고 있는 사진으로 익숙한 얼굴이었다.

“안녕하세요?”

　여자가 조심스레 인사를 했다. 곱게 한 화장, 예쁘게 다듬은 손톱에 깔끔하게 칠한 진줏빛 매니큐어, 입고 있는 옷이나 걸치고 있는 액세서리로 볼 때 굉장히 곱고 세련된 여자였다. 길게 흘러내려온 기다란 머리카락이 작고 하얀 얼굴 뒤로 흐트러져 있었다. 자그마한 키에 여성스럽고 고운 외모였다. 사랑스럽게 생긴 아가씨였지만 오 영감은 절로 눈살이 찌푸려졌다.

　“일단 왔으니 앉아요. 무슨 일로 우리 재준이를 만나려는 건가?”

　오 영감은 자연스레 말이 퉁명스럽게 나왔다. 할아버지의 찌푸린 얼굴을 보면서 여자는 말도 못 꺼내고 입술을 바들바들 떨었다. 결국 송아지같이 커다란 눈망울에 물기가 고이더니 눈물을 뚝뚝 떨어뜨리기 시작했다. 말 그대로 폭포수처럼 쏟아지는 눈물을 보면서 오 영감은 아무 말도 못했다. 여자는 울면서 옆에 얌전하게 놔둔 가방에서 손수건을 꺼내 눈가를 닦아내기 시작했다.

　“재, 재준 오빠가, 끅끅, 사, 살아, 끅끅, 있다고…….”

　그 모습에 통곡을 하면서 힘들게 말을 하는 걸 듣고 진주나 차를 들고 오던 개성댁이나 놀라긴 마찬가지였다. 진주는 잘 몰랐지만 개성댁이나 오 영감은 재준이 전에 사귀던 여자 친구를 친구를 시켜서 거짓말로 잘라낸 걸 익히 알고 있었던 것이다.

　“아가씨 이름이 뭔가?”

“이유리요.”

계속 눈물은 타고 흐르고 끅끅거리면서 대답했다. 오 영감이 짐작했던 그 이름이었다. 기억 속에서 사지 멀쩡한 재준을 마지막 본 날 저녁에 재준이 꺼냈던 이름이었다.

“할아버지, 드릴 말씀이 있는데요.”

이쯤 되자 오 영감도 옳다구나, 드디어 나올 얘기가 나오는구나 싶어 귀를 쫑긋했다. 이 녀석이 갑작스레 한국에 온다고 할 땐 뭔가 할 얘기가 있다는 건 짐작할 수 있었다. 하지만 평소에 성질이 급한 놈도 아닌데 한국 들어와서 인사하고 나자 다짜고짜 말했다.

“저 11월에 식 올리고 싶은데요.”

“인석아, 지금 6월 말인데 언제 11월까지 준비해! 그리고 아가씨가 누군지도 모르는데 냉큼 식부터 올리겠다고 하면 할아비가 허락해 준데? 그리고 들어와서 뭔가 얘기 오가기도 전에 결혼식부터 하겠다니 그게 무슨 경우라냐!”

오 영감이 무섭게 호통쳤지만 재준이 실실 웃었다. 호통을 치는 오 영감 역시 싫은 표정이 아니었다. 그런 재준을 보는 오 영감의 마음은 조금 기뻤다. 재준은 어릴 때 이후에 아무래도 혼자 커서 그런지 감정 변화가 그렇게 뚜렷한 편은 아니었다. 하지만 마냥 좋은지 웃고 있는 얼굴을 보니 오 영감은 그나마 좀 안심이 됐다. 서른 살이 넘도록 결혼할 생각을 안 해서 할아버지 속을 썩이더니만 늦게나마 제 짝을 만난 모양이었다.

"아가씨 나이랑 이름을 말해야지? 사는 데는 어디인데? 왜, 호구 조사 있잖아. 그거부터 불러봐."

"이름은 이유리고요, 저보다 다섯 살 아래예요. 지금 같이 뉴욕에 있고요. 파슨스에서 디자인 공부하고 있어요. 그리고 부모님은 두 분 다 서울에 계시고 아버지가 사업하세요."

"애는 반듯하냐?"

"네, 굉장히 곱게 큰 아가씨예요. 사진 보여 드릴까요?"

재준이 지갑에서 사진을 꺼내 오 영감에게 들이밀었다. 사진을 본 오 영감은 혀를 끌끌 찼다. 여리여리하게 생긴 예쁜 아가씨였다. 아마도 사랑을 받는 것에 익숙해 보이는. 남자도 제법 따랐을 듯했다.

"집안일 하기엔 좀 많이 말랐다."

"에이, 무슨 집안일을 해요. 유리는 밥할 줄도 몰라요. 외동딸로 곱게 자란 아이라 어머니가 계속 왔다 갔다 하면서 살림 봐주세요."

그 말에 오 영감은 굉장히 걱정이 됐다. 나이가 아주 어린 것도 아닌데 아무것도 모르는 아가씨라니……. 죽은 며늘아기 처음 들어왔을 때가 생각났다. 아들이 지나가는 여고생을 보고 반해서 죽자사자 따라다녀서 대학 졸업하기도 전에 낚아채 온 아가씨였다. 마치 사진 속 아가씨처럼 작고 가느다란 체구에 눈만 동그래서 맘도 약하고 고왔다. 처음 며늘아기 본 게 어느덧 삼십 년 세월이 훌쩍 지났다. 그 며늘아기가 낳은 손자가 결혼하겠다고 나섰으니 여간 기쁜 일이 아니었다. 그래서 어지간한 아가씨가 아니면 흔쾌히 허락해 줄 생각이었다.

"네가 네 아비 닮았나 보다."

"네? 갑자기 왜요?"

"어미가 생각나는구나."

"유리가 엄마와 닮았어요?"

재준은 이십 년쯤 전에 돌아가신 엄마라 기억이 가물가물했다.

"네 어미도 네 여자 친구처럼 집에서 곱게 자란 처자였지. 그래서 시집와서 고생 많이 했어. 그런데 이 아가씨도 그렇게 고생할 거 같아?"

"나의 집 귀한 딸 데려다가 왜 고생시켜요? 같이 잘살아야지."

재준이 뭐가 좋은지 계속되는 싱글벙글에 오 영감은 말을 아낄 수밖에 없었다. 그리고 그 얼굴로 간만이라고 친구들 만난다고 나갔다가 빗길에 차가 미끄러지면서 사고가 난 것이었다.

사고 후 며칠 만에야 중환자실에서 깨어난 재준은 냉정했다. 처음에는 자신의 부상 정도가 생각보다 훨씬 대단한 걸 알고 며칠 좌절한 듯도 보였지만 다시 냉정을 되찾는 데 그리 오래 걸리진 않았다. 간혹 친구 욱형에게 전화로 긴 얘기를 하는 듯 보였지만 그게 연락의 다였다. 사고 전에 꺼냈던 여자 친구 얘기는 요만큼도 안 했다. 보다 못한 오 영감이 조심스레 물었다.

"네 여자 친구한테 연락 안 해?"

오 영감이 눈치를 보며 말해봤지만 재준은 고개만 저을 뿐이었다.

"됐어요. 연락해서 뭐 해요. 욱형이한테 말해놨어요."

"뭐라고?"

"저 죽었다고 하라고 했어요."

"뭐! 아니, 왜 멀쩡히 살아 있는 사람을 죽었다고 해!"

기가 막힌 오 영감이 펄쩍 뛰었지만 재준은 차분하게 설득했다.

"그럼 할아버지, 제가 이 몸을 갖고서 어떻게 유리 앞에 나타납니까? 마냥 곱게 큰 걔가 제 똥오줌 치우고 온갖 지저분한 뒷수발 할 수 있을 거 같아요? 그리고 앞으로 수술을 몇 번이나 더 해야 할지도 모르고 수술이 아무리 잘된다고 해도 제가 걸을 수 없는 건 분명한데 걔가 뭐가 좋아서 병간호 하겠어요? 며칠 하다가 힘들다고 도망가는 꼴 보느니 차라리 죽은 사람이 되겠습니다."

하지만 말처럼 쉽게 되는 게 아니었나 보다. 어느 날 밤에 병실에 누워 있는 재준의 얼굴에 방금까지 흘린 눈물이 긴 속눈썹에 맺혀 있는 걸 보는 순간 오 영감은 억장이 무너지는 듯했다. 돈이고 뭐고 다 싸 짊어지고 가서 아가씨를 끌어다 놓고 싶기까지 했다. 그래 봤자 재준 자존심에 참을 리는 없었지만. 사실 은근히 아가씨가 수소문해서 찾아오지 않을까 조금은 기대도 했지만 그런 일은 절대 일어나지 않았다. 정말 욱형이 말한 대로 재준이 죽었다고 믿는 것 같았다. 그렇게 유리는 오 영감 머릿속에 원망과 함께 기억됐다. 그런 당사자가 갑자기 나타났으니 오 영감의 시선이 고울 리가 없었다.

“흠흠, 우리 재준이 결혼했단 얘긴 들었고?”

“네에? 오빠가 결혼했어요?”

여자는 아직 모르고 있는 모양이었다. 굉장히 놀란 것 같았다. 아직도 눈물이 그렁그렁한 눈이 똥그래졌다. 약간 쳐진 듯한 눈에 하얀 피부, 동공이 커서인지 강아지 같은 선한 인상이었다. 그 눈에선 아직도 눈물이 뚝뚝 떨어지고 있었다.

“결혼한 지 얼마 안 됐는데 왜 하필 지금 찾아온 건지, 쯧쯧.”

오 영감이 혀를 차며 들으라는 듯이 혼잣말을 했다. 재준이 녀석의 과거에 대해선 뭐라고 할 수 없었지만 타이밍이 지독하게도 나빴다. 이제 겨우 좀 잊고 마음 정리하고 참한 아가씨와 혼인한 지 얼마나 됐다고 이런 일이 생기는지.

게다가 모든 걸 보고 듣고 있을 큰딸을 생각하니 저게 또 밖에 나가서 입 싸게 나불댈 텐데 저걸 어떻게 막나 고민이 안 될 수가 없었다. 그 와중에 또 개성댁이 갑작스레 노크를 하고 들어왔다. 들어오자마자 오 영감 귀에 대고 속닥거렸다.

“영감님, 도련님 오셨어요.”

흥미진진하게 눈을 번득이며 상황을 지켜보던 진주에게 오 영감이 고개를 돌리고 말했다.

"저녁에 약속있다고 하지 않았어? 재준이도 왔다고 하니 이만 가봐라. 그리고 입단속 잘해! 이건 재준이 문제니까 네가 알 바도 없고, 상관도 하지 마라."

오 영감이 엄하게 말하고 손을 훠이 저었다. 진주는 말 한마디 못하고 쫓겨나는 수밖에 없었다.

"개성댁, 진주 가는 거 배웅해 줘요."

이 말은 곧 진주가 효은에게 허튼소리 못하게 막으라는 거나 진배없었다.

"그, 그럼 가볼게요, 아버지."

진주는 마지못해 영감의 기세에 밀려서 방을 나가면서 오 영감과 유리를 번갈아 쳐다보았다.

한 주에 한 번 병원에 가서 물리치료와 검사를 받는데 오늘이 그날이었다. 평소처럼 재준과 효은이 현관문을 열려고 할 때 개성댁이 고모 진주와 함께 나왔다.

"어, 고모님 오셨어요?"

효은이 반갑게 인사를 했지만 고모는 본체만체였다. 그러나 한두 번 그런 것도 아닌지라 효은은 별다르게 신경 쓰지 않았다.

"지금 가시는 길이세요?"

재준 역시 의례적으로 물었지만 고모는 재준을 그냥 내려다볼 뿐이었다. 못마땅하다는 듯이 재준을 보던 고모가 묘한 말을 던졌다.

"너 손님 왔더라?"

"네? 제 손님이요?"

올 사람이 없는데 뜬금없이 손님이 왔다는 말에 재준이 어리둥절해하자 진주가 쌀쌀맞게 답했다.

"그래, 아버지 방에 있어. 어서 만나봐. 무지 반가울 거다, 아마."

그 말에 개성댁이 눈살을 찌푸렸다. 평소에 개성댁에게 김치 얻어먹을 때 빼곤 결코 좋은 소리 한 적이 없는 진주였다. 이대로 그냥 두면 안 될 것 같았다.

"약속있으시다고 하지 않으셨어요? 지금 안 움직이면 차 막힐 시간이에요."

개성댁이 눈치 빠르게 진주를 재준 부부에게서 떼어내고 마중했다. 진주는 개성댁이 못마땅했지만 여기서 무슨 말을 더 했다간 저 여자가 아버지한테 이를지 몰라서 이쯤 물러서기로 했다. 하지만 은근히 이 흥미진진한 사태에 속으로 얼씨구나 하고 있었다. 진주는 원래 재준의 안사람을 자신이 다루기 쉬운 여자로 골라 밀어 넣고 싶어했었다. 그래서 아버지가 안고 있는 거대한 재산을 그녀를 통해 야금야금 빼내려 했었다. 하지만 뜬금없이 효은이 나타나 그 계획에 차질이 생긴 차에 재준의 옛 여자 친구라는 유리의 존재는 꽤나 반가웠다. 이걸 기회로 효은과 갈라섰으면 하는 마음도 있었다.

집 안으로 들어오자 일단 방에 들어가 옷을 갈아입으려 하는데 문 두드리는 소리가 들리고 개성댁이 들어왔다.

"누가 절 찾아온 거예요?"

무심히 누가 자길 찾아왔나 묻는 재준에게 개성댁이 귓속말을 했다. 재준의 표정이 굳더니 효은에게 일렀다.

"당신은 여기 있어요. 할아버지와 내가 손님을 만날 테니."

재준의 굳은 표정을 보고 큰일인 걸 알았지만 재준이 굳이 자기를 끼우고 싶어하지 않아하는 듯해서 효은은 고개만 끄덕였다. 그러나 무슨 일인지 궁금해진 효은이 재준이 나가자마자 개성댁에게 다가갔다.

"아줌마, 무슨 일이에요?"

"새댁이 알면 별로 안 좋아할 얘기니까 나중에 도련님한테 들어요."

"아뇨. 전 괜찮아요. 오빠 일이면 제 일인데요 뭘. 말씀해 주세요."

"저기, 정말 괜찮겠어요?"

"네. 아직 무슨 얘기인지도 모르는데 안 괜찮을 게 있나요. 어서 말씀해 주세요."

효은이 계속 채근하자 개성댁이 계속 주저주저하다 결국 입을 열었다.

“……도련님한테 여자가 찾아왔어요.”

개성댁에게 효은은 며느리나 다름없었다. 이십 년도 더 전에 애를 못 낳는다고 쫓겨나서 반강제로 이혼당한 뒤에, 서울로 올라와 남의 집 살이를 시작했다. 이혼하기 전에도 웬 젊은 처자가 집에 찾아왔다. 남편이랑 사귀는 사이이고 개성댁이 아기를 못 낳는다는 얘기는 이미 들었다고. 그러니 그 집 대를 끊을 일이 아니면 그 자리 내놓고 나가라는 요지였다. 결국 시어머니와 남편의 압박에 반강제로 이혼하고 서울로 올라왔다.

그런 과거의 기억 때문인지 개성댁은 유리에게 결코 좋은 감정이 들지 않았다. 새댁은 집안일이 익숙하지 않은지 설거지 정도나 좀 도와주고 상 차리는 일 외에는 청소 정도밖에 잘 못했다. 하지만 절대 개성댁 혼자 일하게 하지도 않았고 빨래 돌리는 일부터 해서 이것저것 성실하게 도왔다. 애교가 딱히 많다거나 손이 야무지거나 하진 않았어도 성실한 효은에게 왠지 마음이 갔다. 작은 일 하나만 해줘도 반드시 고맙다고 말했고 절대 반말도 하지 않았다. 요즘 젊은 애들 같지 않다고 생각해서, 재준이 장가 잘 갔다고 생각하고 있던 차였다. 그런 효은에게 저렇게 분란 거리가 될 여자가 찾아왔다는 게 개성댁은 너무나 안타까웠다.

“네에? 웬 여자요?”

그 애길 들은 효은의 얼굴이 조금 새하얗게 질렸다. 개성댁이 혀를 끌끌 찼다. 그래도 이왕 해준 얘기 마저 해서 좀 더 이성적으로 행동할 수 있게 도와주고 싶었다. 재준이나 오 영감이 사사로운 정에 이끌려서 효은에게 상처 주는 일은 없을 거라고 믿고 싶었지만 일이 어떻게 될지 지금으로선 잘 감이 오질 않았다.

"도련님이 예전에 사귀던 아가씨래요."

"예에?"

"근데 저도 모르는 무슨 사정이 있는 모양이에요. 오해는 말고 나중에 도련님한테 직접 들으세요."

효은은 정말 당황한 모습이었다. 그러나 개성댁도 알고 있는 게 별로 없어서 더 이상 해줄 얘기가 없었다. 조금 비틀거리면서 욕실로 가는 효은을 개성댁이 안타까운 눈빛으로 지켜봤다.

욕실로 들어간 효은은 욕조 턱에 앉아 물끄러미 허공을 바라보았다. 그러다가 옆에 내팽개쳤던 가방에서 뭔가를 주저주저하면서 꺼냈다. 그것은 임신 진단용 시약이었다.

며칠 전부터 아랫배도 아프고 컨디션도 안 좋은 게 처음에는 생리 전 증후군인가 싶었다. 그런데 그게 오래가고 예정일이 지나도 생리가 시작하지 않자 혹시나 하는 마음에 재준이 물리치료를 받으러 같이 나간 김에 병원 근처에서 사 온 것이었다. 혹시 아니면 재준이 실망할까 봐 자기가 먼저 해보고 얘기해 줄 생각에서였다.

재준이나 효은 둘 다 나이도 있고 오 영감님이 증손자를 빨리 보고 싶어하셔서 여태 별다른 피임은 안 했던지라 아기가 생긴 건 당연한 일이었다. 그러나 이렇게 빨리 생길 거라곤 전혀 생각지 않았던지라 조금 당황스러웠지만 한편으론 뿌듯하기도 하고 기뻤다. 그래서 돌아와서 테스트를 한 뒤에 양성이면 바로 재준에게 말하려고 했는데 들어오자마자 이런 날벼락이 기다리고 있었으니…….

사실 효은도 그 여자가 누군지 대충 알고 있었다. 신혼여행에서 돌아와서 얼마 안 됐을 때 재준의 방에서 서가를 훑어보다가, 평소 관심있던 주제의 책을 보았다. 아무 생각 없이 빼서 페이지를 주루룩 넘기는데 가운데에서 사진이 한 장 툭 하고 떨어졌다.

바닷가를 배경으로 자그마한 여자가 활짝 웃고 있었다. 누굴 보고 웃는 건지 바로 알 수 있었다. 하얀 면 원피스가 가냘픈 몸을 감싸듯, 윤기가 자르르 나는 긴 생머리가 바람에 나부꼈다. 낯선 여자의 사진에 충격받고 한참 사진을 들여다보고 있는데 재준의 휠체어 소리가 근처에서 나서 잽싸게 다시 꽂아두고 모른 척했다.

아마도 전에 사귀던 여자 친구 사진인데 끼워놓고 까먹었겠거니 하고 생각하려 했지만 그 페이지만 손때가 묻어 있는 걸로 봐선 재준이 종종 찾아서 본 모양이었다. 하지만 그녀에 대해 물어볼 수는 없었다. 그런데 그 사진 속의 여자가 찾아온 거라고 하면 이건 물어보고 말고의 문제가 아니었다. 이제 결혼한 지 세 달밖에 안 되었고, 아직 재준은 혼인신고조차 하지 않은 상태였다. 만일 여기서 재준이 이 결혼을 무르자고 한다면 자기는 어떻게 되는 걸까? 또 뱃속의 아기는? 그런 생각이 들자 머리가 아득해졌다.

사실 이런 건 별로 생각해 보지 않은 일이었다. 이제 겨우 재준과 결혼 생활이 안정이 될까 싶은데 이런 날벼락이라니. 게다가 아기가 낀 문제라면 결코 쉽게 풀릴 리가 없었다. 오 영감이 얼마나 자손에 대해서 욕심이 많은지 뻔히 아는 마당에…….

무엇보다 뱃속의 아기한텐 정말 미안했다. 축복받아 마땅한 순간에도 엄마는 아무런 확신을 못하고 있었으니까. 가슴속에 끓어 넘치는 감정이 무엇인지 본인조차 잘 파악이 되지 않았다. 슬프기도 했고 화도 났고 재준이 원망도 됐다.

한편 재준은 개성댁이 건넨 귓속말에 순간 깜짝 놀랐다. 일단 집으로 누가 자신을 찾아온 것도 충분히 이상한 일이었다. 고모가 던진 수상쩍은 얘기에 뭔가 일이 이상하게 돌아간다 싶어 걱정하던 찰나, 조심스레 귓가에 개성댁이 속삭인 말은 확실히 그 역시 많이 놀랄 만한 일이었다.

"전 여자 친구라는 아가씨가 찾아왔어요."

여자 친구라 말하고 자기를 찾아올 사람은 유리 외에는 없었다. 어떻게 유리가 알고 왔는지는 모르지만 일단 만나 보긴 해야 할 듯했다. 휠체어를 끌고 할아버지 서재로 들어가니 할아버지 건너편에 유리가 앉아 있는 게 보였다.

긴 머리, 하얗고 작은 얼굴, 커다란 눈에 눈물이 그렁그렁 맺혀 있다가 다시 재준을 보자 얼굴을 타고 흘러내리기 시작했다. 보통 여자들 울 때에는 콧물을 훌쩍거리면서 얼굴이 일그러지기 일쑤인데 유리는 그냥 커다란 눈망울에서 눈물이 줄줄 흐를 뿐이었다. 언제나 저 얼굴에 웃음만 띠게 해주고 싶었지.

"오빠……."

그런 유리를 보며 재준은 절로 이마를 찌푸렸다. 이런 모습 보이기 싫어 거짓말까지 했던 그가 아닌가. 이렇게 뜬금없이 찾아온 건 그다지 좋은 상황이 아니었다. 유리는 눈물을 그치고 웃으려고 했지만 눈물은 계속 흘러내렸다. 결국 손수건이 다 젖도록 우는 유리를 두고 오 영감과 재준은 눈길만 주고받을 뿐이었다.

재준이 휠체어를 밀고 들어오자마자 유리는 마치 재준의 그런 모습을 보고 흠칫하는 기색이었다. 남에게 얘기를 듣는 것보다 직접 보는 게 아무래도 충격이 더 큰 모양이었다.

할아버지의 엄격한 눈길에 재준은 등골이 오싹했다. 맺고 끊는 게 분명한 걸 좋아하는 할아버지가 이런 상황을 달가워할 리가 없었다. 한편으로는 간만에 보는 옛 연인의 얼굴이 조금 반가운 것도 사실이었다. 하지만 기억 속의 유리와는 좀 다르단 생각이 들었다.

객관적으로 봐도 유리는 예쁜 아가씨였다. 긴 머리, 세련된 옷에, 깔끔한 액세서리. 캘빈 클라인이나 DKNY 모델같이 세련

됐다. 하지만 세월도 비켜가진 못했는지 예전보다는 확실히 나이 든 티가 났다. 예전에는 무얼 해도 마냥 고와 보였는데 지금은 계속 울기만 하는 게 좀 짜증이 나려고 했다. 그리고 이층에 있을 효은이 아무래도 신경이 쓰였다. 효은에게 어떻게 설명해야 할지 가슴이 무거웠고 상황을 이렇게 만든 유리에게 짜증이 났다.

계속 유리는 훌쩍거리고 방 안의 공기는 점점 긴장돼 갔다. 할아버지의 인내심이 어디까지 갈는지, 이대로 오 영감이 계속 유리가 훌쩍거리는 걸 보고 있을 양반도 아니었다. 유리는 어리광이 심했다. 언제나 사랑받고 자란 게 너무나 당연하기 때문에, 모든 게 자기중심적이었다. 그런 유리를 오 영감이 그냥 예쁘게 봐줄 리가 없었다.

재준이 놀란 건 자기의 이런 생각이었다. 어느새 머릿속으로 냉정하게 유리를 분석하고 있었다. 그래도 버릇처럼 유리에게 티슈를 뽑아 건네주고 있었다. 이윽고 유리가 재준이 건네주는 휴지로 코를 팽 하고 풀고 아직도 울음기가 남아 있는 목소리로 물었다.

"왜 그때 죽었다고 거짓말했어요?"

재준이 몸을 돌려 할아버지를 바라보았다. 갑자기 십 년은 늙은 것같이 어두운 표정의 오 영감이 보였다. 얼렁뚱땅 넘어가기엔 할아버지 보는 앞이라 더욱 긴장이 됐다. 유리 앞에는 하얀 휴지가 산처럼 쌓여 있었다. 곽 티슈 대부분을 썼으리라. 빨리

이 자리를 끝내는 게 유리할 거란 생각이 들었다.

"너한테 이런 모습 보이기 싫었어."

재준은 변명이고 자시고 없이 깔끔하고 솔직하게 말했다.

"어떻게 나한테 이럴 수가 있어, 오빠가?"

유리는 다시 큰 눈에 그렁그렁한 눈물을 가득 담고 말했다. 다시 울려고 하는 순간 재준은 그 말엔 대답하지 않고 오히려 되물었다.

"어떻게 안 거야?"

"서희가 백화점에서 오빠 봤다고 했어."

유리는 과거로 돌아간 것처럼 자연스레 반말을 했고 그걸 보는 오 영감이 눈살을 찌푸리는 걸 재준은 보고 말았다. 원체 귀여움을 많이 받고 자라서인지 어른 무서운 줄 모르는 게 유리의 단점이었다. 과거에는 그걸 나름 당돌해서 귀엽다라고 생각했다. 그때 만약 인사시키려고 데리고 왔다 해도 과연 오 영감이 그냥 바라만 봤을까? 결코 좋은 소리 안 나왔을 듯싶었다.

"서희가 몇 달 전에 백화점에 갔다가 휠체어를 타고 가는 남자를 스쳐 지나갔는데 오빠랑 무지 비슷해 보였다고 전화로 알려줬어. 그래서 사람들한테 수소문하니까 나 빼놓고 다들 알고 있더라고. 왜 나한테 거짓말한 거야? 응?"

생각해 보니 전에 얼핏 백화점에서 아는 얼굴을 스친 듯한 기억이 났다. 유학 시절 잘 모르지만 유리의 주변 인물이었던 사람이 재준을 본 모양이었다. 여전히 눈물을 줄줄 흘리고 있는 유리를 보고 있노라니 쓴웃음이 나왔다. 둘이 사귀었던 건 벌써 사 년 전의 일이었는데 어쩌면 하는 행동은 그때와 조금도 변하지 않은 걸까 라는 생각이 들었다.

유리가 몇 살이었더라 곰곰이 생각해 봤다. 재준보다 다섯 살 아래니까 서른 살. 효은이보다도 한 살 위였다. 어른스럽고 침착한 효은에 비해 유리는 확실히 아직 행동에 어린 티가 가득했다.

그런 유리를 바라보며 오 영감이 혀를 끌끌 찼다. 들어오자마자 계속 울기 시작해서 그칠 기세도 안 보이고 하니 슬슬 부아가 치밀어 올랐다.

"아가씨가 여기 온 이유가 뭔가요?"

유리는 고장 난 수도꼭지처럼 다시 울기 시작했다. 이제는 거의 끅끅 소리까지 내고 있었다. 너무나 서럽다는 듯이.

실제로 서러운 건 재준 자신이었다. 왜 집으로 찾아와서 이렇게 난처하게 만드는 걸까? 그래, 이건 자기의 이기적인 생각이라고 치자, 그렇다고 할아버지 앞에 앉혀두고 이렇게 우는 건 또 예의가 아니지 않은가.

유리는 예전처럼 재준이 달래주길 기다렸다. 하지만 재준은 처음에 건네주던 티슈도 이제는 건네주지 않고 가만히 보기만 할 뿐이었다. 게다가 슬쩍 곁눈질로 오 영감의 눈치를 살펴보니 이마를 찌푸린 게 그다지 기분이 좋지 않은 듯했다.

'이보셔, 여기서 정말 화가 나야 할 건 나 아니야?'

결혼을 생각하던 남친이 결혼 허락받는다고 한국 건너가자마자 사고로 죽었다고 그 친구를 통해 알려왔다. 처음엔 따라서 같이 죽고 싶을 정도로 절망스러웠다. 유리는 넋이 나가 우는 것 외에는 아무것도 할 수 없었다. 사 년을 어떻게 살았는지 모를 정도로 힘들게 살았다. 마침내 남친의 행방을 알자마자 다니던 직장도 그만두고 한국에 나왔다. 그런데 그 남자는 결혼했다지, 별로 반가운 기색도 아니지, 그럼 얼마나 억울하겠는가.

마침내 재준은 유리가 무얼 원하는지 알았다. 노골적으로 자길 달래달라고 하고 있었다. 하지만 할아버지 앞에서 그것도 쉽지 않았다.

"이제 그만 울어."

"오빠도 입장을 바꿔 생각해 봐. 죽은 줄 알았던 남자 친구가 살아 있는 거 알아내서 힘들게 찾아왔는데 몇 달 전에 결혼했다고 하면 눈물이 안 나게 생겼냐구. 엉?"

물론 유리 입장도 이해가 갔다. 하지만 일이 이렇게 된 걸 어쩌란 말인가. 이제 와서 결혼을 물릴 수도 없는 노릇 아닌가.

"말이 나왔으니까 말인데, 우리 재준이 아까 내가 말했던 대로 유부남이오. 그러니까 지금 이 집에 아가씨만 있는 게 아니라 우리 손주며느리도 있어요. 우리 손주며느리 생각해서 행동거지 조심해 줬음 싶구랴."

오 영감이 보다 못해서 결국 쓴소리를 하고 말았다. 오 영감이 나름 치밀어 오르는 화를 꾹 참고 다독거리듯 말했지만 유리는 꽤 놀란 듯한 표정이었다. 전혀 생각지도 못한 일이었나 보다.

"뭔가 할 말 있으면 밖에서 하든지 해요. 이렇게 연락도 없이 남의 집 찾아오는 건 예의가 아니지요, 아가씨."

결국 오 영감이 그 말만 하고 방을 나가 버렸다. 유리는 오 영감이 이렇게까지 심기가 불편하게 굴자 이제는 꼬리 만 강아지가 됐다.

"오빠네 할아버지 무서우시네."

눈을 동그랗게 뜨고 그제야 단둘이 된 재준을 바라보며 말했다.

"여태 많이 참으신 거야."

"그래도 손자 여자 친구가 왔는데……."

"나 결혼한 지 세 달 됐다고 이미 얘기 들었잖아."

"알아, 나도 안다고."

유리가 입을 내밀고 비쭉거렸다. 사실 언젠가 유리 귀에 들어갈 거라고 예상 못한 건 아니었다. 일단 육형을 시켜서 거짓말하라고 하긴 했다. 사고를 당해서 화장시켰다, 이런 정도의 정말 단순한 거짓말이라서 유리가 사실을 밝혀내는 건 시간문제였다. 그런데 이 여자 사 년이나 지나서 알았다. 사실 초기에는 마음속으로 은근히 유리가 찾아올 걸 기대했으나 점점 시간이 지날수록 유리가 그럴 리가 없다는 걸 깨닫게 됐다. 이미 마음 한구석에선 그녀에 대해서 마음을 접은 지 오래였다는 걸 이제야 알 수 있었다.

"지금 집에 안사람 있어. 그러니까 네 연락처 주면 내가 연락할게. 밖에서 만나서 얘기하자."

"왜 나한테 그렇게 사무적으로 말해? 오빠 와이프가 그렇게 무서워?"

유리가 발끈해 버렸다. 재준은 밀려오는 피로감에 한숨만 나올 뿐이었다.

"그 사람이 무슨 죄니? 그 사람 너에 대해 전혀 몰라. 알게 하고 싶지도 않고. 그러니까 밖에서 얘기해."

"그럼 나는 무슨 죄야? 왜 내가 오빠 살아 있는 것도 모르고 사 년 동안 마음고생 했어야 해? 그때 왜 나한테 말하지 않은 건데?"

"따로 만나서 얘기해. 난 여기서 더 이상 할 말 없어."

재준이 입을 다물어 버리자 유리는 그게 더 이상 입을 열지 않을 거란 걸 알았다. 재준은 예전부터 화를 잘 안 냈지만 대신 한 번 화가 나면 무서웠다.

"오늘은 그만 돌아가."

재준이 건네주는 메모지에 유리는 자신의 연락처를 적었다.

"내 연락처는 이미 알고 있지?"

유리는 아무 말 없이 고개만 끄덕였다.

"그런데 왜 연락도 없이 찾아온 거야?"

"놀래켜 주려고."

나름대로의 서프라이징 이벤트를 기획한 유리의 그 철없음에 한숨만 나올 뿐이었다.

"내가 몸이 이래서 멀리 안 나갈게. 나중에 시간 잡아서 보자."

"으응."

유리가 마지못해 일어나더니 머뭇거리며 나갔다. 문을 열기 전에 강아지 같은 눈망울로 그를 바라봤지만 그는 그냥 앉은 휠체어에 미동없이 앉아 유리를 곧바로 직시했다. 유리는 가벼운 한숨을 쉬고 문을 열고 나갔다. 그 뒤 바로 오 영감이 들어왔다.

"쯧쯧, 이제 와서 찾아오면 뭐 하누."

오 영감은 뭔가 생각하는 듯한 표정을 지었다가 재준을 마주 보았다.

"어쩔 셈이냐?"

"저도 잘 모르겠습니다."

재준이 눈을 가늘게 뜨고 과거에 있던 일들을 떠올렸다. 유리와 보낸 일 년 동안은 좋은 추억들로 가득했다. 하지만 이미 몇 년의 세월이 흘렀던가. 이미 그때 한 결정, 이제 와서 번복할 리가 없었다.

"사내놈이 자기 관리를 그렇게 못해서야. 효은이 알아봐라, 좋은 소리 나오나. 가뜩이나 남들에게 병신 남편 데리고 산다고 눈총 받는 애인데, 이제 남편이 과거에 애인까지 찾아왔다고 말 나오기 좋겠구나."

"할아버지!"

"내가 어디 틀린 소리 했냐? 효은이에겐 언제 얘기할 참이냐?"

"얘기 안 해도 되지 않을까요?"

"난 못 숨긴다. 아니, 지금 당장 가서 효은에게 얘기해라. 나중에 알면 충격이 더 클 거야. 그리고 집에 손님이 왔다 갔는데 우리가 99칸 한옥에 사는 것도 아니고 효은이가 모를 것 같냐? 말이 되는 소리를 해야지!"

오 영감이 눈을 부릅뜨고 재준에게 호통을 쳤다. 나름 참으려고 했지만 재준의 우유부단한 태도에 폭발해 버렸다.

"지금 가서 바로 얘기해! 있는 사실 모두 다 말해줘. 애가 얼마나 궁금해하겠니."

"예."

어지간한 일에 재준이 기가 죽을 리가 없었다. 하지만 이건 위급한 상황이었다. 머릿속에서 빨간 불이 번뜩거렸다. 휠체어를 끌고 이층으로 올라오는 재준의 손에 자기도 모르게 힘이 실렸다. 이제 모든 게 다 자리도 잡았고 안정되었다 생각했는데 과거의 망령이 뒤를 잡을 줄이야.

힘들었던 MBA가 끝나고 뉴욕에 있는 회사에 자리 잡을 무렵 어디선가의 유학생 모임에서 유리를 만났다. 자그마한 키에 이름처럼 말간 아가씨였다. 작고 하얀 얼굴에, 눈망울이 큰 눈, 도톰한 입술에 뉴욕 유학생 역대 최고의 미모라는 소문까지 돌 정도로 예쁜 아가씨였다.

처음 유리를 보았을 때 한 사람을 둘러싸고 구름 떼처럼 모여 있는 걸 보고 신기해서 접근해 봤다. 예쁘고 청순한 아가씨였다. 너무나 소중해서 키스하는 데까지도 오래 걸렸고, 잠자리 근처는 갈 생각도 하지 못했다. 너무 사랑해서 그저 지켜주고만 싶었다. 그래서 결혼까지 기다리려고 했는데……. 그땐 젊고 세상 두려운 줄 모르고 승승장구하던 시절이었다. 언제나 세상이 자기 편인 줄 알았던 때였다.

한순간에 모든 게 변해 버렸다. 만일 그때 자기가 어린 시절부터 알던 장효은과 결혼할 거라고 누가 말했다면 코웃음 쳤을 게 분명했다. 유리에 대한 절대적인 사랑을 믿던 때니까. 하지만 그때 유리에게 느꼈던 사랑이 진심이었던 건 분명하다. 그렇다면 효은에 대한 자신의 감정은 무엇일까?

유리처럼 애틋하진 않지만 대신 안정감이나 믿음 등의 감정을 생각해 볼 때 확실히 효은은 그에게 좋은 동반자였다. 분명 유리는 어떤 일을 상의할 수 있는 좋은 사람은 아니지만 효은은 그에게 힘이 되고 의지가 되어줄 수 있었다. 그런 점에서 그는 효은에게 별 불만이 없었다. 최근 들어 효은이 생긋 웃을 때마다 가끔 가슴이 두근거릴 때가 있었다. 작은 일 하나를 해줘도 당연하게 생각하지 않고 고마워하는 효은을 보면서 가슴 한쪽이 뿌듯해짐을 느꼈다. 아침에 일어나서 옆에 누워 있는 효은을 볼 때의 그 기분은 뭐라고 표현할 수 없는 것이었다.

이층으로 올라오자 효은이 무척 궁금한 얼굴로 자신에게 머뭇거리며 다가왔다. 그새 샤워를 했는지 머리가 젖어 있었다. 개성댁에게 뭔가 귀띔이라도 들은 모양이었다.

“당신 옛 애인이에요?”

“응…….”

효은의 마주 보는 맑은 눈동자를 보니 거짓말이 나오지 않았다. 효은은 의외로 담담해 보였다.

그런 재준의 짐작과 달리 효은의 마음속은 복잡했다. 샤워를 하면서 마음을 다잡고 침착하게 굴기로 했지만 마음속에선 불길이 일 정도였다. 효은은 질투, 실망감, 분노, 걱정으로 똘똘 뭉친 듯한 마음을 최대한 감추려고 노력하고 아무 일 없던 듯이 침착하려고만 했다. 애써 떨려오는 목소리를 다잡았다.

“무, 무슨 일이에요?”

재준은 효은에게 도저히 거짓말을 할 수 없었다. 또 그녀의 반응이 궁금했다. 과연 이 여자는 어떤 반응을 보일까. 남편을 찾아온 옛애인에 대해서. 효은은 담담하고 침착해 보였고 그래서 재준은 더 무서웠다. 저런 태도를 유지할 정도로 그에게 관심이 없는 걸까. 좀 더 자기 일에 신경을 써줬음 좋겠다는 생각이 들었다.

“괜찮아요?”

재준이 아무 말 없이 효은을 바라보자 갸웃하면서 물었다.

"개성댁 아줌마가 그러더라구요. 오빠 옛날 여자…… 친구가 찾아왔다구요."

"맞아."

"무슨 일로 온 거예요?"

"내가 살아 있는 거 확인하러. 그때 욱형이 시켜서 죽었다고 전하라고 했거든."

"그렇군요."

효은은 아무 말도 못했다. 무심하게 흘러나오는 이야기에 효은은 어떤 반응을 보여야 할지 알 수 없었다. 결혼 전의 일로 재준을 타박할 자격이 있는 것일까? 그리고 지금 임신했다는 이런 경사스런 일은 어떻게 말해야 할지도 알 수 없었다. 다만 지금 당장은 말고 나중으로 미뤄야겠다는 것만은 분명했다. 효은은 아직 혼인신고도 안 한 상태에서 단순하게 자신이 임신했기 때문에 가정이 만들어지는 게 아니라 재준이 그녀를 진짜 '처'로 인정한다는 증거가 보고 싶었다.

효은이 잠시 아무 말도 없자 재준은 약간 민감해졌다. 재준으로서는 효은이 무슨 생각을 하는지 알 방법이 없었다. 그래서 저 속이 정말 궁금했다. 한편으론 일절 감정 표현을 하지 않고 남의 일인 양 무덤덤하게 지나가는 효은이 섭섭했다. 생각지도 않게 날카롭게 말이 나가 버렸다.

"너는 신경 쓸 거 없어. 내가 알아서 할게."

효은은 재준의 말에 잠시 할 말을 잃었지만 제정신을 차려야 했다. 어이가 없었다. 상황 설명도 안 해주고 자기가 다 알아서 한다고 해서 그게 다는 아니지 않은가.

"그래도 어떻게 된 일인지 설명해 줘요."

"사고 전에 사귀었던 여자 친구야. 결혼하려고 했는데 내가 교통사고로 병원에 입원했을 때 욱형이 시켜서 나 죽었다고 말하라고 했어. 그애는 내가 여태 죽은 줄 알고 있다가 한국에 나왔다가 우연히 다른 친구에게 얘기 듣고 확인하러 온 거야. 별일 아니니까 신경 쓰지 마."

"그럼 어떻게 되는 거예요?"

"내 일이니까 네가 신경 쓸 필요 없어. 또한 이상한 생각 같은 것도 안 했음 좋겠고."

"네, 그러세요."

재준은 효은의 저런 무덤덤한 반응이 무척 실망스러웠다. 그러나 그걸 어떻게 말로 표현해야 알 수 없었다. 어떤 반응을 원했는지는 잘 몰랐다. 하지만 어딘가 어긋나는 이 기분, 뭔가 섭섭한데 말로 설명할 수가 없었다. 여기서 더 이상 감정을 드러내면 그건 어린애가 떼쓰거나 땡깡 부리는 게 되지 않을까 싶어서였다. 효은이가 쿨하게 나간다면, 재준도 쿨하게 대응해야 한다고 생각했다. 그는 효은의 속 타는 마음을 전혀 눈치 채지 못했다.

효은은 그대로 이게 별일이 아니면 뭐가 별일이냐고 소리를 버럭 지르려다 꾹 참았다.

‘그래, 냉정해야지. 호랑이 굴에 물려 가도 정신만 차리면 산다고. 아기를 생각해서라도 참아야지.’

뱃속의 아기를 생각하면서 화산이 폭발하듯 몰려오는 분노를 꾹 눌렀다. 지금은 화를 낼 때가 아니었다. 재준 역시 심기가 불편해 보이는 이 상황에서 맞섰다간 크게 싸우고 말 것이었다. 효은은 재준과 싸우게 되는 상황은 피하고 싶었다.

그래서 그러라고 비아냥거리듯 말했지만 둔한 재준은 전혀 짐작도 못했다.

제13장

유리의 방문 이후 자연스레 집안 분위기는 날카로워졌다.
일단 효은과 재준은 이상하게 서먹서먹해졌다. 냉랭한 게 아니
라 뭔지 모를 서먹함이 감돌았다.

막상 험악한 것은 오 영감과 재준으로 두 사람 때문에 감도는
집안의 날카로운 긴장감은 폭풍 전의 그것과 같았다.

오 영감과 재준이 가끔 서재에 들어가 오랜 얘길 나누는 걸
효은은 몇 번이나 보았지만 그네들은 효은에겐 그것과 관련된
얘기는 일절 하지 않았다. 그 때문에 효은은 소외감을 느끼며
좌절하고 있었다. 사실 효은을 아끼는 오 영감이 수시로 재준을
불러서 빨리 정리하라고 호통 치는 거에 다름없었지만 효은이

그 사실을 알 도리가 없었다.

결국 또 오늘도 재준이 오 영감과 뭔가 얘기를 하다가 큰 소리를 버럭 지르고 할아버지의 서재에서 튀어나왔다. 뒤에서 오 영감도 뭐라고 호통을 치긴 했지만 이층에 있던 효은은 그 말을 제대로 들을 수가 없었다. 재준이 씩씩거리며 휠체어를 밀고 서재로 들어가 버리자 가슴이 더욱 답답해졌다. 요즘 들어 차를 타고 나가는 것도 속이 울렁거려서 거의 밖에 나가질 않고 있었지만 밖에 나가서 바람이라도 쐬고 오던가 해야 할 것 같아 효은은 간만에 외출을 하기로 결심했다. 효은은 재준의 서재로 들어가 일단 나간다고 보고를 했다.

"저 외출 좀 할게요."

"어디 가게?"

재준이 모니터에 머리를 박고 복잡한 차트를 들여다보고 있다가 고개도 돌리지 않은 채 물었다. 굉장히 바쁜 척하고 있었지만 실상은 그냥 차트를 보는 척만 하고 있을 뿐이었다. 마음속에선 사실 어디 가냐고 시시콜콜 물어보고 싶었지만 멋쩍어서 그냥 무관심을 가장했다. 효은 역시 재준이 전혀 관심을 보이지 않는 게 좀 섭섭했지만 최근 들어 서먹해진 관계에선 어쩔 도리가 없었다. 그가 무슨 생각을 하는지 정말 궁금했지만 굳이 지금 판도라의 상자를 열고 싶지 않았다.

"서점에 책을 좀 살 게 있어서요."

"인터넷으로 사지 왜?"

늦은 오후에 갑자기 나간다고 하니 재준은 못마땅한지 그다지 곱게 말을 하질 않았다.

"지금 꼭 보고 싶은 책이 있어서요."

효은이 그래도 아랑곳하지 않고 나가겠다고 의사 표시를 하자,

"알았어. 나갔다 와."

별 관심 없다는 듯이 그냥 그 말만 하고는 재준은 다시 모니터에 신경을 쏟았다. 효은은 작게 한숨을 쉬었다. 오 영감이 거실에서 개성댁이 가져다준 차가운 식혜를 마시면서 한숨을 푹푹 쉬다가 효은이 내려온 걸 보았다.

"밖에 나가게? 저녁 시간 다 됐는데 어딜 가누."

"잠시 책 살 게 있어서요."

"그래? 김 기사한테 말해서 태워다 달라고 해."

"네. 그럼 다녀올게요."

효은은 오 영감이 시킨 대로 김 기사한테 부탁해서 광화문으로 나왔다. 광화문에 있는 대형 서점에 간만에 가볼까 싶어서였다. 아무래도 전에 회사가 있던 광화문이 제일 마음 편했다. 서점에서 책을 산 뒤에는 자주 가던 식당에 가서 최근 들어 사라진 식욕도 좀 회복해 볼 생각이었다.

지하의 대형 서점에서, 얼마 전에 나온 좋아하는 작가의 신간도 좀 둘러보고 잡지도 구경했다. 그러다 간만에 외서 코너에서 새로 나온 경제 관련 서적을 뒤지는데 누군가 옆에 와서 섰다.

독한 남자 향수 냄새. 낯익은 향이다. 그리고 이 향과 함께 기억되는 불쾌한 사람. 저절로 얼굴이 찌푸려졌다. 속에서 욕지기가 다 일어날 것 같았다. 고개를 돌려 보니 아니나 다를까, 같은 회사에 있었던 김강명이었다.

"오랜만이네."

대학 다닐 때도 친하게 지낸 적 없었고 같은 회사에 근무했다고 해도 경력이 훨씬 오래된 효은을 별것 아닌 양 굴었지만 그게 열등감에서 나오는 걸 효은은 알고 있었다. 효은은 말 섞기도 귀찮아서 그냥 어깨를 으쓱했다.

"잘 지내?"

"뭐 그냥저냥."

효은도 말을 짧게 했다. 별로 상대할 가치를 못 느꼈지만 이 지긋지긋한 놈팽이는 쉽게 떨어질 기세가 아니었다. 계속 얘기하고 싶지 않아서 다른 서가로 옮겨갔지만 쉽게 떨어질 기색은 안 보이고 계속 따라오며 말을 걸어왔다.

"여긴 웬일이야?"

"책 좀 사러."

"남편은?"

"집에."

뭔가 선문답하는 듯한 생각이 들었다. 왜 내가 여기서 이런 작자랑 이런 얘기를 해야 하는 걸까? 그것도 가뜩이나 우울한 날에.

"유부녀가 혼자 이런 데 돌아다니면 되나."

"남 일에 신경 끄셔."

"이런 데 혼자 오는 거 보니 외로운가 보네?"

그 말에 순간 이마에서 빠직 하는 소리가 난 것 같았다. 이런 질 낮은 인간에게 신경 쓰지 않는 게 낫다는 생각에 효은은 대꾸도 하지 않고 더 빠른 걸음으로 다른 서가로 넘어갔다. 하지만 그가 쫓아오면서 계속 말을 걸었다.

"혼자 돌아다니는 거 남편이 아무 말도 안 해? 아니, 아무 말도 못하는 거려나? 남편이 심심하게 하나 보네. 외롭지 않아?"

이런 기도 안 차는 말엔 대꾸도 하지 말아야 한다고 생각했지만 자기도 모르게 말이 나와 버렸다.

"왜 다리가 불편한 남자랑 살면 외로워야 하는데?"

"그 말 자체가 답 아니야? 나 오늘 밤엔 시간 많은데 좀 놀아줄까? 시외에 꽤 괜찮은 데 알고 있는데."

결국 남편이 다리가 불편하기 때문에 침대에서 자기를 만족시킬 수 없으니, 고로 자기와 바람피우자는 얘기를 하는 거였다. 효은은 왜 남자들이 이따위 헛수작을 수시로 부리는지 잘 이해가 가지 않았다. 지난번에 빈탄에서도 그러더니만.

"됐거든. 그냥 가서 네 하던 일이나 해. 난 내가 볼 책 사 갖고 집에 갈 거니까."

그는 여전히 능글맞은 웃음을 지었다.

"내 전화번호 알지? 전화해."

라면서 귀에 손가락을 갖다 대는 모션을 취했다. 짜증이 나서 쏘아주려고 하는 찰나에 누가 말을 걸었다.

"장효은."

낯익은 목소리에 뒤를 돌아보자 성현이 서 있었다. 성현을 보자 김강명도 놀란 눈치였다.

"선배!"

효은이 반가워서 다가섰다. 성현은 강명을 이제야 봤는지 눈살을 찌푸렸다.

"아, 민 부장님."

"김강명 씨, 출장 준비 잘돼가요?"

"아니, 그게……."

"날짜 얼마 안 남았으니까 준비 철저하게 해주세요. 지난번 같은 일은 없어야지요."

지난번에 무슨 사고라도 있었는지 어지간한 일로는 표정이 잘 안 굳는 민성현은 냉정하게 말하고 있었다.

"네, 그럼 전 다시 회사로."

하더니 김강명이 꼬리가 빠지게 도망가 버렸다. 효은은 그런 그를 보면서 살짝 웃었다. 성현은 표정이 그다지 좋지 않았다. 아무래도 강명이 출장 준비를 안 하고 여기서 어슬렁거리고 있었던 게 마음에 들지 않는 듯했다. 그러더니 곧 효은을 돌려 씩 웃으며 말했다.

"장, 너 여기 웬일이야?"

"책 사러 왔어요. 유부녀는 외출하면 안 되나. 저 작자도 나한
테 유부녀 혼자 돌아다닌다고 뭐라 하더니만 선배까지 뭐라 하
고!"

"저놈이랑 만나는 중이었어?"

"아니요! 설마요! 선배 저놈이 나한테 뭐라고 했는 줄 알아
요? 외로우면 전화하래. 미쳤어 미쳤어."

성현이 눈살을 찌푸렸다. 원래 회사에서 비서들부터 시작해
서 이 여자, 저 여자 다 찝쩍거리는 건 익히 알고 있었다. 하지
만 결혼한 효은에게까지 저러는 걸 보자 짜증이 날 정도였다.
그것도 한창 출장 준비로 바빠야 할 타이밍에.

효은이 갑작스레 회사를 그만둔 탓에 후임을 뽑을 틈도 없었
던지라, 효은보다 능력이 좀 떨어지지만 동기였던 강명에게 어
쩔 수 없이 많은 일이 인수인계됐다. 하지만 강명은 효은처럼
일을 꼼꼼하게 하는 스타일이 아니어서 성현은 머리가 다 아팠
다. 계속해서 쳐대는 사고 뒷수습을 해야 하는 입장에선 강명이
결코 좋아 보일 리가 없었다.

간만에 책이라도 보고 기분 전환을 해볼 겸 나왔다 익숙한 효
은의 모습에 반갑게 다가왔던 성현은 강명을 보고 기분을 잡쳤
다.

게다가 간만에 본 효은은 야위기도 했거니만 안색이 그다지
좋지 않은 모습에 조금 걱정이 들었다. 결혼한 뒤로도 종종 메
신저로 대화하면서 대충 어떻게 사는지는 알고 있었지만 자기

가 아는 게 다는 아닌 모양이었다.

"잘사는 거야? 얼굴이 왜 그래? 좀 낯빛도 안 좋고 마른 거 같다. 신랑이 잘 안 해줘?"

"잘해줘요."

"근데 왜 그래? 무슨 문제라도 있어? 저녁 시간인데 너 좋아하는 스파게티라도 먹으러 갈까?"

"좋죠, 배고프던 차예요."

성현이 긴 다리로 성큼성큼 걸어 나가자 효은이 뒤를 쫓았다. 둘은 종종 가던 광화문의 작은 스파게티 전문점에 나란히 앉았다. 마치 예전에 회사 다닐 때 야근하려고 저녁을 먹으러 나왔던 듯한 기분이 들었다. 그러나 효은은 평소에 먹던 크림새우 스파게티를 집어 입에 갖다 대는 순간, 욕지기가 나왔다.

"욱!"

입을 막고 포크를 내려놓자마자 물을 들이키는 효은을 보며 성현이 눈살을 찌푸렸다. 그가 알기론 유부녀가 음식을 앞에 두고 구역질하는 데는 단 하나의 이유만 있을 뿐이었다.

"너, 임신했니?"

성현이 효은에게 직격탄을 날렸다. 효은은 좀 머쓱한지 눈을 내리깔았다. 내리깐 효은의 볼이 발그레한 게 그 사실을 들킨 것이 좀 민망한 모양이었다. 성현이 효은과 알고 지낸 지 꽤 됐는데 효은이 얼굴 붉히는 걸 보게 될 날이 올 거라곤 생각해 본 적이 없었다. 너구리처럼 뻔뻔하고 유들유들한 게 장효은이라고 생각했는데 여자이긴 했구나란 생각이 들어 피식 웃음이 나왔다.

"괜찮아?"

"네."

"못 먹겠으면 먹지 마. 샐러드 시켜줄게. 여기요!"

성현이 샐러드를 시켜주었지만 드레싱 없는 샐러드마저 효은이 깨작거리며 거의 먹지를 못했다. 성현은 자기가 주문한 것을 대충 먹더니 옆에 벗어뒀던 재킷을 들고 일어섰다.

"나가서 차라도 한 잔 하자."

어느새 해가 저물고 있었다. 봄을 느껴볼 새도 없이 출장 갔다 오니 여름이 돼 있었고 결혼 준비해서 후다닥 결혼하고 나니 어느새 여름이 가고 이제 가을이 오는지 선선했다. 해도 저물어서 네온사인이 여기저기 켜지고 있는 게 보였다. 광화문과 한 시간도 떨어져 있지 않은 주택가와 이곳은 전혀 같은 도시 같지 않았다. 회사 그만둔 지 얼마나 됐다고 이렇게 낯설게 느껴지는 걸까. 직장이 있는 이 부근은 매일같이 오가던 곳인데 도시의 밤에 어지럼증이 느껴질 정도였다.

"최근에 오픈한 갤러리 카페가 있어. 정원이라고. 거기 커피도 맛있어."

"그래요?"

"허브티도 있으니까 네가 마실 만한 것도 있을 거야."

성현은 효은을 끌고 세종문화회관 뒤편으로 끌고 갔다. 어느새 여기 아파트가 새워져 있었다. 세월 정말 빠르기도 하지. 효은이 입사할 때 막 짓고 있던 아파트가 완공된 것이다. 아파트 옆길로 해서 성곡 미술관 가는 길 쪽의 어디 깊숙한 데로 효은을 이끌었다. 대로변의 시끌벅적한 공기와 여기는 다르다. 적막하고 아늑하다. 성현은 어딘가 남자답지 않게 이런 데를 잘 알았다. 저 스파게티 집을 소개해 준 것도 성현이었고 어딘가 맛있는 카페를 알려주는 것도 성현이었다.

성현이 골목으로 들어가더니만 나무 계단을 타고 올라갔다. 두 채의 건물이 서로 마주 보고 있고 정원에는 의자와 테이블이 몇 개 놓여 있었다. 카페 안에는 널찍한 공간에 테이블도 몇 개 없고 테이블 사이도 멀찍하게 떨어져 있어 얘기하기 편했다. 손님도 별로 없는 공간에, 벽에는 예쁜 그림이 걸려 있다.

"회사에서 일하다 김강명이 사고 치면 여기 와서 도 닦고 가지."

성현이 두리번거리는 효은에게 미소를 지으며 말했다.

"좋네요. 생긴 지 얼마 안 됐나 봐요."

"너 회사 관두고 나서 바로 생겼어. 너 그만두기 기다렸나 봐."

"선배도 참."

차를 주문한 성현의 커피와 효은의 허브티가 나오자, 가만히 커피를 한 모금 마신 뒤에 성현이 물었다.

"얼마나 됐어? 결혼한 지 얼마 되지도 않았잖아? 설마 사고

부터?"

"아직 병원에 안 가봐서 모르겠어요. 그건 아니에요."

효은이 화들짝 놀라며 말했다.

"우리 결혼 전에 키스 몇 번 한 게 다예요."

그럼 그렇지. 저 쑥맥 같은 장효은이 손이라도 제대로 잡아보고 결혼했을지 사실 그도 궁금하긴 했다. 너구리같이 음흉하긴 한데 또 어떨 때 보면 어린애같이 순진했다. 하지만 그런 만큼 순수한 자존심과 자긍심으로 볼 때 절대 돈만 보고 결혼했을 거란 생각은 해본 적이 없었다. 분명 더 좋은 기회도 많았을 텐데 효은이 과연 돈을 보고 결혼한 걸까?

동문 사이에서도 그 결혼을 두고 많이 무척 많았다. 경제학과에 여자는 많지 않았고 그중에서도 장효은은 대학 내내 손꼽히는 수재였다. 그런 효은이 재준과 결혼했으니 뒷말이 무성할 만했다. 그런 와중에 효은의 집안에 대한 얘기가 흘러나왔다. 효은과 좀 잘 아는 누군가가 말하길, 효은의 어머니와 여동생이 사기당한 빚이 좀 있다는 것이었다. 그건 효은과 꽤 친했던 성현도 처음 듣는 얘기였다.

전에 지나가는 말로 여동생에 대해선 언급한 적이 있지만 돈에 대해서는 그다지 자세하게 말은 안 했다. 다만 좀 큰 금액이라는 인상을 줬고 월급쟁이가 벌어서 갚기에는 좀 빠듯해 보였다. 하지만 자존심 강한 효은이라면 남편에게 그 말을 했을 리가 없었다. 과연 그 빚 얼마에 자신을 팔 정도로 효은이 급했던 걸까? 하지만 그는 이런 얘길 꺼내서 효은을 상처 주고 싶지는 않았다.

"남편한텐 말했고?"

"아뇨. 아직…….."

"왜? 집안에서 좋아하실 텐데. 여태 병원도 안 가고 뭐 했어?"

"그게요…….."

계속 말을 흐리던 효은이 고개만 푹 숙인 채 아무 말 못하자 성현은 뭔가 문제가 있다는 걸 알았다. 효은은 사실 성격상 그다지 고민을 많이 하거나 하는 게 아니다. 뭔가 결정이 되면 그때부터 계속 밀어붙이지 뒤를 돌아보거나 결정을 후회하거나 하는 스타일이 아니었다. 그런 장효은이 저렇게 민감하게 고민인 건 굉장히 큰일이란 증거였다.

"선배는 와이프랑 무슨 얘기해요?"

고개를 든 효은이 뜬금없이 질문을 던지자 성현이 좀 당황한 기색을 보였다. 그는 잠시 아무 말도 못한 채 앞에 놓여 있는 커피 잔을 들어 커피를 한 모금 마셨다. 순간 효은은 당황했다. 아무 얘기도 없고 해서 잘살고 있다고 생각했는데 왜 성현은 저렇게 당황하는 걸까. 생각해 보니 전에도 성현이 남편으로선 어떨지 좀 궁금하긴 했던 기억이 났다.

선배로서 알던 성현도 다른 사람이었고 회사 상사로 알던 성현도 생각하고 달랐다. 그렇다면 남자이자 남편인 성현은 그의 와이프에게 어떤 모습일까?

"……나 이혼한 지 좀 됐어."

"어? 언제요?"

그 말에 효은은 상당히 당황했다. 그는 이런 데서 효은의 둔함을 느꼈다. 회사 내 다른 여직원 대부분이 알고 있는 걸 효은은 모른다. 아마 뒤에서 자기와 효은을 두고 하는 얘기들도 모르고 있는 게 분명했다.

"좀 됐지. 이 년쯤 전에 합의 이혼했어."

성현과 꽤 친하다고 생각했는데 왜 이런 걸 자기는 통 모르고 있던 것일까. 언제나 미혼인 자기와 함께 야근하고 자기랑 비슷할 정도로 출장 가고 하면서도 그의 결혼 생활이 잘 유지될 거라고 생각한 걸까. 그러고 보니 회사 비서들이 성현에 대해서 자기를 두고 쑥덕거렸던 것도 같았다.

"물어봐도 돼요?"

"뭐?"

"왜 이혼하셨어요?"

"내가 많이 바빴잖아. 와이프가 이혼하자고 하면서 그러더라구. 내가 여자를 외롭게 하는 남자라고. 언제나 등을 돌리고 있었대. 나는 나름 잘해주려고 한 건데 본인이 느끼기엔 그렇지 않았나 봐."

그 말에 효은은 물 잔을 들어 찰랑거리면서 가만히 듣고만 있었다.

"재준 오빠는요, 나랑 별로 얘길 안 해요. 그냥 밤에 같이 자는 거 정도 외에는 우리 둘 사이의 공통점이 없어요. 우린 남들보다 서로 얼굴 맞대고 사는 시간이 훨씬 많은데 오가는 얘기도 별로 없고…… 가끔은 회사 동료 같기도 하고 그래요. 그리고 나도 오빠한테 무슨 얘길 하고 어떻게 대해야 할지도 모르겠고요."

효은이 작은 목소리로 힘없이 얘길 늘어놨다. 성현은 언제나 밝고 명랑했던 효은이 이런 걸로 고민한 거라곤 생각해 본 적이 없었기에 조금 놀라기도 했고 어두운 표현을 짓는 효은이 안쓰럽기도 했다.

"사실 결혼하기 전엔 자신있다고 생각했는데 지금 와서 생각하면 뭘 몰라서 가졌던 거 같아요. 집에서 아무 하는 일 없이 있는 내가 짐 같기도 하고 무능력한 사람 같기도 해서 더 괴로워요. 오빠가 용돈 줄 테니까 그거 받아서 쓰라고 하는데 여태 돈을 벌어만 봤지 써본 적이 있어야 쓰든지 하죠."

"그거, 유한마담의 자랑 같은데? 돈 잘 버는 남편이 용돈 준다는데 돈 쓸 데 오죽 많냐? 그냥 백화점 한번 쓸어."

"그것도 하루 이틀이죠. 저 물욕 그렇게 많지도 않고 귀찮아요. 집에서 오빠 하는 일 좀 거들면서 그냥 있는 거 무척 답답하기도 하고…… 무엇보다 그냥 내가 무능력하게만 느껴지는 게 제일 괴로워요. 그냥 오재준의 와이프로서의 역할만 있고 나 장효은은 지워진 느낌이랄까, 아무튼 그래요."

사실 더 큰 고민이 있었지만 그건 말할 수 없었다. 남편의 전 여자 친구 애기는 효은의 자존심이 아니라 재준을 위해서 더욱 할 수가 없었다. 효은의 그런 구구절절한 감정이 얼굴에 묻어나오는 듯했다. 석 달 동안 괴로워했을 효은을 생각하자 성현 역시 답답하긴 매한가지였다. 그러다 문뜩 생각났다는 듯이 말했다.

"너 잠시 아르바이트라도 할래?"

"무슨 일인데요?"

"한국 지사랑 일본 지사에서 공동으로 출자해서 사려고 하는 빌딩이 있는데 그 빌딩 소유자하고 미팅을 해야 하거든. 그 빌딩 소유자하고 일본 지사 사람들이랑 애기가 되려면 아무래도 통역이 필요해서 구하는 중이었어. 원래 하던 사람이 중간에 일을 그만둬서 아주 복잡하게 됐지 뭐야. 일본어 잘하잖아?"

"며칠이나요?"

"글쎄. 그렇게 길게 끌진 않을 거야. 두 번 정도만 미팅하면 될 거 같아. 거의 마무리 단계라서. 근데 몸도 안 좋은데 할 수 있겠어?"

"사실 그렇게 안 좋진 않아요. 먹는 것만 좀 조심하면 되겠죠. 언제부터 할까요?"

한동안 집에만 있었더니 좀이 쑤셔 죽을 지경인 효은에게 성현의 일 제의는 천상의 목소리나 마찬가지였다. 흔쾌히 수락하고 시계를 보니 이미 아홉 시가 넘어선 시간이었다.

“어머나! 벌써 이렇게 됐네. 저 집에 가야겠어요. 여태 전화도 안 하고 있었으니 집에서 걱정하고 있을 거 같아요.”

효은이 깜짝 놀라 시계를 보고 조금 걱정스런 기색을 띠었다.

“태워다 줄게.”

어차피 택시를 타고 들어가야 하는데 택시도 그 동네에 가는 걸 그다지 좋아하지 않았다. 그래서 효은은 쾌히 성현의 차에 올라탔다. 예전에 야근할 때도 종종 성현이 바래다주곤 했던 거 같다. 그때마다 무슨 얘길 했더라? 보통 일 얘기 정도만 한 것 같다. 가끔 농담 정도 하고. 생각해 보면 성현과 그렇게 자주 출장도 같이 가고 야근도 하고 했지만 그의 사생활에 대해선 신경을 써본 적이 그다지 많지 않았다. 그제야 효은은 자기가 얼마나 둔감한 여자였는지 깨달았다. 그러고 보니 그때까지 집에 전화도 안 하고 있던 게 생각났다. 그제야 성현의 차에서 효은이 재준에게 전화를 했다.

“전데요. 좀 늦었어요. 중간에 친구 만나서 얘기하다가……”

받자마자 재준이 소리를 버럭 질렀다.

[지금 몇 신 줄 알아? 할아버지도 계신데 이렇게 늦으면 어떻게 해? 늦으면 늦는다고 연락이라도 해야 할 거 아냐!]

재준은 효은이 전화를 하자마자 기다렸다는 듯이 잔소리를 늘어놓기 시작했다. 효은 역시 재준이 화내는 걸 처음 본지라 깜짝 놀라기는 마찬가지였다. 전화기에서 흘러나오는 소리를 듣던 성현이 묘한 표정을 지었다.

"미안해요. 지금 가는 중이에요. 그럼 집에 가서 봐요."

[빨리 와!]

"네."

효은이 피곤한지 창백한 안색으로 풀이 죽어 전화를 끊었다.

"그 선배가 생각보다 말이 많네?"

"그래요?"

"예전에 워낙 말수가 별로 없던 사람이라서 좀 신기하긴 하네."

성현이 전에 본 재준은 말이 그렇게 많은 스타일은 아니었다. 매사 철두철미한 성격에 주변에 사람을 끄는 친화력은 있었지만 호락호락한 스타일도 아니었고 집안에 신경 쓸 사람 같아 보이진 않았다. 효은에게 늦는다고 화를 낸 건 생각 밖의 일이었다.

그런 오재준과 장효은은 어떤 부부일지 궁금하지 않은 건 아니었지만 아까 효은 얘기 들은 것도 있고 해서 물어보기 민망했다. 워낙 자기 사생활에 대해서 입을 함구하는 만큼 남이 사생활에 대해서 물어보는 건 예의가 아니었다. 하지만 그래도 궁금한 생각이 안 드는 것은 아니었다.

한편 재준은 계속 마우스를 왔다 갔다 하고 있었다. 효은이 들어올 시간이 됐는데 소식도 없고 전화를 하자니 뭐하고 해서 계속 안절부절못하고 있던 것이다. 최근 효은이 입맛이 없다는 핑계를 대면서 그와 한 자리에서 식사를 하는 것조차 거부하고 있는 낌새였기에 그의 전 여자 친구가 찾아온 게 그녀에게 얼마나 큰 충격이었는지는 짐작이 갔다. 그러나 아무런 말도 안 하고 무작정 자기 세계에 틀어박히는 효은을 보는 재준의 마음도 그다지 좋지 않았다.

결국 효은이 들어올 때쯤 해서 혹시나 해서 정원에 나가 있었다. 으슥한 동네라 택시 타고 들어오는 게 걱정도 되고 해서 정원에 나가서 잠시 서 있었다. 어느새 9월이 왔는지 밤공기가 차가워져 있었다. 대문 밖에 차가 서는 소리가 들렸다. 효은이 왔나 싶어서 문을 열어주려고 휠체어를 끄는데 조용한 밤공기를 타고 효은의 목소리가 또렷하게 들렸다.

"선배, 조심해 가세요."

생글생글 웃음기 있는 목소리에 재준은 저도 모르게 쥐고 있던 휠체어 바퀴에 힘이 들어갔다. 효은이 웃으면서 대문을 열쇠로 열고 들어와서 계단을 오르자마자 현관 앞에 나와 있던 재준을 보고 잠시 멈칫했다. 외면하는 것은 아니었지만 놀란 기색이 완연했다.

재준은 절로 이마가 찌푸려지고 취조하듯 물어버렸다. 아까 '선배' 라는 남자가 바래다주고 간 게 마음에 걸렸다.

"왜 그렇게 늦었어?"

"친구 좀 만나느라고요. 간만이었잖아요."

그 말이 이상하게 타박으로 들렸다. 전 여자 친구의 일을 집

안으로 끌고 온 재준이 물을 권리가 없다는 듯이 들렸다. 효은은 나름대로 변명이라고 해본 건데 재준의 표정이 심상치 않아 눈치를 보았다.

“저녁 먹고 오면 먹고 온다고 전화라도 해야 할 거 아냐.”

“미안해요. 깜박했어요.”

효은이 마지못한 듯 건성건성 사과했다. 여기서 더 입을 열면 더 화가 날 것 같아 말을 아꼈다. 재준 본인은 말을 안 하는 게 더 많으면서 효은에게는 간섭하려 하고 있었다. 은근스레 그런 게 불만스러웠다. 하지만 재준은 더욱 화가 난 것 같았다. 왜 화가 나는지 잘 몰랐다. 말도 안 하고 늦은 게 화가 난 건지, 친구를 만났다고 거짓말을 하는 게 화가 난 건지, 이런 일에 신경을 곤두세우는 자신한테 화가 난 건지 잘 감이 오질 않았다.

재준이 불퉁스럽게 문을 열고 들어가더니만 바로 이층으로 올라가 일을 하는 척하자 효은도 더 이상 얘기할 생각도 안 하고 씻으러 욕실로 가버렸다. 사실 효은은 아까 먹은 샐러드도 그다지 속에서 받아들이질 않았는지 욕실에 들어가자마자 변기에 대고 다 토해 버렸고 그 탓에 온몸에 진이 풀려 간단하게 샤워만 했다. 욕실에서 나오니 피곤이 몰려오는 게 간만의 외출이라 좀 피곤이 쌓인 듯했다. 요즘 들어 확실히 몸이 전과 다른 게 계속 나른해서 잠만 자고 싶어지곤 했다.

욕실에서 씻고 나왔을 때, 침실에는 이미 재준이 누워서 잠을 자려 하고 있었다. 요즘 들어 재준은 효은과 거의 같이 잔 적이

없어서 좀 의외다 싶었다. 불을 끄고 침대에 눕자 기다렸다는
듯이 재준이 손을 뻗쳤다.

나갔다 와서 한동안 화장실에서 나오지 않더니만 간단하게
씻고 나온 효은은 지쳐 보였다. 하지만 뭔가 재준은 불쾌한 기
분이 들었다. 재준은 무얼 확인하고 싶은지 자신도 알지 못했
다. 최근 들어 바쁘기도 했고 서로 자는 시간이 미묘하게 어긋
나다 보니 같이 잔 지도 좀 된 것 같았다.

재준은 거칠게 효은의 잠옷을 풀었다. 그러다 단추가 하나 튕
겨서 날아갔다. 잠옷 안에 손을 넣고 가슴을 움켜쥐었다. 이것
만은 내 거였다. 그런 소유욕이 물결처럼 밀려와 재준을 압박했
다. 기다란 몸이 겹쳐지자 그 무게로 침대가 몸이 파묻힐 정도
로 내려앉았다. 당황한 효은은 어떻게든 벗어나 보려 했지만 정
신없이 입술을 구하면서 강하게 빨아들이면서 고개를 고정시킨
강한 손에 당할 수밖에 없었다. 거친 입술에 효은의 입술이 부
푸는 게 느껴졌다. 하지만 봐주고 싶지가 않았다. 효은이 숨을
쉴 수가 없는지 재준의 가슴을 밀었다. 가볍게 자신을 미는 효
은의 손을 잡아채서 깍지를 끼었다. 긴 키스를 끝내고 입을 떼
자 효은이 숨을 헐떡거리며 힘들게 말했다.

“아파요.”

그 말에 재준은 쥐고 있던 손을 놓았지만 거기서 멈추고 싶진
않았다. 무언가가 계속 재준의 뇌리에 남아 찜찜하게 하고 있었
다. 만일 이 여자는 자기에게 돈이 없다면 계속 머물러 있을까?

언제나 그게 문제였다. 왜 대놓고 자기는 물어보지 못하는 걸까? 진실이 두려운 자기의 비겁함 때문에 행동이 거칠어졌다.

자기가 원하는 걸 무엇일까? 왜 화가 난 걸까? 어차피 다 알고 한 결혼인데 이 여자가 감추고 있는 건 무엇이고 자기가 알고 싶지 않은, 두려운 것은 무엇일까?

재준은 몰려오는 압박감에 효은의 허리를 강하게 안고 다시 입술에 거칠게 부볐다. 그리고 무얼 확인하고 싶은지 모르는 상태에서 잠옷 자락을 올리고 팬티를 거칠게 잡아끌었다. 효은이 아픈지 작은 비명을 지르면서 몸부림을 쳤다.

"오빠 이러지 마요."

굉장히 당황한 듯했다. 오빠, 오빠, 오빠. 그래 유리도 오빠라고 불렀지. 왠지 거슬렸다. 그대로 손가락을 안쪽으로 깊숙이 집어넣었다. 말라 있는 좁은 통로에 손가락이 들어가자 효은이 아픈지 신음을 흘렸다. 아랑곳하지 않고 손가락 개수를 늘려나가며 자극하자 몸은 자연스레 촉촉하게 젖어왔다.

효은는 이런 최악의 상황에서조차 재준이 그녀를 흥분시킨다는 점에서 자신이 절망스러웠다. 그가 그녀의 입술에 다시 키스를 퍼부으면서 눌러오자 더 이상 저항할 힘을 잃었다. 그가 뿜어내는 열기, 그리고 그의 체취와 단단한 근육들이 그녀를 흥분시켰다. 밀려오는 밀물을 막지 못하듯 그를 더 이상 저항할 수가 없었다. 열정은 막 번지기 시작한 불처럼 걷잡을 수 없이 타오르기 시작했고 순식간에 그의 몸이 그녀를 덮쳤다.

좁은 입구에 남성을 갖다 대었다. 아직 준비가 덜 된 좁은 통로에 거대한 남성이 거칠게 들어갔다. 갑자기 강하게 들이밀자 효은의 몸이 움찔하며 튕겼다. 그와 함께 머릿속을 뭔가가 달려갔다. 그래 우리 사이에 이것밖에 뭐가 있겠어. 몸은 종이 한 장 들어갈 틈새 없이 꽉 붙어 있을진 몰라도 마음은 우주 끝과 끝에 있는 것처럼 멀리 떨어져 있는 듯한 거리감에 재준은 더욱 효은의 허리를 강하게 끌어 앉았다. 폭발하듯이 터져 나온 욕망에 재준은 이성을 잃고 잔인할 정도로 거칠게 움직였다. 하지만 점점 더 멀어져 가는 그런 상실감과 허무함은 비례해서 점점 더 커졌고 재준의 움직임 역시 점점 더 빨라졌다. 절대 놓치고 싶지 않았다. 이 따뜻하고 보드라운 몸을 결코 남한테 빼앗길 수 없었다. 결국 모든 고민은 그것 하나에 모아졌다.

거친 신음을 지르더니 재준이 효은의 위에서 축 늘어졌다. 효은은 무거운 재준의 몸을 그대로 받친 채 푹신한 침대 깊숙이 몸이 묻혀 있었다. 그러나 쓰라린 여성보다 재준이 인정사정없이 누르고 있는 아랫배에 효은은 자연히 신경이 갔다. 효은이 재준의 몸 아래에서 꿈틀거리자 재준이 옆으로 돌아누웠다. 이 둘은 한참 동안 그 상태로 누워 있을 뿐이었다.

재준이 지친 몸을 일으켰을 때 제일 먼저 들어온 건 눈물이 가득한 눈이었다. 저절로 입에서 신음이 흘러나왔다. 이렇게 여자를 안은 건 전에는 없던 일이었다. 자기가 얼마나 효은에게 매달려 있는지 보여주는 확실한 증거였다.

한편 효은 역시 처참한 기분이었다. 남편의 전 여자 친구가 왔다 가고 임신한 사실을 알리기도 전에 강간당하듯이 안겼다. 평소엔 절대 이렇게 거칠게 하지도 않았는데 오늘은 도대체 왜 그러는지 잘 모르겠다 싶었다. 마치 만정이 떨어지라고 부추기는 듯한 재준의 태도에 몸보다는 마음이 더 상처 받았다.

옆에서 재준이 작은 소리로 한숨을 푹 쉬었다. 그러더니 힘들게 일어나자 효은은 자연스레 재준은 부축해 주려고 했지만 재준은 그런 효은을 냉정하게 뿌리치더니 근처에 있던 휠체어를 타고 욕실로 가버렸다. 욕실에서 돌아온 재준은 그날 밤 효은의 옆에서 자지 않았다.

제14장

욕실에서 찬물로 씻고 나온 재준은 차마 효은 옆에 누울 수가 없었다. 그렇게 짐승같이 굴었으니 효은이 울만도 했겠다 싶었다. 그다지 남자 경험이 많은 거 같지도 않았고 생각했던 것보다 효은이 남녀 관계에 순진한 게 조금은 기뻤던 것이 사실이었다. 그런 만큼 방금 전의 관계가 얼마나 큰 상처가 됐을까 생각하니 미안한 마음이 강해졌다.

서재로 갔지만 왠지 서성거리게 될 뿐 일도 잘 손에 잡히지 않았다. 아까 미안하다고 말이라도 했어야 했다. 하지만 쉽게 입이 떨어지지 않았다. 지금 자기는 잘한 게 아무것도 없었다.

결국 운동 삼아 보조기구를 짚고서 왔다 갔다 하다가 지친 재준은 효은의 방에 올라가 봤다. 계단이 불편해서 한 번도 들어와 본 적이 없었다. 효은은 어떤 책을 볼까? 침대에서 보는 소설?

큰 책상에는 노트북이 있었고 귀여운 연필꽂이에 다양한 펜이랑 칼 등이 꽂혀 있었다. 재준은 의자에 앉아서 한 바퀴 휙 돌아보았다. 효은은 여기서 무얼 할까? 효은에 대해 뭔가 알 수 없을까 싶어 책장에 꽂혀 있는 책은 한 번 주욱 훑어보았다. 그때 익숙한 뭔가가 재준의 눈에 잡혔다.

어릴 때 봤던 책이었다. 열두세 살 때 재준은 스티븐슨의 책에 빠져 있었는데 그중 제일 재미있게 본 게 '보물섬'이었다. '지킬 박사와 하이드 씨'도 재미있었고 '유괴'도 좋아했지만 언제나 최고는 '보물섬'이었다. 언젠가 자기도 보물을 찾으러 가겠다고, 해적선 선장이 되고 싶다고 할아버지한테 말했던 기억이 있었다. 중학교 올라가면서 책을 치웠는데 그때 아마도 할아버지가 효은네로 보낸 모양이었다.

일어나 책장에 다가가 반가운 마음에 책을 빼 들었다. 꽤 오래된 책인데도 효은이 소중하게 보관했는지 낡긴 했어도 그 모양 그대로 있었다. 책장을 펼치니 앞장에 삐뚤삐뚤하게 적혀 있는 자기 이름 석 자가 보였다. 그때 이 책은 잃어버릴까 걱정돼서 이름을 적어놨더랬지. 그런데 왜 다른 책은 없고 이 책만 있는 걸까? 효은 역시 이 책을 무척 좋아했나 보다. 버리지 않은 걸 보면. 재준은 왜 효은이 이 책을 버리지 않고 간직하고 있는지 물어보고 싶었다. 그러나 지금은 효은에게 말 걸기조차 무서웠다.

'천하의 오재준이 왜 장효은이 무섭지.'

그는 책을 도로 꽂아놓고 침실로 돌아왔다. 하지만 울었는지 효은의 눈가에 살짝 붉은 기가 보였다. 새우잠을 자고 있는 효은의 옆에 앉아 눈가에 마른 눈물을 닦아주고 머리를 쓰다듬어 줬다. 한숨만 나올 뿐이었다. 그는 이 아가씨를 어떻게 해야 할지 알 수가 없어서 더욱 괴로웠다. 게다가 지금은 너무 미안해서 도저히 옆에 누워 잘 수가 없었다.

서재에 앉아서 효은이 알아서 제출하라고 했던 혼인신고서를 보면서 그냥 생각에 잠겨 있을 뿐이었다. 만일 이것을 내지 않고 효은이 섭섭하지 않을 정도로 챙겨주고 헤어진다고 해도 유리와 다시 시작할 수 있을까?

심지어 효은은 그가 걸을 수 있다는 것조차 모르고 있었다. 사실 꽤 오랜 물리치료로 신경을 어느 정도 회복해서 이제 아주 짧은 시간은 목발에 의지해 걷는 게 가능했다. 하지만 그걸 효은에겐 아직 말을 안 하고 있었다. 처음엔 겁을 주려고, 나중에는 혹시 뭔가 잘못돼서 지금과 똑같은 상태가 되면 실망할까 봐 말을 할 수가 없었다. 완전히 걷게 되는 날 걷는 걸 보여주고 싶었다. 자신은 아직 효은을 믿고 있는 것 같지 않았다. 하지만 효은은 자기를 믿어주기를 바란다는 게 참으로 아이러니하게 느껴졌다.

다음날 자명종 소리에 눈이 깼을 때 효은은 옆이 허전한 걸 느꼈다. 혼자 넓은 침대에서 자고 있을 뿐, 옆에 온기도 없는 걸 보면 재준이 자신 옆에서 잠을 자지 않은 게 분명했다.

아침을 뜨는 둥 마는 둥 하고 나니 오 영감도 오전부터 약속이 있다고 나가고 재준도 오늘은 출근하는지 금세 나가 버려 집 안에 효은 혼자 남았다.

집에 있기가 뭐해서 그녀는 무작정 집을 나왔다. 어디를 가야 할지 모르는 상태에서 코엑스몰로 나와서 백화점에서 아기 옷도 보고 서점에서 책도 구경을 하다 극장에서 영화라도 한 편 볼까 하고 있는데 핸드폰의 진동이 울렸다. 친정 전화번호가 뜨는 걸로 봐선 아마 엄마가 건 듯했다. 혹시 무슨 일인가 싶어 조금 걱정이 됐다. 최근 집에 전화도 거의 하지 않았던지라 조금 찔리는 마음도 있었다.

"엄마?"

효은이 전화를 받자마자 대뜸 엄마가 소리를 버럭 질렀다.

[그게 무슨 말이니?]

"귀 떨어져요. 뭐가 무슨 말이에요?"

[어떤 여자가 오 서방을 찾아왔다면서.]

"그건 누구한테 들었어요?"

[누구긴 누구겠어. 네 고모지.]

효은은 절로 한숨이 푹 나왔다. 가뜩이나 복잡한 마음에 엄마한테까지 이 일이 알려졌으니 엄마 성격에 가만있을 리가 없었다. 왜 하필 고모님은 이런 일을 친정에 알려서 복잡하게 하는지 원망스러울 따름이었다.

[너 괜찮아?]

"안 괜찮을 건 또 뭐가 있겠수. 오빠가 알아서 한데요. 내가 뭐 끼기도 좀 뭐하고."

[이 맹추야, 그런 건 네가 적극적으로 나서야지. 너 결혼한 지 얼마 되지도 않아서 네 자리 그 여자한테 뺏기겠다.]

"엄마! 내일 보고 얘기해요."

[그래, 와서 자세한 거 다 얘기해.]

"네, 알았어요."

내일은 결혼하고 나서 첫 아버지 기일이었다. 하지만 재준에게 같이 가자고 말하고 싶진 않았다. 아무래도 엄마와 재준이 마주했을 때 벌어질 일을 효은은 책임질 수가 없었다. 가뜩이나 요즘 신경이 날카로워져 있는 재준을 엄마까지 나서서 몰아붙이면 요즘 들어 더 냉랭해진 부부 사이에 별 도움이 될 것 같진 않았다.

엄마 전화에 영화고 뭐고 볼 맘이 싹 사라진 효은은 멍하니 집으로 돌아오는 수밖에 없었다. 재준은 오전에만 일을 처리하고 들어왔는지 옷을 갈아입고 있었다.

"어디 나갔다 왔어? 전화라도 하지 그랬어? 그럼 내가 태우러 갔을 텐데. 아, 당신도 차 한 대 필요하지 않아? 아무래도 집이 외지니까 차가 필요할 거 같은데."

　재준은 어제 일이 미안하기도 해서 효은에게 선물을 해주고 싶은 맘에 차에 대한 이야기를 꺼냈다. 마침 오 영감도 효은에게 차가 필요하지 않겠냐고 진작 말을 꺼냈지만 효은이 별 관심을 안 보이고 있었다.

　"제 면허는 장롱면허라서 차 제대로 끌어본 적 없어요."

　"그래? 내가 도로연수라도 시켜줘?"

　"그래 주면 좋고요."

　"차는 뭐로 사줄까?"

　나름 재준이 호기있게 말을 꺼냈지만 효은은 그다지 관심이 없는지 별 의욕을 보이지 않았다. 화해하고 싶다는 재준의 의사 표현이었다.

　"별로 생각해 본 적 없어서 잘 모르겠는데요."

　효은은 재준이 요즘 아무래도 이 일 때문에 눈치 보는 게 못마땅했고 돈으로 뭔가 메꾸려는 기색에 좀 불쾌해지기까지 했다.

　"지금은 별생각없으니까 나중에요."

　효은의 불퉁한 말에 재준은 간만의 제의가 거절당한 느낌이 들어 불쾌한 건 마찬가지였다.

　"아, 맞다. 내일 아빠 제사래요."

　"벌써 그렇게 됐나."

　"근데요. 고모님이 엄마한테 전화를 했는지 아까 엄마가 전화해서 난리셨어요."

괜히 같이 갔을 때 엄마가 타박할 걸 생각해서 효은이 미리 얘기를 꺼냈다. 재준은 이맛살을 찌푸렸다. 일이 갈수록 복잡해지고 있다고 생각하니 절대 기분 좋을 리가 없었다. 처가에까지 알려졌으니 할아버지가 더 난리칠 일이었다. 최근 들어 유리가 전화해서 만나자고 하는 걸 계속 거절하고 있는데 이걸 어떻게 해결해야 모양새가 좋을지 본인도 잘 확신이 서지를 않고 있었다. 물론 여기서 '혼인신고서'를 내버리면 자연스레 모양이 좋아진다는 거 본인도 잘 알고 있었다. 하지만 아직까지 무언가 망설여지는 게 있었다.

그는 효은을 그의 아내로 인정하고 있는 걸까? 아니 효은이 그를 남편으로 인정하고 있을까? 그는 그게 정말 알고 싶었다. 이런 복잡한 생각에 머리가 아파진 재준의 표정은 냉랭하기만 했다.

"나, 내일 중요한 모임 있어. 전에 유학할 때 알던 친구들 모임인데 내일은 좀 빠지기 뭐해. 그러니까 내일은 혼자 가."

아무래도 장인 제사에 가서 장모 얼굴 보기 민망했다. 친구들 모임이야 종종 안 나가기도 했던 거 굳이 꼭 나갈 필요는 없었다. 대충 핑계 거리였을 뿐.

"그래요? 그럼 그럴게요."

효은은 가만히 재준의 눈을 들여다보다가 얼굴을 돌려 버렸다. 효은은 재준에게 묻고 싶은 게 많았지만 여기서 더 나가면 뭔가 터질 것 같은 기분이 들어 더 이상 얘기하는 것을 피하고 싶었다. 재준에게 사실대로 물었을 때 원하지 않는 대답을 들을까 무서웠다.

최근 효은의 머릿속은 한 가지 생각이 채우고 있었다. 그건 사람이 감정을 갖기 시작하면 약자가 된다는 것이었다. 전에 본 책에서 모든 관계에는 권력 관계가 생기는데 심지어 게이 커플에도 그게 있다는 것이었다. 뭔가를 쥐고 있고 그걸 원하는 사람이 갖게 되는 권력. 그렇다면 현재 자기네 부부 사이의 권력은 어디로 가 있는 것일까?

효은은 자신이 절대적 약자라고 생각했다. 자기가 재준을 좀 더 많이 좋아하는 것도 그렇고 뱃속의 아기까지 해서 언제나 지고 들어갈 수밖에 없었다. 그래서 많은 걸 물을 수가 없었다. 이런 게 억울해도 사랑하기 때문에 어쩔 수가 없었다. 이건 자존심의 문제가 아니었다. 그런 점에서 효은은 인생을 새롭게 배우고 있었다.

해가 밝은 지 한참 됐지만 효은은 자리에서 일어날 수가 없었다. 내려와서 밥 먹으라고 개성댁이 올라왔지만 온몸이 나른하고 속도 안 좋아 도저히 침대에서 일어날 수가 없어 몸살기가 있다고 대충 둘러댔다. 그냥 누워 있던 효은은 정오쯤 돼서 겨우 일어났다. 그리고 대충 차려입고 친정으로 가버렸다. 가자마자 엄마와 미은이 붙어 앉았다.

“오 서방은?”

“중요한 모임이 있는데요.”

“아니, 지 장인어른 제사보다 중요한 모임도 있대? 그나저나 어떻게 된 거야?”

엄마는 화가 굉장히 많이 나셨는지 혀를 끌끌 찼다. 아무리 돈이 좋다지만 딸 팔아 팔자 고쳤단 말은 듣고 싶지 않았다. 그깟 돈 아파트 팔아 갚아버리는 건데 뭐가 좋다고 잘나가던 애를 시집보냈나 싶어 밤새 잠도 제대로 안 올 지경이었다. 그냥 이대로 끝내 버리고 싶은 맘이 안 드는 것도 아니었다.

“오빠가 미국에 있을 때 사귀었던 여자래요.”

“근데 왜 이제 와서 나타난 거래? 그때 안 나타나고.”

“오빠가 사고 났을 때 죽었다고 말하라고 친구한테 그랬데요.”

“뭐? 그래서?”

“모르겠어요. 저한텐 일절 얘기도 안 해줘요. 무슨 비밀이 그렇게 많은지……”

두 오씨 남자가 둘이서 서재에서 속닥거릴 뿐 효은에겐 일절 얘길 안 해주니 효은도 속이 답답했다. 하지만 그렇다고 나서서 물을 수도 없는 노릇이었다.

“그래서 너 어떻게 할 셈이야? 혹시 그 여자가 네 자리 꿰고 앉을 생각인 것 아니야?”

그 말에 순간 효은이 마시던 주스를 탕하고 내려놓았다.

“절대 그 꼴은 못 보지 이 장효은이!”

“너가 못 보면 어떻게 하려고 이 맹추야! 그 여자가 재준이 두고 농간질 부리면 게임 셋이야. 도대체 오 서방은 어떻게 하고 다녔길래 이제 와서 그런 여자가 나타나고 그래. 아주 실망이야 실망.”

엄마가 재준을 타박하자 효은은 괜스레 성이 났다.

“엄마, 사람이 젊었을 때 실수도 하는 법이지. 그리고 오빠 사고 나자마자 죽었단 얘기 들었다가 살아 있는 거 확인하러 온 그 여자도 안됐지 뭐. 오빠도 그땐 이렇게 될 줄 알고 그랬겠어요.”

“너는 그래도 네 신랑이라고 그놈 편 들고 싶니? 열부 났네 열부 났어. 그리고 네 앞가림이나 잘해. 네 오지랖은 무슨 태평양처럼 하해와 같이 넓어? 그 여자 사정까지 이해하게. 쯧쯧.”

엄마는 결국 혀를 끌끌 차셨다. 옆에서 퀼트를 하며 듣고 있던 미은은 사실 재준에게 많이 실망하고 있었다. 그리고 자기에게 저런 일이 생긴다면 효은처럼 저렇게 침착하게 대처할 수 있을까? 물론 아니었다.

효은은 이상할 정도로 침착하고 별 동요를 보이지 않고 있었다. 당연히 사랑으로 알콩달콩 살 줄 알았는데 결혼 생활이 결코 쉬운 건 아닌 모양이었다. 전에 화장실에서 얼핏 들었던 여자가 다시 나타난 모양이었다. 미리 얘기해 줄 걸 그랬다 싶었지만 이미 일은 터진 뒤였다.

엄마와 미은과 함께 제사상에 올릴 전이니 이것저것 준비하려는데 효은이 이마를 찡그렸다. 올라오는 기름 냄새에 속이 울렁거렸다. 임신인 건 키트를 사서 확인했지만 혼자서 병원에 가려니 왠지 좀 무섭기도 해서 미적거리고 있었다. 사실 효은은 임신인 것 확인한 뒤에 재준에게 말했을 때 어떻게 나올지도 무서웠다. 그게 무서워서 병원도 못 가는 자신이 무척 비겁하게만 느껴졌다.

"엄마 나 못하겠어."

"너 회사 다닌다고 한 번도 안 했잖아. 이번 기회에 좀 배우고 그래라. 너도 앞으로 제사상 차려야 할 거 아니야."

"어차피 개성댁 아줌마가 해서 난 안 해도 돼."

"그래도 어떻게 하는지 좀 보고 배울 생각이라도 해라. 미은이는 잘하잖아."

엄마 타박에 효은이 전을 좀 부쳐볼까 휴대용 가스레인지 앞에 앉았지만 올라오는 기름 냄새에 결국 참지 못하고 화장실로 가버렸다. 효은이 화장실로 뛰쳐들어 가서 나오질 않자 엄마와 미은이 서로 얼굴을 쳐다보았다.

"설마, 쟤?"

"벌써?"

효은이 창백한 얼굴로 나오자마자 엄마가 옆에 와 앉았다.

"얼마나 됐니?"

"몰라."

“병원 안 가봤어?”

“응.”

효은이 시무룩하게 대답했다.

“왜 여태 안 갔어?”

“무서워서.”

꼼질꼼질하는 효은을 보니 엄마가 한숨이 푹 나왔다. 갑자기 입고 있던 앞치마를 휙 벗어 던지더니 효은의 손을 잡아끌었다.

“가자!”

“어딜?”

“어디긴 병원이지. 가서 검사해야지. 이 맹추야, 무섭다고 여태 안 가. 이거이거, 완전 헛똑똑이야. 아기 생각해서 병원 꼭 가야지.”

결국 효은은 엄마 손을 잡고 아파트 단지 근처에 있는 제법 큰 규모의 산부인과로 끌려 들어갔다. 그곳에서 효은은 초음파 검사로 아기를 처음 볼 수 있었다. 효은은 자신의 뱃속에 자리 잡은 귀여운 외계인을 보고도 임신이 잘 실감이 안 났다.

“팔 주 되셨네요.”

안경을 쓴 아줌마 의사가 효은의 생리 주기를 따져 보더니 선포했다. 이제야 드디어 실감이 나는 순간이었다. 아기가 존재감을 가지고 뱃속에서 꿈틀거리고 있다는 게 정말 신기했다. 엄마는 뭐가 좋은지 싱글벙글이었지만 효은은 좀 착잡했다. 사실 아기가 생긴 건 알았는데 어떻게 해야 할지 몰라서 병원에도 못 보고 혼자 좌불안석이었던 셈이다.

"초기니까 조심하셔야 해요. 이 시기에 유산이 제일 많아요."

의사가 주의할 걸 알려주는 동안 엄마는 내내 좋아서 어쩔 줄 몰라 하고 있었다. 효은은 왠지 창피해서 고개도 못 들었다.

집에 오자마자 엄마가 효은을 침대로 쫓아버렸다.

"얘, 넌 나오지 말고 쉬어. 준비는 엄마랑 미은이가 할게."

엄마는 미은에게 뭐라고 속닥속닥거리더니만 하다 만 전을 다시 부치기 시작했다. 효은은 하는 수 없이 전에 쓰던 방에서 만화책이나 보면서 누워서 빈둥거리는 수밖에 없었다. 그것도 한두 시간이지 결국 심심해져서 다시 밖으로 나오고 말았다. 그러자 엄마가 잡고서 얘기를 시작했다.

"효은아, 너 이제 애도 생겼으니까 아이를 생각해서라도 그 여자한테 기선 잡히면 안 돼."

"나더러 어쩌라구요?"

"그 여자 만나라도 봐."

"만나서 뭐 어쩌라구요?"

"뭐 어쩌긴! 아기 가졌다고 말하고 네가 우위인 걸 증명해야지. 이런 일 그냥 지나치면 그 여자가 계속 너네 부부 가만 안 둘 거야."

어느 날 갑자기 나타나 남편의 전 애인이라는 여자에 대한 호기심이 안 드는 것은 아니었다. 하지만 만나서 무얼 해야 하는 걸까? 울기라도 해야 하나, 협박이라도 해야 하나. 무슨 신파영화도 아니고 이게 웬 날벼락인지. 결혼 전 일로 타박하고 싶진 않았지만 대응하는 재준의 행동이 불만스러웠다. 아내인 자기를 배제하고 절대 어떤 일도 얘기해 주지 않으려 하는 게 더 섭섭했다. 게다가 분명 몸이 변하고 있는데도 재준은 전혀 눈치채는 듯싶지 않았다. 그 이전에 자기에 대해서 관심이 없는 재준이 더 섭섭했다.

미은은 처음에 효은이 임신했다니까 약간 당황한 표정이었으나 활짝 웃었다. 쌍둥이었지만 삼십 분 일찍 태어난 효은은 미은보다 모든 게 빨랐다. 생리도 반년 먼저 시작했고 키도 항상 더 컸던 효은이었다. 그런 효은이 아기 엄마가 된다는 게 무척 신기했지만 이모가 된다고 생각하니 기뻤다. 미은은 어릴 때부터 아기를 좋아했기 때문에 조카가 태어난다니까 마냥 좋았다. 원래 마음이 고운 편인지라 처음 느꼈던 질투나 열등감은 이제 희미해져 있었다. 게다가 미은도 요즘 들어 일이 생기면서 자신감을 다시 찾는 중이었다.

"내가 이모가 되는 건가?"

"그렇네. 네가 이모네."

엄마가 옆에서 거들었다.

"나 마침 퀼트 선생님 쇼핑몰에 작은 소품 만들어달라고 해서 아기들 용품 만든 거 있거든. 갈 때 챙겨가."

"팔 거라면서?"

"그거 갖고 간다고 팔 게 전혀 없는 것도 아니야. 괜찮아. 내

가 이모가 된다는데 나는 돈도 못 벌고 하니까 이런 거라도 해
줘야지.”

미은이 간만에 활짝 웃으면서 좋아하자 효은도 조금은 안심
이 됐다.

“요즘 퀼트 선생님이랑 친하게 지내?”

“어. 선생님이 재밌으셔. 그래서 거기에 나와서 초보 학생들
가르치지 않겠냐고 하셔서 해볼까 생각 중이야.”

“그거 진짜 잘됐다.”

효은은 정말 정말 미은의 앞날에 걱정이 많았기 때문에 그 퀼
트 선생님한테 엎드려 절이라도 하고 싶은 기분이었다. 미은이
미대를 갈 생각을 하려다가 아버지의 반대로 그냥 문과를 간 전
적이 있는데 그때 미대를 갔어야 하는 게 좋지 않았을까 하는
생각이 들었다. 손이 야무지지 못한 효은 대신에, 미은은 집안
일에 능숙했다. 오히려 복잡하고 힘든 요리는 엄마보다 더 잘할
정도였다. 요리, 바느질, 제과, 제빵 등 손쓰는 일은 정말 잘했
다. 때문에 효은은 미은이 적성을 살려서 퀼트 강사로 나서는
거에 대찬성이었다.

“필요한 거 있으면 말해. 내가 도와줄게.”

“아냐, 별로 없어.”

효은은 그동안 동생에게 야박하게 군 게 아닌가 싶어 반성했
다. 미은이 집에만 있게 된 건 소극적이고 수줍음 많이 타고 내
성적인 미은에게 사회생활이 힘들 거라는 아버지의 배려였다.

그런데 활발하고 외향적인 효은이 자기의 성격을 미은에게 너무 강요한 게 아닌가 하는 생각에 스스로 반성했다.

효은은 집에 가기 전에 어머니한테 신신당부를 했다.

"엄마, 이 일은 내가 알아서 할 테니까 엄마는 그냥 조용히 계세요. 그리고 아기는 일단 일 좀 진정되면 그때 말할 거니까 그때까지 조용히 계셔야 돼요. 꼭요!"

엄마는 효은을 걱정스런 기색으로 바라보았다.

"그래도 할아버님 기뻐하실 텐데 빨리 말씀드려야지."

"지금 같아선 좀 사태가 진정되면 말씀드리는 게 나을 것 같아요."

효은은 단순히 애가 생겨서 같이 사는 그런 가족이 되고 싶진 않았다. 오재준의 애를 낳은 아기 엄마로 그 집에 머무는 게 아니라, 오재준의 처로 가족을 이루고 싶었다. 단순히 서류상의 계약관계가 아니라 마음이 연결된 부부로 인정받고 싶었다. 그러기 위해서는 일단 아기 얘기를 꺼내기 이전에 재준과 먼저 애기가 돼야 했다.

엄마는 효은이 신신당부를 하기 때문인지 알았다고 약속해 줬고 효은은 무거운 발걸음으로 집으로 돌아왔다.

뱃속의 아기를 생각하면서 명랑하게 집에 들어오긴 했다. 하지만 오 영감이 기다렸다는 듯이 효은을 불렀다. 표정이 무거웠다.

"잠깐 나 좀 보자."

“네.”

서재에 들어가 앉자마자 오 영감이 쪽지 하나를 내밀었다.

“아무래도 안 되겠다. 네가 나서야지.”

“뭐요?”

“재준이 말이다. 네가 그 아가씨 한번 만나 봐라.”

“제가 왜요?”

효은이 정색을 했다. 엄마도 그러더니만 오 영감까지 효은보고 해결하라고 등을 떠밀고 있었다. 그런 불편한 만남 같은 건 갖고 싶지도 않았다. 사실 호기심 같은 거야 있지만 이렇게 등 떠밀려 만나서 무슨 얘기를 해야 할지 잘 모르겠다 싶었다. 효은은 재준에게 자기가 아내 이전에 여자로 인정을 받고 있는지조차 알 수 없기 때문에 재준의 전 여자 친구라는 유리라는 여자에게 은근히 열등감을 느끼고 있었다.

“재준이 자식이 우유부단하게 구니까 너라도 따끔하게 그 아가씨한테 말해야지.”

“제가 나선다고 일이 잘 풀릴까요?”

“보니까 상황파악을 잘 못해서 그렇지 악한 아가씨는 아닌 듯했다. 만나서 네가 재준의 처라는 거 잘 얘기하면 순순히 떨어져 나갈 거야. 곱게 자라 세상 물정 잘 모르는 게지. 자 어서!”

효은 자신만 생각하면 여기서 그냥 관두거나 재준의 뜻에 따르고 싶었다. 하지만 뱃속의 아기를 생각하니 갑자기 머릿속에서 번개가 치는 것 같이 짜증이 났다. 아기를 아빠 없이 키우고 싶지 않았다. 원래 가정이란 2세를 안전하게 키워서 후손에게 유전자를 물려주기 위해 만들어진 사회 단위가 아니었던가! 이렇게 뱃속에 자기와 재준의 2세가 건강하게 자라고 있는데 아이를 위해서라도 아니, 효은 자신을 위해서 재준을 사수하고 싶었고 사수해야 했다.

그렇게 생각을 굳힌 효은은 할아버지가 주신 쪽지를 받아 들고 멍하니 이층으로 올라왔다. 재준은 아직 집에 돌아와 있지 않았다. 아버지 첫 제사에 친구들과 약속을 먼저 챙긴 무심한 남편을 생각하니 속이 상했다. 속만 상하는 게 아니라 질투와 분노, 상처 등이 섞여 속이 뒤죽박죽이었다. 더 두려운 건 이게 밖으로 보여질 경우에 재준이 추하다고 생각할지에 대해서 전전긍긍하는 자기 모습이었다. 한편으론 너무 비굴해 보여 자존심이 상하기까지 했다.

제15장

유리는 자신있었다. 재준이 어떤 상태인지는 알 수 없었지만 자기를 보는 순간 무너져 내릴 거란 확신이 있었다. 재준이 결혼한 것은 뒤늦게 알았지만 재준은 언제나 자기에게 약했다. 재준이 죽어서라도 절대 자신을 잊지 못할 거라고 믿었다. 그의 영원한 사랑에 확고한 확신이 있었다. 오죽하면 그런 모습을 보이기 싫어서 자신에게 죽었다고 거짓말을 했을까. 그런데 한국 돌아와서 직접 찾아가서 보니 두 손 들고 환대할 것 같았던 오 영감부터 시작해서 재준 역시 난감해하며 그가 결혼했음을 알렸다. 거기서부터 계산이 엇나가기 시작했다.

유리는 원래 자기 자리가 됐어야 할 재준의 옆 자리에 있는 그녀가 궁금했다. 그런데 마침 재준의 부인에게서 어떻게 알았는지 한번 보자는 전화가 온 것이었다. 유리 역시 재준과 결혼한 여자가 어떤 여자인지 궁금하던 차였기에 그 제은을 받아들였다. 재준의 결혼식에 갔던 사람들이 말하길 재준의 부인은 키가 크고 제법 예쁘게 생긴 재준의 대학 후배라는 얘기만 해줄 뿐이었다. 다들 그녀에 대해서 그다지 잘 아는 것 같지는 않았다. 그냥 갑자기 결혼했다더라, 아가씨네 집이 좀 어렵다더라, 아무래도 돈이 관련된 것 같다는 뒷소문만 슬쩍 얘기해 줄 따름이었다.

[저 장효은이라고 오재준 씨 와이프예요.]

이런 전화가 왔을 때 올 게 왔구나 싶었다. 언제 이 여자가 전화하리란 생각이 들었다. 어차피 돈 보고 하반신 불구인 남자와 결혼한 여자 따위 가볍게 생각됐다. 뭔가 금전적인 보상을 해주면 여자는 쉽게 떨어질 거라고 낙관적으로 생각했다.

"아, 예. 안녕하세요?"

유리는 일부러 여유있는 척 인사를 했다.

[한번 뵙고 싶은데 시간 괜찮으신가요?]

여자는 정중하게 물어왔다. 전화기 너머로 들리는 목소리는 굉장히 침착했다.

"저야 안 괜찮을 게 있나요."

유리는 저도 모르게 긴장했는지 어느새 목소리 톤이 높아져 있었다.

[혹시 편한 장소라도 있나요?]

"아뇨. 한국 떠난 지 오래돼서 잘 몰라요. 그쪽에서 편한 장소로 잡으세요. 아, 저희 집이랑 가까운 데로 해주시기만 하면 돼요. 제가 지리를 잘 몰라서요."

그렇게 해서 약속 장소가 잡히고 당장 내일 만나기로 했다. 숙제를 마친 듯한 기분에 효은은 일단 한숨을 푸욱 내쉬었다. 전화기로 들리는 목소리는 가늘고 톤이 높아서 애교있는 목소리였다. 엄마 성화도 있는데 오 영감이 전화번호를 입수해서 넘겨주면서 전화할 걸 강권하는데 거부할 수가 없었다. 결국 먼저 전화를 하긴 했지만 효은은 이렇게까지 해야 하는지 의구심이 들었다. 재준을 지키고 싶었지만 이건 효은이 해결할 일이 아니라 재준이 해결할 일이었다. 하지만 재준이 우유부단하게 굴고 있는 이상 어쩔 수 없었다. 그리고 무엇보다 재준을 꼭 지키고 싶었다.

전화로 인상착의를 들은지라 유리가 효은을 찾는 건 어려운 일이 아니었다. 일부러 십 분 정도 지각한 유리가 카페 바깥에서 슬쩍 들여다보자, 검은색 원피스에 같은 색의 니트 카디건을 걸친 꽤 키가 큰 여자가 보였다. 얌전한 진주 귀걸이에, 검은 가죽 스트랩의 시계를 찬 평범한 여자였다. 하지만 왼손 약지의 반지에 눈이 저절로 쏠렸다. 순간 머릿속이 하애질 정도의 분노가 솟았다. 원래대로라면 자기 것이었어야 하는 반지였다.

유리는 다시 여자를 관찰했다. 이목구비가 반듯해서 별다른 화장 없이도 꽤 단정한 인상이었다. 처음 사람들에게 애기 들었던 인상이랑 좀 달랐다. 사람들에게 들은 애기론 재준 부인이 돈 보고 결혼한 좀 천박한 여자인 양 들었기 때문이다. 사람들이 뭐라고 떠들던 간에 유리는 생각보다 가벼운 상대가 아닌 거에 전에 없던 긴장이 생기기 시작했다. 아무래도 곱게 자란 유리인지라 저렇게 이성적이고 논리적인 상대에는 늘 약했다. 그래도 여기까지 와서 밀리고 싶지 않은 오기에 당당하게 카페로 들어갔다. 그리곤 효은 앞에 인사도 없이 앉았다. 책을 보고 있던 효은이 책을 가방 안에 집어넣더니 일어나서 정중하게 인사를 했다.

"안녕하세요, 장효은이라고 합니다. 오재준 씨 처 되는 사람입니다."

유리는 앉은 채로 고개를 까딱거렸다.

"이유리예요. 좀 웃기네요. 무슨 소개팅도 아닌데 서로 이름 소개하고요."

유리는 앉자마자 유리는 작은 핸드백 안에서 담배를 꺼내 불을 붙였다. 그것은 지난 몇 년간 생긴 나쁜 취미 중 하나였다. 곧 피어오르는 담배 연기는 바로 효은에 와 닿았다. 구역질이 날 것 같았지만 꾹 참고 연기가 오지 않게 살짝 고개를 다른 쪽으로 피할 뿐이었다.

동그란 이마를 살짝 찌푸린 효은을 유리가 못 봤을 리가 없었다. 일부러 더 불량한 척 긴 연기를 내뿜으면서 촉촉한 핑크색 립글로스를 바른 입술을 움직여 말했다.

"다른 여자를 사랑하는 남편이랑 같이 사는 기분이 어때요?"

도발이었다. 유리는 그만큼 자신있었다. 재준이 자기 이외의 다른 여자를 사랑할 거라곤 생각해 본 적 없었다. 앞에 앉아 있는 여자가 조금 안됐단 생각이 들었지만 자기 걸 찾고 싶은 마음이 앞섰다.

"그건 우리 부부 사이의 문제라서 남에게 얘기할 게 못 되는 듯하네요."

의외로 앞에 앉아 있는 여자가 담담하게 대답했다. 유리의 도발에 절대 걸려들지 않을 정도로 여자는 침착했다. 유리는 점점 초조해지기 시작했다.

"오빠랑 얼마나 사귀었어요?"

여자가 선보고 바로 결혼했다는 얘기는 이미 들은지라 모르는 척 질문했다.

"그 사귀었다의 의미가 뭔지 잘 모르겠지만 삼십 년 가까이 안 사이예요. 어릴 적 소꿉친구이기도 하고요."

"오빠한테서 한 번도 얘기 들은 기억 없는데요."

"저희 할아버지가 재준 씨 할아버님 고등학교 동창이세요. 저희 할아버지 살아 계실 때는 집안끼리 굉장히 가깝게 지냈어요. 저희 할아버지 돌아가시고 나서는 아무래도 소원해졌어요. 재준 씨랑은 나이 차도 좀 있고 해서 아무래도 동갑내기 친구처럼 지내지는 않았죠."

효은이 빙그레 웃으며 느긋하게 말했다. 생각지도 못한 반격에 유리는 슬슬 조바심을 치기 시작하는 게 효은 눈에 보일 정도였다. 유리는 손을 까닥거리면서 테이블을 치고 물을 들이켰다.

원래 직업 탓에 협상 같은 것에 강한 효은의 눈에 유리는, 자기가 들고 있는 히든카드에 대해서 잘 모르는 아마추어에 불과했다. 어떤 전략이나 전술없이 무턱대고 재준을 찾아온 것 자체가 이 사람이 얼마나 아직도 순진한지 말해준다는 생각마저 들었다. 효은은 유리가 안됐다고 생각했다. 일방적으로 사랑하는 사람과 단절당하고 사 년을 살아온 여자가 그 사람이 살아 있고, 다른 사람과 결혼했다는 걸 알았을 때 어떤 기분일지 생각해 보면 묘한 동정심이 드는 건 어쩔 수 없었다.

자그마한 키에, 뽀얀 피부에 동그란 눈. 예쁘고 사랑스럽고 사랑을 많이 받고 자란 티가 났다. 어딘가 미은을 연상케 하는 데가 있어서 효은은 그녀가 몇 살인지 모르지만 동생 같은 기분마저 들 정도였다.

유리가 앞에 놓인 커피를 들어 몇 모금 마시고 난 뒤에 입을 떼었다.

"오빠 사랑해요? 난 오빠 너무너무 사랑해서 오빠 죽었단 얘기 들었을 때 미칠 것 같았고 오빠가 살아 있는 거 알았을 땐 만사 제치고 달려왔어요 사실 그땐 살아 있는 것만 확인하고 싶은 마음이었는데 살아 있는 거 보자마자, 얼굴 보자마자 욕심이 나더라고요. 이젠 옆에 있고 싶어요. 그동안의 아픔 보상받고 싶어요. 내가 너무 욕심이 많은 건가요?"

유리가 갑자기 자세를 낮춰서 호소하듯이 말했다. 효은은 순간 유리의 진심을 보았기 때문에 입을 떼지 못했다. 심장이 덜컹 내려앉는 듯했다. 차라리 이 여자가 정말 나쁜 여자였음 하는 마음조차 생겼다. 그러면 효은도 정말 세게 나갈 수 있을 테니까. 이 여자의 사랑이 어떻든지 간에 실제로 유리가 재준을 사랑하는 마음은 진짜였다. 아마 재준도 그녀를 사랑했겠지.

"어차피 돈 보고 결혼한 거잖아요. 안 그래요? 아마 오빠 할아버님이 섭섭하지 않을 정도로 챙겨주실 거예요. 필요하시다면 저도 성의 표시할게요."

그 순간 효은은 뒤통수에 물을 뒤집어쓴 것처럼 번쩍 정신이 났다. 아무리 자기가 이 사람을 안됐다고 생각해도 정도라는 게 있구나란 걸 깨달았다. 자기 좋을 대로 말을 늘어놓고 있는 이 철딱서니 없는 여자가 한심하단 생각밖에 들지 않았다. 엄연히 자기는 재준의 와이프였고 사실혼 관계에 있는 이상 존중받아 마땅했다. 그런데 전 애인이라는 여자가 자신과 재준의 관계를 놓고 '돈' 운운하며 비천하게 떨어뜨릴 때의 모멸감은 참을 수 없었다.

유리는 효은을 너무 가볍게 생각했다. 왜냐면 재준과 자신과의 사랑이 너무나 아름답고 뜨거웠기 때문에 재준이 다른 사람을 마음에 품을 가능성은 1%도 생각해 본 적이 없었다. 재준은 자신을 위해 모든 것을 들어줬다.

집에서 곱게 자란 외동딸이고, 혼자 있는 미국 생활 외로웠다. 주변에 계속 남자들이 꼬였지만 특별히 마음에 드는 사람도 없었다. 그때 재준이 나타났다. 훤칠한 외모에, MBA를 막 마치고 잘나가고 있던 그는 유리를 위해 모든 것을 해줬다. 평생 기다리던 백마 탄 왕자님이나 다름없었다. 그리고 평생 모든 소원을 들어줄 수 있을 것 같았다.

자신이 눈물 한 방울만 보여도 어쩔 줄 몰라 하며 공주처럼 아끼는 그를 유리 역시 사랑했다. 그래서 그와 결혼하고 싶었고 그가 티파니에서 플래티넘 반지를 사와서 청혼했을 때, 세상을 다 얻은 것처럼 기뻤다.

결혼하기로 하자 일단 재준이 먼저 휴가를 얻어 나갔고 어쩌다 보니 유리가 며칠 늦게 출발하기로 했다. 출발하기 며칠 전에 재준이 교통사고로 즉사했다는 걸 재준의 친구가 덤덤한 목소리로 전화해 알려주었다. 이미 장례까지 치르고 화장했다고.

그때부터 절망의 나날이 시작됐다. 우울증에 불면증으로 잠도 못 이뤘고 약도 처방받아 먹었다. 어찌어찌 살아는 가는데 예전과는 전혀 다른 나날들이었다. 그 뒤에도 다른 남자는 안 만난 건 아니었다. 하지만 어떤 남자도 재준이 자신에게 해준 것만큼의 희생은 보여주지 않았다.

그렇게 살아가고 있던 중 뉴욕에서 같이 공부했던 친구가 한국의 한 백화점에서 재준같이 생긴 남자를 보았는데 휠체어를 끌고 있다는 소식을 전해왔다. 몇 군데 전화해서 코치코치 캐물으니 금세 답이 나왔다. 재준이 살아 있다는 걸 알자 입에서 하느님 감사합니다 소리가 절로 새어나왔다. 왜 재준이 자기에게 거짓말을 했는지 알 것 같았다. 그 자존심 강한 남자는 이런 자기 모습을 보여주기 싫었겠지. 그런 거짓말 따위 상관없었다. 이 사랑만이 자기를 구원해 줄 것 같았고 지난 몇 년간의 방황과 가슴앓이 이런 것 모두 잊을 수 있을 것 같았다.

그대로 회사에 사표를 던지고 한국으로 오자마자 재준을 만나러 왔다. 하지만 뜻밖에도 재준은 남의 남자가 돼 있었으니 유리가 충격받은 건 당연한 일이었다. 저 여자가 미웠다. 내건데, 자기 것인 양 말하는 저 여자가. 그래서 일부러 못된 말을 해버렸다.

"오빠 돈은 사실 그다지 중요한 게 아닌데요."

유리의 말에 잠시 주스 잔을 들고 있던 손이 움찔했다. 그러더니 다시 주스를 한 모금 마시고 잔을 내려놓더니 냉정한 눈길이 유리를 직시한 뒤에 차근차근 답했다.

"말했다시피 나는 그 사람하고 근 삼십 년 가까이 알고 지냈어요. 우린 강보에 쌓여 있을 때부터 알던 사이이고 할아버지들끼리 친구여서 어릴 때부터 교류가 있었거든요. 오빠 돈 정도는 아니지만 나도 나름 돈이 있어요. 앞으로도 원하면 나 혼자 먹고 살 돈은 충분히 벌 능력 있고요. 돈이 우리 결혼에 빌미가 된 것은 맞지만 돈 때문에 결혼 생활을 이어나가는 건 아니에요.”

유리는 효은이 예상 밖의 행동을 하자 놀랄 수밖에 없었다. 사람들에게 들은 것과는 다른 얘기를 하고 있었다.

“그쪽이야말로 원하시는 게 돈인가 보네요. 돈 얘기 하시는 거 보니까.”

효은이 날카롭게 찔렀다. 하지만 그렇다고 유리라고 가만있을 리도 없었다.

“원래 결혼은 사랑으로 하는 거 아닌가요?”

이 여자가 지금 효은에게 결혼과 사랑에 대해서 설교를 늘어놓으려 하고 있었다.

“내가 오빠를 사랑하지 않는다고 누가 그래요? 돈 필요하시면 제가 드릴까요? 얼마가 필요하세요? 지금 당장이라도 삼억 만들어 드려요?”

마지막 말에서 효은이 목소리를 낮추고 그녀의 눈을 똑바로 쳐다보며 말했다. 여자는 절대 조금도 지지 않았다. 조용해 보이던 여자의 눈이 이글거렸다.

“얘기 듣자하니 재준 씨 사고로 죽었다고 욱형 씨가 전화했을 때 더 알아보시지 않으셨나 봐요? 나라면 어떻게 된 건지 알아보러 한국에 나왔을 거예요. 당신이 재준 씨를 얼마나 사랑했는지는 알겠는데 그건 과거의 일이에요. 과거의 일로 다시 나타나서 우리 가정 평화를 깨지 말아주셨음 합니다.”

사실 임신한 걸 들이댈 수도 있었지만 그건 최후의 무기였다.

저 여자가 쪼르르 달려가 재준에게 그 사실을 말하는 건 바라지
않았다. 이 결혼이 애 때문이 아니라 '사랑과 믿음' 때문에 이어
질 수 있길 진심으로 희망했다.

유리가 화가 났는지 움켜쥔 주먹을 바르르 떨었다. 그러더니
물 컵을 들고 벌컥벌컥 들이켰다.

"어차피 아직 혼인신고도 안 했잖아요. 오빠가 맘 먹으면 헤
어지는 건 아주 간단한 일일 텐데요."

앙칼진 유리의 말에 효은은 잠시 멈칫했지만 입을 열지 않았
다. 이미 알고 있던 사실이었다. 그것만 아니었음 나오지 않았
을지도 모른다.

"먼저 일어날게요. 그쪽도 할 얘기 다한 듯싶으니."

호락호락한 상대가 아니었다. 서로에 대한 절대 지지 않겠다
는 선전포고였다. 그 말을 한 효은은 그대로 일어나 가방을 들
고 계산을 하더니만 나가 버렸다.

효은은 자신있게 나와 카페 바로 옆에 있는 화장실로 들어왔
다. 당당한 척하긴 했지만 왜 그녀가 무섭지 않았겠는가. 그녀
의 작은 성은 모래성처럼 외부의 거센 파도에도 흔들리며 무너
져 내리려 하고 있었다.

거울 속에 초췌한 안색을 한 자신의 얼굴이 보였다. 효은은
뱃속의 꼬마 외계인에게 말을 걸어 보았다.

'너 뱃속에 있는데 그런 못된 말해서 정말 미안해.'

돈의 문제가 아니었다. 효은은 재준하고의 행복이 그동안 얼

마나 바닷가 모래성과 같은지 바람 앞의 촛불과 같은지 실감이 갔다.

생각해 보면 어릴 때의 재준은 효은이 아는 사람이었다. 잘 아는 오빠인 재준과 남자로서의 재준은 효은이 알던 그 사람이 아닌 것 같았다. 또 남편으로서의 재준도 다르게 느껴졌다. 효은은 재준에게 배신감 같은 감정을 느끼는 거에 놀라고 있었다. 분명 결혼 전의 일인데 이성적으로 머리로 이해하는 거랑 가슴으로 받아들이는 것은 분명히 다른 것이었다. 이런 게 사랑인 걸까?

그녀는 효은이 보기에도 사랑스러운 여자였다. 미은과 좀 비슷한 타입? 자그마하고 사랑스럽고 지켜주고 싶고 보호해 주고 싶은 그런 여자. 자기같이 키가 크고 바늘로 찔러도 피 한 방울 안 나올 것 같은 독종과는 거리가 멀어 보였다.

그들은 얼마나 예쁜 사랑을 했기에 여자는 아직도 재준을 못 잊었을까. 재준의 옛 여자 친구는 재준의 불구에도 불구하고 재준과 결혼하고 싶다고 현 부인인 자기더러 헤어지라고 하고 있었다. 그렇다면 재준은 어떤 생각을 하고 있을까?

효은은 재준을 믿지 못하고 있었다. 계약은 언제나 그 조건 안에서 서로 쌍방 간의 합의가 있는 거다. 오재준과 장효은의 결합은 갑과 을의 결합이니 만큼 뭔가 틀어지면 그대로 끝이었다. 그 둘 사이에 있는 것은 무엇일까? 사랑, 애정?

아까부터 안 좋던 속은 복잡한 생각에 더욱 불편해졌는지 토기가 몰려왔다. 변기에 토하고 나서 물로 입을 헹구었다. 그러다 거울 속에서 자기를 쳐다보는 창백한 얼굴과 마주쳤다. 불행한 여자의 얼굴이었다.

'전혀 행복해 보이지 않아.'

효은은 자기가 지켜야 하는 게 뭔지도 이제 확실하지 않았다. 재준을 사랑하기 때문에 지켜야 한다면 그건 내 이기심이 아닐까. 그의 행복을 위해서 보내줘야 하는 건 아닐까? 그럼 뱃속의 아기는 어떻게 되는 걸까?

아무것도, 아무것도 알 수 없었다. 대학 성적은 4.0점대였는지 몰라도 인생은 아슬아슬하게 낙제를 면하는 저공 비행. 누가 결혼 생활에 대해서 알려줄 수 있을까? 속이 너무 답답해서 누군가 만나서 속이라도 털어버리고 싶었다. 그래서 이럴 때 제일 편한 친구인 영주라도 만났음 싶었다. 화장실을 나와 핸드폰을 꺼내 익숙한 단축키를 눌렀다. 영주가 바로 받았다.

"나야."

[오, 사모님. 내가 오늘 저녁 비번인 건 어떻게 알고 전화했어?]

"아니, 밖에 나온 김에 혹시 시간 되나 해서 걸어봤지. 저녁에 시간 나면 밥이라도 같이 먹을래?"

[사모님이 사신다면 이 몸이 시간 내주지. 이참에 우리 영감님 얼굴이라도 볼래?]

"그것도 좋고."

그렇게 해서 영주와 약속이 잡혔다. 예전에 종종 만나던 피자집에서 보기로 했다. 먼저 와 기다리던 영주가 손짓을 했다. 자리에 앉아 친구의 얼굴을 보자 속에 참고 있던 게 폭발하듯 올라올 거 같았지만 일단은 좀 진정부터 해야 할 것 같았다. 평소처럼 주문했지만 역시 입덧 때문에 주문한 것은 아무것도 먹지 못하고 물만 마시고 샐러드만 끼적거리는 효은을 보고 영주가 대충 감을 잡았다.

"얼마나 됐어?"

효은은 영주에게 어차피 말할 생각이었던지라 그냥 순순히 말했다.

"어, 팔 주."

"흐음. 결혼한 지 벌써 그렇게 됐나. 허니문 베이비야?"

"그런 셈인가."

효은은 조금 창피한 기색이었지만 뿌듯해 보였다. 그런 효은을 보면서 영주는 생각보다 빨리 애를 가진 데 조금 놀라긴 했지만 일단 축하할 만한 일이라 진심으로 축하해 줬다. 그러나 효은은 어쩐 일인지 뭔가 고민 거리가 있는 기색이었다. 하지만 효은은 본인 생각이 정리될 때까진 아무런 얘기도 안 하는 걸 아는지라 영주는 그냥 기다리기로 했다.

"그나저나 네 남자 친구 얘기나 해보지?"

"아 선배."

"오호, 선배님이셔."

"어. 동아리 선배. 그냥 오랫동안 알고 지내다 어쩌다 보니……."

"알고 지내다 선배가 남자 친구가 됐다고?"

"뭐 그런 셈이지."

"몇 살이야?"

"서른일곱 살."

"어쩐지. 그래서 영감님이셨구먼."

"응, 그런 셈이지. ……이혼남이야."

"으응, 그렇구나. 뭐 잘해주면 이혼남이든 애가 셋 딸렸든 그게 뭐가 중요하냐. 게다가 법적 총각인데."

"나도 그렇게 생각하는데 우리 엄마는 좀 생각이 다르신 것 같더라."

영주가 나름 좀 집안에서 트러블이 있는지 표정이 복잡해졌다. 효은은 그런 영주 앞에서 처음 생각했던 것처럼 고민을 털어놓지 못했다. 잠시 후 영주 표정이 환해졌다.

"아 저기 온다. 여기예요."

영주가 출입구에 서 있는 사람한테 손을 흔들었다. 삼십대 중후반의 인상 좋게 생긴 남자였다.

"선배."

영주가 정말 환하게 활짝 웃었다. 남자는 나이에 비해서 젊어 보였고 환하게 웃는 표정이 밝은 사람이었다. 영주가 너무나 좋아하는 기색이 만연해서 효은 역시 좀 놀랐다. 영주는 그다지 남자에 관심이 많지도 않았고 예전에도 종종 연애하는 걸 봤지만 이렇게까지 남자에 관심이 많은 건 처음 보는 듯했다. 이 사람을 진짜 좋아하는구나라는 게 그런 행동에서도 나왔다. 자기는 남이 볼 때 어떨까 하는 생각이 들었다. 과연 효은도 재준을 좋아하는 태가 날까?

"안녕하세요, 김선욱입니다. 말씀 많이 들었습니다."

그가 영주 옆에 앉자 바로 효은에게 인사했다. 도수 높은 안경 속의 눈이 웃을 때마다 눈가에 잔주름이 잔뜩 잡힌다. 웃는 얼굴이 선해 보여서 왠지 정감이 가는 사람이었다.

"아, 김 선배가 재준 씨 담당하는 거 알아?"

갑자기 영주가 말을 꺼냈다. 셋이 서로 인사하고 난 뒤에 살짝 어색해지자 영주가 나름 꺼낸 화제였다.

"응?"

언제나 재준이 물리치료 받을 때 밖에서 기다린 것밖에 없기 때문에 의사를 만나고 자시고 한 적이 없는 효은이 알 턱이 없었다. 오 영감이 원해서 같이 병원은 가는데 치료실엔 재준 혼자 들어가고 효은은 밖에서 멀뚱멀뚱 책이나 보면서 기다리거나 영주 잠시 만나서 수다를 떠는 게 다였다.

"아, 오재준 씨랑 결혼하셨다고 얘긴 들었습니다. 늦었지만 축하드립니다. 요즘 집에서 걷는 연습은 잘하고 계시죠?"

"네? 아, 네……."

그는 재준이 걷는 게 당연한 것처럼 얘기를 하고 있었지만 듣는 효은은 기가 찰 노릇이었다.

그가 걷는다니……. 이 남자 자기한테는 휠체어에서 못 벗어날 것처럼 얘기해 놓고 뒤에서 걷는다는 얘기를 다른 사람한테 듣고 있으려니 황당하고 화가 치밀어 올랐다. 그러니까 이상한 게 한두 가지가 아니었다. 너무 황당하고 어이가 없어서 영주의 남자 친구에게 자세하게 물어보고 싶었지만 자존심상 물을 수가 없었다.

그는 처음부터 자기 몸 상태에 대해 제대로 얘기해 준 적도 없었다. 척추를 다친 것도 아니라는 것 정도만 자기가 아는 모든 것이었다. 다리를 다쳤다, 섹스는 가능하다, 하지만 못 걷는다. 그 얘기는 허리의 신경은 괜찮고 단순히 다리만 이상하다는 것인데 그렇다면 목발이라도 짚고 걷는 게 가능하다는 얘기였다. 왜 여태 이런 걸 생각해 보지 않고 무턱대고 재준 말만 믿었던 걸까.

그냥 어색하게 웃을 뿐이었다. 어떻게 영주에게 고민을 털어놓고 조언도 얻고 마음의 평온을 되찾아볼까 했는데 오히려 짐만 더하는 격이 됐다. 남편과 남편의 전 여자 친구가 연달아 효은에게 강편치를 날린 거나 마찬가지였다.

그날 저녁 집에 들어간 효은은 할아버지한테 간단하게 유리와 만난 것만 보고하고는 일찍 자려고 누웠다. 당분간은 재준 얼굴이 보고 싶지 않을 정도로 그가 미웠다. 그는 자기를 전혀 믿고 있지 않았다. 하지만 그런 자신은 재준을 얼마나 믿고 의지하는 걸까?

　유리는 하이힐을 또각거리면서 호텔 커피숍으로 들어갔다. 맞은편에 미리 와 앉아 있던 재준이 뭔가 보고 있다가 고개를 들더니 유리를 보고 서류를 가방에 집어넣었다. 마치 전의 효은처럼. 부부는 닮는다더니, 하는 생각이 머리를 스치자 아차 싶었다.

　"무슨 일로 부른 거야?"

　"좀 천천히 해. 사람 오자마자……."

　유리가 눈웃음을 치며 말하자 재준이 한풀 꺾이는 듯했다.

　"먼저 뭐 좀 시키고요. 아, 여기 카페모카 하나 주세요."

　이미 주문한 커피가 나왔는지 재준은 에스프레소를 한 모금 마실 뿐 유리에게 아무런 말도 하지 않았다. 유리는 아무런 말도 없이 평소처럼 담배를 꺼내 불을 붙였다. 그런 유리를 무표정하게 바라보던 재준이 짜증스럽다는 듯이 이맛살을 찌푸렸다. 아무 말 없이 담배 연기만 내뿜던 유리가 재준을 쳐다보며 말했다.

　"며칠 전에 오빠 부인 만났어."

　"그래?"

　"그 여자가 전화했더라구. 만나자고. 그래서 만났더니 돈 줄 테니까 떠나라고 하더라."

　재준은 한쪽 눈썹을 슬쩍 올렸다. 그가 알기론 효은에게 그럴 돈이 있을 턱이 없었다.

유리는 재준의 부인과 만난 뒤 분했다. 그래서 일부러 재준이 오해하라고 앞뒤 얘기 싹둑 자르고 돈 이야기만 얘기해 버렸다.

"얼마나 얘기했는데?"

"삼억."

재준은 그 얘기가 좀 이상하다 싶었다. 효은에겐 절대 그런 돈이 있을 리가 없었다. 그러고 보니 전에 효은이 할아버지에게 함을 받으면서 전에 받은 것도 있다면서 부담스러워했던 게 생각났다.

"그 여자네 집 빚도 오빠가 갚아줬다면서?"

"그건 또 무슨 소리야?"

"몰랐어? 누군가 그러던대, 그 오빠 와이프가 오빠랑 결혼하는 조건으로 그 집 빚 오빠네 집안에서 다 갚아줬다고."

저절로 재준의 이마에 고랑이 파였다. 이런 얘긴 처음 듣는 것이었다. 아마 할아버지가 뒤에서 어떤 수작을 부려서 효은을 그 자리에 세웠는지 이제 알 것 같았다. 그렇게 돈 보고 시집온 장효은이 왜 자기가 주겠다던 용돈은 그렇게 부담스럽게 생각했을까? 설마 할아버지에게 따로 돈을 받는 게 있는 걸까? 아니, 그 양반이 장효은에게 뒤에서 어떻게 한몫 챙겨줬을지는 뻔히 짐작이 갔다. 자기한테는 왜 뜬금없이 결혼하겠다고 들이밀었는지 이제야 알 것 같았다.

"어차피 그 여자 오빠 돈 보고 시집온 여자야."

“그래서 나더러 어쩌라고?”

“난 오빠 사랑해. 오빠 돈 같은 거 하나도 안 중요해.”

“이유리!”

재준은 이 상황이 짜증스러웠다. 점점 더 상황이 복잡해지고 있었다. 효은 문제를 생각하자 앞에 앉아 있는 유리는 보이지도 않았다. 그 상황에서도 왜 유리는 자기가 이미 결혼한 남자라고 말하는데도 태도를 바꾸지 않는지 이상할 뿐이었다. 유리가 담배에 불을 붙이고 연기를 내뿜자 가뜩이나 지끈거리기 시작하려던 두통이 더 심해지는 것 같았다.

“나쁜 취미 생겼구나. 전에는 안 피웠잖아?”

두통과 함께 짜증이 밀려와 결국 한마디 하고 말았다. 풀이 죽은 유리가 피우던 담배를 재떨이에 눌러 껐다.

“너무 힘들었어. 이거라도 안 하면 미칠 것 같았어. 오빠 우리 행복했잖아. 오빠 그때 나 무척 사랑했고 나도 오빠 사랑했어. 그때 오빠 죽었다고 전화 왔을 때 나도 죽을 것 같았어. 거기서 내가 어떻게 해야 그런 지옥을 탈출할 수 있을까? 혼자 남겨진 나는? 언제나 오빠가 모든 걸 해줬는데 혼자 캔도 못 따는 나는? 나는 아무것도 아니었어, 오빠 없이는.”

재준은 유리가 눈물을 글썽이는 걸 지켜보다 한숨을 푹 내쉬었다. 겨우 자기 몸 하나 건사하는 자신에게 이렇게 자신의 약함을 호소하는 걸 보고 있노라니 가슴만 답답할 뿐이었다. 과거에 별로 관심 없던 여자였다면 차갑게 내칠 수 있었지만 유리는 달랐다. 결혼까지 생각할 정도로 각별했던 유리였다. 결국 참지 못하고 바지 뒷주머니에서 손수건을 꺼내 건넸다. 당연히 효은이 챙겨 넣어준 것이었다.

"다시 오빠랑 잘해보고 싶어."

한참 훌쩍거리고 난 유리가 뜬금없이 말했다.

"그건 네 생각이지. 내 생각은 달라, 이유리 씨."

그 말에 유리는 계속 재준의 손수건을 쥐고 울 뿐이었다. 이렇게 우는 게 싫어서 언제나 유리가 울기 전에 행동을 취하곤 했다. 하지만 지금 유리의 눈물은 자기가 어떻게 할 수 있는 문제가 아니었다. 유리의 울음을 그치게 하기 위해 이혼을 할 수는 없었다. 아니, 아직 혼인신고서를 제출하지 않았다고 해도 그들은 이미 법적 부부나 다름없었다.

생각에 잠겨 이맛살을 찌푸린 재준을 보고 유리는 더 이상 자신의 눈물이 통하지 않는 걸 다시 한 번 확인할 수밖에 없었다.

"다시 한 번 말하지만 너랑 결혼하려고 효은이랑 이혼할 생각은 없으니까 괜히 딴 맘 먹지 마."

"어떻게 오빠가 나한테 이럴 수가 있어? 정식으로 혼인신고한 것도 아니잖아!"

"그걸 네가 어떻게 알아?"

유리가 울부짖듯이 말하자 결국 재준은 화를 내버렸다. 유리가 뜨끔한 기색이 보였다. 설마 진짜 결혼한 상태인가 싶어서 뒤에서 몰래 알아봤더니 재준의 호적은 깨끗했다. 아직 혼인신고를 안 한 상태라는 걸 확인했으니 재준만 잘 설득하면 자신이 재준을 차지하는 건 무척 간단한 일이라고 생각했던 것이다.

"내 결혼은 내 결혼이고 너와 관련없는 거야."

"어떻게 나와 관련이 없을 수가 있어! 원래 그 자리에 들어갈 사람은 나였는데!"

재준은 남아 있던 에스프레소를 마셔 버리고 이마를 꾹 짚었다. 유리가 어린애마냥 생떼를 부리기 시작하자 남아 있던 인내심이 사라지는 듯했다. 효은이라면 좀 더 이성적이고 차분하게 얘기할 수 있는 것도 유리와 얘기할 때는 자기 감정을 더 중시 여기기 때문에 언제나 배려해야 하는 건 재준 자신의 몫이었다.

"결국 네가 나를 못 잊은 건, 나만큼 네 요구를 잘 들어주는 남자가 없어서 아니었을까? 만일의 경우에 효은이 밀어내고 너가 그 자리 차지한다고 해도, 너가 내 뒷수발 들어줄 수 있어? 난 그렇지 않다고 생각해서 내가 죽었다고 말하라고 한 거였어. 내 뜻을 안다면 여기서 물러서."

그 말에 유리는 조용해졌다. 멍하니 앞에 놓인 커피 잔을 들여다보는 유리를 보면서 재준은 한숨만 쉬었다. 점점 일이 꼬이고 있었다. 왜 효은은 자기를 못 믿고 유리를 만난 걸까, 왜 효은은 집안 빚에 대해서 얘기를 일절 안 한 걸까.

"서로 할 말 다한 거 같으니 이만 가볼게."

그 말만 한 재준이 휠체어 방향을 돌려 카운터로 가서 계산을
하더니 나가 버렸다. 재준이 나가자마자 눈물을 그친 유리는 손
수건을 꼭 쥐고 멍하니 있었다.

제16장

유리를 만나고 나니 온몸에 진이 빠졌다. 전동 휠체어를 타고 나오길 잘했다 싶었다. 이럴 때 가볍게 한 잔 하면서 친구에게 하소연이라도 하고 싶었다. 그래서 휠체어를 멈추고 욱형에게 전화를 했다.

"난데."

[아니, 이거 은둔거사님께서 어인 일로 이런 속세의 우민에게 전화를 하셨나?]

욱형이 한껏 비아냥거렸다.

"오늘 바빠?"

[은둔거사님께서 간만에 출두하셨는데 바쁜 일 있어도 나가

줘야겠지?]

“인터콘티넨털 호텔 바에서 볼래?”

[뭐 거사님께서 원하시는 대로. 이거 높은 데서 신혼 재미 좋으셨나 봐. 통 안 보이시고 말이야.]

욱형이 한껏 비아냥거리며 재준을 놀려댔다.

[먼저 가 있어. 내가 일 정리하는 대로 바로 갈게.]

마침 퇴근 시간이 가까워서 먼저 재준이 바에 가 있기로 했다. 거리의 사람들이 그를 스쳐 지나가면서 신기한 듯이 쳐다봤지만 재준은 아까 일에 정신이 빠져 있어 다른 사람의 눈길이 신경도 쓰이지 않았다.

호텔로 들어가 로비에서 엘리베이터를 타고 라운지로 올라가려는데 저쪽 계단에서 내려오는 남녀 한 쌍이 눈에 들어왔다. 검은색 정장을 단정하게 입은 여자는 효은이었다. 옆에 있는 남자는 민성현이었다.

둘이 같은 회사에 근무해서 친하단 얘긴 전에 얼핏 들은 듯했다. 심지어 결혼식에 와서 부하 직원 빼앗아 갔다고 성현이 타박도 주었기에 더더욱 잊을 수가 없었다. 그런데 성현이 효은을 굉장히 아끼듯이 감싸 안듯 걸어 내려오는 이 상황은 뭐란 말인가. 이런 현장을 보았으니 재준은 순간 얼굴에서 핏기가 싹 가시는 듯했다. 생각지도 못했던 화가 솟구쳤다. 당장 달려가서 효은의 몸에서 성현의 손을 떼어내고 싶었다. 그러나 재준은 계단으로 달려갈 수 없었다. 이런 휠체어를 타고는 그곳으로 접근도 못했다. 이 순간만큼은 자기 몸이 저주스러웠다.

눈을 믿을 수도 없었다. 효은을 믿고 있었는데 이런 식으로 배신을 때릴 줄이야. 결혼 생활이 어떻게 되든지 간에 효은이 이런 식으로 배신을 때릴 거라곤 꿈에도 생각한 적 없었다.

욱형이 도착했을 때 재준은 바에 앉아서 이미 몇 잔 마신 뒤였다. 혼자서 쓸쓸하게 언더락스로 마시고 있던 재준을 보고 놀란 표정이었다. 재준은 사고 후에는 거의 술을 마시지 않았다. 이렇게 술 마시자고 불러낸 것도 드문 일이었다. 분명 무슨 문제가 있는 게 확실했다.

"웬일이냐? 은둔거사님께서 속세에 내려와서 혼자서 한잔하고 계시고 말이야."

그 말에 재준이 씁쓰레하게 웃음을 지었다.

"은둔거사님께선 과거에 한 악행 때문에 고난 중이시다."

"무슨 일이야?"

욱형이 걱정됐는지 정색을 했다.

"음, 유리 말이야."

재준이 좀 뜸을 들이며 말했다.

"걔 애긴 왜? 걔가 연락이라도 했던?"

유리 애기가 나오자 바로 욱형의 표정이 일그러졌다. 재준이 뉴욕에서 일할 때 욱형 역시 같은 지역에서 공부했기 때문에 유리를 알고 있었다. 그리고 재준이 전화하라고 시켰던 게 욱형이었던 것이다.

"응. 사실, 유리가 찾아왔어."

"뭐! 어떻게 알았대!"

그 말에 욱형이 무척 놀란 눈치였다.

"누가 백화점에서 날 봤나 봐. 그래서 유리가 내가 살아 있나 확인하러 한국에 나온 거야."

"제수씨는 알아?"

조심스레 효은에 대해 물어왔다. 재준은 한숨이 나오려는 걸 꾹 참아 눌렀다.

"하필 집으로 찾아와서 다 알려졌지 뭐."

"화는 안 내고?"

"그냥 가만히 있더라구. 할아버지가 오히려 더 난리시지 뭐."

"그나저나 제수씨는 잘 있어? 전에 보니까 참하게 생겼드만. 아니, 여자한테 참하게 생겼다면 욕일까나. 음, 뭐랄까. 아주 눈에 띄는 미인은 아닌데 매력적이더라고. 그날 다들 말했잖아. 너 장가는 무지 잘 가는 것 같다고."

욱형이 화제가 무거워지니 효은 얘기를 물으면서 화제 전환을 시도했다.

"그런가. 네 안사람 잘 있고?"

"우리 안사람이야 나한테 매일 돈 잘 벌어오라고 하지 뭐. 돈은 내가 벌고 쓰는 건 우리 마나님이 다 쓰시지. 매일 뭐가 그렇게 갖고 싶은지. 백화점 세일을 꿰고 살아요. 효은 씨는 뭐 사달라고 안 그래? 왜 시계나 보석이나 가방 같은 거. 우리 마누라쟁이는 세일 때 백화점에 출근하는 것도 봤다니까.”

“효은이는 그런 거에 별로 관심없어 보이더라. 지난번에 싱가폴에 갔을 때도 구두 하나 사고 친구들 선물 정도나 사고 말더라고.”

“그땐 너랑 결혼한 지 얼마 안 돼서 그런 거 아니야? 결혼 전에는 어땠어?”

“그때도 별로 안 달랐던 것 같은데. 밥 같이 먹으면 반은 자기가 내거나 다음에 차라도 사야 직성이 풀리는 여자라.”

“별로 물욕이 없는 편인가 보네?”

“글쎄, 그건 잘 모르겠네. 효은이를 어릴 때부터 알았기 때문에 좀 잘 안다고 생각했는데 사실 잘 몰랐던 거 같아. 그냥 알고 지내는 사이랑 결혼은 확실히 다르더라구. 나는 걔가 눈에 훤히 보여서 대충 이런 여자겠거니 싶어서 결혼한 건데 결혼해서 보니 전혀 다른 여자야. 사실 나는 결혼하기 전까지만 해도 걔가 여자라는 걸 잘 인식도 못했던 것 같아.”

재준의 축 처진 어깨를 욱형이 가볍게 토닥였다.

“여자는 속에 다른 여자 몇 명이 숨어 있는 것 같아. 우리 마누라도 얼마나 다른데. 와이프랑 자주 싸우냐?”

“아니, 전혀. 평화주의자야. 유리가 왔다 갔는데 화 하나 안 내더라구. 그거 정말 이상한 거 아니야?”

“좋은 게 좋은 거지 무슨 생각이 그렇게 많아?”

잠시 둘은 술잔을 바라보며 별말이 없다가 갑자기 재준이 물어왔다.

"아, 너 혹시 민성현이 아냐?"

"우리 세 학번 아래의 민성현?"

"응."

"그 친구 어때?"

"어떤 의미로?"

"……소문 말이야. 효은이가 그 친구 밑에 있었잖아."

"아, 뭐 나쁘진 않지. 원래 똑똑하고 일도 잘하고 뭐 그렇다더라. 맞다, 그 친구 이혼했어. 워커홀릭이라서 부인이 질려서 이혼 청구했다더라."

"그래?"

"똑똑하고 일 잘하고 게다가 외모도 출중해서 따라다니는 여자도 많다더라. 뭐 듣자하니 자주 출장 같이 다니던 부하 직원이 있었는데 그 여자랑 바람났다는 얘길 지나가는 풍월에 들은 듯도 싶네."

그건 효은의 전 회사 동료인 김강명이 퍼뜨린 악소문이었다. 그게 돌고 돌아 결국 여기까지 온 것이었다. 그 말에 재준은 어떤 표정을 지어야 할지도 몰랐다. 순식간에 오쟁이 진 남편이 돼버렸으니.

효은을 부축하듯 안고서 계단을 내려오던 성현을 생각하자 저절로 술잔에 손이 갔다. 결국 평소 주량보다 훨씬 초과해서

마시게 됐고 걱정스런 눈으로 지켜보던 욱형이 결국 병을 낚아
챘다.

"그만 마셔!"

"오늘은 좀 취하고 싶네."

"어서 집에 들어가. 제수씨 걱정해."

"어디 바쁘셔서 내 걱정할 틈새 있겠어. 전 여자 친구나 끌어
들이는 남편이 뭐가 좋겠냐."

재준이 자조적으로 농담을 하자 욱형이 얼굴을 찌푸렸다. 효
은이 화가 나는 건 당연한 일이었다. 그런데 이 신혼부부는 그
보다는 서로간의 커뮤니케이션 부재라는 게 더 큰 문제인 듯 보
였다. 그런데 그런 애길 이 고집불통에게 어떻게 애길 해야 할
지 그도 잘 몰랐다.

욱형은 재준과 고등학교, 대학교 동창이었다. 그렇게 근 십오
년을 봐온 재준은 문제가 많은 사람이었다. 일단 남자로서도 문
제가 있었지만 그보다는 어릴 때 부모님이 돌아가신 뒤로 제대
로 된 가정에서 자라지 않았다는 것 때문인지 재준은 아마 부인
과 어떻게 대화를 해야 할지 잘 모르는 듯했다. 그가 사귀던 여
자도 재준이 사랑해 준다던가 하는 대신 대충 돈으로 사랑을 대
신하는 타입들이었달까.

그러다 유리를 만났다. 욱형은 유리를 그다지 좋아하지 않았
다. 사랑만 받고 자라 그런지 다른 사람을 사랑하는 데 인색했
다. 재준의 지극정성을 유리는 너무나 당연하게 받아들였고 그

런 유리가 욱형은 그다지 마음에 들지 않았다. 그리고 재준이 부탁해서 유리에게 재준의 사망을 알렸을 때, 유리의 반응은 정말 실망스러웠다. 재준이 정말 죽은 건지도 확인하러 오지 않고 그저 주저앉아 울 뿐이었다. 그러더니만 사 년이나 지난 후에야 재준이 살아 있는 걸 알고 한국에 나왔다니 어이가 없을 뿐이었다. 당시에는 알아볼 생각도 안 하더니만 이제야 알고서 얼굴을 들이미는 뻔뻔함에 치가 떨렸다. 얼마나 재준이 유리를 그리워했는지 욱형은 알고 있기 때문에 더욱 화가 났다.

"그만 가자, 대리운전 불렀어."

욱형은 재준을 차 안에 밀어 넣은 뒤에 재준의 집 위치를 대충 알려준 뒤에 재준에게 얻어낸 효은 전화번호로 전화를 했다.

"제수씨? 저 재준이 친구인데…… 전에 식장에서 잠깐 인사했었죠? 정욱형이라고 합니다. 아, 다름이 아니라 저랑 술 마시다가 이 친구가 그만 취했네요. 전엔 이렇게 마신 적이 없는데 어찌 된 일인지…… 네, 네. 대리운전 불러서 지금 재준이 데리고 출발했어요. 예, 나와 계시면 될 겁니다. 아니에요, 예. 재준이가 무슨 안 좋은 일이 있는지 좀 과하게 마셨네요. 죄송합니다. 네, 그럼 안녕히 계세요."

웬일인지 늦는다는 전화도 없이 재준이 늦은 일은 처음 있는 일이었다. 안절부절못하고 있던 효은의 핸드폰에 낯선 번호가 떴다. 무슨 사고라도 났나 싶어서 손이 덜덜 떨렸다.

“여보세요?”

전화는 남편의 친구에게 온 것이었다. 재준이 취해서 대리운전 불렀노라고. 친절한 사람이 효은에게 재준을 좀 변호해 주려했다. 효은은 사고가 아니라 단순히 술을 마셨단 그의 설명에 단지 감사할 뿐이었다. 효은은 핸드폰과 지갑을 들고 마당을 서성거리며 차가 언제 오나 한참 기다렸다. 잠시 뒤에 대문에 차가 섰고 효은은 잽싸게 나가서 차고 문을 열어 차를 넣은 뒤에 대리기사에게 팁까지 챙겨준 뒤에, 재준의 휠체어를 꺼냈다. 휠체어에 힘겹게 걸터앉으려는 재준은 피곤한 기색이 역력했다. 효은이 좀 도와주려 하자 손을 뿌리쳤다.

“됐어!”

“손에 힘도 풀린 사람이…….”

효은이 걱정됐지만 재준은 끝까지 부들거리는 손으로 자기가 휠체어에 힘겹게 옮겨 앉더니 문까지 닫았다. 그런 재준을 효은은 서운한 맘이 한가득이었다. 자기한테까지 약한 모습 절대 보여주지 않는 저 남자가 너무나 얄미웠다.

방에 들어와 효은이 재준이 갈아입을 옷을 챙겨주고 차가운 물 잔을 들고 와서 내밀었다. 침대에 앉아 있다 물을 한 번에 들이켠 재준이 핏발이 곤두선 눈으로 효은을 노려봤다.

“유리는 왜 만난 거야?”

사실 마음속으로 왜 성현을 만난 거냐고 묻고 싶었다. 유리는 이 순간 중요하지 않았다. 아니 왜 자기랑 결혼한 거냐고 묻고 싶었다. 그게 더 중요한 질문이었지만 막상 입에서 나온 건 엉뚱한 말이었다.

"아니, 엄마랑 미은이가 나가서 좀 잡고 오라고 하더라구요. 순순히 헤어질 리 없다고 선전포고라도 하라고 해서……."

효은은 의외로 순순히 말했다.

"왜 쓸데없이 나서! 넌 가만있을 거라고 했잖아. 내가 알아서 할 거라고 말했는데 내 말이 말 같지 않아!"

재준이 버럭 소리를 지르자 효은이 좀 움찔하더니 기 죽지 않고 말해 버렸다. 여기까지 온 이상 효은도 더 이상 참을 수가 없었다.

"여기서 우리 사이를 끝낼 게 아니라면 그분하고 오빠도 깔끔하게 정리하는 게 그분에 대한 오빠의 예의일 것 같네요. 죽었다고 알고 있던 사람이 멀쩡하게 살아 있는데 누가 충격을 안 받겠어요."

효은의 너무나 이성적인 반박에 재준은 조금 정나미가 떨어지려 하고 있었다. 분노한 재준이 소리를 버럭 질렀다.

"장효은! 내 일에 나서지 마! 내 일은 내가 알아서 처리해."

"왜 그게 오빠 혼자만의 일이에요? 이건 우리 가족 일이기도 하잖아요."

그에게서는 차가운 경멸과 혐오만이 감돌고 있는 것 같았다. 효은은 목을 찌르는 듯한 날카로운 고통의 조각을 삼키고 입을 열었다.

"우리 가족? 네가 진짜 나하고 가족이긴 하니? 너랑 할아버지가 말 안 한다고 해서 내가 모를 줄 알았어? 할아버지한테 얼마나 받았어? 너네 집안 빚 갚아주는 대가로 나한테 시집온 거 내가 언제까지 모를 거라고 생각했는데? 그래서 나한테 빚진 마음으로 봉사하고 있었던 거야?"

그 말에 효은은 할 말이 없었다. 당연히 알고 있을 거라고 생각했는데 그는 아무것도 모르고 있었다. 그가 받았을 상처와 배신감을 생각하자 그다지 할 말이 없었다. 이렇게 알게 됐으니 눈앞이 캄캄해졌다. 재준은 아무런 말도 못하는 그녀를 참담하게 내려다봤다. 침묵은 긍정이었다.

결국 휠체어를 돌려 그대로 서재로 가버렸다. 그런 재준의 뒷모습과 쾅하고 닫히는 문을 보면서 효은은 현기증마저 느꼈다.

재준에게 할 얘기가 많았다. 며칠 전에 초음파 보고 온 거랑, 요즘 입덧을 시작한 거랑, 갑자기 딸기가 먹고 싶어진 거랑, 해서 할 얘기가 무척 많았다. 뱃속의 아기는 딸일까, 아들일까부터 해서 궁금한 것도 많았다. 그런데 이런 얘기를 이런 상황에서 어떻게 해야 하는 걸까. 뱃속의 아기에게 아빠가 소리치는 것을 듣게 하고 싶지도 않았다.

아기를 무기로 쓰면 좀 더 쉽게 이 모래성 같은 가정이 더 안정적이 될지도 몰랐다. 하지만 효은은 직접 재준에게 확인받고 싶었던 것이다. 게다가 효은은 재준이 왜 걸을 수 있는 걸 숨기고 있는지도 궁금했다. 얼마 전에 일부러 재준에게 커피를 갖다

주면서 살짝 무릎에 쏟은 적이 있었다. 물론 적당히 뜨거운 것
으로. 그때 분명 다리가 움찔했다. 효은은 그냥 미안하다고 수
선스럽게 행동하고 말았지만 그때 재준의 반응은 그의 마비가
보기보다 훨씬 덜하다는 걸 보여주는 증거나 다름없었다.

제17장

효은은 최근 들어 외출이 좀 더 잦아지고 있었다. 가끔 전화로 오랫동안 얘기하는 것도 볼 수 있었다. 그러나 재준은 어떻게 효은과 얘기를 해야 할지 알 수 없었다. 왜 성현과 같이 호텔에 있었던 거냐고 물어보고 싶었다. 하지만 어떻게 얘기를 꺼내야 할지도 알 수 없었다.

정말 엿같은 기분이었다. 오쟁이 진 남편이라니, 어이가 상실할 정도였다. 네 개념은 어느 성운으로 날아가 버린 거냐고 목줄을 잡고 묻고 싶었다.

게다가 요즘 효은은 식욕이 떨어지는지 별로 먹지도 않았고 식탁에 같이 앉아도 젓가락만 끄적거리다가 식욕이 없다면서 그냥 일어서서 바로 올라가 버리곤 했다. 자신과 한 상에 앉아 밥 먹는 것조차 부담스러워하는 눈치였다.

"어디 가?"

재준이 슬그머니 와서 말을 걸자 마스카라를 바르다 순간 흠칫한 효은은 눈아래에 묻히고 말았다.

"깜짝이야. 기척 좀 내고 다녀요. 마스카라는 잘 지워지지도 않는데."

효은이 투덜거리면서 마스카라를 지우더니 다시 꼼꼼하게 바르기 시작했다. 효은은 외출할 때도 거의 화장을 하는 편이 아니었기에 어인 일로 화장을 하고 있는지 조금 궁금했다. 마음속엔 짐작 가는 게 있었지만.

"약속있어요?"

"아, 일이 좀 있어서요."

"몇 시쯤 들어올 거예요?"

요즘 들어 재준이 효은에게 꼬박꼬박 경어를 하고 있었다. 그렇게 재준이 예의를 차릴수록 점점 더 멀게만 느껴질 뿐이었다. 할아버지가 효은에게 아내로서 합당한 예의를 지키라고 불러다 한소리 한 결과였지만 그걸 효은이 알 리 없었다.

"가봐야 알아요. 최대한 일찍 올게요. 아, 맞다 오늘 오빠 병원 가는 날이던가요?"

재준이 고개를 끄덕이자 효은이 미안한 듯이 말했다.

"오늘은 혼자 가면 안 될까요? 나 약속있는데."

“나 신경 쓰지 말고 잘 다녀와요.”

좀 섭섭해진 재준이 불퉁스럽게 돌아섰다. 효은은 꽤 바쁜지 화장을 다 하고 나자 가방을 챙기고 나름 수트까지 입고 나서는 것이었다. 속에 하얀 셔츠를 받쳐 입고 검은색 수트를 입은 효은이 바람처럼 나가 버리자 닭 쫓던 개처럼 재준은 멍하니 효은이 나간 곳을 바라보았다. 전엔 아침 저녁이라도 같이 먹었는데 요즘엔 통 얼굴 보기 힘들어져서 잠자리에서나 겨우 구경할 정도였다. 게다가 최근에 계속되는 작은 싸움으로 서로 지쳐서인지 작은 얘기조차 별로 안 하게 됐다.

오늘은 들어오면 얘기라도 좀 해야겠다고 재준은 생각했다.

그날 오후, 재준은 내내 효은을 기다렸지만 그녀가 들어온 것은 꽤 늦은 시간이었다. 안절부절못하면서 계속 효은에게 전화를 하던 재준의 화가 머리 끝까지 솟았다. 전혀 연락도 없이 늦는 것도, 계속 전화를 받지 않는 것도 모두 화가 났다. 계속 전화를 하다 결국엔 핸드폰을 노려보다 모니터로 시선을 돌리고 일을 좀 해보려고 할 때 효은이 문을 열고 들어왔다. 무사히 돌아와서 다행이다 싶기도 하지만 그동안 안절부절못한 채 혹시 사고라도 났나 싶어 계속 전화를 걸었던 걸 생각하자 화가 나는 건 어쩔 수 없었다.

“지금이 몇 신데 이제 들어와? 핸드폰은 왜 꺼놓은 건데?”

결국 치밀어 오르는 화를 못 참고 재준이 으르렁거리고 말았다.

“앗, 핸드폰!”

그제야 효은이 핸드폰을 가방에서 꺼내 잽싸게 전원을 올렸다. 부재중 통화 열 통을 보자 얼굴이 새하얗게 질렸다. 그동안 걱정돼서 전화를 계속한 모양이었다.

“미안해요. 깜빡했어요. 아까 꺼놓고 켜야지 하고 잊었네.”

“누구랑 있었어?”

“네?”

“누구랑 있었냐고!”

재준이 소리를 버럭 지르자, 효은이 좀 놀라긴 했지만 침착하게 답했다.

“누구랑 있긴요. 일했어요, 일.”

“무슨 일?”

“지금 나 취조해요?”

이제 슬슬 짜증이 밀려오기 시작했다. 여기서 재준에게 일방적으로 말려들고 싶지 않았다.

“요즘 계속 나돌아다니잖아. 무슨 일인지 얘기는 통 안 하고.”

“언제 내 일에 관심이 있으셨다고. 물어보지도 않았잖아요.”

“지금 그 얘기하는 게 아니잖아! 너는 요즘 나에 대해서 관심이라도 있어?”

“당신 전 애인에 대해서 내가 요만큼의 관심도 없을 줄 알았어요? 관심 많아요, 오재준 씨. 다만 당신이 그 관심을 좀 부담스러워하는 듯해서 일부러 피하고 있는 것뿐이에요.”

“지금 그런 얘기가 아니잖아! 어디서 뭐 하고 이제 들어오는 거야?”

재준이 거칠게 효은의 어깨를 잡고 흔들었다.

“나는 네가 뭐 하고 다니는지가 궁금하다고! 지금 우리는 내 문제에 대해서 얘기하는 게 아니잖아!”

결국 자기 얘긴 안 하고 모든 걸 효은의 잘못으로 돌리려는 듯했다. 그런 태도가 더욱 화가 났다.

“나한테 관심이라도 있긴 해요? 내가 좋아하는 음식이 뭔지 알고 있기나 해요? 언제 오빠가 오빠 본인에 대해서 나한테 얘기라도 한 적 있어요? 우리가 잠자리를 하는 것 이상의 행동을 같이해 본 적이 있기라도 해요? 말해봐요! 그 일에 대해서도 일절 얘기 안 해주고 나한테 가족으로서 낄 자리를 마련해 주고 있지 않잖아요. 그런 이상 내가 여기서 어떻게 해야 돼요?”

결국 효은도 화를 내고 말았다. 나름 태교를 해야 할 듯해서 화를 안 내고 억누르려고 했지만 재준의 한 마디에 튀어나왔다.

“그래서 뭐 하고 다닌 거야?”

“그게 그렇게 궁금해요!”

“그래 궁금해. 왜 민성현이랑 같이 호텔에 있었는지 난 정말 궁금하다고!”

“생각하는 게 왜 그 모양이에요? 왜 같이 호텔에 있었냐구요! 일하고 있었어요. 일했다구요. 봤으면 봤다고 왜 거기 갔냐고 물어보면 되잖아요. 그럼 내가 대답 안 해줄 거 같아요? 나를 안 믿으면 물어보기라도 하라고요. 입은 왜 붙어 있는데요! 왜 내가 오빠 몸에 대해서도 다른 사람한테 얘기 들어야 해요? 언제까지 나한테 속이려고 했어요?"

"그건 또 무슨 얘기야? 내가 뭘 속였는데?"

재준이 모른 척 시치미를 뗐다.

"걸을 수 있잖아요. 휠체어에서 일어나 걸을 수 있잖아요!"

"누가 그러는데?"

"당신 주치의요! 그 사람이 영주 남자 친구가 아니었음 난 끝까지 몰랐을 거 아니에요!"

"히포크라테스 선서에 환자 상태에 대해서 비밀 지키라는 항목이 있는 걸로 아는데……."

"그럼 부부 사이에는요? 아니, 우린 호적 신고도 안 한 정식 부부가 아니어서 여기에 해당하지 않는 건가요? 그럼 백번 양보해서 사실혼 관계에서라도 서로 솔직해야 하는 거 아니에요?"

"그렇게 솔직한 너는, 호텔에서 민성현이랑 뭐 하고 있던 건지 아직 대답 안 했다."

재준이 그걸 물고 늘어지자 한숨이 절로 나왔다.

"요즘 성현 선배 주선으로 일본에서 온 팀에 통역하고 있어요."

왜 하필 그 장면을 봤는지. 먼저 다른 사람들이 나가고 잠시 일에 집중하고 났더니 갑작스런 빈혈로 비틀거리는 걸 본 성현이 난리를 피웠더랬지. 아무래도 성현 역시 임산부를 본 적이 별로 없어서 효은이 입덧만 한 번 해도 그만 집에 가야 하는 거 아니냐고 대단한 걱정을 했다.

"그러는 오빠야말로 과거나 빨리 청산해요. 왜 과거를 안방까지 끌어들이냐고요!"

"네가 간섭할 일 아니라고 했잖아!"

"그럼 내가 간섭할 일은 또 뭔데요? 당신 잠자리?"

효은이 비아냥거리자 재준이 화가 났는지 휠체어를 밀면서 문을 쾅 닫고 나가 버렸다. 그러자 효은이 뒤를 쫓아나갔다.

"왜 도망가요? 이런 얘기가 불편해요? 왜 나한테 걸을 수 있다는 얘기 안 했어요? 어차피 내가 숨긴 게 있음 오빠도 숨긴 거 있으니까 피장파장 아니에요?"

효은은 오늘은 절대 지고 싶지가 않았다. 며칠 동안 고민했던 게 이런 식으로 터져 나오니까 더욱 속상했다. 처음부터 차근차근 대화로 풀어나갔으면 좋았을 텐데 각자 고민하다 이렇게 크게 싸우게 된 상황 자체가 열이 받았다.

"왜 내가 얘길 해야 하는데? 돈 보고 시집 온 여자한테 나도 비밀쯤 하나 있음 안 되는 거야?"

재준이 심술궂게 독기를 뿜어냈다. 효은의 머릿속에 그 말이 계속 울렸다. 뭐라고 말해야 할까. 이 냉정한 눈길로 쳐다보는 남자한테 사랑한다고 말해줄 필요가 있을까. 임신했어요 란 얘긴 절대 아니었다. 네가 아님 나도 아냐!

생각하면 생각할수록 분하기도 서럽기도 해서 씻고서 자려고 누웠지만 배가 뭉쳤는지 살살 아파왔다. 이제 슬슬 배도 조금씩 불러와서 예전에 입던 옷은 이제 잘 맞지도 않았다. 새 옷도 사야 하는데 일도 바쁘고 컨디션도 저조하고 해서 뭔가 사러 나갈 엄두도 나질 않았다.

이 생각 저 생각을 하면서 침대를 뒹구는데 아래에 뭔가 흐르는 듯한 나쁜 기분에 화장실을 들어갔다. 팬티에 묻은 선혈을 보는 순간 겁이 덜컹 났다. 그냥 묻은 정도가 아니라 하혈이 점점 심해지자 어떻게 할 바를 몰랐다. 일단 이 상황에서 제일 연락하기 좋은 영주에게 전화로 말하자 깜짝 놀라더니 하혈이 다 유산이 되는 건 아니라고 위로를 한 뒤에 어서 병원으로 오라고 했다. 일단 패드를 대고 옷부터 챙겨 입었다. 어떻게든 병원에 가야 했다. 이 시간에 119를 부르거나 택시를 불러 타고 가려면 식구들을 깨워야 할 듯했다. 결국 고민 끝에 효은은 재준의 방문을 두드렸다. 재준은 갑작스레 일하다 방해를 받자 짜증이 버럭 났다.

"들어와."

문이 열리면서 효은이 창백한 얼굴로 다가왔지만 아직도 화가 안 풀린 재준이 차갑게 말했다.

"무슨 일이야? 나 일하는 거 안 보여?"

효은은 잠시 그의 얼굴을 바라보다 힘들게 말을 꺼냈다.

"병원에 태워다 주세요."

거의 울듯이 창백한 얼굴이었다.

"무슨 일이야?"

그제야 재준은 효은의 몸 상태가 좋지 않음을 깨달았다. 효은은 아무 말도 하지 않았다. 창백한 아랫입술이 떨렸다.

"하, 하혈하고 있어요."

"하혈이라니!"

"빨리 병원에 태워다 주세요."

그 말만 하고 난 효은은 입을 열 기색도 안 보였고 재준은 일단 급한 맘에 겉옷만 챙겨 입은 채, 집을 나섰다. 차고에서 차를 빼서 창백한 채 서 있는 효은을 태운 뒤 병원으로 향했다. 새벽이라 길도 막히지 않건만 마음은 급했다.

효은은 노랗게 뜬 얼굴로 눈을 감고 있었다. 하얗게 손아귀를 쥐고 있는 가느다란 손이나 요즘 부쩍 들어 입맛이 없다고 하더니만 살이 빠져 가는 쇄골이 선명하게 드러나 보였다.

응급실에는 교통사고 환자로 넘쳐 나고 있었다. 잠시 기다리고 자시고 할 것도 없이 그곳에 대기하던 친구 영주가 쫓아왔다.

"어떻게 된 거야?"

효은은 그제야 영주 얼굴을 보자 안심이 좀 됐는지 울기 시작했다. 자기 앞에선 노랗게 뜬 얼굴로 손아귀가 하얘지도록 잡고 있더니만. 말도 못하고 꺽꺽대기 시작한 효은을 보고 영주는 정말 당황한 얼굴이었다.

"우, 우리 아기."

계속 이 말만 반복하는 효은을 달래며 영주가 차근차근 묻기 시작했다. 진료하는 데 재준이 따라 들어가려고 했지만 영주가 막았다.

"불편하실 텐데 여기 그냥 계세요. 제가 같이 들어갈게요. 밖에서 잠시 기다리세요."

영주는 뭔가 마음에 들지 않는 기색이었다. 아무래도 효은이 하혈한다고 울먹거리면서 전화할 때, 자기 만나러 왔을 때의 나쁜 표정으로 볼 때 결혼 생활에 문제가 있는 게 틀림없었다. 저 남편이란 작자를 생각 같아선 패대기 치고 싶었지만 효은을 생각해서 꾹 참았다.

잠시 후 진료실에서 창백한 얼굴이 효은이 영주의 부축을 받고 나왔다.

효은이 아기 얘기를 꺼낼 때야 비로소 임신한 거라는 걸 뒤늦게 알았다. 단순한 하혈이라고만 생각하다가 '유산'이었을 수도 있다는 걸 알자 그 충격이 이루 말할 수 없었다.

"입원 수속해 주세요."

원무과에 가서 입원 수속을 밟고 오니 영주가 기다리고 있었다.

"아무래도 스트레스를 받은 게 원인인 거 같은데 그렇게 앞으로 또 이러면 힘들어요. 앞으로 몸 관리 잘하셔야 해요. 의외로 효은이 자궁이 약해서 좀 걱정이 되네요."

거의 석 달 다 됐다고 했다. 그럼 허니문 베이비였다. 그렇게 적극적으로 피임을 한 것도 아니니 곧 생기리라 생각했는데 이렇게 이미 자라고 있는 줄은 전혀 모르고 있었다. 자기도 모르고 있던 아기가 효은의 뱃속에 있을 거라고 생각하자 굉장히 복잡한 기분이 들었다.

효은은 아기가 괜찮다는 말에 안심했는지 곧 잠이 들었다. 효은 옆에서 지키고 있던 영주는 그와 얘기도 하고 싶어하지 않는 얼굴이었다.

"그만 가보세요. 내일 상태 보고서 알려 드릴게요."

영주의 차가운 얼굴에 재준은 아무 말도 못하고 그냥 집으로 돌아가는 수밖에 없었다. 먼동이 터오는 새벽, 집에 돌아오는 길에 효은의 창백한 얼굴만 기억났다.

원체 부지런한 성격에 새벽에 일찍 일어나는 오 영감은 재준이 밖에서 들어오자 깜짝 놀란 기색이었다. 보던 조간을 내려놓고 물었다.

"신새벽부터 어딜 다녀오는 게야?"

"일이 좀 있어서요."

"무슨 일이 있는데 밖에 나갔다 온 거야?"

"효은이가 밤새 아파서요."

"뭐? 새벽에 응급실에 갈 정도면 많이 아파?"

신문을 보며 무심하게 말하던 오 영감이 놀라서 얼굴을 번쩍 들었다.

"그렇게 많이 아픈 건 아니에요."

"병원에 혼자 두고 온 거냐?"

"네. 마침 친구가 옆에 있어준다고 해서 그냥 병원에 뒀어요."

"어디가 어떻게 안 좋은데?"

"새벽에 ……하혈을 해서요."

"뭐?"

"에그머니나."

녹즙을 들고 오던 개성댁이 하혈했단 얘기에 얼굴을 찌푸렸다. 새댁이 요즘 얼굴도 안 좋고 입맛도 없다고 해서 혹시나 했는데 역시나 임신이었던 게다. 요즘 들어 냉랭했던 분위기를 생각해 볼 때 스트레스를 안 받았을 리가 없다.

"임…… 신했대요. 아기는 괜찮은데 스트레스 받는 일이라도 있었는지 하혈기가 좀 있어서 바로 병원에 갔어요."

"뭐야! 네놈이 스트레스 안 받게 했어야지. 임신한 지 와이프 떠받들어 주지는 못할망정 과거 사귀던 여자나 집에 끌어들이고 네놈이 잘한 게 뭐가 있어! 남의 집 귀한 딸 데려왔으면 금이야 옥이야 잘해줘야지."

결국 오 영감이 폭발해 버렸다. 일어나 재준에게 삿대질을 하자 옆에서 개성댁이 말리면서 어서 이층에 올라가 보라고 재준에게 눈짓을 했다. 재준은 할 말이 없는 건 아니지만 할아버지 앞에선 차마 할 수가 없어서 목구멍까지 치밀어 올라오는 말들을 다 주워 삼켰다. 재준이 아무 말 없이 할아버지 시선을 외면해 버리자 오 영감도 더 이상 말을 아꼈다. 일단 올라오는 화를 꾹 눌러 참고 효은의 안부를 물었다.

"그래서 괜찮고?"

"다행히 하혈은 멈췄고 아기도 이상없다고 하는데 좀 더 검사 받고 좀 있다가 퇴원하라고 하더라구요. 다행히 집사람의 친한 친구가 병원에 있어서 편의 봐주고 있어서 저만 먼저 왔어요."

"냉정한 자식. 말은 그래도 옆에 있어줘야지. 애는 혼자 만들었냐? 성정이 왜 그리 냉정할꼬."

오 영감은 결국 마음에 안 드는지 재준을 타박했다. 그 타박 들어줄 기분이 더 이상 아닌 재준은 그냥 이층으로 올라가 버렸다. 그의 뒷모습을 보면서 오 영감이 혀를 끌끌 찼다.

재준은 한숨 돌리고 난 뒤 서재에 들어가 책상 서랍에서 봉투를 하나 꺼냈다. 처음에는 효은이 알아서 하라고 할 때는 바로 낼 계획이었다. 하지만 차일피일 미루게 되고 유리가 온 뒤에는 효은이 어떤 심정인지 전혀 알 수 없어서 내지 못했다.

만일 효은이 헤어지고 싶다면 깨끗하게 헤어지려면 신고를 안 하는 게 낫지 않을까 하는 마음에서였다. 하지만 재준은 본 심은 효은과 헤어지고 싶지 않았다. 왜 이걸 내는 걸 두려워했 던가. 처음부터 신고를 했더라면 훨씬 좋았을 텐데. 이제 애까 지 생겼는데 더 이상 차일피일 미룰 수 없었다. 아기를 생각하 자 조금 얼떨떨하기도 하고 세상 사람들한테 자랑하고 싶은 맘

도 조금 있었다. 그리고 효은을 붙들 수 있는 매개체가 생겼다
는 점에서 다행이다 싶기도 했다.

오후에 효은이 퇴원해서 재준이 데리러 가기도 전에 그냥 택
시 타고 집으로 와버렸다. 개성댁의 부축을 받으며 노랗게 뜬
얼굴로 비틀거리며 집에 들어온 효은을 보고 오 영감이 버선발
로 뛰어가다시피 했다. 집에 와선 여전히 창백한 안색에 기운이
없는지 그냥 누워만 있을 뿐이었다. 그런 효은을 보고 오 영감
혼자 안달이 났다.

"저거 안 되겠다. 한의원에 가서 보약이라도 한 첩 지어 먹어
야지. 튼튼한 줄 알았더니만 약골일세."

오 영감이 안타까운 듯이 혀를 끌끌 찼다. 하지만 그날부터
효은은 물 냄새도 거의 맡지 못할 정도로 심한 입덧을 시작한지
라 한약은 물 건너간 거나 다름없었다.

효은은 재준과 더 이상 애기를 하려고도 하지 않았다. 힘이
드는지 그냥 누워서 음악 좀 듣고 책 좀 보다가 개성댁이 챙겨
주는 걸 좀 먹으려고 애쓸 뿐이었다. 재준의 얼굴만 보면 복잡
한 마음에, 뱃속의 아기 생각해서 좋은 것만 생각하려고 일부러
재준을 보지 않으려고 했다. 게다가 재준이 할 애기가 무서워서
타조가 모래 속에 머리를 박듯이 잊으려고 했다.

재준은 이제 자신을 쳐다보지도 않는 효은이 미워지려고 했
다. 정확히는 미안함 반, 미움 반이었다. 그동안 효은의 이상한

행동은 설명이 됐지만 역시 뱃속의 아기가 자라고 있다는 걸 생각하자 뿌듯하기도 하고 좀 이상하기도 하고 복잡했다. 일이 이렇게 된 것 하루 빨리 혼인신고서를 제출해야 할 듯했다.

효은과 더 이상 데면데면하기도 싫어서 큰맘 먹고 얘기를 시도해 보려고 침실로 들어왔다. 요즘에 같이 잠은 자지만 아무래도 서로 얼굴 보는 것도 긴장이 돼서인지 별다른 얘기는 하지 않고 있었다. 게다가 효은이 계속 힘이 없는지 침대에서 생활하다시피 하고 있는 상태였다. 문을 열고 들어가자 효은이 뭔가 후다닥 베개에 숨기는 게 눈에 들어왔다.

"뭐야?"

"아, 아무것도 아니에요."

효은의 당황한 듯한 기색을 보자 불안감에 재준이 조급해졌다.

"뭔데 그래?"

아직 잘 안 움직여지는 다리로 비틀거리며 다가갔다. 효은은 필사적으로 베개를 사수하려고했다. 재준이 바둥거리는 효은의 팔을 가볍게 치우고 베개를 치웠다. 일전에 효은의 서가에 있던 '보물섬'이었다. 그걸 보자 웃음이 났다.

"책 속에 비자금이라도 숨겼어?"

재준이 웃으면서 책을 펼치자 그간 창백하던 효은의 얼굴이 순식간에 빨개졌다.

"아니거든요. 어서 돌려줘요."

간만에 무슨 생각이 들었는지 책이 보고 싶었다. 아니, 실질적으로는 위로받고 싶었다. 그냥 단순하게 동경처럼 재준을 좋아하던 그 시절을 생각하면서 앞으로의 미래에 대해서 생각도 해보고 싶었고. 그런 생각으로 서가에서 책을 꺼내서 보고 있는데 재준이 들어온 것이었다. 그러다 후다닥 숨기는 걸 목격당했으니 여간 창피한 게 아니었다.

"여기 내 이름 써 있는 거 봤어?"

"기억해요?"

효은은 재준이 여태 기억하는 거에 좀 놀랐다.

"당연하지. 제일 좋아하는 책이었는데. 좀 더 나이 들면 나도 보물섬 찾으러 가려고 했지. 그래서 수영 배웠잖아. 바다에 빠져도 안 죽게."

그 말에 효은이 자기도 모르게 웃어버렸다.

"근데 왜 이 책을 당신이 갖고 있는 거야?"

재준이 조용히 물었다. 그 말에 효은이 제대로 대답을 못했다.

"오빠 어릴 때 보던 책들 대부분 우리 집에 왔잖아요."

"근데 왜 이것만 갖고 있어?"

"나도 이 책 좋아해요."

"단지 그것 때문이야?"

그러나 효은은 대답을 하지 않고 고개를 옆으로 돌려 버리곤 딴청을 피웠다. 뭔가 장효은이답지 않게 소심하게 굴고 있었다.

혹시?

"이 책 내가 어릴 때 제일 좋아했던 책이야. 그래서 혹시 잃어버릴까 봐 이 책에만 내 이름 써놨지."

효은은 여전히 말이 없었다.

"그런데 왜 다른 책들은 안 갖고 있으면서 이 책만 갖고 있는 이유가 좀 궁금한데 얘기 안 해줄 거야?"

"나도 이 책 좋아해요."

효은은 같은 말만 반복했다. 재준의 눈도 안 쳐다보고.

"정말 그것뿐이야? 아닌 거 같은데. 옛날에 왜 기초 공사하는 시멘트에 빠져서 내가 씻겨준 적 있잖아. 그때 나한테 했던 말 기억해?"

"내 친구들한테까지 다 말했는데 어떻게 잊어요."

"정말 어릴 땐 그랬어?"

그 말에 목까지 효은의 목이 빨개졌다.

"어릴 때 뭘 모르니까 그런 말 한 거죠."

둘러대는 게 부실했다. 이쯤 되자 재준도 효은의 마음을 깨달을 수 있었다.

이 여자가 정말 어릴 때부터 자기를 좋아했구나. 다시 만났을 때 왜 바로 결혼한다고 했는지 조금은 이해가 갔다. 단순하게 돈 문제만은 아니었구나란 생각을 하자 가슴의 짐이 반 정도 덜어지는 것 같았다. 히죽히죽 웃음이 나오려는 걸 꾹 누르며 마저 물었다.

"왜 아기 얘기 안 한 거야? 임신한 거 안 지 좀 됐다면서."

"얘기할 틈이 없었잖아요."

"그럼 지난번에도 알고 있던 거야?"

"언제요?"

효은이 시치미를 뚝 뗐다.

"그날."

그러나 재준은 효은의 시치미를 무시했다.

"그날 왜 가만있었어?"

"말할 틈을 줘야 내가 얘길 하든지 말든지 하죠!"

효은은 괜스레 짜증이 났다. 이렇게 계속 뭔가 묻기만 하는 재준이 미웠다. 남의 부끄러운 진실까지 밝혀내려 하고.

"그러다 큰일이라도 나면 어쩌려고 그랬어."

"당연히 그러시겠죠. 이 집안 귀한 손 이을 애인데."

재준은 그 말에 불쾌한 기색이 있었지만 그간 한 게 있어서인지 효은에게 화도 제대로 못 내고 쩔쩔맬 뿐이었다.

"내가 어떻게 말해요? 당신이 혼인신고도 안 했는데 뭘 믿고 말해야 해요?"

효은이 퉁명스럽게 받아쳤다. 하지만 재준은 화를 내지 않았다. 침착하게 질문만 계속할 뿐이었다. 이참에 그간 궁금했던 걸 다 물어서 의혹을 아예 풀고 새로 시작하고 싶었다.

"파주 땅, 그거 왜 받았어?"

최근 재준은 할아버지가 갖고 계신 땅 일부 소유가 바뀐 걸 확인했다. 그는 그 땅이 누구한테 갔는지는 쉽게 알 수 있었다. 아무래도 전에 유리가 한 말이 맘에 걸려서 은근히 알아보자 할아버지가 효은네 집의 빚은 갚아주고 땅을 떼준 것을 확인할 수 있었다.

"할아버지가 주시겠다고 해서요."

역시 할아버지와 효은 사이에 돈이 오간 게 확실했다. 그 망할 영감탱이 또 얼마나 던져 준 것일까?

"나랑 결혼하면서 얼마나 받았어?"

"우리 집에 있던 빚 이억 갚아주고 땅만 받았어요. 할아버지가 그걸로 하고 싶은 거 하라고 해서요. 뭐 불만있어요?"

"왜 나한테 얘기 안 했어?"

재준이 몰아붙이자 오히려 효은은 놀란 것 같았다. 도대체 개인 재산 갖고서 얘기했네 안 했네 말 나오는 것 자체가 못마땅했다. 자기 재산이 얼마인지 알려주지도 않았으면서 왜 남한테 그러나.

"집안 빚이야 할아버지가 말한 줄 알았죠. 처음부터 미은이한테 선 놓으시면서 빚 해결해 주신다고 했는걸요. 그리고 파주 땅 넘긴 건 할아버지가 오빠한테 말하지 말랬어요."

"왜? 돈에 팔려온 거 나한테 말하지 말라고?"

재준은 강하게 효은을 압박해 보기로 했다. 저 너구리 같은 여자가 어디까지 도망가나 보고 싶었다.

"그게 무슨 말이에요? 내가 언제 돈에 팔려왔어요? 아무래도

남의 돈이고 해서 나중에 잘 됐다가 아기 태어나면 물려주려고
했어요! 그리고 그 땅은 할아버지가 오빠 모르게 갖고 있으라고
했어요. 저도 쌈짓돈 좀 갖고 있어야 하지 않겠냐면서요. 설마
지금 내가 돈 보고 결혼했느니 하는 헛소리 하는 건 아니죠?”

“그게 헛소리가 아님 뭔데?”

“사랑은 이 년을 가도 결혼해서 쌓이는 애정은 좀 더 오래갈
거라고 믿었고, 또 오빠는 내가 애정을 투자할 만큼 좋은 사람
이라고 생각해서 온 거예요. 그리고 저희 친정 제가 가장이었는
데 아무래도 미은이나 형은이 결혼할 때 제가 좀 보태야 하는데
혹시 그런 때 쓰려면 쓰라고 주신 거예요. 아무래도 그때 오빠
한테 돈 달라고 하기 내가 좀 민망하잖아요. 빚 이억 친정집 팔
면 금방 갚을 수 있어요! 그 빚 이억 때문에 내가 팔려올 정도로
허술해 보여요?”

“그럼 왜 나랑 결혼한 거야?”

그게 정말 궁금했다. 아니, 효은이 확인해 주었음 하는 바람
이 있었다. 왜 이 여자는 자기랑 결혼한 걸까? 돈 때문만도 아니
라고 한다.

“결혼한 이유가 그렇게 궁금해요? 그러는 오빠는 왜 나랑 결
혼하자고 했어요? 나는 오빠 사랑해요. 그때 만났을 때, 아 이
사람이다 싶었어요. 그래서 결혼하자고 했어요. 그게 뭐가 문제
라도 돼요? 그래서 그 자리에서 결혼하자고 밀어붙인 거예요.
나는 오빠랑 행복하게 잘살 자신도 있었고, 언젠가는 오빠가 내

마음 알아줄 날이 올 거라고 믿었어요. 그깟 다리 좀 병신이면 어때요? 오빠는 그 이상을 커버하는 뭔가가 있는데. 그리고 나는 인간 오재준을 믿고 온 거지, 오재준 사장을 믿고 온 건 아니거든요. 돈은 들어올 때도 있고 나갈 때도 있는데 돈 버는 사람은 언제나 똑같잖아요.”

재준은 잠시 할 말을 잃었다. 그에게 사랑한다고 담담하게 말하는 그의 아내가……. 못내 사랑스러웠다. 흥분했는지 볼도 발그레하게 물들이고 진지하게 자신을 쳐다보는 그녀. 왜 할아버지가 꼭 잡으라고 했는지 알 것 같았다.

효은은 갑자기 재준이 은근한 눈으로 자신을 바라보자 저도 모르게 볼이 발그레해졌다.

“내, 내 얼굴에 뭐 묻었어요?”

효은이 은근스레 민망한 듯이 눈을 동그랗게 뜨고 물었다.

“응, 뭐 묻었어.”

“어, 어디요?”

효은이 손을 들어 닦아내려 하자, 재준이 효은의 손을 강하게 쥐면서 말했다.

“내가 닦아줄게.”

그러더니만 효은의 입술을 덮쳐 버렸다.

“꺅!”

긴 키스가 끝나자 붉게 물든 얼굴로 효은이 투덜거렸다.

“정말 남들은 다 남자가 좋아한다고 고백하고 프러포즈해서 결혼만 잘도 하는데 왜 나는 이 모양인지. 시키지 않아도 알아서 잘해봐요, 응?"

"앞으로도 괜찮아, 내가 다 알아서 할게, 이런 얘기 또 한 번만 해봐 그땐 정말 재미없을 줄 알아."

"그러는 오빠나……."

"이거 이거 아직도 정신 못 차렸네."

다시 재준이 아직 감고 있는 효은의 허리를 좀 더 강하게 잡아당겼다.

"오늘 좀 징하게 혼나볼 거야?"

"잠깐잠깐! 이거 좀 이상해요. 뭔가 얘기는 여기서 끝내야지 왜 그걸 침대까지 끌고 가냐구요? 그리고 오빤 얘기 안 했어 아직."

그러나 효은의 다급한 목소리는 바로 묻혀 버리고 말았다. 효은은 부드러운 입맞춤에 잠시 빠져드는가 싶더니만 갑자기 입을 떼버렸다.

"아직 얘기 안 끝났는데 바로 입 막아버리려고 키스나 하고 버릇이 너무 나쁜 거 아니에요, 오재준 씨."

효은은 역시 만만한 여자가 아니었다. 그런 효은을 꼭 안고 재준이 귓가에 속삭였다.

"사랑해."

"응?"

재준의 갑작스런 고백에 효은의 얼굴이 더 빨개졌다.

“방금 뭐라고 했어요?”

그러나 재준은 실실 웃으면서 다시 고개를 숙여왔다. 효은이 듣고 싶던 건 바로 이것이었다. 만일 이 사람이 자기를 사랑한다면 이유리 같은 여자가 열 명, 백 명이 와도 무섭지 않았다. 과거쯤이야 무슨 대수겠어. 여태 전전긍긍했던 게 재준의 마음을 몰라서였다. 이제 재준이 자신을 어떻게 생각하는지 알게 된 이 상황에선 더 이상 두려울 게 없었다. 재준이 자기를 사랑한다면 자기를 믿는다면 그걸로 모든 게 오케이였다.

“근데 말이야. 오빠.”

“왜?”

열심히 분위기를 잡으려던 재준에게 효은이 뜬금없이 말했다.

“이제 오빠 목발 짚고 걷잖아. 그럼 앵무새 한 마리만 키우면 실버 선장 아니야?”

“아직도 정신 못 차렸네.”

“내가 앵무새 한 마리 사줄까?”

그는 그대로 종알거리는 효은의 입을 막아버렸다.

제18장

동사무소에 들러 혼인신고를 했다. 효은은 편할 때 하라
며 별로 신경 쓰는 눈치가 아니었지만 오 영감이 멀쩡한 아기
사생아 만들 일 있냐고 등짝을 때려가며 화를 내는 통에 어쩔
수가 없었다. 이제 법적으로 장효은은 오재준의 처였다. 동거인
이 아니라. 마음이 한결 가벼워졌다. 인생도 정리된 느낌이었
다. 그리고 한 가지 일을 마무리하기 위해 차를 몰고 유리와의
약속 장소로 나갔다.

"많이 기다렸어?"

"아니."

둘은 별로 할 말이 없었다. 예전엔 그렇게 이것저것 할 얘기

가 많았는데.

"오늘 혼인신고서 냈어."

그 말에 물 잔을 들고서 가만히 흔들어보던 유리가 깜짝 놀라 거의 컵을 놓칠 뻔했다. 물이 살짝 테이블에 튀었고, 유리는 멍한 표정으로 그의 얼굴만 바라볼 뿐이었다.

"아기…… 생겼어."

재준의 계속된 일격에 얼굴이 일그러졌다. 그리고 또 눈물이 주루룩 흘러내렸다. 그러나 그걸 바라보는 재준은 냉혹했다.

"울지 마. 나 너 달래줄 입장 못 돼. 너도 잘 알듯이. 남의 남편씩이나 돼서 외간 여자 우는 거 달래줄 정도로 마음 넓지 못해."

"나 사랑했잖아."

"사랑했지. 너 입으로 사랑했잖아, 라고 과거형으로 말한 거 모르겠어? 이미 지나간 사랑이야. 난 사고당했을 때 이미 선택했어. 너한테 내가 잘못한 건 인정해. 내가 나쁜 짓 한 건 맞아. 하지만 그땐 그게 옳다고 생각했어. 너는 내 뒷수발 들 정도로 강하지도 않았고 다 포기하고 나만을 위해서 살 수 있었을까?"

유리는 이제는 콧물까지 흘리며 울고 있었다. 재준은 가만히 효은이 넣어준 손수건을 꺼내 건넸다.

"생각해 봤어. 과연 내가 네 입장이 돼서 다른 사람이 연인이 죽었다고 알려왔다면 어떻게 했을까. 나 같으면 당장 한국으로 돌아와서 어떻게 된 건지 알아봤을 거야. 죽었나 살았나 내 눈

으로 확인해서 끝장을 봤을 거야. 하지만 넌 그러지 않았지. 그
게 우리 사랑의 한계였던 거야. 실체를 확인하기 두려웠지.”

잠시 말을 멈춘 재준이 앞에 놓인 물 잔을 들어 물을 마신 뒤
에 울고 있는 유리를 냉정하게 지켜보았다.

“난 너를 사랑하긴 했어. 너를 지켜주고 싶었고 너의 귀찮은
일들을 해결해 주는 게 행복했지. 하지만 나의 쓸모가 사라진
순간, 네가 나를 위해 그런 일을 해줄 수 있을까? 한 발자국도
못 움직이는 나를 위해 네가 내 대소변 받아내는 게 가능했을
까? 효은이는 가능했겠지만 너는 아니야. 너는 사랑의 달콤한
것만 받아들이고 싶어해. 그래, 그게 우리 관계의 한계였어. 원
래 사랑은 달콤할 수 있어. 하지만 결혼은 생활이야. 우리 사랑
은 그 달콤함만 존재했지 생활이 결여돼 있었어. 나는 효은이
정식 남편이고 너와의 사랑처럼 그런 달콤한 사랑은 아니지만
사랑하고 있어. 내 얘기가 무슨 말인 줄 잘 알 거야.”

주변 테이블에서 계속 돌아보고 있었지만 유리는 계속 울 뿐
이었다.

“언제까지 쳐울 거야?”

재준이 좀 짜증났는지 거칠게 말했다. 유리가 눈물이 가득 고
인 눈을 들어 놀란 듯 쳐다봤다.

“울면 일이 해결되니? 언제까지 그렇게 어린애처럼 굴 거야?
요즘에도 울면 남자들이 나서서 일 해결해 주니?”

“오빠…… 오빠가 어떻게 나한테 그런 말을 할 수가 있어?”

"어른이 돼."

재준의 냉정한 말에 유리는 눈물을 뚝 그치고 말았다.

"언제까지 울면 주위에서 다 해결해 줄 거 같은데? 너도 이제 적은 나이 아니잖아. 울면 아무것도 해결 안 돼. 그때도 네가 우는 대신 나를 찾으러 한국에 왔더라면 어떻게 됐을까?"

그 말에 유리는 아무런 대꾸도 할 수 없었다. 재준의 말이 옳았다. 자기는 언제나 울기만 했고 재준이 모든 걸 알아서 해줬다. 사실 그렇게 재준이 그리웠던 게 재준만큼 눈치 빠르게 자기 마음을 알아줘서가 아니었던 걸까? 그게 사랑이었을까? 그런 자기의 이기적인 사랑으로 재준의 와이프 앞에서 사랑 운운했다는 게 갑자기 창피해졌다.

"이게 우리 마지막이었으면 좋겠다. 미국엔 잘 돌아가. 그럼 난 먼저 일어날게."

재준이 옆에 세워놨던 목발을 짚고 일어나더니 절뚝거리며 밖으로 나갔다. 햇살이 그의 어깨 뒤에서 쏟아졌지만 유리는 그를 잡을 엄두도 못 냈다.

"아들이어야 하는데."

오 영감은 이제 좀 많이 나온 효은의 배를 바라보며 말했다. 옆에서 개성댁이 깎아서 주는 사과를 받아먹던 효은이 순간 움찔했다. 오 영감은 뱃속의 아기가 아들이길 노골적으로 바라는 기색이었다. 하지만 재준은 다른 생각을 하고 있는 듯했다.

“어, 저는 걔가 이미 딸이라고 생각해서 이름도 지어놨는데요.”

느긋하게 식사 후 차를 즐기던 와중에 나온 대화였다. 이 앞서 나가는 할아버지와 손자 때문에 효은만 어안이 벙벙할 뿐이었다.

“앞으로 조금만 더 노력해서 2남 2녀 채울 생각이에요. 그러니까 첫애는 무조건 딸!”

재준이 선언하듯 말하자 효은은 어이가 없었다.

“애는 누가 낳는데? 나보고 넷씩이나 낳으라고 하는 거예요?”

“아, 2대 2로 편 갈라서 싸움도 하고 놀기도 해야 하니까 애는 짝수지.”

“내가 유모 붙여줄 테니까 애 키우는 건 너무 걱정 마라.”

그러자 잽싸게 오 영감이 치고 나왔다. 할아버지와 손자가 어찌나 죽이 잘 맞는지 효은만 그 사이에서 답답할 뿐이었다. 그러나 그 자리에선 아무 말도 못하고 이층으로 올라오자마자 침대에 앉아서 효은이 타박을 늘어놓기 시작했다.

“도대체 이 집에선 내 의사고 뭐고 아무것도 없는 것 같아요. 애가 아들인지 딸인지 할아버지랑 자기가 결정하고 말이야. 내 듣다 듣다 어이가 없어서……. 누구 맘대로 2남 2녀를 낳아? 자기가 낳아요. 난 못해!”

효은이 이제 제법 나온 배를 문지르면서 침대에 앉아 재준을 타박했다. 재준은 싱글벙글 웃기만 했다.

“하나도 힘들어 죽겠구먼. 또 여기서 셋을 어떻게 낳아. 아니, 나 아직 하나도 못 낳았는데. 오빠 아기 낳을 때 무지 아프다는데 나 얘 낳고 그만 낳고 싶어지지 않을까?”

재준이 옆에 앉아서 배에 손을 대고 가만히 문질렀다. 그때 뭔가 배에 요동치는 느낌이 왔다.

“어?”

“뭔가 움직인 거 같은데?”

“아기가 움직인 건가?”

“그런가 봐.”

아기는 계속 움직였다. 발로 마구 차댈 때마다 숨이 턱하고 막혀왔다.

“오빠 닮아서 성질 있는 거 같아. 마구 차는데 정말. 아니 이놈 힘이 장난 아니네. 장사야 장사.”

아기가 찰 때마다 배가 떨렸다. 초기에 입덧이 심했던지라 거의 살이 붙질 않았고 오히려 살이 빠져 심한 빈혈로 굉장히 고생했다. 그 덕인지 여섯 달이 넘은 지금도 배에 살이 거의 없어서 아기가 찰 때마다 배가 툭 튀어나오는 게 보일 정도였다.

“어디 나 닮아서 그래? 너 닮아서 그렇겠지. 아기가 엄마 닮아서 기골이 장대하겠는데, 힘도 좀 장사겠고. 이거이거, 딸이면 성형수술 시킬 비용 따로 신탁으로 들어놓던가 해야지. 아니면 처제를 좀 닮아서 곱상하면 돈도 아끼고 좋은데.”

“님하 매너효!”

효은이 소리를 빽 질러 버렸다. 재준은 뭐가 좋은지 그저 실실 웃을 뿐이었다. 최근 들어 재준은 웃음이 늘었다. 전엔 인상 쓰고 자기가 '폭풍의 언덕'의 히스클리프인 것처럼 굴더니만 지금은 남편이었다. 초기에 못해준 게 미안한지 지금은 잘해주려고 노력하는 게 눈에 보였다. 한밤중에 딸기 먹고 싶다고 하면 사러 나가고 말도 안 했는데 새우철이 오자 새우를 박스째 사다 놓는 정성까지 보여주었다.

재준은 말이 많은 성격도 아니었고 그 뒤에 별다른 얘기는 하지 않았지만 효은은 그가 유리랑 더 이상 연락하지 않는 것을 믿었다. 그가 특별하게 더 잘해주는 것도 아니고 말이 많아진 것도 아니었지만 그전과는 다른 태도를 느낄 수 있었다.

핸드폰에 낯선 번호가 찍혀 있었다. 혹시 미은이 요즘 일하는 퀼트 가게에 놀러간 효은에게 무슨 일이라도 생긴 게 아닐까 싶어 다급하게 전화를 받았다. 흘러나온 목소리는 예상치 못한 사람의 것이었다.

[오빠, 저 유리예요.]

그 말에 전화를 끊으려 하자 다급한 목소리가 들렸다.

[자, 잠깐만요. 저 내일 뉴욕으로 돌아가요. 가기 전에 공항에서 잠깐 만나면 안 될까요? 마지막으로 한 번만요.]

마지막이란 말에 그리고 유리 목소리에 전에 없던 다급함이 느껴져 재준은 알았다고 말할 수밖에 없었다. 전에 했던 잔인한 거짓말에 마지막으로 뭔가 해줘야 한다는 의무감 때문이었다.

인천 공항으로 가는 공항 고속도로에 들어서자마자 비가 내리기 시작했다. 이제 겨울로 들어서서 그런지 제법 쌀쌀했다. 와이퍼가 차의 앞 유리를 닦아내는 걸 보면서 사고가 났던 게 까마득한 옛날 일처럼 느껴진다는 걸 깨닫고 깜짝 놀랐다. 이제 전처럼 비가 오는 날이 무섭진 않았다.

인천 공항. 어딜 가나 공항 커피는 지독하게 맛없지. 공항에서 혼자 먹는 햄버거 얘기가 생각났다. 마주 앉아 있는 유리는 말이 없었다. 지나가는 사람들을 물끄러미 쳐다볼 뿐.

"오빠 와이프 말이 맞았던 것 같아. 그때 왜 그냥 욱형 오빠 말을 무작정 믿고 오빠를 찾을 생각을 안 한 걸까?"

아무 말 없이 창밖의 비 오는 것만 지켜보던 유리가 힘들게 말을 꺼냈다.

"그렇게 사랑했다면 한국에 나와서 확인이라도 했어야 했는데. 난 무서웠어. 오빠가 진짜 이 세상에서 사라진 거면 어쩌지, 나한테 영원히 안 돌아오면 어쩌지 하면서 그냥 그 자리에만 있었어. 그리고 혼자 괴로워했지. 그렇게 괴로워할 시간에 그냥 오빠 보러 한 번만 나왔어도 금세 알았을 텐데 말이야."

이제는 더 이상 자기가 보살펴 주지 못하는 삼십대가 된 이 아가씨는 다른 얼굴을 하고 있다. 재준이 그새 자랐다면 유리 역시 석 달 전에 봤던 철없는 아가씨가 아니었다.

"지난 몇 년 동안 그 자리에만 있었는데 효은 씨 덕에 탈출할 수 있었어. 오빠는 그때 내가 필요없다고 결정했고 사람 관계가

그렇잖아. 혼자 일방적으로 매달리면 그건 스토커지. 내가 오빠
네 부부한테 민폐 끼쳤네. 효은 씨한테 죄송했다고 좀 전해줘.”

“나는 사고났을 때 너는 가슴에 묻었다. 네가 너무 소중하고
가냘프고 아껴주고 싶고 보듬어주고 싶은데 나는 이제 그러질
못할 거 같아서 너를 묻었다. 그때 내가 잘못된 선택을 했을지
도 몰라. 너한테 무척 미안하게 생각하고 있어. 하지만 그건 과
거의 일이고 나는 지금 효은이한테 너랑 다른 방법으로 사랑을
배우고 있고 사랑하고 있어.”

“아니, 나한테 미안해하지 않아도 돼. 난 어차피 약해진 오빠
보면 별 도움이 못 됐을 거야. 냉정하게 생각해 봤어. 과연 내가
그때 알았더라면, 지금이라도 어떻게 할지. 나는 오빠 그 뒷감
당 제대로 못해. 내 일까지 그만두면서 오빠를 위해서 절대 못
살아.”

둘은 비가 오는 공항을 잠시 바라보았다.

“뭐 마실래?”

“응, 캔 커피 하나면 될 거 같아요.”

재준이 캔 커피 두 캔을 뽑아 와서 아무렇지 않게 과거의 익
숙한 동작으로 따서 주려 하자 유리가 제지했다.

“오빠, 이제 나도 할 수 있어. 그리고 앞으로는 이런 거 내가
해야 하잖아. 그러니까 그냥 줘.”

유리는 시원하게 캔을 따고 커피를 들이켰다.

“날카로운 첫키스의 기억이었던 것 같아. 기억이 많이 희미해

져 있는데 이미지만 붙들고 있었던 거지. 과거에 갇혀 있던 것도 같고 꿈을 꾼 것도 같은데 현실은 이렇네."

"미안하다. 그때 거짓말 해서."

"응 그건 미안해해야 한다고 생각해, 진짜."

"그땐 그게 나와 너, 둘 다에게 좋을 거라고 생각했어."

"오빠가 어떤 생각했는지는 이제 이해해. 하지만 한편으론 그때 다른 선택을 했더라면 어떻게 됐을까란 생각이 안 되는 건 아니야. 하지만 여기서 그만 끝내야지. 그만 가볼게. 오빠도 가봐. 우리 여기서 헤어져요. 나, 오빠랑 헤어져서 슬프긴 한데 그래도 오빠 살아 있는 거 알게 돼서 정말 기뻤어."

그 말을 마지막으로 유리는 뒤도 돌아보지 않고 작은 기내용 커리어를 끌고 출국장으로 들어가기 시작했다. 재준은 멀어져 가는 유리 뒷모습을 잠시 지켜보다가 엘리베이터로 움직였다. 인생의 선택은 찰나였고 그때 자기는 냉정하게 유리는 자기를 감당 못한다고 결론을 내렸다.

그때 그게 진짜 사랑이었다고 해도 지금 사랑도 진짜였다. 언제나 과거보단 현재의 사랑이 소중하다. 그 현재가 미래로 연결되기 때문이다. 과거가 모여 현재를 이루고 현재는 미래로 연결되지. 그 과거의 선택이 저 작고 가녀린 여자와 자신의 운명을 가로막아 버렸다. 이제 와서 후회 같은 건 없었다.

효은을 생각하자 입가에 저절로 미소가 그려졌다. 재치있고 유쾌하고 명랑한 장효은. 분명 효은이 임신을 하지 않았더라도 재준은 효은을 선택했을 것이었다. 처음 자기를 찾아왔을 때부터 그 가슴속 깊은 곳의 두근거림을 그간 부정했지만 그건 '사랑의 시작'이었다. 생각하면 가슴이 두근거리고 무슨 말을 할지 몰라 전전긍긍하고 어린애처럼 삐지기도 하면서 그는 새롭게 사랑을 배웠다.

에필로그

그녀는 화장대 앞에 앉았다. 화장솜에 스킨을 묻혀 닦아
낸 뒤, 로션, 자외선 차단제, 파운데이션의 순서로 발랐다. 컨실
러로 이제 좀 잡히기 시작하는 눈밑의 주름을 가린 뒤 파우더를
꺼내 꼼꼼하게 발랐다. 눈 전체에 오팔처럼 반짝이는 하얀 아이
쉐도를 바른 뒤 눈꼬리에 연녹색으로 가볍게 포인트를 주었다.
그 다음에 속눈썹을 가볍게 집은 뒤에 마스카라를 꺼내 바르기
시작했다.

　‘흠, 이제 좀 또렷해 보이는걸.’
　동생 미은처럼 눈에 확 띄는 얼굴은 아니었지만 효은은 이 정
도면 자기도 만족스러웠다.

입술에는 연한 오렌지 빛의 립글로스를 가볍게 바른 후 일어나 옷을 입기 시작했다. 하얀 셔츠, 검정 바지에 트렌치코트를 걸쳤다.

트렌치코트에 어울리는 가방을 고른 후에 지갑, 차키, 집 열쇠, 화장품 파우치와 책을 챙기고 방을 나가려고 할 때, 재준이 목발을 짚고 절뚝거리며 들어왔다. 요즘엔 물리치료를 꾸준히 받은 결과 전보다 다리 힘도 좋아지고 해서 이젠 휠체어를 잘 쓰지 않고 지금처럼 목발을 짚고 다녔다.

"어디 나가?"

"네, 간만에 봄바람 좀 쐬고 오게요."

"약속있어?"

그러나 그녀는 그에게 환하게 웃을 뿐이었다. 밖에서 애들이 우당탕 하는 소리와 함께 나타났다. 휘진, 휘은은 엄마를 보더니 눈을 동그랗게 떴다. 화려하게 성장한 엄마는 그다지 자주 볼 수 있는 게 아니었다

이제 네 살 된 사내아이 휘진과 세 살인 여자아이 휘은은 앙숙이었다.

"엄마 나도 따라갈래."

휘진이가 나섰다.

"오늘은 안 돼. 집에서 아빠랑 할아버지랑 휘은이랑 놀고 있어. 엄마가 올 때 맛있는 거 사다줄 테니까."

휘진이가 삐쭉했다. 휘은은 엄마한테 웃어 보였다.

효은은 침대에 앉아 있는 그를 내려다보았다. 그간 잔주름이 좀 는 것과 간혹 하얀 머리가 간간이 눈에 띄었다. 그도 어느새 사십대였다. 삼십대 중반이 된 효은처럼 그도 나이를 먹고 있었던 것이다. 하지만 나이를 들수록 그는 점점 멋있어지고 있었다. 그래서 간혹 같이 외출이라도 하게 되면 여자들 시선이 자연스레 그에게 쏠리는 건 어쩔 수 없었다.

가끔 효은은 그런 시선에 질투하는 자신을 발견하곤 웃곤 했다.

"나 갔다 올게요."

말하며 효은은 가방을 들고 집을 나섰다. 거실에 걸려 있던 새장에서 앵무새가 마중이라도 하듯 재잘거렸다. 미니 쿠퍼의 시동을 걸고 차를 출발시키려 할 때 그가 목발을 짚고 거의 뛰다시피 다가왔다.

아무래도 낌새가 이상했다. 갑자기 이 여자가 무슨 봄바람 난 여자처럼 곱게 화장하고 뛰쳐나가는 걸까? 그러고 보니 요즘 행동이 좀 이상하긴 했다. 갑작스레 아줌마한테 고기가 먹고 싶…… 잠깐만 고기? 고기라고? 저 토끼처럼 푸성귀랑 과일을 좋아하는 장효은이 시뻘건 육수가 떨어지는 생고기가 먹고 싶다고 했지!

효은이 언제 생고기를 먹고 싶어했는지 생각난 재준은 정말 마음이 급해서인지 저절로 발걸음이 빨라졌다. 그런 재준을 보고 효은이 걱정됐는지 창을 열고 목을 뺐다.

“살살 뛰어요. 넘어져요.”

“그게 문제가 아니잖아.”

재준이 숨을 고르면서 헉헉거리면서 말했다.

“왜요?”

“내가 뭔가 좀 이상한 게 있어서 묻는 건데…… 당신 설마 또 임신했어?”

재준의 의심스런 눈초리에 효은이 살포시 웃었다.

“그런 거 같아요. 병원 다녀올게요.”

순간 그가 목발을 헛짚어서 휘청했다. 효은은 그런 그를 보며 히죽거렸다.

“둘째 낳은 지 얼마 안 되었잖아.”

“무슨 소리예요. 휘은이가 벌써 세 살인데.”

재준은 한숨을 푹 쉬었지만 이내 기쁜 기색을 감추지 못했다.

“이번에도 아들이면 안 되는데. 둘째 딸이 생기면 좋을 거 같아. 휘은이처럼 예쁜 딸. 휘진이 놈은 누굴 닮아서 애가 애늙은이 같은가 몰라. 양손에 두 딸 손 잡고 소풍 가야 하는데.”

평소에도 휘진이랑은 매일 싸우는 사람이 휘은이라고 하면 깜빡 죽었다. 아직 뱃속에 있는 아기를 상대로 아빠의 판타지를 펼치려는 그를 보며 효은은 작게 한숨을 쉬었다.

유리창을 사이에 두고 그들은 다정하게 대화할 때 산책하던 오 영감이 끼어들었다. 팔순이 넘어 이제 구순에 다가가고 있는 오 영감은 여전히 정정했다. 즐겨 마시던 폭탄주는 효은이 난리

난리를 쳐서 끊었지만 최근에 효은의 눈치 보면서 인삼주와 더덕주를 마시고 있는 게 다였다.

"무슨 소리야, 아들이 더 좋지. 며늘아, 기왕 낳으려면 아들 하나 더 낳아다오. 원래 우리 집안이 아들이 귀해요."

할아버지와 손자가 싸움을 벌이려 하자 효은이 마지막으로 그들에게 멘트를 날리고 차를 출발시켰다.

"잘하면 두 분 소원 한 번에 들어드릴 수 있을 것 같아요."

망연자실한 두 남자를 뒤로한 채 효은의 검은색 미니 쿠퍼가 집을 빠져나갔다.

여덟 달 뒤에 효은은 남자애와 여자애 이란성 쌍둥이를 낳았다.

효은의 모델이 되어준 두 친구 C와 D야 정말 고마워. C야, 귀여운 남편이랑 백년만년 해로! 이제 출장에서 해방된 D야, 시작하려는 공부 좋은 결과 있길 빈다.

쓰는 내내 씬에 대해서 구박해 준 Z야, 멋진 오빠 발견하면 페덱스로 보내주마.

로맨스 소설 작법에 대해 알려주신 S님, K님. 이 은혜 잊지 않겠습니다.

　　결혼 생활에 대해서 잘 모르는 사람이 결혼에 대해서 쓴 것 자체가
모험이었습니다. 분명 경험자이신 분들께는 많은 점에서 미숙해 보일
것 같습니다. 아직 많은 점에서 미숙한 글을 출판해 준 청어람 관계자
여러분 감사합니다.

　　중간에 언제나 내빼서 결국 삼십대 독신이 된 제가 쓴 글을 결혼해
서 가정을 꾸린 용기있는 독자가 보면서 무슨 생각을 할지 참 난감하단
생각마저 드네요.

—채현 드림.

『사랑하고 사랑한다』1, 2

가난에서 벗어나기 위해 오직 공부에만 전념하는 윤현.

그에게 청아는 한줄기 빛이며 희망이었다.

하나, 윤현에게 다가선 또 다른 여자 지수.

그녀로 인해 이 연인에게 시련과 어려움이 닥쳐오는데……

● 김윤수 지음 값 각 9,000원

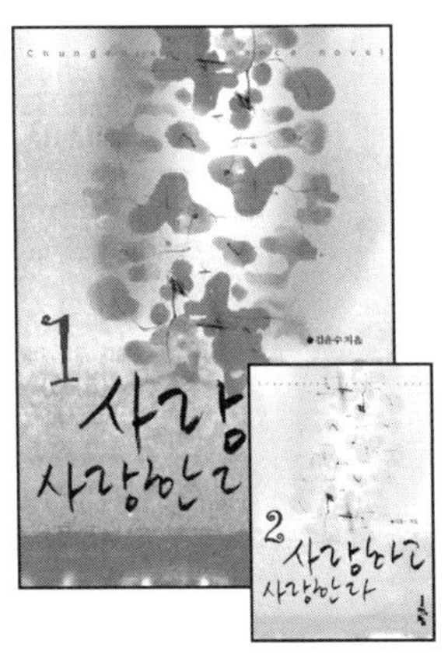

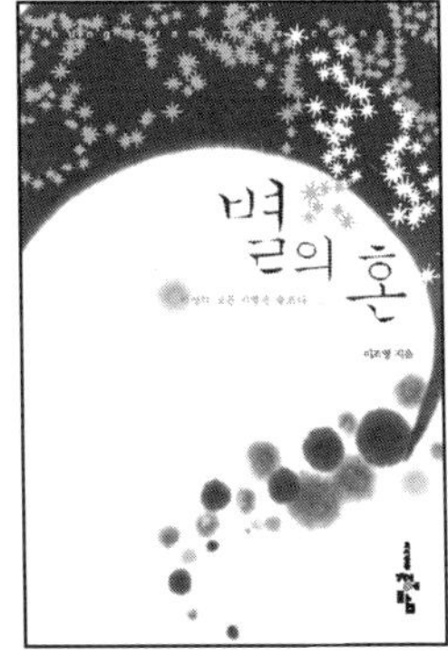

『별의 혼』

세상의 모든 이별은 아프다.

그러나 사랑할 가치가 있다고 믿는 남자.

별의 혼(魂)을 가슴에 품은 연성.

세상의 모든 이별은 슬프다. 그래서 사랑을 믿지 않는 여자.

별의 혼(魂)을 닮은 유현.

● 이조영 지음 값 9,000원

# 작가 모집 광고

도서출판 청어람의 문은 항상 열려 있습니다.
실력있는 작가 분들의 많은 관심 부탁드립니다.

TEL:032-656-4452 • FAX:032-656-4453
http://www.chungeoram.com
http://chungeoram.egloos.com
e-mail:romance-eoram@hanmail.net